21世紀探偵小説

ポスト新本格と論理の崩壊

限界研［編］
飯田一史
海老原豊
岡和田晃
笠井潔
小森健太朗
蔓葉信博
藤田直哉
渡邉大輔

南雲堂

21世紀探偵小説——ポスト新本格と論理の崩壊

目次

飯田一史
序論　新本格ミステリの衰退期になすべきこと　7

第一部　21世紀的生とミステリ

笠井潔
二一世紀探偵小説と分岐する世界　25

飯田一史
「変わってしまった世界」と二一世紀探偵神話——清涼院流水／舞城王太郎論　59

藤田直哉
ビンボー・ミステリの現在形——「二一世紀的な貧困」のミステリ的表現を巡って　87

第二部　形式性の追求とミステリ

蔓葉信博
推理小説の形式化のふたつの道　125

渡邉大輔
検索型ミステリの現在　165

飯田一史
21世紀本格2——二〇〇〇年代以降の島田荘司スクールに対する考察から　209

第三部　ミステリ諸派の検討

蔓葉信博
「新本格」ガイドライン、あるいは現代ミステリの方程式　225

小森健太朗
叙述トリック派を中心にみた現代ミステリの動向と変貌　257

海老原豊
終わりなき「日常の謎」——米澤穂信の空気を読む推理的ゾンビ　279

岡和田晃
現代「伝奇ミステリ」論——『火刑法廷』から〈刀城言耶〉シリーズまで　315

藤田直哉
「謎解きゲーム空間」と〈マン＝マシン的推理〉——デジタルゲームにおける本格ミステリの試み　363

飯田一史
結語——本論集の使用例　405

ポスト新本格のためのブックガイド50選　417

序論　新本格ミステリの衰退期になすべきこと

限界研・飯田一史

本年二〇一二年は記念すべき年にあたる。

一九八七年に綾辻行人『十角館の殺人』を嚆矢とする「新本格ミステリ」ムーブメントが始まってから、二五年。

一九八七年は、たとえば小島秀夫監督によるゲーム『メタルギア』第一作がリリースされた年であり、日本中央競馬が世界に誇るジョッキー武豊がデビューした年である。世に出て数年と待たず消えていく才能が多いなか、彼らはいまだそのジャンルの第一線で活躍している。これは賞賛されるべきことである。

しかし個人の才能ではなく、各ジャンルを覆う状況に目を向ければ、明るい話ばかりではない。

小島が主戦場とする家庭用ビデオゲーム市場は、少子化や不景気のあおりを受け、また近年では、代替品となるソーシャルゲームにパイを奪われている（彼が所属するコナミも、ソーシャルゲームへ参入した）。日本の中央競馬は、バブル期の年間馬券売上高四兆円規模からいまや二兆四〇〇〇億円市場へと縮小し、レースの優勝賞金の高さで世界を沸かせる立場をドバイ競馬に譲っている。

本格ミステリは、学生を中心とする若き本読みたちを熱狂させ、作家志望者に我も我もとデビューを急がせた注目のジャンルとしてのポジションを、ライトノベルに譲った。また、九二年の日本推理作家協会賞を綾辻行人『時計館の殺人』が受賞したあたりから、年長者からのバッシングの対象であることを逃れ、大衆文学の文壇で認められる存在になった――ものの、たとえば大衆文壇の花形・直木賞を本格ミステリ作品が受賞することは、二〇〇六年の東野圭吾『容疑者Xの献身』をのぞけば、今日でも、そうない。本格ミステリは、ジャンルとしては若い世代からの支持を集められなくなり、かといってエスタブリッシュメントの側から認められる（あるいは、権威そのものになった）わけでもない。この微妙な立ち位置が、たとえば二〇〇〇年代前半デビューの有力作家たちの多くをミステリ、なかでも本格から離れさせた気がしてならない。われわれ限界研（限界小説研究会）が二〇〇八年初に刊行した『探偵小説のクリティカル・ターン』で論じた辻村深月、道尾秀介、西尾維新らの作家は、この五年ほどのあいだに、本格からの距離をずいぶんと置いてしまった。彼らなりにこのジャンルのことを考え、試行錯誤したが、年長の作家や批評家から叩かれ、あるいは黙殺され、認められなかったからだろう。やる気をなくし、去っていったとしても、やむをえない。

もっとも、本格とは本来、限られたマニアのためのものであり、あるべき姿に戻っただけだという意見もあろう。また、米澤穂信のように、このジャンルに根付いた作家もいるではないか、と。

しかし――ここから一九八二年生まれの人間としての自分語りを多少させてもらえば――、われわれがかつて新本格ミステリに求めていたものは、本読みのあいだでの大衆的な熱狂であり、ここに注目していればあたらしい才能に出会えるというたしかな期待だったのだ。中高生時代、京極夏彦や森博嗣を回し読みし、学生時代に同世代の佐藤友哉や西尾維新のデビューに衝撃を受け、遡って読みあさっていった綾辻行人や法月綸太郎、有栖川有栖、麻耶雄嵩らの作品は、ことごとくおもしろかった。この経験があったからこそいま三十路前後の限界研メンバーは（少なくとも私は）、ミステリ評論を書いている。何か書くたびに年長のミステリ作家や批評家からくさされ、批判され続けてなお懲りずに、こうして評論集を世に出そうという動機がある。一読者として、新本格ムーブメントから受けた恩を返したいからだ。このジャンルのために何かしたいと思っている。

だが先にも述べたとおり、二〇〇〇年代を通じて我孫子武丸や二階堂黎人をはじめとする新本格の先行世代と、清涼院流水以降登場してきた佐藤、西尾、舞城王太郎ら若手をめぐる評価軸の対立は、デタントを迎えることなく、結果、若手作家の多くはミステリを離れた。さらには東野圭吾『容疑者Xの献身』評価をめぐって団塊世代の作家と新人類世代の作家や批評家のあいだの対立も深刻化した。いまの本格には、ジャンルをドライブする一体感もなければ、お互いを認め合ったうえで侃々諤々《かんかんがくがく》の議論によってあるべき姿を論じあうという光景も、ない。

われわれは、もうミステリ評論から手を引くべきだろうか。

しかしいったいこのジャンルは、誰が継いでいくのか。一〇年前なら、西尾維新の戯言シリーズを読んでミステリ（らしきもの）を書こうと思った若年層の作家志望者は、いたかもしれない。いま西尾維新の『化物語』を読んでも、ライトノベルを書こうと思う人間しか現れないだろう。綾辻行人が島田荘司や笠井潔、連城三紀彦といったさらなる先達たちから（なかば勝手に）バトンを受け取ってはじめた新本格ミステリのリレーは、次にバトンを渡す若い世代がみえなくなりつつある。

二〇〇四年からの「ライトノベルブーム」のさいには、ライトノベル作家からSFやミステリの作家としての「越境」がとりざたされたが、ここ一〇数年で真の意味でミステリジャンルにとってインパクトが大きかった出来事は、むしろ十代の読者のノベルス離れの進行である――中高大学生は新書判のミステリよりもライトノベル文庫を読むようになっていった。ミステリの刊行点数および一点あたりの平均発行部数は減少を続けていると業界関係者のあいだでは言われているようだが、それと反比例するように、たとえばライトノベルは二〇〇四年には二六五億円だった市場が、二〇〇九年には三〇一億円、二〇一一年予測では三三二億円市場にまで成長している（出版科学研究所と矢野経済研究所調べを参照）。「若者の活字離れ」どころか一〇年前より若者の平均読書量は倍になっていることを思えば（毎日新聞社『2011年版読書世論調査』によれば、二〇〇〇年時点では小、中、高校生の一ヶ月の読書冊数はそれぞれ六・一、二・一、一・三だったが、二〇一〇年調査では一〇・〇、四・二、一・九である、なお、二〇〇〇年代を通じて青い鳥文庫など児童小説も堅調に市場を拡大してきた）、ライトノベルの躍進よりもミステリの凋落が際立っているとみるべきだろう。

憂うべきは、こんな状況から、あたらしい才能、熱狂しうる作品が束になって出てくるのだろうかということである。べつだん若い読者と作家がいれば元気なジャンルであるというわけでは必ずしもない。たとえば近年、文庫書き下ろしの時代小説は中高年読者を中心に人気を博している。だが若年層ほど本を読み、四〇代がもっとも本を読まないこの国では、若い読者をつかむことがてっとりばやくジャンルの活気を呼び込む方法のひとつであることはまちがいない。そのためには若い作家ないし作家志望者を呼び込む引力のある作品、作家の存在が欠かせない。そしてその努力を絶やせば、続く若者はいなくなり、ジャンルの営為は潰える。

いま新本格ミステリムーブメントは、衰退期にある。プロダクトライフサイクルの考え方をベースに新本格二五年を四つのフェーズに分けると図1のようになる。笠井潔が言う日本の本格ミステリ史上にあらわれた「第三の波」である新本格の「波」とは、こういうものだった。

本書は、次の一手を打つために、また、次の世代の才能が創作や批評をするさい参照できるようにするために、いま国内の本格ミステリが置かれている環境を言語化し、遺すことを目的とする。あたらしい提言のまえに片付けておくべき、論点の整理を主とする。かつて新本格ミステリの成長期に刊行された評論集『本格ミステリの現在』の向こうを張る書物たらんとしたつもりだが、有栖川有栖や北村薫、法月綸太郎らが寄稿したかの書に比べれば、本書では笠井と小森健太朗を除けば当代の人気作家たちが筆を執っているわけでもない。いかにも地味なことだろう。しかし、このジャンルにとって必要なものだと信じている。先行者からバトンを渡してもらえないなら、むりやりにでも奪う。あるいは自分たちでつくる。そして次に渡す相手を探すための準備をする――本書で行われるのは、そんな作業である（勘違いも甚だしいと罵っていただいても、いっこうにかまわない。われわれがしようとしていることは、新本格の担い手たちが先行世代に対してしてきたことと同じだからだ）。

幸いなことに、批評家集団であるわれわれ限界研には、次の世代が加入した。本団体は、先行者として団塊世代の笠井潔、新人類世代の小森健太朗を擁し、次いでアラサーの蔓葉信博以下、本書の中心的な書き手がおり、また最近、さらにひとまわり下の世代の意欲的な学生が加わったのである。本書巻末のブックガイドを主に執筆しているのは、彼ら学生である。江戸川乱歩らによって切り拓かれて以降、紡がれてきた日本のミステリ評論の営為を継承しようという書き手が新たに現れはじめていることは、（手前味噌ながら）喜ぶべき事態だろう。

われわれは、明日の作品のために、次代の才能のためにいま書かれるべきミステリ評論を、書く。

図1：新本格ミステリのライフサイクル

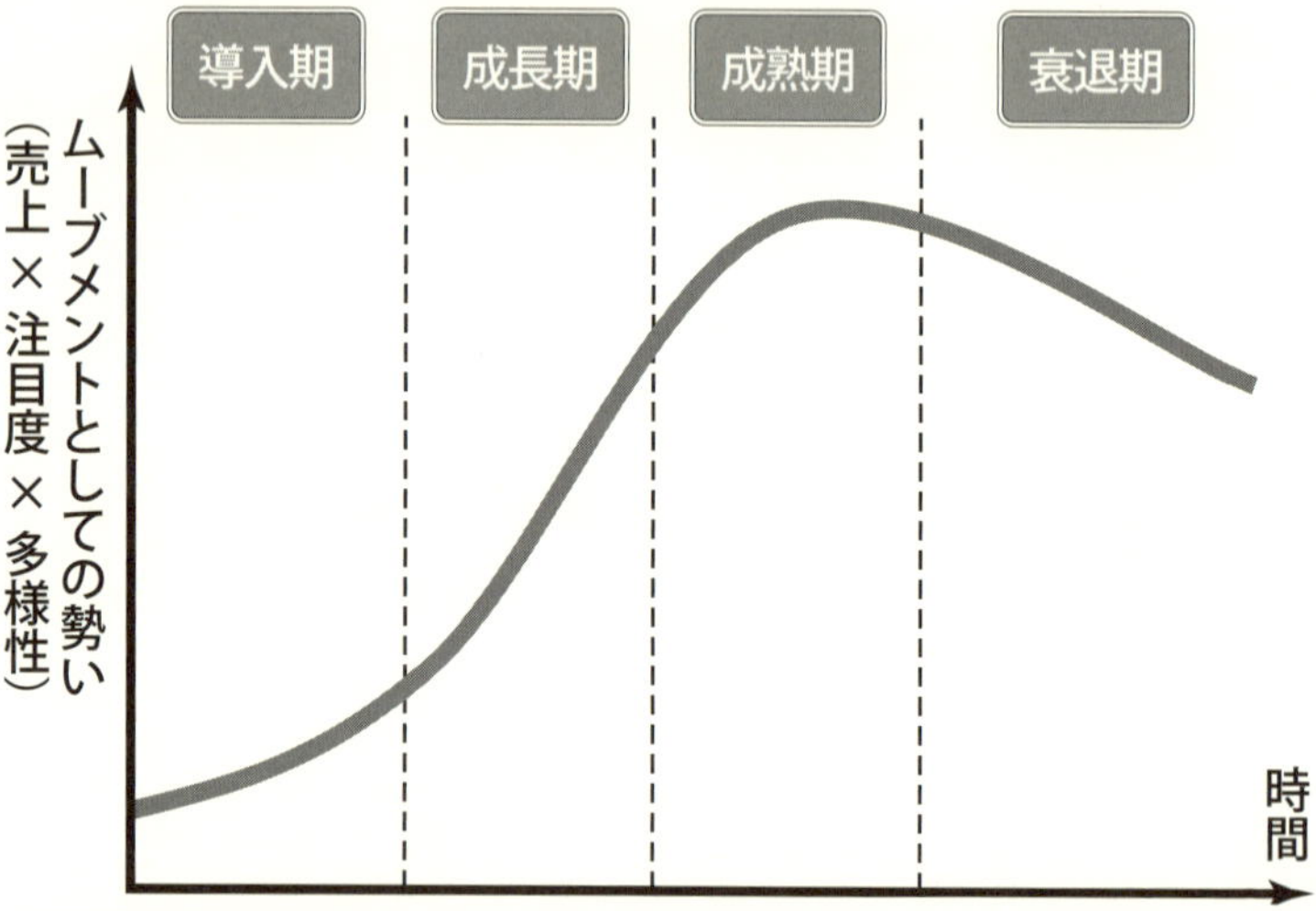

期間	1987 ～ 1993	1994 ～ 2000	2001 ～ 2006	2007 ～ 2012
象徴的な作品	綾辻行人『十角館の殺人』 法月綸太郎『密閉教室』 北村薫『空飛ぶ馬』 有栖川有栖『双頭の悪魔』 我孫子武丸『殺戮にいたる病』	京極夏彦『姑獲鳥の夏』 森博嗣『すべてがＦになる』 清涼院流水『コズミック	乙一『ＧＯＴＨ』 西尾維新『クビキリサイクル』 奈須きのこ『空の境界』 綾辻行人『暗黒館の殺人』 東野圭吾『容疑者Ｘの献身』	三津田信三『山魔の如き嗤うもの』 歌野晶午『密室殺人ゲーム 2.0』 舞城王太郎『ディスコ探偵水曜日』 麻耶雄嵩『隻眼の少女』 米澤穂信『インシテミル』
出来事	88 年鮎川哲也賞創設 92 年綾辻行人『時計館の殺人』が日本推理作家協会賞受賞、『創元推理』（東京創元社）創刊	94 年東京創元社「創元推理評論賞」創設 95 年講談社『メフィスト』創刊、メフィスト賞創設 探偵小説研究会結成 98 年東京創元社『本格ミステリ・ベスト 10』創刊（01 年から原書房刊）	2002 年文藝春秋『本格ミステリ・マスターズ』叢書創刊 03 年講談社『ファウスト』創刊 東京創元社『ミステリ・フロンティア』叢書、『ミステリーズ！』（東京創元社）創刊、創元推理評論賞廃止 06 年『容疑者Ｘの献身』直木賞受賞	2007 年福山ミステリー文学新人賞創設 南雲堂『本格ミステリー・ワールド』創刊
意味合い	登場当初の団塊世代以上からの壮絶なバッシングと同世代（新人類）以下からの熱烈な支持にはじまり、推協賞受賞などで大衆文壇に認められるまでの、新本格ミステリムーブメント勃興期。	第一世代の代表的なシリーズ長編は沈黙に入るが、京極、森の登場とベストセラー化、メフィスト賞創設で売上、注目ともに爆発。団塊ジュニア以下は大戦間の黄金期本格ではなく、新本格を読んでミステリを書き始める時期。	作品、評価軸ともに層が多様化したかわりに拡散していった時期。 ライトノベルとミステリが接近する動きがあるも、作風が本格でない作家への風当たりが強く、世代間対立（団塊ジュニア以下と新人類以上の対立）。 また、東野圭吾評価をめぐって容疑者Ｘ論争が勃発（団塊世代と新人類世代の対立）。	成熟期に発生した二つの世代間対立により、ムーブメントとしてのまとまりと勢いを失った時期。それぞれがそれぞれの関心と問題意識から創作や批評、消費を行い、全体像が見通しがたくなった。 若年層のミステリばなれ（とくに本格ばなれ、新本格ばなれ）進む。

本書所収の各論考について、その意図、アウトラインを提示しておきたい。図2は本書全体の企画イメージであり、点線のマルで囲っている部分が、この本で主に論じる部分である。社会環境の変化、およびミステリ史の流れを踏まえて考え、場合によっては他ジャンルや、思想、文芸批評、文化批評からの視点を採り入れ、ここ一〇年ほどのあいだに書かれた日本ミステリを中心に考察していく。おもに論点となるのは、「ポスト新本格と論理の崩壊」についてである。

「論理の崩壊」には、作家の論理能力の破綻（にみえたもの）、作家が登場させるキャラクターの論理能力の破綻（作家が意図的に行ったものと、無意識にそうなっているものとがある）、ミステリ読者の側の論理思考の衰退や変容（にみえるもの）、そして本格ミステリがもつ形式性を突き詰めていくと避けがたく直面する「論理の自壊」とでも言うべき難問など、いくつかの側面がある。いずれもが、外部環境の変化と無縁ではない。ここでは「脱格」をよりいっそう推しすすめ、本格を破壊する／壊れた本格としての「壊格」というコンセプトを提示する。

図3に論理的／反―論理的とオーソドックス／エクスペリメンタルの二軸で切ったミステリマップを描いた。有栖川有栖に代表されるのが左上の論理的でオーソドックスな「端正な本格」であり、中庸にあるのが〝一般文芸〟として『王様のブランチ』あたりで紹介されるようなミステリ作品、左下のオーソドックスで反―論理的なものとして八〇年代を席巻した冒険小説を挙げた。これら左側の作品は、本書ではあまり扱わない。エクスペリメンタルな作品群――広い意味での「壊格」に注目する。広義の壊格には、たとえば後期クイーン的問題を意識したがゆえにオーソドックスな形式性をぶちこわした「形式の壊格」（自覚的、実験的、論理的なもの）がまず入る。それから、必ずしも論理的とも自覚的とも言いがたいが奇妙さを孕んだ「天然の脱格」（天然で壊れているきらいがある作家によ

図2：本書のイメージ

年代	1920s'	30s'	40s'	50s'	60s'	70s'	80s'	90s'	2000s'	10s'
ミステリ史	英米本格黄金期			日本の戦後本格	社会派の隆盛	幻影城	新本格〜メフィスト系			
生年による世代区分			団塊〜プレ新人類世代		新人類（新本格第一世代）	団塊ジュニア〜ロスジェネ		ゆとり		

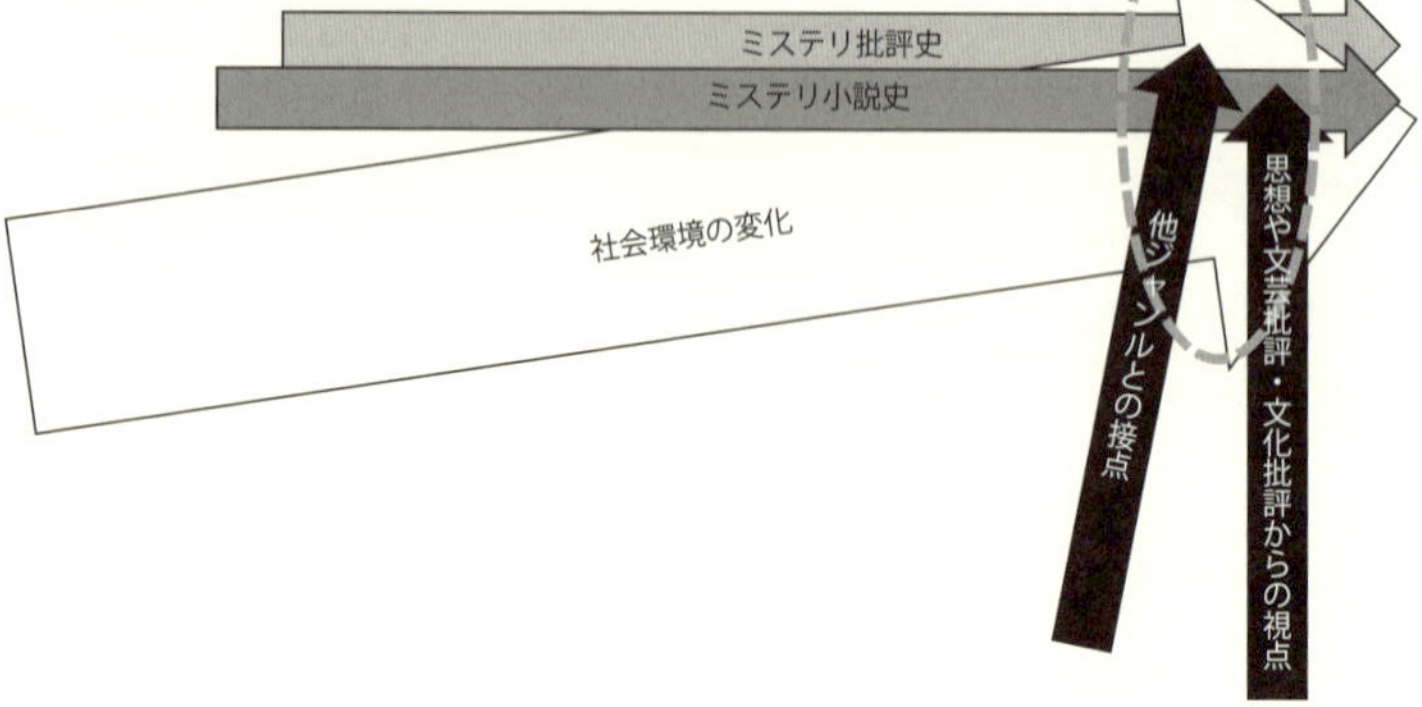

図3：ミステリマップ

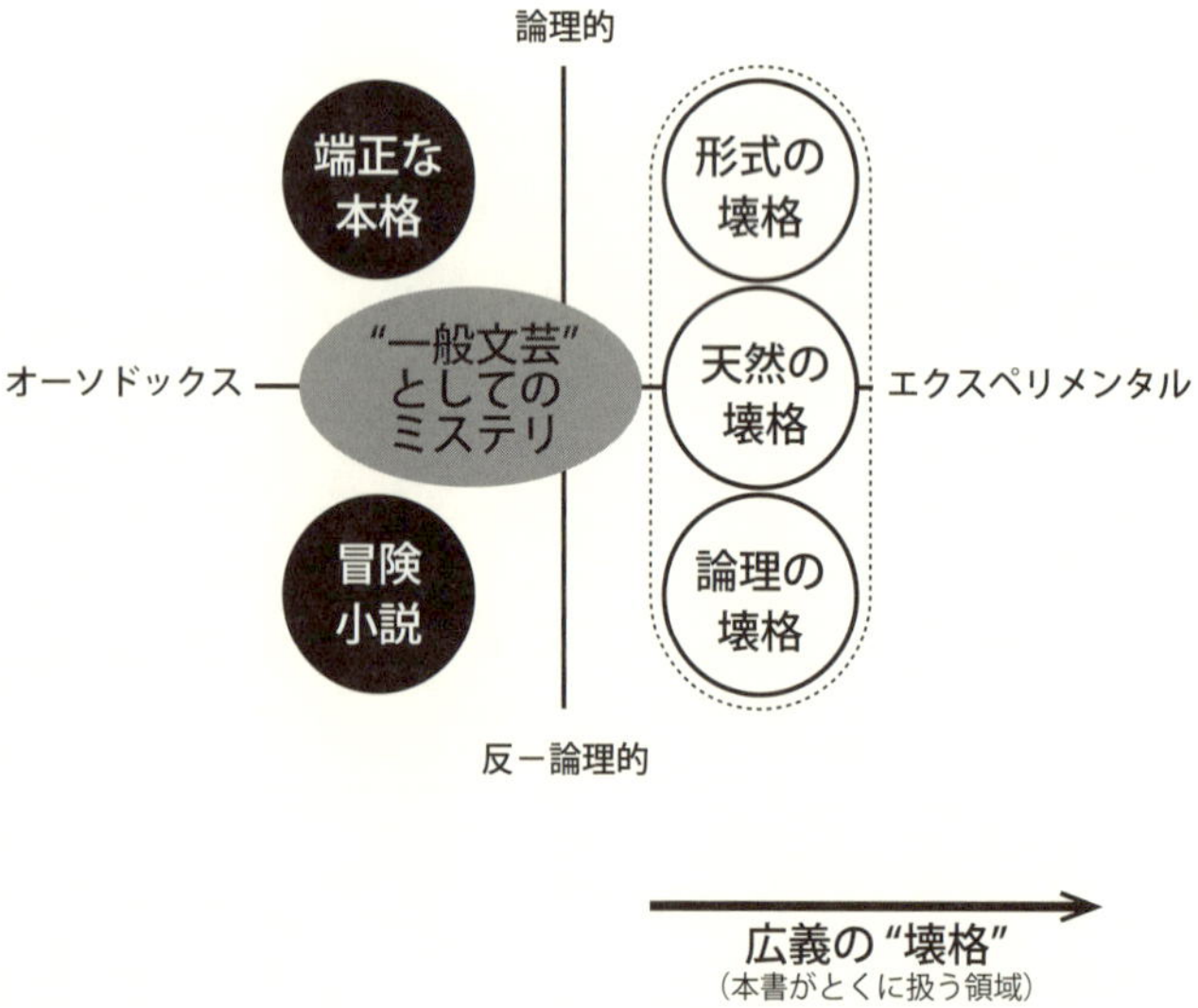

るもの）がある。そして自覚的に反―論理的かつ実験的な作風を選んだ「論理の壊格」（自覚的、実験的、反―論理的）を含む。形式の壊格は麻耶雄嵩や歌野晶午に代表され、ここで言う天然の脱格は石持浅海に代表され、論理の壊格は詠坂雄二や一部の米澤穂信作品に代表される。

　これらの壊格作品と、そこにいたる過程である新本格ミステリ史を論述する本書は、三部構成に分かれる。

　われわれは、本書で扱うミステリにおける「論理の崩壊」現象が、社会や経済状況の変化、インターネットの検索システムの普及をはじめとするテクノロジーの発達といった外部環境の変質と大きく関係している、という立場を取る。

　第一部は「21世紀的生とミステリ」をテーマとし、笠井潔「二一世紀探偵小説と分岐する世界」にはじまる。『探偵小説論』シリーズで、本格ミステリと人類の戦争体験（大量死）および戦後の豊かな社会の完成（大量生）との呼応を見てとった笠井が、大量生の時代以降の状況――「21世紀的生」を踏まえてこんにちのミステリについて論じたものである。

　飯田一史「『変わってしまった世界』と二一世紀探偵神話――清涼院流水／舞城王太郎論」は、3・11以降の状況から、阪神大震災を被災した作家である清涼院流水の作品に改めて注目する。「ポスト新本格と論理の崩壊」の先駆としての清涼院と、彼が敏感に察知していた社会の変容とはいかなるものだったか。そして清涼院と並走し、清涼院を超えようとした舞城王太郎の試みとはなんだったのかを論じている。清涼院は「天然の脱格」のように思われていたむきがあるが、ほんとうは「論理の壊格」だったのではないか――清涼院再評価を提起する論考である。

第一部の最後を締めくくるのは藤田直哉「ビンボー・ミステリの現在形――『二一世紀的な貧困』のミステリ的表現を巡って」。なんとも人を食ったタイトルだが、自らの実存に引きつけ、「ビンボー」の立場から見た現代ミステリ、こんにちの「社会派」の成立しづらさについて語っている。藤田は、詠坂雄二や初期の佐藤友哉作品のようなダウナー系ミステリに登場する人物たちの論理能力が破綻し、妄想にとらわれているように見える（あるいは実際、壊れている）のは、経済的な余裕のなさから生じる心理的な余裕のなさが原因であり、未来に対して希望をもてない非正規雇用のフリーターだからこそ視野が狭くなり、短絡的な考えをするようになるのだと考える。彼の理屈が破綻していると感じたなら、むしろビンボー藤田の論は成功していることになるだろう。この論ははたして「論理の壊格」なのか「天然の脱格」なのか、一読のうえ検討いただきたい。

第二部は「形式性の追求とミステリ」をテーマとする。

蔓葉信博「推理小説の形式化のふたつの道」は、「論理の自壊」すなわち「形式の壊格」を扱う。法月綸太郎「初期クイーン論」以来、本格ミステリ論壇をいまでも賑わせ続けている「後期クイーン的問題」――エラリー・クイーンや彼に触発された本格作家の作品にみられる「証拠の偽造」「容疑者の操り」「証拠の多義性」から生じる、推理のたしからしさをめぐる諸問題――について、近年刊行された力作評論である諸岡卓真『現代本格ミステリの研究』、飯城勇三『エラリー・クイーン論』などを踏まえたうえで、いまいちどその論点を整理し直したものである。

渡邉大輔「検索型ミステリの現在」は、探偵役個人が行うロジックによる推理、ではなく、Googleの検索エンジンに代表されるようなテクノロジーを用いた推理を表象している作品（たとえば「形式の壊格」の急先鋒である歌野晶午『密室殺人ゲーム』シリーズなど）について論じ、「ポスト新本格」作家の特徴を素描しようと試みている。

しかしはたして検索エンジンの台頭は、探偵像や読者の知的能力の変容をもたらすものであろうか？　ここで少し探偵や本格読者に求められる能力について考えてみよう。経営戦略コンサルタントの細谷功は『地頭力を鍛える』のなかで、人間の知的能力を「地頭力」「対人感性力」「記憶力（知識力）」に分け、こんにちもっとも重要な「地頭力」をさらに「仮説思考力」「フレームワーク思考力」「抽象化思考力」に分けている（表1-1、表1-2参照）。そして「昨今のロジカルシンキングブームではかなり拡大解釈されている『論理思考力』であるが、狭義でいうところの論理思考力とは基本的に『事象間を筋道立てて考える力』という定義とする。これはいわゆる左脳的思考、あるいは「サイエンス」的な発想である。このブームの中では思考力＝論理思考力と捉える考え方もあるが、『地頭力』には少なからず『ひらめき』を伴う右脳的思考あるいは『アート』ともいえる直感力が必要とされる」とことわっている。科学知識や見立てに使われている民俗学的モチーフについてうんちくを垂れて推理を行う「記憶力（知識力）」重視型探偵はGoogleとＳＮＳがあれば用済みである。また、過去に蓄積されたデータをもとに統計学的な解析を使って犯人像や犯行方法について絞っていくプロファイリング的な手法も、機械で一部代替できる（というか、データマイニングは機械処理を前提とする）。あるいは、読み手に推理をさせる小説が、読者に求めるものを考えてみよう。双子が出たら入れ替えトリックを疑え、というたぐいのミステリのお約束を前提にしてトリックを当てさせる作品は、知識偏重型で旧時代的だと言え、仮説とフレームワークをもって考えさせ、機転を活かした発想力（クリエイティブ・シンキング）をもって推理させる作品こそ今日的と言えるだろう。記憶力

表 1-1　3つの知的能力の比較

	地頭力	対人感性力	記憶力（知識力）
形容する言葉	「地頭がいい」	「機転が利く」	「物知り」
優秀な職業の例	数学者、プロ棋士	コメディアン、司会者	クイズ王
漢字一言で表現すると	理	情	知
陳腐化	ほとんどしない	ほとんどしない	速い
5W1Hで表現すると	Why思考	How思考	What思考
どうすれば鍛えられるか	問題解決のトレーニング	人間関係でもまれる	暗記型勉強
機械による代替性	一部利く（論理性）	利かない	利く
汎用性（「つぶし」の利き具合）	高い	高い	低い

表 1-2　地頭力の3つの思考力の比較表

	仮説思考力	フレームワーク思考力	抽象化思考力
一言で言うと…	結論から考える	全体から考える	単純に考える
メリット	最終目的まで効率的に到達する	思い込みを排除し、①コミュニケーション誤解の最小化、②ゼロベース思考を加速	応用範囲を広げ、「一を聞いて十を知る」
プロセス	①仮説を立てる ②立てた仮説を検証する ③必要に応じて仮説を修正する	①全体を俯瞰する ②「切り口」を選択する ③分類する ④因数分解する ⑤再俯瞰してボトルネックを見つける	①抽象化する ②モデルを解く ③再び具現化する
キーワード	・ベクトルの逆転（逆算） ・少ない情報で仮説を立てる ・前提条件を決める ・「タイムボックス」アプローチ	・絶対座標と相対座標 ・ズームイン（全体→部分）の視点移動 ・適切な切り口（軸）の設定 ・もれなくタブりなく	・具体⇔抽象の往復 ・モデル化 ・枝葉の切り捨て ・アナロジー（類推）

※表1-1は細谷功『地頭力を鍛える』（東洋経済新聞社） 19p、表1-2は同書25pから引用

と統計以外の知的作業、ロジックとひらめきを使った推理能力は、いまだ人力に頼らざるをえない。

——にもかかわらず、なぜミステリジャンルでは時代を映した作品として、先に「今日的」と称したタイプの作品ではなく、「壊格」が台頭するのか（もちろん、松岡圭佑作品のように「今日的」たらんとしたものも存在する）。ある作品、作家の論理が崩壊しているとしたら、細谷が分けた人間の知的能力のうちの、いったいどこがおかしくなっているのか。それらは何かに代替されているのか。ぜひ本書を読みながら考えてもらえれば幸いである。

第二部の最後は飯田一史「21世紀本格2――二〇〇〇年代以降の島田荘司スクールに対する考察から」は、八〇年代後半には新本格第一世代のデビューを後押しし、現在でも「ばらのまち福山ミステリー文学新人賞」や台湾の「島田荘司賞」などで精力的に本格ミステリ作家を世に出そうと尽力する島田荘司が、二〇〇〇年代初頭に提唱した「21世紀本格」というコンセプトを再考する。島田理論の核が「最新科学」の本格ミステリへの導入であることを確認したうえで、島田の後続たちの実作の傾向を整理、「21世紀本格」のコンセプトをアップデートするための枠組みを提示する。二一世紀のミステリには、まだまだ未開拓の領域がある。

第三部は「ミステリ諸派の検討」を行う。

蔓葉信博「『新本格』ガイドライン、あるいは現代ミステリの方程式」は、新本格ミステリムーブメント二五年の歴史をたどったものである。「第三の波」が興って引いていくまでのプロセスを学ぶ／振り返ることは、次のミステリムーブメントを考える／しかけるうえで何が起こりうるか、何が必要なのかを示唆してくれるだろう。

小森健太朗「叙述トリック派を中心にみた現代ミステリの動向と変貌」は、まず、よりマクロにここ五年、一〇年の諸潮流を概観する。次いで元来、本格よりもサスペンスの領域で用いられていた叙述トリックの展開についてみていく。綾辻行人や折原一など新本格第一世代がこぞって導入したことによって、のちの世代には「本格＝叙述トリック」という誤解が生じた経緯を丁寧にたどり、近年の叙述トリックの書き手がふたたび本格を離れている（本格を成立させるために用いるのではなく、別の小説的な効果を狙って使用している）ことを指摘する。これもある種の新本格ミステリ論だと言えるだろう。

海老原豊「終わりなき『日常の謎』 米澤穂信の空気を読む推理的ゾンビ」は、初期の北村薫や若竹七海に代表される「日常の謎」派の展開とその困難を論じ、(本人は「日常の謎」と形容されことを嫌っているようだが)米澤穂信の「古典部」シリーズや「小市民」シリーズなどに「日常の謎」派の批評的な帰結をみる。言い換えれば、「端正な本格」の一潮流としてはじまったはずの「日常の謎」派が「形式の壊格」や「論理の壊格」に行き着くさまを描いたものである。また、『らき☆すた』や『けいおん!』といった「日常系」(空気系)と「日常の謎」はいったいどんな社会的背景を共有し、どこで道を違えているのか——現代の文化批評に対する視座をも提供する論考である。

岡和田晃「現代『伝奇ミステリ』論——『火刑法廷』から〈刀城言耶〉シリーズまで」は、九〇年代を席巻した京極夏彦以降、二〇〇〇年代以降の伝奇ミステリについて考察するために、ディクスン・カー『火刑法廷』に遡り、そこから現在人気を博する三津田信三の「刀城言耶」シリーズまでくだる。いっけん不可解な怪奇現象を論理によって解明する——これが伝奇ミステリの基本的な形式だが、しかし、このジャンルにおいてはつねに、論理に回収しきれないものへの欲望がある。「論理の崩壊」を扱ったこの論集において、ホラーとミステリのあわいをさまよい、広義の壊格の上下をゆらめくこれらの作品群が孕む問題は、避けがたいものである。

藤田直哉「『謎解きゲーム空間』と〈マン=マシン的推理〉」は、ビデオゲームにおけるミステリジャンルの注目すべき作品について論じている。小説とビデオゲームは、メディアが違う。であるがゆえに、ゲームからミステリをみることによって、小説のみをみていては気づかない知見を得られることがある。あるいは泡坂妻夫を敬愛するカプコン所属のゲームクリエイター巧舟が『逆転裁判』シリーズや『ゴーストトリック』を手がけている、といったような本格ミステリの「浸透と拡散」を捉えるためにも、こうした他メディアのミステリ表現についての目配せと考察は、今後も欠くことができないものだろう。

巻末には、本書の論点からみた重要作品のブックガイドを付した。

本書は、乱歩以降「謎―論理的解明」を軸にすると信じられてきた本格ジャンルにおいて「論理が崩壊しているのがよい」と主張している本ではない。よくもわるくも、かつてとはさまざまな前提条件が異なる今日においては、旧来的な立場からすれば「論理の崩壊」と映る現象が不可避に起こってしまっている。まずはその状況と原因を確認すべきだ、と訴えたものである。

むしろ、私個人は、日本社会がグローバル化にさらされ、世代や階層、クラスタによって思考の前提がまったくことなってしまうような状況が進行し、おおげさにいえば社会が分断されるようになればなるほど、論理思考やロジカル・コミュニケーションの必然性は、ますます高まると考えている。バブル期までの日本が得意としていた、なんとなくの合意、場の「空気」による意思決定が不可能になっていくからだ。「空気」の霧散、日本人の均質性が失われて多様化し、さまざまな前提が共有しづらくなったことが、本書で「論理の崩壊」と呼ぶ事態をもたらしている。そしてこれは、逆に、かつて「空気」によって論理的だとか本格だとかみなされていたものが、本当はどれほどロジカルであったのだろうかと突きつけるものでもある。

本書は、ポスト新本格の時代に論理はいらない、などとは言っていない。「論理の崩壊」をもたらす社会の混迷やテクノロジーの発達に向き合った先にこそ、あたらしい論理小説《パズラー》、あたらしい本格、あたらしいミステリムーブメントの可能性があると信じている。しかしその前段階として、現況を認識し、受け入れることから始めたい。

神話の時代、バベルの塔は崩れ、神の怒りによって人々は共通言語を失った。だがことばが通じなくなったのちも、人々はコミュニケーションをやめず、論理のピラミッドを築くことをやめなかった。崩壊したなら、自らの手で復興させればよい。しかしがれきを無視して、まともな建物を立てることはできない。本書は仮設住宅である。そこに住まう子どもたちが、育ったあとどうするのかを、強制することはできない。立派な建造物に住まうのか、ノマドのように定住せずに生きるのか――いずれにせよ、この地を愛し、この血に誇りを抱いてくれることを願って、できるだけのことはしたつもりである。

第一部　21世紀的生とミステリ

二一世紀探偵小説と分岐する世界

笠井潔

1

本格探偵小説が苦境に陥っている事実から出発しよう。あらゆる危機がそうであるように、探偵小説の危機にも量的な面と質的な面がある。量的な面は指摘するまでもあるまい。二〇〇三年の頂点を通過して以降、本格探偵小説は刊行点数、販売部数ともに下降の一途を辿ってきた。二〇一一年度は東川篤哉の『謎解きはディナーのあとで』連作の大ヒットで、総部数の面では反転したにしろ、これが傾向として定着し、探偵小説がV字カーヴを描いて商業的に復活するとは予測しがたい。『謎解きはディナーのあとで』現象にもかかわらず、量的な面で本格探偵小説が苦境に立たされている事実は否定しえない。

危機の量的な面にかんして各種のデータを収集し、あれこれと仔細に論じる必要はないだろう。検討し究明しなければならない問題は、いうまでもなく質的な面にある。

探偵小説は一種の美的形式だから時代性や歴史性と無関係に存在しうる、「ミステリってそんなに前の世代を乗り越えなければいけないものなんだろうか」（鼎談「探偵小説批評の10年」で巽昌章が紹介している有栖川有栖の発言／『探偵小説と叙述トリック』所収）という見解は依然として有力であるようだ。

探偵小説を俳句や短歌、能や歌舞伎や落語のような伝統芸能と同一視し、形式の超歴史的一貫性を称揚する論者は、たとえば文明開化という環境の激変を生き延びるため、俳句や短歌がどのような苦闘を重ねたのかについて、多少とも歴史的経緯を検証すべきだろう。新時代に直面して俳諧は俳句、和歌は短歌という具合に名称までもが変更された。長いこと愛用されてきた本格探偵小説（本格ミステリ）という名称を、かつての俳諧や和歌と同じように、ジャンルを存続させるために放棄するという覚悟さえ必要となるかもしれない。

近代化の暴圧という環境の激変に耐えながら、新たな創造性を獲得することに成功したジャンルがある一方、それに失敗したジャンルも少なくない。飛鳥時代から千数百年という伝統を誇った仏像や寺院建築など仏教美術の創造性は、すでに失われた。

薬師寺の西塔が示すように、今日でも昔と同じようなものを造ることはできる。しかし新築の西塔が、歳月に耐えてきた東塔と同じ、あるいはそれを超える「美」を達成しているとはいえそうにない。自足的な形式の反復は頽落し、やがては自壊と消滅の運命を辿らざるをえない。では、到来した二一世紀の新時代に本格探偵小説は適応しえているだろうか。

本格探偵小説の適応不全を最初に予兆したのは二〇〇二年に潮流形成を完了した脱格系の存在であり、脱格系を無視、非難、排除した本格界多数派の自己保身的な対応だった。続いて二〇〇六年に『容疑者Xの献身』論争が起こる。『容疑者Xの献身』という作品の「画期性」を捉えそこね、旧来の評価基準で年度の最高傑作に押しあげた本格界は、到来した新時代への適応不全を自己露呈した。*1 探偵小説が新時代に適応しえていないと主張する以上、「新時代」の意味するところを厳密に検討し了解しなければならない。同時に、適応不全に陥った「探偵小説」の意味するところも。これまで本格探偵小説という言葉で指してきた対象は、世界戦争の大量死という文明史的衝撃から生じた表現文化や小説形式の試みの一部である。*2

これを英米の大戦間探偵小説、あるいは日本の戦後探偵小説とすれば、一九八〇年代後半にはじまって二十年ほど続いた日本の探偵小説復興運動は、大量死を大量生に置換する新たな方法が可能とした日本探偵小説の「第三の波」として捉えることができる。この観点からすると「第一の波」は、第一次大戦という最初の世界戦争を体験しないまま、その結果にほかならない英米大戦間探偵小説を日本に移植しようとした文化運動であり、「第二の波」は英米の第一次大戦を第二次大戦として追体験した日本の探偵小説運動として位置づけられる。

江戸川乱歩を代表作家とした戦前探偵小説（第一の波）の限界性は明らかだろう。もちろん、同時代のモダニズム文学にも第一の波と同じ指摘ができる。大戦間欧米のモダニズム文学や探偵小説は、あくまでも第一次大戦経験の産物だった。その前提を持たないままなされたモダニズム文学や探偵小説を移植する試みが、根を欠いた皮相な水準にとどまることは半ば以上も必然的だった。しかし第二

＊1　脱格系と『容疑者Xの献身』論争をめぐる問題は、「ミネルヴァ」連作の第三作『探偵小説と記号的人物』、第四作『探偵小説と叙述トリック』、評論集『探偵小説は「セカイ」と遭遇した』で論じた。

＊2　二〇世紀小説としての探偵小説の形式的・原理的な面は『探偵小説論序説』で論じた。

次大戦を経験した戦後探偵小説（第二の波）は、横溝正史の『獄門島』など多く傑作が示しているように第一の波の限界を超えた。

第一次大戦と第二次大戦が継起した二〇世紀前半は、世界戦争の時代として特徴づけられる。二〇世紀後半の西側先進諸国は、かつてない「平和と繁栄」を享受した。世界戦争の動因は富の希少性にあった。後発国のドイツが先発国だったイギリスとフランスに植民地再分割戦争を挑んだのが第一次大戦であり、一九二九年恐慌による大不況と失業と貧困の圧力がドイツや日本を第二次大戦に追いこんだ。いずれにしても原因は富の希少性にある。

第二次大戦後の西側先進諸国は、敗戦国のドイツや日本を含めてアメリカ型の「ゆたかな社会」（ガルブレイス）を築くことに成功する。世界戦争の動因だった富の希少性、貧困と失業は過去のものとなり「平和と繁栄」が謳歌されるようになる。世界戦争による大量死が英米の大戦間探偵小説や日本の戦後探偵小説の背景をなした以上、第二次大戦後の「ゆたかな社会」でそれが失速したのには根拠がある。その結果、第二次大戦後のアメリカで本格探偵小説はジャンル的に消滅してしまう。アガサ・クリスティは人気を保ったにせよ、イギリスでも第二次大戦後の本格探偵小説は大きな変貌を余儀なくされた。英米に四半世紀ほど遅れて高度な達成を見た日本の探偵小説もまた、高度経済成長が全面化する一九六〇年を画期として急速な衰退過程に入る。

しかし日本では一九八〇年代の後半から、二〇世紀後半の社会構造を前提とした本格探偵小説の復興が進んでいく。先にも述べたように、二〇世紀前半の世界戦争と大量死を世紀後半の「ゆたかな社会」と大量生に置き換える新たな方法論が、第三の波を可能とした。*3

脱格系問題と『容疑者Xへの献身』論争で適応不全を露呈した本格探偵小説とは、英米の大戦間探偵小説、それを継承した日本の戦後探偵小説、両者を二〇世紀後半の新たな歴史条件のもとで復興した第三の波を含んでいる。ただし直接的には、前二者の現在的な継承としての第三の波を指していた。

適応不全の主体面である「探偵小説」が以上のように定義されるなら、残る問題は対象面としての「新たな時代」だろう。それは二〇世紀後半の「ゆたかな社会」であると同時に、世紀前半の世界戦争の時代を含んだ「二〇世紀」という時代総体にたいして「新たな時代」、ようするに「二一世紀」ということになる。

脱格系および『容疑者Xの献身』をめぐる二つの探偵小説論争を経過して、筆者は過ぎた二〇世紀および到来しつつある二一世紀の政治／社会／文化を総体として検証する作業を課題とした。その成果として、二〇〇九年に刊行した『例外社会』がある。この仕事で二一世紀社会の輪郭は描きえたが、それを探偵小説に折り返すという作業はいまだ果たされていない。『例外社会』で得られた了解を前提に、本稿では二一世紀探偵小説の可能性を検証したいと思う。

二〇世紀は「例外国家」の時代、二一世紀は「例外社会」の時代である。憲法秩序や法秩序が部分

＊3　第一の波にかんしては「ジャーロ」誌に連載中の『探偵小説論Ⅳ』、第二の波は『探偵小説論Ⅰ』、第三の波は『探偵小説論Ⅱ』で主題的に検討した。また「ミネルヴァ」連作の第一作『ミネルヴァの梟は黄昏に飛びたつか？』、第二作『探偵小説と二〇世紀精神』、第三作『探偵小説と記号的人物』、第四作『探偵小説と叙述トリック』でも、それぞれの時点での第三の波の定点観測を試みた。世界戦争と昭和文学の照応については『探偵小説論Ⅲ』を参照されたい。第一、第二の波という探偵小説運動は本書で検証した昭和文学の有機的部分である。

的あるいは全面的に停止される非常時を、ドイツの政治学者カール・シュミットは「例外状態」として検討している。典型的な例外状態は対外戦争や内乱だ。シュミット説では、法が支配する平時と例外状態が時間的に継起する。しかし二〇世紀では例外状態が恒常化した。二〇世紀前半は総力戦国家を典型例として、例外状態を構造化した国家（例外国家）が支配的だった。

二〇世紀後半になっても例外国家の時代は続く。アメリカを基軸国とする西側諸国は、ソ連との冷戦という総力戦を第二次大戦後も続行していたからだ。アメリカや西欧や日本で「ゆたかな社会」を実現した福祉国家もまた例外国家にほかならない。列強の勝ち抜き戦として世界戦争を戦った二〇世紀前半の総力戦国家は前期例外国家、二〇世紀後半の冷戦を国内体制化した福祉国家は後期例外国家だった。

二〇世紀的な例外国家の終焉は、一九八〇年代のサッチャリズム、レーガノミックスからはじまる。この傾向を社会主義の崩壊（一九八九年）が決定的に加速し、資本主義のグローバル化を背景にネオリベラリズム的改革が九〇年代以降の西側諸国では加速された。英米がネオリベラリズム的改革に舵を切った一九八〇年代に、日本では二〇世紀後半の「ゆたかな社会」が絶頂期を迎える。第三の波の主要作家が、八〇年代に二十代だった世代に属している事実は興味深い。日本の「ゆたかな社会」を所与として自己形成した世代は、二〇世紀後半的な大量生の病理に鋭敏であることを条件づけられていた。この点に第三の波の歴史的根拠がある。

第二次大戦後の高度成長は西側諸国に共通する現象だが、アメリカと西欧では第一次オイルショック（一九七三年）の時点で局面は転換した。不況とインフレの同時進行（スタグフレーション）に悩まされる諸国を尻目に、日本は二次にわたるオイルショックを乗り越え一九八〇年代には未曾有の繁栄を達成する。バブル崩壊（一九九一年）で下降局面に入った日本経済だが、それが社会意識として自覚されるまでには五年から七年のタイムラグがあった。一九九五年の阪神大震災と地下鉄サリン事件、九七年の山一證券や北海道拓殖銀行の倒産を経てようやく、日本でも経済的低迷の構造性が実感されるようになる。

こうした社会意識を背景に日本でもネオリベラリズム的改革が進行する。二〇〇〇年代の小泉改革の六年を通じて、格差化／貧困化は誰の目にも明らかな事態となる。量的な面で第三の波の折り返し点は二〇〇二年、同年には脱格系の潮流形成が完了している。そして小泉退陣の二〇〇六年に『容疑者Xの献身』論争が生じた。「ゆたかな社会」の解体過程と、八〇年代の青年たちによる「ゆたかな社会」批判運動の一環だった第三の波が限界に逢着したことが時期的に重なる点は、以上のような時代的素描からも明らかだろう。

こうした解釈はテクストを作品に、作品を作者に、作者を社会性や時代性に還元するものだという批判が、とりわけテクスト論が流行した一九八〇年代に学生だった世代から寄せられることが多い。

これらの論者は遠近法的錯視に陥っている。ロラン・バルトやジャン・リカルドゥによるテクストの絶対的自律性という主張もまた、露骨に政治的であることを見ようとしない点で。第二次大戦後にサルトルが樹立した知的覇権は、後続世代にとって我慢できないほどに抑圧的だった。サルトルの文壇政治的な覇権を打倒するため後続世代はアンガジュマン理論にテクスト理論を、道具的な言葉に詩語の純粋性を対置した。テクスト理論が過激なまでに徹底化されたのは、強大な敵と闘い勝利しなければならないという政治的動機を背景としていたからだ。

日本型ポストモダニズムの一部だった八〇年代のテクスト派には、フランス本国では暗黙の前提だったサルトルと後続世代の言説をめぐる闘争や政治力学など、まったく理解の外だったのだろう。常識的に考えればわかるように、時代性や社会性と無関係な純粋テクストなど存在しえない。また、時代性や社会性に完全に還元可能なテクストも存在しえない。バルトやリカルドゥによる極端な主張は、サルトルの極端な主張を中和するための政治的言説という面が無視できない。

たとえばエドガー・アラン・ポオの「モルグ街の殺人」を、あるいは横溝正史の『獄門島』や中井英夫の『虚無への供物』を、あらゆる時代性や社会性を排除し形式的な観点からのみ論じることは可能だろう。しかし反対に、テクストを時代性や社会性との関連で論じることも可能だ。

たとえば筆者は『虚無への供物』を、「完全犯罪としての作品」(『物語のウロボロス』所収)ではテクスト内在的な視点から、「戦後探偵小説の内破」(『探偵小説論I』所収)では世界戦争と大量死との関連から論じている。

2

明治以降の日本社会は「近代／伝統」、「外国／日本」、「進歩／保守」、「合理／非合理」、「左翼／右翼」、「都市／農村」、「知識人／大衆」、「契約論的なリベラリズム／有機体論的なナショナリズム」等々として、多様に変奏される二項対立によって駆動されてきた。しかも、ほとんど定期的に優位項と劣位項が交替していく。幕末の「開国／攘夷」では攘夷が倒幕の原動力となるが、明治維新は文明開化の時代を拓いた。しかし近代化＝西欧化を政治的に徹底することをめざした民権派の有力な部分は、まもなく国権派に転換していく。日本の帝国主義化を推進する点で国権派も近代派・進歩派といえるが、そこから玄洋社など日本の右翼運動が生じた点では伝統派・保守派の巻き返しという面も無視できない。

優位項と劣位項の交替という思想的往復運動は、かならずしも明治以降に固有の事態とはいえない。奈良時代の欧化ならぬ唐化と国風化した平安時代、鉄砲からキリスト教まで南蛮文化に影響された戦国時代と鎖国の江戸時代。少なくとも「進歩／保守」、「外国／日本」の優劣逆転にかんしては、こうした歴史に先行的事例を認めることができる。

日本近代史における最大の優劣交替劇は、大正デモクラシーから昭和のウルトラ・ナショナリズムへの劇的な転換だろう。民間右翼と陸軍皇道派による昭和維新運動の挫折は、統制派や革新官僚に主導された国民総動員体制と戦時天皇制の確立にいたる。戦時天皇制下で明治以来の伝統派・保守派のイデオロギーは、「神懸かり」的なウルトラ・ナショナリズムに転化していく。

画期は一九三五（昭和十）年の国体明徴声明であり、それに続く国体明徴運動だった。大正デモクラシーの政治理論的な基軸ともいえる美濃部達吉の天皇機関説を非難する国体明徴声明は、北畠親房『神皇正統記』や水戸学の皇国思想の反時代的な復活に帰結する。一九三五年から敗戦までの十年間、とりわけ日米戦争の開戦以降は「神州不敗」の神風幻想が戦争遂行イデオロギーとして鼓吹された。軍事的意味のない玉砕戦から、B29に竹槍で立ち向かえという類の妄想的精神主義にいたるまで、「神懸かり」的なウルトラ・ナショナリズムの事例は枚挙にいとまがない。

この時期に、明治以来の思想的二項対立は伝統と非合理の極に極端化され、日米戦争の敗北後は一転して第二の文明開化期が到来する。たとえば横溝正史『獄門島』、高木彬光『刺青殺人事件』、坂口安吾『不連続殺人事件』などと並んで戦後探偵小説（第二の波）の傑作と評される鮎川哲也『黒いトランク』で、事件関係者の蟻川はトランク詰めの屍体となって発見された馬場を次のように評する。「自由を尊ぶわれわれの学園では、まさにサソリのような存在だったがね。トータリズムの盲目的な遵奉者で、リベラリズムを目の敵にしたミリタリストだったよ」と。また犯人は、次のように殺人の動機を告白して自殺する。

僕が馬場のみならず、日本を今日の悲運に陥れた凡ての軍国主義者共に対して何ういう考えを持っていたかは、君もわかってくれたものと思う。戦争を怖れ戦争を憎み戦争を嫌う君であってみれば、僕の胸中を理解してもらうのも決して難しいことではないはずだ。(略)兎に角僕は平和国家の構成分子の一員たろうとする願望のために、即ち暴力を否定せんが為に暴力を肯定せねばならぬジレンマに陥りつつ桜の杖をふりおろした。

玄洋社の本拠地だった北九州出身の馬場は、ウルトラ・ナショナリストの卑俗な典型として描かれている。たしかに馬場のような人物も戦前昭和期とりわけ昭和十年以降はいたるところで跋扈していたろうが、馬場を描く鮎川の筆致にはいささか平板な印象がある。玄洋社のアジア主義者には日朝の対等合邦を唱えた内田良平や、朝鮮独立を主張した葦津耕次郎などの有力人物がいる。日本の資本主義的近代化を肯定する大正リベラリストの大多数は、朝鮮や台湾の植民地支配を無批判に肯定、あるいは必要悪として承認していた。蟻川が称揚する「リベラリスト」のうち、たとえば日本の植民地主義を批判した人物は石橋湛山くらいだろう。

日本の資本主義的近代化を背景とした帝国主義や植民地主義と、玄洋社にはじまる右翼運動を等号で結ぶことはできない。橘孝三郎らの農本主義者に典型的であるように、右翼思想の核心には資本主義的近代化への抵抗が埋めこまれている。橋川文三『日本浪漫派批判序説』を参照するまでもなく、戦前昭和期のウルトラ・ナショナリズムを外在的に全否定するような思想史的立場は一面的といわざるをえない。

『黒いトランク』にも8・15を画期とする思想的大転換、国民的総転向を対象化する観点は希薄である。犯人は遺書で、「その胸に由美子さんを迎え給え」と鬼貫に忠告する。かつて鬼貫でなく、第二の屍体となる近松を選んで結婚した女性として、由美子という人物は設定されている。もしも犯人の忠告に鬼貫が応じえたなら、物語は幸福な結末に達しえたろう。ハッピーエンドを回避した点に、かろうじて作者の批評精神が窺われる。

国体明徴宣言の一九三五（昭和十）年には夢野久作『ドグラ・マグラ』が刊行されている。小栗虫太郎『黒死館殺人事件』は昭和九年、木々高太郎『人生の阿呆』、蒼井雄『船富家の惨劇』は昭和十一年の刊行で、一九三五（昭和十）年前後に戦前探偵小説（第一の波）は頂点を迎えた。しかも一九三七（昭和十二）年に開始される日中戦争下、内閣情報局の統制で探偵小説の出版は事実上禁止され、第一の波は終熄していく。

戦前探偵小説の作者と読者の多くは、『黒いトランク』の蟻川や鬼貫のような政治的立場だったろう。江戸川乱歩や横溝正史が、高村光太郎のように真珠湾攻撃に熱狂した様子はない。著名読者の側も同様で、たとえば大井広介邸の探偵小説サロンで犯人当てに興じていたという平野謙、坂口安吾、荒正人、埴谷雄高（戦後に参加）、あるいは鶴見俊輔、中井英夫、大岡昇平、福永武彦なども含め、ウルトラ・ナショナリズムに批判的なリベラリストや左翼が多数を占めている。一般読者の思想傾向も、これら著名読者と大きく異なっていたとは思われない。

戦前探偵小説の作者と読者が共有していたろう、「神懸かり」的なウルトラ・ナショナリズムに自覚的・半自覚的に抵抗する思想傾向には根拠がある。西欧から輸入された探偵小説が、伝統でなく近代、保守でなく進歩の側に位置したことは自明だろう。また「都市／農村」という対項にかんしていえば、ラジオや映画やジャズやレヴューと並んで探偵小説もまた、関東大震災以降に隆盛した二〇世紀的な都市文化の重要な一部だった。

文学や小説という領域での「知識人／大衆」対項は、明治以来「自然主義文学／通俗小説」として捉えられてきた。自然主義や私小説の対極に位置する新講談や立川文庫などの通俗小説は、昭和に入って「大衆文学」に転化するが、探偵小説を含んだ新しい大衆文学の読者は「知識人」の側に位置した。大岡昇平や埴谷雄高などの探偵小説読者は、自然主義的・私小説的な日本文学主流の後進性や特殊性と訣別し、スタンダールやドストエフスキイを範型とした近代小説をめざすことになる。

このように探偵小説作者と読者の多くは「近代／伝統」、「進歩／保守」、「都市／農村」、「知識人／大衆」では前項の側に位置していた。「左翼／右翼」、「リベラリズム／ナショナリズム」という政治思想的な姿勢にかんしても、大勢として前項が優位だったといえる。戦前昭和期に青年だった埴谷や平野や荒は「左翼」、大岡や鶴見は「リベラル」で、いずれもウルトラ・ナショナリズムとは対立的な立場だった。

探偵小説が論理小説である以上、最後に残された対項「合理／非合理」という点でも、いずれの側に探偵小説が位置したかは指摘するまでもない。とはいえ、頽落した主意主義としてのウルトラ・ナショナリズムにたいし、探偵小説は主知主義の側に位置したといえるだろうか。

ハワード・ヘイクラフトの探偵小説史観によれば、探偵小説は法の支配を前提とする。見込み捜査や、拷問による自白の強要が横行している前民主主義的な独裁国では、探偵小説が発達する条件はない。第二次大戦のさなかに刊行された『娯楽としての殺人』の主張は、要約すれば「探偵小説＝反ファシズム文学」説である。たしかに枢軸国のイタリアやドイツ、そして日本でも探偵小説は排斥された。左右の政治的方向は異なるが、ナチス国家に匹敵する二〇世紀型のボリシェヴィキ国家ソ連にも、枢軸三国と同様に探偵小説は存在していない。

ヘイクラフトは『娯楽としての殺人』で次のように述べている。「探偵小説そのものは純粋に近代の産物である」、「しだいに拷問は証明に、神託は証拠に、拷問台や指ねじりは訓練された尋問官にと、とってかわっていった。／そして尋問者が完全に出現したときに、探偵小説が、当然の帰結として、登場してきたのだ」、「探偵小説は本質的に民主的な慣習の産物であり、また今までずっとそうでありつづけてきたのだ。ただ民主制の下でのみ大規模に生みだされてきたのだ。娯楽という輝かしい上着を着て、立憲国家の住民を他の不幸なひとびとから区別する貴重な権利と特権を描きだしてきたのだ」。この著作が刊行された時期（一九四一年）を考えれば、以上のような言明の意味するところは明らかだろう。すでにヨーロッパの大半はナチス・ドイツに占領されていた。四一年一二月の真珠湾攻撃によって、アメリカは第二次大戦に参戦することになる。

ヘイクラフト説は、戦前昭和期の日本で探偵小説とリベラリズムの親和性が高かった事実と整合する。しかし平野謙や荒正人、埴谷雄高のような共産主義者や非合法共産党の支持者という経歴の人物が、どうして探偵小説に魅力を感じたのかは説明できない。これらの作家や批評家は第二次大戦後も復党あるいは入党することなく、戦前からの権威主義的で非人間的な共産党の組織体質を批判し続けた。こうした立場は一九五〇年代半ば以降、とりわけ埴谷の場合には独特のスターリニズム批判として深められていく。ようするに、昭和十年前後に転向しリベラル化するだろう青年共産主義者が、「新青年」時代の探偵小説を愛好していたことになるのか。

ヘイクラフト的な探偵小説史観によれば、「合理/非合理」の合理は近代的な啓蒙的理性の産物である。前近代的な非合理性や無知蒙昧な迷信を打破する近代の合理精神。地動説をめぐるガリレイとローマ教会の対立が、非合理にたいする合理の闘争の歴史的な出発点として捉えられた事実は、合理精神と近代的な経験科学の類縁性を示している。

医学者が病原体を発見するように、探偵は事件の真相と犯人を見出さなければならない。その方法は、両者ともに「観察/推論/実験」にある。たとえばコナン・ドイルが創造したホームズは、しばしば自分の探偵法を経験科学の方法論になぞらえた。日本で第二次大戦中に頂点に達した「神懸かり」的なウルトラ・ナショナリズムが、頽落した主意主義と非合理主義的迷妄の極点だとしたら、それに探偵小説は啓蒙的理性に裏打ちされた合理精神で対抗しなければならない。

探偵小説の論理性もまた以上のような文脈のもとで理解される。古典論理学の矛盾律や同一律などの論理規則や三段論法は経験科学では推論、あるいは仮説設定の際に活用される。探偵小説の場合も同様で、探偵による推論の論理性は暗黙のうちにアリストテレス論理学的な論理性を意味すると考えられてきた。

第二次大戦の敗北を画期として振り子は反対方向に戻る。近代日本の思想的二項対立の優位項は再逆転し、「神懸かり」的なウルトラ・ナショナリズムと愚昧な精神主義は国民的な侮蔑の対象となる。対米戦争の敗因を生産力や科学技術の「遅れ」として総括した点で、戦後日本の保守派(自民党)と革新派（社会党・共産党）に原理的な相違はない。こうして第二の文明開化時代が到来し、戦後民主主義／戦後啓蒙主義／戦後平和主義の三位一体が支配的な時代思潮となる。科学技術立国をスローガンに、国民は「平和と繁栄」めざし全力で走りだした。それに対置されたのは、悲惨な敗戦に帰結した戦前日本の「戦争と貧困」である。前者には「民主主義」を、後者には「軍国主義」を加え、「平和と民主主義と繁栄」対「戦争と軍国主義と貧困」とするほうが正確かもしれない。

まさに、このような時代状況を背景として『黒いトランク』は執筆された。ＧＨＱの主導で戦後憲法が採択され、司法制度は近代化され、拷問による自白の強要なども建前上は禁止された。代表作家として鮎川哲也を含む戦後探偵小説（第二の波）の高揚は、ヘイクラフトの「探偵小説＝反ファシズム文学」説で過不足なく説明できるように見える。

科学技術立国による「平和と繁栄」は一九六〇年代の高度経済成長によって基本的に達成された。一九六四年の東京オリンピック、六八年のＧＮＰ世界第二位達成、七〇年の大阪万博などをその指標としてあげることができる。七三年のオイルショックはアメリカと西欧諸国で第二次大戦後の高度成長を終わらせた。深刻なスタグフレーションに襲われた西側先進諸国では、日本のみ例外的に七〇年代も安定成長を維持し、八〇年代には未曾有のバブル景気が到来する。日本は経済的対米戦争に勝利した、「ジャパン・アズ・ナンバーワン」だという夜郎自大な自賛が横行することになる。

そして二十年、いまや「ジャパン・アズ・ナンバーワン」を称揚する者はいない。この二十年ほど、「平和と繁栄」を達成した戦後社会の変質や形骸化は不可逆的に進行してきた。以下、指標的な出来事をアトランダムに列記してみよう。バブル崩壊、自民党の分裂と細川政権の誕生、阪神大震災と地下鉄サリン事件、平成大不況とリストラの嵐と就職氷河期、山一證券と北海道拓殖銀行の倒産、小泉政権によるネオリベラリズム的改革、9・11と自衛隊のアフガン戦争派兵、実感なき景気回復と格差化／貧困化の進行、リーマンショックと尖閣諸島事件、民主党政権の誕生と急激な失速……。

二〇世紀後半に達成された「平和と繁栄」の日本は、武力衝突を含む対外的緊張と格差化／貧困化の大波に呑まれ終えた。日本の二一世紀が「戦争と貧困」の時代になるだろうという不吉な予感は、いまや国民のあいだに瀰漫している。

「戦争と貧困」の二一世紀という国民的予感を決定的にしたのが、二〇一一年三月一一日の東日本大震災と大津波、それに続くチェルノブイリ級（レヴェル7）の福島原発事故だった。大地震と大津波は、われわれの平和で豊かな日常が脆弱な基盤の上にある事実を否応なく突きつけた。土建国家ともいわれる戦後日本にもかかわらず、三月一一日の津波被害を最小限にする堤防や避難路の整備は棚上げされていた。しかし関東大震災や阪神大震災にも見られたように、日本人は東日本大震災にも「復興の槌音高く」対処しえたろう、致命的な原発事故さえ起こらなければ。

戦災で荒廃した国土の再建に奮闘する日本人は、「復興の槌音高く」という決まり文句で語られるのが常だった。この事実は、人災にほかならない戦争被害を一種の天災として日本人が了解したことを示している。

敗戦後に書かれた太宰治の短篇「トカトントン」の主人公は、ポツダム宣言受諾を告げる玉音放送を聴いて「死のうと思いました。死ぬのが本当だ、と思いました」。しかし「ああ、その時です。背後の兵舎のほうから、誰やら金槌で釘を打つ音が、幽かに、トカトントンと聞えました。それを聞いたとたんに、眼から鱗が落ちるとはあんな時の感じを言うのでしょうか、悲壮も厳粛も一瞬のうちに消え、私は憑きものから離れたように、きょろりとなり、なんともどうにも白々しい気持で、夏の真昼の砂原を眺め見渡し、私には如何なる感慨も、何も一つも有りませんでした」と語る。

　昨日まで「戦争と軍国主義」を全肯定していた日本人が、今日は「平和と民主主義」を称揚している。こうした国民的総転向に主人公は同じることができない。占領軍がもたらした新たな価値と再来した平和な日常に馴染もうとしても「トカトントン」という幻聴を意識したとたんに脱力してしまう。この「トカトントン」が「復興の槌音」を寓意していることは明らかだろう。

　破局に帰結した事態の意味を問うことなく、翌日から「トカトントン」と「復興の槌音高く」国土と生活の再建に邁進しはじめる日本人が、無自覚のうちに新たな破局を準備してしまう。もしも3・11が地震や津波という自然災害にすぎなければ、この破局を日本人は昔ながらの発想でやりすごしえたろう。昔ながらの発想とは、日本列島が地震、津波、噴火、台風など自然災害の頻発地帯であるため、その住人が歴史的に形成した集合的心性ともいえる。「泣く子と地頭には勝てぬ」、なおのこと「自然災害には勝てぬ」という無力な諦念と消極的態度が、「復興の槌音高く」奮闘する積極的態度の裏側には貼りついている。

　しかし原発事故は、思想的二項対立の優位項が逆転し続ける日本の頑強きわまりない文化や精神に、かつて経験したことのない衝撃と亀裂を生じさせたのではないか。原発事故は自然災害、天災ではなく典型的な人災だから。これに匹敵する人災は大飢饉、とりわけ天保の大飢饉など江戸時代の東北地方で極限をきわめたそれだろう。

　もともと高温湿潤な熱帯、亜熱帯、温帯の植物であるイネを、亜寒帯に隣接する温帯北限で栽培し主食とする不自然性が、東北地方の大飢饉の背景にはある。日本でも中欧以北のヨーロッパ、東アジアでは朝鮮半島北部や中国の東北部と華北地方のように小麦やジャガイモやコーリャンなど耐寒性のある作物を中心に栽培していれば、人肉食が横行するほどに悲惨な大飢饉は回避しえたろう。

季候をはじめとする自然条件という点での、栽培植物の不自然性が旱魃と冷夏、台風や火山噴火による気温低下などの天災を致命的な水準に押しあげる。不適切な栽培植物を選好した無理が天災を経由し人災として爆発する。今回の津波と原発事故の関係は、温帯の北限でイネを栽培する不自然が、旱魃や冷夏などの天災によって人災に転化した事例に類比的といえる。

ジャワやメコンデルタでは湿地帯に種籾を適当に播いておけば、さほどの農作業は必要なく年に二回も三回も収穫できる。これが熱帯や亜熱帯での本来の稲作だが、日本では条件が決定的に異なっている。苗代で育てた苗を田に植え替え、田植えのあとは雑草を抜き続け、稲刈りも集中的に行わなければ台風被害で作物が全滅しかねない。典型的には東北地方に見られる日本での稲作の不自然性は、農業労働の加重化と集団作業化を必然化した。それが日本列島住民に固有のムラ的な共同体意識を形成させ、定着させていく。稲作が導入される以前、狩猟採集経済を主としていた日本列島原住民にムラ的な共同体意識は無縁だったろう。

和辻哲郎の『風土』や柳田国男の『海上の道』を代表例として、日本人による日本論の多くは牧畜にたいし農耕、とりわけ稲作を日本文化や日本精神の自然的基礎として注目してきた。こうした論は倒錯している。牧畜を伴わない農耕民も稲作民も、世界にはいたるところに存在する。これでは日本文化と、朝鮮半島南部や華南やジャワやメコンデルタの文化は基本的に同型だという結論にいたらざるをえない。こうした日本論の倒錯は、「西欧／日本」の二項対立を思考の前提として絶対化したところに基因する。ようするに西欧との対比でしか日本を捉えようとしない。日本文化の固有性を探りあてるには、むしろ自然条件や歴史条件に類似点が多い近隣諸国と比較するべきだろう。

容易に観察できる日常的な事実だが、韓国人や中国人は議論を好む。この点ではインドや一神教文化が浸透した西アジアやヨーロッパとも共通する。しかし日本人は概して議論を好まない。大勢に逆らって異論を主張する者は忌避され排除される。このような文化とムラ的共同性は無関係でない。気候的に不適切な作物を無理に育てるため集団的な農作業が義務化された結果、「みんなで一緒に」が最優先されるようになる。もしも黙約や規律の攪乱者を許したりすれば全員が共倒れになりかねない。生産経済が普及して以降の日本列島住民の心性は、不適切な自然環境で稲作を選んだ事実を基底とし、過重で単調な反復労働に耐え（「頑張ればなんとかなる」）、しかも集団的な農作業（「みんなで一緒に」）のため共同体的な相互抑圧に耐えるという二点に規定されている。忍耐こそがこの国では最大の美徳となった。

同質化をめぐる強迫観念は過剰な同調圧力をもたらす。ムラ的共同体を支配するのは、山本七平が論じた意味での「空気」だ。共同体の命運にかかわる決定的な事態に際しても、指導者による独裁的な決断も関係者の討議による合理的な選択も忌避され、場の空気による暗黙の決定が優先される。近年の歴史研究で日米戦争の開始や継戦過程の実態やポツダム宣言受諾の経緯などについて、さまざまな新知見が提起されてきた。

山本七平『「空気」の研究』には、「『空気』の研究」以外に「『水＝通常性』の研究」が併録されている。「ここまで読まれた読者は、戦後の一時期われわれが盛んに口にした『自由』とは何であったかを、すでに推察されたことと思う。それは『水を差す自由』の意味であり、これがなかったために、日本はあの破滅を招いたという反省である」、だが「この『水』とはいわば『現実』であり、現実とはわれわれが生きている『通常性』でありこの通常性がまた『空気』醸成の基であることを忘れていたわけである」。「神懸かり」的なウルトラ・ナショナリズムにたいし、竹槍ではB29に勝てないと主張しても、それは「批判」とはいえない。現実を無視して高揚する空気に水を差したにすぎない。しかも液体の水が気化して気体になるように、水と空気は相補的・循環的である。3・11以降、原発は安全だという空気に水を差す類の言説が溢れはじめたが、それが水にすぎないなら批判として無力だろう。「水を差す」は「ツッコミを入れる」と同義である。

合理的に判断して敗北が必至である「無謀な戦争」が決定されたのは、戦争指導層が「神懸かり」的なウルトラ・ナショナリストで「神州不敗」の妄想にとらわれていたからではない。「頑張ればなんとかなる」という国民的心性と、「みんなで一緒に」という異論を許さない場の空気が「無謀な戦争」を決断させた。いや、誰一人として「決断」することなく、ずるずる引きずりこまれたというのが実態だろう。

一連の思想的二項対立を吊り支えてきたのは、「みんなで一緒に／頑張ればなんとかなる」という日本の伝統的心性だった。この心性を大前提として、あるときは外国文化に傾倒し、あるときは鎖国して国風文化を発達させるという優位項の交替劇が繰り返されてきた。その最新版として8・15を画期とする、戦中のウルトラ・ナショナリズムから戦後民主主義／戦後啓蒙主義／戦後平和主義への一挙的な転換がある。こうした転換は原理的な反省の結果ではない、たんに振り子が機械的に振り戻されたにすぎない。

第二次大戦後の日本人は、眼前に広がる焦土と二百万を超える戦争犠牲者の存在さえ反省の糧とすることなく無自覚にやりすごした。軍事的な対米戦争に負けても経済戦争に勝てばいい、科学技術立国と生産力増強に邁進し「平和と繁栄」の戦後社会を建設しなければならない、「みんなで一緒に／

頑張ればなんとかなる」……。

科学技術立国という戦後の「平和と繁栄」路線が行きついた果てに、福島原発事故は生じた。日本の経済成長をエネルギー供給面で支えてきたのが、発電量の三分の一を占めるにいたった原発だとすれば、致命的な原発事故は繁栄の土台を揺るがしたといわざるをえない。この事態に際して、原発からの撤退と再生可能な自然エネルギーへの転換を唱えても原理的な反省とは縁遠い。戦後的な「平和と繁栄」を疑わないまま、それを自然エネルギーによって継続しようというにすぎないなら。

美しい里山の自然に象徴されるエコロジー的な伝統文化や仏教的な宗教意識を復活させようという中沢新一『日本の大転換』に代表される主張は、またしても二項対立の優位項を逆転させようとする。中沢の思想的出発点は一九八〇年代の日本型ポストモダニズムだった。皇居は空虚な中心だという類のロラン・バルトの一言半句を典拠として、すでに日本では近代を超えるポストモダンが達成されていると主張した日本型ポストモダニストもまた、二項対立の優位項を逆転させようとしたにすぎない。その反復として『日本の大転換』がある。

もしもヘイクラフト史観で日本の探偵小説運動が過不足なく説明できるなら、福島原発事故は探偵小説運動に決定的な挫折をもたらしたはずだ。たとえば『黒いトランク』の主題が、戦前と戦中のウラトラ・ナショナリズムを憎悪し侮蔑する戦後民主主義や戦後啓蒙主義の圏域に属していた以上。ヘイクラフト史観と相即的に探偵小説の論理性を啓蒙的理性の合理主義と等置するのであれば、3・11をもって探偵小説は終焉したという結論さえ導かれうる。

しかし、世界最初の探偵小説といわれるエドガー・アラン・ポオ「モルグ街の殺人」は、かならずしも啓蒙的理性の合理主義を肯定するものではない。この物語は、冒頭に置かれた思想エッセイ風の文章を例解するものとして語られる。冒頭部分で作者が論じているのは〈分析《アナリシス》〉的な知性をめぐる問題だ。

モルグ街の謎めいた殺人事件を解明する探偵デュパンのアナリシスは、経験科学の方法論に結実した啓蒙的理性の合理主義とは端的に異質である。近代理性はポオの、あるいはデュパンのアナリシスを詐欺師の口上にすぎないと非難するだろう。ヴィドックをモデルにした警視総監を、有能だが常識的すぎて凡庸だとデュパンは侮蔑する。しかも、「盗まれた手紙」で描かれる警視総監の捜査法こそが経験科学的なのだ。たゆまず実験を繰り返す自然科学者よろしく、警察は一通の手紙を発見するため天井裏から床下まで徹底的に捜索する。しかし捜索は失敗し、手紙はデュパンの逆説的論理によって発見される。

その起源が「モルグ街の殺人」にあるなら、探偵小説の論理性は啓蒙的理性の合理主義とは無縁といわざるをえない。戦前探偵小説の江戸川乱歩や横溝正史は大戦間英米探偵小説の高度な論理的構築性に驚愕し、それに心酔した。同時代の英米作品に匹敵する探偵小説をめざしながら、どうしてもその高みに達しえないという限界を痛切に意識してもいた。

3

かならずしも自覚的だったとはいえないが、江戸川乱歩や横溝正史を驚かせた英米の大戦間探偵小説の達成は、経験科学者を擬態するホームズでなく、デュパン的なアナリシスを徹底化したところから生じている。一九世紀に完成した啓蒙的理性の合理性にたいし、それを二〇世紀的な論理性としよう。

都筑道夫は「長篇の理想はエラリイ・クイーンの国名シリーズ、短篇の理想はG・K・チェスタトンのブラウン神父シリーズ、というのが過去のパズラー作家たちに対する私の結論で、実作者としての私の問題は、その態度でいかに今日的衣裳をまとうか、ということになりましょう」（『黄色い部屋はいかに改装されたか？』）と述べている。「盗まれた手紙」の逆説的論理をさらに推し進め、枝は森に隠せ、森がなければ森を作れという観点から「折れた剣」を書いたチェスタトンが、あるいは探偵役のブラウン神父がアナリシスの継承者だったことはいうまでもない。では、クイーンの場合はどうだろう。

後期クイーンにかんして都筑道夫は「エラリイ・クイーンが、はじめのうち理想にちかい作品を生みだしながら、だんだん踏みはずしていった理由は、わかりません」と前置きしながらも、「作品内容的にはダイイング・メッセージにとりつかれてから、おかしくなったようです」と指摘している。ただし、「エラリイ・クイーンが、ダイイング・メッセージ・テーマに凝りはじめてから、必然性と推理をなおざりにしはじめたのは、たしかですけれど、ほかのテーマの作品でも、それはいえるので、理由はダイイング・メッセージだけではなさそうです。だいたい『ハートの4』あたりから、おかしくなりはじめている。推理重点の長篇を書きつづけることは、困難きわまるのかもしれません」とも述べている。

クイーン作品の高度な達成と、それが必然的に生じさせた亀裂や危機にかんしては、後期クイーン的問題としてさまざまに論じられてきた。その詳細については、本書の蔓葉信博「推理小説の形式化のふたつの道」を参照されたい。とりあえず確認しておかなければならないのは、柄谷行人のゲーデル的問題をめぐる議論を参照し、法月綸太郎が後期クイーン的問題を提起した点である。

法月綸太郎の問題提起が「初期クイーン論」(『複雑な殺人芸術』所収)でなされたように、後期クイーン的問題は初期作品の『ギリシャ棺の謎』や『シャム双子の謎』で先取りされていた。犯人による証拠の偽造と探偵の推理の「操り」、論理的な真相究明の不可能性という後期クイーン的問題は、『十日間の不思議』をはじめとする後期作品でより先鋭化されていく。クイーンが探偵小説の規範を「だんだん踏みはず」して「おかしくな」り、「必然性と推理をなおざりにしはじめた」のはダイイングメッセージのテーマに取り憑かれたからではない。探偵小説形式が原理的に抱えこんでいる自己矛盾と困難が、しだいに自覚されてきたからと考えるべきだろう。

法月の「初期クイーン論」を受けて、この問題を筆者は『探偵小説論Ⅱ』や『探偵小説と二〇世紀精神』で検討した。ただし筆者の場合、後期クイーン的問題は法月提起によって再発見されたにすぎない。最初に書いた探偵小説『バイバイ、エンジェル』では、証拠の多義性のため経験科学と同型的な推理によって「唯一の真相」に達することは不可能だと、冒頭で探偵役は語る。いうまでもなく、ここではフッサール『ヨーロッパ諸学の危機と超越論的現象学』やハイデガー『技術論』などの現象学的科学批判が参照されている。「証拠の多義性」という論点はフッサール『経験と判断』における「内部地平の無限性」や「意味沈澱」から導かれた。柄谷行人によるゲーデル的問題を下敷きにした後期クイーン的問題をめぐる議論は、すでに一巡したようだ。今後は初心に戻って、現象学的な観点から後期クイーン的問題を再検討したいと思う。

ゲーデルの第一不完全性定理によれば、帰納的に記述できる公理系が無矛盾であれば証明も反証も不可能な命題が存在する。第二定理によれば、帰納的に記述できる公理系が無矛盾であれば自身の無矛盾性を証明できない。『隠喩としての建築』の柄谷は第一定理に注目し、自己完結的な形式体系には真偽を決定できない命題が生じるというゲーデル的問題を提起した。

柄谷のゲーデル的問題を探偵小説論に応用したのが法月だった。「読者への挑戦」を境界として問題篇と解決篇が分離され、探偵小説空間が形式体系として完成されるにつれて、ゲーデル的問題と同じような難題が不可避に発生する。作中の探偵役は事件や犯人をめぐる真相を最終的に決定しえない立場に置かれてしまう。

数学的な真偽の決定不可能性と同時代的に対応する物理学的認識が、ハイゼンベルクの不確定性原理だろう。物理学的な多世界解釈と論理学的な可能世界には二〇世紀的な対応性が認められる。こうした革新的な理論的提起は、いうまでもなく第一次大戦で爆発し誰の目にもあらわとなるだろう啓蒙的理性や近代合理主義の危機と不可分である。芸術運動としてはキュビズムやフォルマリズムが、内容や自然的基礎を排除する形式化運動という点で二〇世紀論理学に対応する。

江戸川乱歩や横溝正史が衝撃を受けた英米の大戦間探偵小説は、数学や論理学や物理学からモダニズム芸術にいたる知の二〇世紀的な地殻変動の産物である。地殻変動によって崩壊したのは、いうまでもなく近代の啓蒙的理性や経験科学的な「真実」だった。科学的真実もまた二〇世紀では、反証可能性を担保された最有力の仮説にすぎないと捉えられるようになる。二〇世紀探偵小説の論理性とは、このような時代の論理性にほかならない。

世界史的に見て二〇世紀とは、一九世紀に完成された近代と二一世紀に本格化するだろう近代以後の時代との過渡期だった。資本主義の帝国主義化と第一次大戦の衝撃で崩壊した啓蒙的理性や経験科学が曖昧に生き延びると同時に、科学批判や形式化運動が台頭した時代。それぞれ過去と未来に属する二つの世界観や人間観が、対立しながらも同居していた時代。二〇世紀探偵小説もまた、過去と未来という二つの指向性を内在させていた。『黒いトランク』でいえば、作品の主題面は戦後民主主義や戦後啓蒙主義に棹さしている。しかし作品の形式面、巧緻をきわめた屍体移動と偽造アリバイをめぐる探偵小説部分には啓蒙的理性と経験科学の論理性から逸脱する過剰性が否定できない。「僕は平和国家の構成分子の一員たろうとする願望のために、即ち暴力を否定せんが為に暴力を肯定せねばならぬジレンマに陥りつつ桜の杖をふりおろした」と告白する『黒いトランク』の犯人の内面や人間像を、近代小説にふさわしいものとして作者は描きだした。しかし被害者二人の内面は描かれないばかりか、犯人が罪を免れるための道具として存分に活用される。犯人が計画したアリバイトリックのため、貨物として北九州から東京に送られる第一の被害者はまさにモノとして扱われている。「桜の杖」による撲殺は、犯人の「暴力を否定せんが為に暴力を肯定せねばならぬジレンマ」にかろうじて対応しうるかもしれない。しかし貨物として日本列島を移動させられる屍体には、犯人にとって内的な客観的相関物が欠けている。探偵小説が形式性を高度化すればするほど、被害者は具体的な人間からプロットを構成する抽象的な項に変質せざるをえない。トリックのため被害者をモノとして扱う犯人や、論理を振りかざして犯人を自殺に追いこんでいく探偵役にしても同じことだ。

犯罪や殺人を娯楽として享受する物語は、物語の歴史の初期から存在したに違いない。近代に入っても事情は変わらず、たとえば一九世紀のパリでは血まみれの犯罪劇が人気を集めた。いずれも「娯楽としての殺人」の物語ではあるが、二〇世紀の探偵小説を一九世紀のグラン・ギニョールと同一視するわけにはいかない。「謎／論理的解明」の形式性を純化した果てに、斬れば血が出るような「人間」が探偵小説からは消失してしまうのだから。

一九世紀の「娯楽としての殺人」は、尊厳ある固有の存在としての「人間」の成立を歴史的背景とした。権利の主体としての近代的人間が虚構的にしても蹂躙され、毀損され、殺害されるからこそ読者は「娯楽としての殺人」に熱狂した。この点で前近代の「娯楽としての殺人」と近代的なそれは質的に異なる。

同様に二〇世紀探偵小説もまた、一九世紀的な「娯楽としての殺人」の物語とは一線を画している。権利主体としての人間のリアリティが信じられているから、グラン・ギニョールは観客の欲望や好奇心を喚起しえた。しかし二〇世紀の精神史的な起点をなす第一次大戦で、近代的人間それ自体が殺害されたのである。七百万を超える大量・匿名・無意味な戦死者の山は、モノでしかない人間という新たな了解をもたらした。登場人物をプロットの抽象的な項として扱う二〇世紀探偵小説が、世界戦争の廃墟から目覚ましく成長することになる[*4]。

筆者の二〇世紀探偵小説論は英米の大戦間探偵小説論を第一の、日本の戦後探偵小説論を第二の柱としている。二〇世紀前半の二次にわたる世界大戦と大量死の経験を、世紀後半の米ソ冷戦の国内体制である「ゆたかな社会」の大量生に方法的に置換することから生じた、「第三の波」をめぐる論が第三の柱ということになる。

＊4　『探偵小説論』連作（「序説」、「Ⅰ」、「Ⅱ」、「Ⅲ」は刊行、「Ⅳ」は「ジャーロ」誌に連載中）では、英米の大戦間探偵小説と第一次大戦という文明史的衝撃との照応を論じてきた。第一次大戦後の英米で探偵小説が目覚ましい展開を見たのと類比的に、日本では第二次大戦後に「論理小説としての探偵小説」が開花しえた点についても。

このような二〇世紀探偵小説論には、支持と批判の双方から、さまざまな反応が寄せられている。提起者としては、批判的な意見に可能な範囲で応答することを心がけてきた。しかし今日では二〇世紀探偵小説論も、それをめぐる旧来の次元での応酬も、もはや過去のものにすぎないと感じる。議論の前線は、二一世紀探偵小説の可能と不可能を検証するところに移行した。ミネルヴァの梟の視点から、過去を過去として振り返るのもいいだろう。とはいえ、真実も定かでない未踏の時代に目を向けざるをえないと思う。

第一次大戦と大戦間探偵小説の関連を最初に論じたのは、一九九二年九月一日の朝日新聞掲載のエッセイ「大量死と探偵小説」(『模倣における逸脱』所収)だった。ただし前年三月から九月にかけて「EQ」誌に連載した『哲学者の密室』(刊行は九二年八月)には、すでに同趣旨の指摘が含まれている。八九年の社会主義の崩壊という歴史的事件が二〇世紀の終わりを実感させた。終わりを体験してようやく、二〇世紀のはじまりを告げた第一次大戦という文明史的経験の意味を了解することになる。初期三作を書いたあと、長く中絶していた矢吹駆連作を再開しえたのは、大戦間探偵小説が興隆した背景に第一次大戦経験が存在したことを直観したからだ。

人類がはじめて体験した大量殺戮戦争である第一次大戦と、その結果として生じた膨大な屍体の山が、ポオによるミステリ詩学の極端化をもたらしたのである。戦場の現代的な大量死の体験は、もはや過去のものかもしれない尊厳ある、固有の人間の死を、フィクションとして復権させるように強いた。(「大量死と探偵小説」／『模倣における逸脱』所収)。

「大量死と探偵小説」や、続いて執筆した『探偵小説論Ⅰ、Ⅱ』で筆者は、第一次大戦によって露呈された二〇世紀的な「死」を、「大量・匿名・無意味」として特徴づけた。第一の大量性は説明するまでもないだろう。七百万の戦死者を出した第一次大戦は、想像を絶する死者数で、一九世紀に完成された西欧文明と近代精神に破壊的な衝撃をもたらした。「大量・匿名・無意味」の反対は、「固有・名前・意味」としての死だ。

いまやモノでしかない人間としての被害者は、犯人の巧緻な犯罪計画と探偵の精緻な推理で人工的に装飾され虚構的に復権される。もちろん探偵小説による人間の復権は倒錯的でしかない。『黒いトランク』の犯人が、たんなる自己保身を目的として被害者をモノ化したのであれば、そこには不整合がある。しかし第二の世界大戦を体験し精神的に破壊された人物が、蒙った破壊から擬似的にも立ち直ろうとしてトランク詰め屍体のトリックを考案し、実行したのであれば理解はできる。二〇世紀探偵小説とは、すでにモノと化してはいても人間だった過去を忘れることができない者の、反時代的で倒錯的な自己復権の試みだった。

大量・匿名・無意味な死者を否応なく目撃した二〇世紀人も、死の領域と生の領域の分割までは疑っていない。人間は生きているか死んだかのどちらかだという、生と死を絶対的に分割する思考もまた近代の産物である。復活や輪廻や来世が信じられていた前近代の諸社会では、生と死は分かちがたいものと見なされていた。

この点では二〇世紀探偵小説も、大枠では近代的な死生観に立脚している。殺害された被害者は生き返らないし、被害者の霊が犯人を告発することもない。人間は百パーセント生きているか百パーセント死んだか、いずれかである。ところで福島の原発事故以降、多くの日本人が放射線による健康被害をリアルに実感しはじめた。
ある推計によれば、一年に一〇ミリシーベルトの全身被曝の場合、十歳未満で一ヵ月から二ヵ月程度、十代で十日から二十日ほど寿命は短縮される。あるいはガンによる死亡の可能性を十歳未満で〇・六パーセントから一・五パーセント、十代で〇・二パーセントから〇・五パーセント程度まで引き上げる。たとえば歌野晶午は、新作『春から夏、やがて冬』で、次のように医師から宣告された中年男を描いている。

「今の時代、癌の治療は非常に進歩している。もはや不治の病ではない。しかしそういう時代にあっても肺癌というのは厄介でね、私が判定されたステージⅡBだと手術後の五年生存率が五十パーセント、その後進行してⅢに入っているとしたら、三割以下に落ちる」

このように宣告されることは現代人にとって少しも珍しいことではない。当事者でないとしても家族や親しい友人が、数値に多少の違いがあるとしても、同じように宣告された経験は誰にもあるだろう。さらにいえば、何年か何十年か後には三分の一ほどの確率で、誰もが同じような宣告を受ける状況に陥る。では、たとえば「手術後の五年生存率が五十パーセント」とは、人間の生と死にとってなにを意味するのか。
概念化すれば「確率としての死」ということになる。死という決定的な出来事が「確率」として意識されるのは、人間にとって普遍的なことなのだろうか。かならずしもそうとはいえない。まだ生きているのだから死んではいないという近代人の確信も、こうした患者の場合には、いわば内的な宙吊り状態に置かれてしまう。たとえ手術に成功しても、×年後には×パーセントの確率で死ぬだろう。

近代的な死生観からすれば異様ともいえる死生観が、このガン患者には芽ばえはじめる。福島原発による被曝被害は、こうした死生観を現地での被曝者に、さらに日本人の少なからぬ者に広範にもたらしたのではないか。もちろん福島原発事故以前から生存確率を告知されたガン患者は存在した。

確率論的思考は一七世紀に生じているし、現代確率論はコルモゴロフ『確率論の基礎概念』から出発したといわれる。確率論的思考が人間の生死にかかわりはじめたのは、先進諸国で遺族補償型の生命保険が一般化する二〇世紀後半のことだろう。この時点でわれわれは、おのれの死を確率論的に了解しはじめていた。こうした流れからガン患者の生存確率問題も捉えることができる。

多くの問題がそうであるように出来事は線を引いたようには分割しえない。もろもろの歴史的な大事件も、それ以前から進行していた事態を顕在化させるにすぎない。線を引くのは出来事を理解しようとする人間のほうだ。同じように福島原発事故は以前から潜在していた事態を一挙に顕在化した。確率論的な死生観もまた同様である。

福島原発事故以降のわれわれは、生と死の端的な分割を信じることができない。生きながらも幾分かは死んでいると、比喩的に自己了解せざるをえないとしたら。二〇世紀的な死の哲学では最高峰といわれるハイデガー『存在と時間』でも、生と死は明瞭に分割されていた。『哲学者の密室』で検証したように二〇世紀哲学としての『存在と時間』と、二〇世紀探偵小説には無視できない照応性がある。確率論的な生死という二一世紀的な実存了解が一般化するにつれ、ハイデガー的な死の哲学は過去のものとなるだろう、同様に二〇世紀探偵小説も。

確率論的思考は論理学的な可能世界とも無関係ではない。次の瞬間に、私は五〇パーセントの確率で死ぬ可能性があるとしよう。このとき、死ぬ私と、まだ生きている私に世界は分岐すると考えうる。決められないままに立ち竦み、モラトリアム状態から抜けだせない若者が話題になったのは二〇〇〇年代のことだ。こうした若者に二〇世紀的な死の哲学や決断の思想を語っても効果は期待できそうにない。

どうして若者は「決められない」、「踏みだせない」のか。一時の堀江貴文は、「下流」青年に人気のある人物だった。偶発的な運命で富と有名性を得た堀江に青年たちは、ありえたかもしれないもう一人の私を見たのだろう。

小規模でもＩＴベンチャー企業を立ちあげていれば、自分も「ライブドア」社長のような成功をおさめたかもしれない。人生の分岐路ごとに同じような仮定は無数に生じうるから、もう一人の私は複数、いや無数に存在しうる。ありえたかもしれないもう一人の私を堀江に見る私は、同時に無数のもう一人の私を抱えこんで生きることになる。私は無数の私と隣在している。

隣在する無数の私が生じてしまう根拠を、たとえば大澤真幸は次のように考える。「社会内のさまざまな領域で、さまざまな瞬間に、終わりが確定されなくてはならない。だが、オタクたちを惹きつけた作品群の中で、反復という主題があまりにも蔓延しているという事実は次のことを示唆していないか。すなわち、われわれの現代社会は、終わりを確定することの、つまりは決着を付けることに特別な困難を覚えているということ、を」（『不可能性の時代』）。

「分岐する世界」を時間化すると「ループする時間」になる。「反復という主題」は二〇〇〇年代の日本で、「ひぐらしのなく頃に」から『All You Need Is Kill』まで、ゲームやライトノベルやアニメの世界で執拗に繰り返されてきた。

「さまざまな瞬間に、終わり」を「確定」するとは、堀江貴文ではないこの私を断念とともに引き受け、そして肯定することだ。このシンプルな自己肯定が、格差化／貧困化の二一世紀社会を生きる若者には難題となる。

これは労働の意味が変貌した事実とも関係する。日雇い派遣のような労働形態は、一方で社会の、他方で私のリアリティを希薄化していく。自己同一的で輪郭鮮明な私は、「終わり」を「確定」できない私に解体され、亡霊のような無数のもう一人の私と曖昧に同在するようになる。

堀江貴文になるか、平凡なフリーターで終わるか。この選択を前に若者たちは立ち竦む。学生がベンチャービジネスを立ち上げるのは冒険だ。失敗すれば莫大な借金が残り、凡庸だが安定した未来さえ失うかもしれない。しかし、決断にリスクはつきものだろう。

それよりも問題は、自分が本当にIT長者としての成功を望んでいるのかどうか、確信できないところにある。さらに最大の問題は、ここで選択すれば無数の亡霊のような私と隣在する不気味な世界に足を踏み入れてしまうのではないか、という根ぶかい不安にある。

このように「決められない若者」や「踏みだせない若者」をめぐる社会現象という形で、二一世紀に入った日本社会は、分岐する世界の想像力や確率論的な死生観に蝕まれていた。それを誰の目にも見えるように顕在化したのが、福島原発事故と被曝による健康被害の国民的な不安感だった。

分岐する世界はすでに論理学的、あるいは物理学的な仮説にとどまることなく、われわれの日常意識を深部から規定しはじめている。五〇パーセントの確率で死ぬことを思い悩むガン患者は、自分が死ぬ可能世界と生き続ける可能世界をリアルに先取りしている。世界は無限に分岐し続けるというリアルな信憑が時代的に不可避であるとき、事象の確固たる因果連関と唯一の真実を前提とする探偵小説はどうなるのか。

第三の波の終焉として現実化された二〇世紀探偵小説の危機には、以上に述べてきたような必然性がある。『容疑者Xの献身』論争では、二〇世紀的な福祉国家や「平和と繁栄」の日本社会に適応した第三の波の時代的限界が露呈された。従来の探偵小説的論理性が歪み、畸形化している点の評価をめぐって、脱格系にかんする探偵小説界での対立が生じた。しかし福島原発事故以降、第三の波を含む二〇世紀探偵小説の危機は啓蒙的理性の失効とは異なる水準に達したのではないか。

脱格系の諸作をはじめ二〇〇〇年代に書かれた奇妙な、あるいは伝統的な規範から逸脱的な探偵小説作品には、こうした時代的必然性が多かれ少なかれ刻まれている。伝統芸能として探偵小説の形式性を擁護する立場はむろんのこと、二〇世紀探偵小説の歴史性に固執する立場さえもすでに失効した。二〇〇〇年代に書かれた探偵小説作品を多方面的に検証する、本書に収録された諸論考からも明らかであるように、こうした認識を前提としてのみ二一世紀探偵小説の可能性もまた語りうるだろう。

「変わってしまった世界」と二一世紀探偵神話──清涼院流水／舞城王太郎論

飯田一史

七年前のあの事件で、多くのものが消えた。
それでも、七年の間に多くのものが戻った。
七年もあれば、その間に、また多くのものが消える。
それでも、世界は、着実に失ったものを取り戻した。
──清涼院流水『カーニバル　五輪の書』より

メフィスト賞の歴史は、第一回受賞者の森博嗣『すべてがFになる』にはじまる。森にさきんじたプレ・メフィスト賞とも言うべき位置に京極夏彦、愛媛川十三がいたことはよく知られている。そして森につづいたのが清涼院流水『コズミック　世紀末探偵神話』。第1回と第2回の受賞作の振れ幅が、こののちミステリ界のみならず純文学やライトノベルまでをも震撼させる作品や作家を輩出してきたこの賞の活断層ぶりを象徴している。賞の歴史上、特筆すべきは第19回の暗病院終了だろう。暗病院は愛媛川の別ペンネーム、つまり愛媛川＝暗病院はひとりで二度受賞した。

――これが舞城王太郎『ディスコ探偵水曜日』のなかでかたられる、メフィスト賞の歴史である。舞城はどうしてこんな偽史を書いたのだろうか?

本論はこの謎にとりくむ、清涼院/舞城論である。

いまこそ彼らの試みを再検証すべきときだ。

1、舞城王太郎と清涼院流水をめぐる「清涼院流水問題」――二一世紀性の先取り

第一九回メフィスト賞を受賞した舞城王太郎は、第二一回受賞者である佐藤友哉とともに、同賞出身者のなかでもミステリと純文学とにともに地位を築いた、二〇〇〇年代以降のミステリシーンを語るうえで重要な存在のひとりである。

舞城王太郎は『煙か土か食い物』でデビューする以前、約六年におよぶ投稿生活をおくっていた。「メフィスト」二〇〇一年一月号の巻末原稿募集座談会での編集者D(唐木厚)の発言によれば、「この作者はメフィスト賞が始まる前から僕に原稿を送ってきたという由緒ある投稿者」だったという。『ディスコ探偵水曜日』の歴史にはこうした舞城自身の経験が反映されている。おれは清涼院より前から応募していた、さきに賞を獲るべきはおれだった、おれが賞の歴史を先導するべきだった――そう、言いたいかのようである。

探偵に「ルンババ12」などというふざけた名前をつけるセンスから、ピラミッド・水野だの九十九十九だのカプチーノ・ノブ・鈴木だの犬神夜叉だのといった探偵名を用いていた清涼院の影響を受けているのではないかという疑念が、デビュー以前の「メフィスト」二〇〇〇年五月号巻末座談会から

提出されていた（その座談会のなかではじっさいは清涼院を名指しせずに「某作品」と呼ばれているが、文脈から清涼院作品であることはあきらかだ）。しかしＤによる「ところが、この投稿者の方が先なんだよ。だからこれは某作品の源流？　なのかもしれない」という指摘によって両者の影響関係についての推論はくつがえされている。「メフィスト」九八年五月号で紹介された「世紀末サンタ」という応募作では探偵・海王星Ｄとルンババ12、喜多畑エンジェリオはおなじ作品に登場しており、清涼院流水が探偵組織ＪＤＣを展開する以前から名探偵が複数人参加するスタイルを考案していた可能性もうかがえる。登場するのは『ディスコ探偵』に登場する水星Ｃや、『ＮＥＣＫ』などに登場する冥王星Ｏや天王星Ｒの前身（？）海王星Ｄだけではない。「メフィスト」二〇〇〇年五月号座談会での「魅惑のミステリア」なる投稿作のあらすじ紹介では、舞城がデビュー後『九十九十九』や『ディスコ探偵水曜日』に登場させた探偵・大爆笑カレーの名前が確認でき、さらにこの作品では『九十九十九』同様に聖書の見立て殺人が世界各地で起こることも示されている。

こうした舞城王太郎前史から『ディスコ探偵水曜日』にいたるまでのながれ――同作で語られる「清涼院以前に愛媛川十三がいた」メフィスト賞史より、こう言いうる。ＪＤＣトリビュートに舞城が参加し『九十九十九』を書いたからといって、舞城が清涼院の影響を受けた、などと短絡はできない。『九十九十九』は単なる清涼院流水の二次創作ではなかった（東浩紀『ゲーム的リアリズムの誕生』をはじめとする多くの舞城論は、時系列を見誤ってきた）。舞城が清涼院登場以前、自身のデビュー以前からメフィスト賞でデビューすべく構築してきた「奈津川家サーガ」の世界にＪＤＣの設定をとりこみ、みずからのものとしたものだ。ゆえに『九十九十九』につづく『ディスコ探偵水曜日』は、「ＪＤＣトリビュート」と銘打たれていないにもかかわらず、清涼院が考案したメタ探偵・九十九十九がことわりもなく登場する。舞城はその『ディスコ探偵水曜日』をミステリ誌ではなく純文学の雑誌「新潮」に連載した――それはつまり清涼院や自分がとりくんできた問題は、ミステリだとか文学だとかいったせまいジャンル意識をこえて、いま（だ）書かれるべきものなのだ、という自負のあらわれである。

一九七三年生まれの舞城王太郎と、一九七四年生まれの清涼院流水とは、同時代に生きる同世代なりの、ある共有した感覚をもちあわせていた。彼らはともに、新本格の父・宇山日出臣（宇山秀雄）が「ボクは綾辻さんに始まって京極くんにいたったこの道をもっと遠くまで歩きたいと思います。そこでどんな地平が見えてくるのか。楽しみです」（「メフィスト」九五年八月号）と言って世に問うたメフィスト賞設立の背景がよくみえていた。そしてそこに新本格ミステリの、エンターテインメント小説のあらたなヴィジョンをえがくべく、つよい気概と問題意識をもちあわせていた。現代の文芸が直面していたおなじ問題にそれぞれとりくみ、対決し、たがいの成果を吸収しあい、交差していったのだ。

大森望は『このミステリーがすごい！　2009年版』で、『ディスコ探偵水曜日』を「清涼院流水問題」に真正面から向きあった作品だと言った。ミステリやSFがどうしてももってしまうバカバカしさにマジメに立ちむかったのだ、と。一理ある。けれど「清涼院流水以前に愛媛川十三がいた」メフィスト賞の歴史を描いた『ディスコ探偵水曜日』が相対した「清涼院流水問題」とは、清涼院流水がミステリ界にもたらした衝撃とは、「バカバカしさがどうこう」というレベルのものではない。

二一世紀のミステリは、二〇世紀のミステリとはことなるものとなる。政治、経済、社会、テクノロジー、そしてミステリと隣接する数々のメディアの影響を受けて、まったくことなるものとなる。

登場時には暴挙にしかみえなかった清涼院の試みは、そうした変容しゆくミステリの先駆であり、予言であった。

そしてここまでみてきたように、清涼院流水問題とは、はじめから清涼院流水・舞城王太郎問題だった。

2、本格ファンを当惑させた清涼院流水の三つの試行――推理の自明性への挑戦

清涼院流水とはなんだったのか。

清涼院がデビュー作『コズミック』以来、ミステリ界に波紋をおよぼした要因はこうだ。

第一にそれまでの（新）本格ミステリが護持してきた「謎―論理的解明」という構造の事実上の放棄。

第二に探偵の「まんが・アニメ的リアリズム」（大塚英志）化＝ミステリの自覚的なキャラクター小説化。

第三に探偵や密室、殺人事件などの量的拡大である。

第一の「謎―論理的解明という構造の事実上の放棄」は、第三の探偵の複数化とも関係するが、ある謎を探偵が必殺技めいた「神通理気」「ファジイ推理」「統計推理」「超迷推理」などといった推理法で解決すること、あるいはアナグラムを駆使したことばあそびという、論理的な推理とは別の方法論で謎が解かれてしまうことだった。ここでは乱歩以降のミステリ論で一般的に用いられる「謎―論理的解明」ではなく、「謎―推理―解明」という三層に分けてミステリの構造について考えたいと思

うが、通常の本格ミステリにおいては「推理」の部分でロジカルな推理がなされる。チェスタトンや西澤保彦、氷川透のようにレトリックを駆使する作家もいるが、しかし、あるていどは見立てが成立する、聞き手に納得感を与えるような推理をするものである。しかし清涼院作品では論理以外の推理方法が無数に採用されている。そのほとんどは、切腹やとんち、眠る、勘、歩いて右脳を刺激するなど、ある方法によって「閃く」というものだったり、あるいはピラミッド・水野のように「確実に真相を外す」などという特殊能力である。ここでは通常、推理に必要とされる「証拠」の収集や提示も、「前提」条件の確認も、「論理」も追放されている——というのが言いすぎならば、論理は数々の必殺技と同程度の、真相に至るための選択肢のひとつという地位しか与えられていない。『コズミック』で途中に挟まれた清涼院流水からの「読者への挑発状」では「推理とは、論理的な思考がすべてではない。よって、勘などに頼っていただいても結構である」などと書いてあることが、その証左である。

清涼院作品では論理的な解明がなされないがゆえに、「探偵がどうしてその結論に至ったのか」について読者は順を追って推理をたどることができない。推理に再現性がない。清涼院以降、蘇部健一『六枚のとんかつ』や佐藤友哉『フリッカー式』らいわゆる「脱格系」として——本書序論での脱格の定義＝天然とは異なり、ここでは笠井潔が提唱した用語としての「脱格」を指す——群をなした作品のミステリとしての特徴は、推理の層における論理性の後退（ないし変質）と解明の部分の荒唐無稽さの強調にあった。推理が論理的になされないから、探偵の解説を読んだ人間が「なるほど」とも「そうでもありうる」とも思えず、解明された真相に納得感がない。むしろこれは、われわれが推理に求めていたものを浮かび上がらせる効果を果たし、「推理」という手続きの自明性を揺さぶるものだった。清涼院は、なぜ謎は論理によって解明されねばならないのか、論理以外の知、論理以外の手段による解決でもよいのではないか、なぜならいまや「論理」の自明性、「合理性」の位相が変容、更新されようとしているのだし、推理に用いることのできるテクノロジーもまた進化しているのだから――そう、問うていたのかもしれない。

第二の「探偵の『まんが・アニメ的リアリズム』（大塚英志）化」については、西尾維新などが推進し、いまや一般的なものとなった。これについては笠井潔『探偵小説と記号的人物《キャラ／キャラクター》』や東浩紀、斎藤環などが論じており、また本論では主題ではないのでさておこう。

だが第三の「探偵と殺人の量的拡大」については清涼院以降、とりくむ人間は数えるほどしかいない。見落とされがちだが、ここにも清涼院の特異性があったといえそうだ。

清涼院はなぜ従来の「謎—論理的解明」を逸脱し、無数の探偵を「まんが・アニメ的」なキャラクターとして登場させ、一二〇〇の密室殺人だとか全人類殺害計画「犯罪オリンピック」だとかいった、島田荘司以来の「奇想」、新本格が採用してきた「おばけ屋敷性」をウルトラ化した事件を書いたのか。清涼院自身の解説によれば、これは中学生時代に読んだ山口雅也『13人目の探偵士』の元となったゲームブックや、高校時代にハマった田中芳樹による日本スペースオペラの金字塔である『銀河英雄伝説』の影響があるという。しかし清涼院の異様さを、作家個人の読書体験だけに帰することはできない。そこには外部環境の変化が――日本社会が経験し、新本格ミステリ第一世代が直面した時代状況の変化がもたらしたものが大きいからだ。

3、バブル崩壊と震災から生まれた作家——震災としての流水大説

清涼院登場に至る時代背景を探るために、まずは笠井潔の探偵小説論を確認しよう。

笠井は第一次大戦以降の戦争（自動車＝戦車などが導入され、ロジスティクスの大幅な革新がなされた近代戦）における大量死の経験が、大戦間本格ミステリの隆盛の背景にあり、また、大量死の裏返しである大量生こそが八〇年代後半以降の新本格ミステリの背後にあるとした。大量死＝大量生の時代において、人間は無意味なモノ、ゴミクズ、あるいは貨幣と交換可能な商品でしかない。マルクス主義の用語を借りれば「物象化」である。ひととひととの関係が、モノとモノとの関係として現象する。人間と人間との関係が、商品と商品との、労働力と貨幣との、数と数との、あるいは記号と記号との関係として映ずる（そうみえる）こと。個々の作家が意識的かどうかはさておき、これこそ本格ミステリがベースとしてきたものだ。

本格ミステリでは登場人物は一九世紀的な「人間」（内面をもった存在）ではなくその形骸たる「人形」（記号）であり、死体はけっして「人間」ではなくただの物体にすぎない。探偵は理性を道具のように、合理主義的につかうことによって、犯人が組みたてた人間＝物体の移動（殺人事件）を解決する。人間がモノのようにあつかわれる事態への徹底した自覚と、徹底した反発ゆえに、人間をモノとして合理的／理性的に処理しながらも、同時に、犠牲者の死に特権的な（過剰な）意味づけをあたえることによって人間性を救済しようという逆説的な試みが本格ミステリだった。

新本格ミステリは八七年の綾辻行人『十角館の殺人』にはじまり、九二年をさかいに綾辻、有栖川

有栖といった第一世代の有力作家の代表シリーズがながらく中断することをもって本格ミステリの第三の波（新本格）の第一のサイクルが終わった、と笠井は言う（「九二年危機と二人の新人——麻耶雄嵩と貫井徳郎」『探偵小説は「セカイ」と遭遇した』所収）。

八七年から九一年ころにかけて、日本はバブル経済に沸いた。ひとびとは数字＝商品＝記号の狂騒に生きた。たとえば女性が男性にもとめるものは数値で計測可能な「三高」（高身長、高学歴、高収入）だった。「大量生」——人間がモノやカネに換算可能なものとしてあつかわれる大量生産、大量消費、大量廃棄社会とともに、新本格ミステリは繁栄の歴史をあゆんだ。だがバブルは終わり、第一世代はながい平成不況にあえぐことになる。

九二年をもって大量生の時代は終わりはじめ、日本社会は変貌をとげようとしていた。その間、青春をおくった世代は「ロストジェネレーション」と呼ばれることとなる「失われた一〇年」——既成の価値観や規範が壊れ、「例外社会」（笠井潔）化が進行した一〇年。しばしば象徴的な年とされるのは阪神大震災とオウム真理教事件（地下鉄サリン事件）が起こった一九九五年である。二〇〇〇年代にはいると日本では「格差社会」化が叫ばれはじめ、かつてのように「一億総中流」的な日本人の同質性を信じる者はもはやおらず、生死にかかわるレベルでの貧困やネットカフェ〝難民〟が問題となるようになった。

小森健太朗は『探偵小説の論理学』で、石持浅海や西尾維新らのミステリに、推理に必要な「ロゴス」のうち倫理コードや生活規範としての意味のロゴス、すなわち「ロゴスコード」の変化をみいだした。主としてホワイダニット、つまり犯罪の動機の理解や解釈にかかわるロゴスコードは、なぜかわったのか。政治、経済、社会の変容を身にうけたからだ。メフィスト賞受賞作のミステリとしての多様性と異様さは、そのあらわれだった。

高卒でパン工場でバイトしていた「ロスジェネ」佐藤友哉はその典型であり――清涼院流水はその先駆だった。大塚英志は『サブカルチャー文学論』や清涼院と箸井地図との共作である『探偵儀式』において、清涼院の阪神大震災経験が、かれの大量殺人ミステリをうんだととらえた。清涼院自身、『エル　全日本じゃんけんトーナメント』巻末エッセイで『じゃんけんトーナメント』の元になった原稿を執筆時に震災に遭ったこと、九六年刊行のデビュー作『コズミック』で事件が解決される日付が一月一七日であることは阪神大震災を意識してのものだと記している。清涼院は震災で実家が全壊し、大量生の虚妄を知った。つまり日本が経済的には「ゆたかな社会」から脱落し、あらゆる「安全神話」が崩れつつあったさなかに、瓦礫の山でくるしむ「剝き出しの生」（ジョルジョ・アガンベン）に身をもって直面した、もっとも早い例が清涼院流水だった。彼は『カーニバル　一輪の花』で「粗製濫造で大量生産・大量消費される推理小説《ミステリ》のように、日夜、現実世界で増殖し続けている事件群とも一線を画する、前代未聞の大怪事件――それが、密室連続殺人」と『コズミック』の一二〇〇の密室殺人を形容していたが、これはつまり、それまでの大量生産・大量消費＝大量生時代のミステリと流水大説とは、決定的に異なるパラダイムに属しているものなのだという主張だったのである。

ひとびとが大津波に呑まれる『カーニバル』や東京が水没する『コズミックゼロ』は、おそらく発表時にはリアリティのかけらもないものとして多くの読者には受け取られただろう。『コズミック』や『カーニバル』は人類が未曾有の災害を経験するパニック小説としてではなく、ミステリとしてばかり受容された。だが啞然とするほかない地震、津波、原発の三重苦、その「ありえなさ」にひとびとが直面した３・11以降には、清涼院作品を通じて、彼が九五年一月一七日以降に体験したものがどのようなものだったのかをよく理解できるようになったはずである。

清涼院は『カーニバル　五輪の書』講談社文庫版あとがきで「この作品を発表した当初、毎日400万人の被害者という設定は『バカバカしいもの』で、『現実感がない』と何度も言われましたが、ぼくは、そうは思いません。真に恐ろしい事件とは、起きるまでは『バカバカし』く、たいてい『現実感がない』ように思えるものです」と書いていた。

清涼院は、正しかった。

東日本大震災を経たいまこそ、阪神大震災の瓦礫から作品をつむいだ清涼院の先駆性に目を向けねばならない。「世界は変わってしまったのだ」とひとびとが感じざるをえないハザードを描き続けてきた、この作家の感性に。

4、例外状態においてはフェアプレイより決断を――手続き的正統性の重要さの減退

旧来の常識やシステムが失効し、二度の大震災とメルトダウンを経験した例外社会においてミステリはどうなるか。

理性を道具のようにつかい、人間を記号のように処理し、合理主義的につきつめれば真理に達することができる――それが本格ミステリがある時期まで前提にしえた価値観（人間観）だった。中国人を重要な役割で登場させてはいけない、としたノックスの十戒は、ようするに文化的な価値観や行動原理の均質性を、近代経済学がえがいてきたような合理的な人間像を前提にしろ、という要請だった。

だが「大量生」の時代まで存在していた日本人の均質性や相互の信頼は、いまや崩壊している。地

下鉄サリン事件や酒鬼薔薇聖斗、宅間守、加藤智大が引き起こした殺人を経験した日本人は、実際の凶悪犯罪件数は減少しているにもかかわらず「体感不安」に駆られて監視カメラを増大させ、隣人が何をするのかわからないという恐怖と不信をかかえている。また、原発事故のあとの情報の混乱や東電および政府の対応から、真実を知ることができない気持ちの悪さを強いられている。

であれば、これまで想定されてきた均質的な人間（＝モノ）以外の行動原理、人間（＝記号）らしくなくみえる論理構造が導入されることになるだろう。あるいは、緊急時にはフェアで正統な手続きよりも、まずは発生した問題をどうにかして解決する方法さえあればよい——説明責任は事後に果たされればよいのだということにもなろう。二〇一一年春、時の首相・菅直人は、国会で提出された内閣不信任決議案に対して詭弁を弄して回避し、首相に居座り続け、しかし震災後の有事に際してリーダーシップを発揮するでもなかった。かような無能なリーダーの存在が日々報道されるような状況下では、「手続きの重視」なるものの無意味さ（国会の手続きにのっとって首相は不信任を回避したのだから）はあらわとなっており、フェアプレイが重要な意思決定を遅らせるというマイナス面ばかりが強調されて目に入る。この対極にある快刀乱麻な橋下徹の躍進は、必定であった。さらには「真相が隠されている」という不信感の増大は、情報が揃わない状態での不完全で飛躍のある「推理」の暴走（妄想）、またはミステリ用語で言う「操り」の極大化とも言える陰謀論を誘発するだろう。あるいは、たったひとりの天才がすべての謎を解決する、などということは巨大な事件の前では不可能であり（橋下徹でさえ「維新の会」を結成しなければ何もできなかった）、多様な才能をもった個人が寄り集まってできた組織が困難を解決するほうが自然に思えるはずだ。それらが旧来的な「謎—論理的解明」の放棄としてうつるとしても、かつての平時とはもはや状況がことなるのであれば、そちらのほうがリアリティをもつ。

清涼院は『カーニバル』で描いた「犯罪オリンピック」を「見えない戦争《インビジブル・ウォー》」と形容していた。「時代全体の閉塞感。終わりなき悪夢。絶望、恐怖、混沌。どれも『戦争』に当てはまる状況だ」と。つまりＪＤＣの探偵たちは「戦争」という危機を解決するのだ。そしてこの戦争という用語は、否応なく笠井潔の大戦間探偵小説論を想起させる。第一次大戦のショックが大戦間探偵小説を生み、清涼院は震災ののち戦争のたとえを用いて、次代のミステリを産もうとしたのだ。

5、ポスト「人形の時代」のミステリ――不均質、不均衡な「人外」ミステリの蔓延

清涼院の震災作家としての側面から少し距離を置いて、二〇〇〇年代以降の日本を覆った問題がミステリに与えてきたことに目を向けよう。

まずは均質的な人間（＝モノ）以外の行動原理、人間（＝記号）らしくなくみえる論理構造について検討してみたい。

清涼院は『カーニバル』シリーズにおいて「獣人」と「神人」とを区別し、舞城王太郎は『山ん中の獅見朋成雄』や『獣の樹』で背中に鬣の生えた、馬からうまれた子どもを登場させ、『冥王星Ｏ』シリーズでは吸血鬼などが登場する世界の中でのミステリを描こうとしていた。

こうした「人外」をミステリに登場させる理由を、東浩紀が『動物化するポストモダン』以来、提起している「動物化」にひきつけてみよう。オタク＝動物は人間のようにはふるまわず、独特の価値観／ルールにのっとり、快楽原則に忠実に生きているかのようにみえる（たとえばコミケでのオタク

の行動を想起されたい）。オタクの消費活動においては、ひととひととの関係ではなく、モノとモノとの関係でもなく、ひとと動物の関係、あるいは動物と物質（商品）の関係が目撃されるだろう。動物化とは、従来の人間とはことなるメカニズムで行動する生きものの台頭である。

　このようにとらえるなら、たとえば昆虫探偵を登場させた鳥飼否宇や、鳥飼に影響を受け、海洋生物ネタを作中に充満させる汀こるものの試みを、「壊れた人間」（＝人外）の存在が常態化した例外社会下のミステリとしてみる視点を得ることができる。また、綾辻行人的な新本格ミステリと菊地秀行的な伝奇バイオレンスの融合を試みた奈須きのこ『空の境界』も、このながれにふくめられる。人外（人間ならぬ存在）や魔法（科学技術とはちがう法則をもつ力）独特の論理が存在する世界におけるミステリの可能性をしめそうとしているからだ――米澤穂信による異世界ファンタジーミステリ『折れた竜骨』などはこの路線の端正な成果だろう。そしてこれらの試行は、スタニスワフ・レムや神林長平、グレッグ・イーガン、野尻抱介や林譲治といった「人間」をもはや還るべき規範としてかんがえず、人間とは異質な知性をえがこうとしてきた現代ＳＦと合流することにもなろう。人間と模造人間（シミュラクラ）を区別し、つねに人間に軍配をあげてきたフィリップ・Ｋ・ディック的な二分法は過去のものだ。いまや動物や昆虫、機械知性や悪魔が人間におとっているとは言えない。「人間」はすでに還るべき規範的なモデルたりえない。

「謎―論理的解明」からの逸脱の原因も、「リアルな人間」も、二〇世紀の本格ミステリにはふさわしかった「人形」的な人物造形もめざさない「まんが・アニメ的」なキャラクター化の要因も、このように整理できる。そしてＪＤＣの異様な数の探偵は、こうした実験の全面化だったと結論づけられる。

ピーター・ドラッカーは現代社会の必然としての「知識社会」化と「組織社会」化を指摘したが、まさにＪＤＣは「世界規模のマクロな大事件であればこそ、『狂気』も一個人のものではなく、『組織』レベルにな」（『カーニバル　一輪の花』）った問題の解決に、多様なナレッジ——無数の推理法——をもった非均質的な存在によって挑む「組織」（企業）だった。

6、無数の推理法と陰謀論——複雑怪奇な「世界の謎」を解くために

強力な推理は一種の人生哲学、人類の謎を、その闇を明るく照らす有効な方法論ともなりうる。使い方によっては、その者の人生に希望の光をもたらしてくれるはずなのだ。ある意味で、哲学者や宗教家は、名探偵とよく似た人種なのかもしれない。
——清涼院流水『カーニバル　三輪の層』

徹夜を何日も続けることによって脳の潜在能力を引き出す「不眠閃考」や、事件が起こる前に犯人を悟る「リバース推理」をはじめとする奇天烈な推理方法を有するＪＤＣ所属の無数の探偵たちは、人間以外の、あるいは人間以上の存在の可能性を列挙したものだ。それらの全可能性の例示と、その複数の可能性間の闘争をえがこうとしたゆえに探偵と殺人事件の数は爆発的に増大した。

清涼院流水は——ほとんど清涼院だけが、ひとびとの均質性が信じられず、価値や生態や行動原理やロジックが多様化した時代の変化をトータルにとらえようとしていた。『カーニバル』シリーズは個人の特権的な死ではなく、大量生というひとつの「時代の死」をえがき、あらたな時代の誕生を言

祝ぐミステリだった。

清涼院のデビューは九六年九月だが、同時期には「セカイ系」作品の嚆矢とされる『新世紀エヴァンゲリオン』がブームになっていた——清涼院の活動開始時期は、二〇〇三年夏の秋山瑞人『イリヤの空、UFOの夏』でピークを迎える「セカイ系」と並行していた。

清涼院作品は、一部の新本格ミステリやセカイ系作品同様に「世界の謎」に、いどむ。笠井潔や『論理の蜘蛛の巣の中で』の巽昌章が指摘するように、ある時期までの新本格ミステリは、見立てや操りや「神」という装置を駆使して、個人の謎と世界の謎を重ね合わせようとしてきた。セカイ系作品では、「きみとぼく」という男女の二者関係と「世界（セカイ）」という大状況が直結するとされているが、そこには読者には明かされないブラックボックスとしての象徴的な「世界の謎」があるのが通常である（無数の回収されない謎がばらまかれた『エヴァ』がもっともわかりやすい例だろう）。あるいは、どういうわけか生体兵器に改造されてしまったちせをヒロインとする高橋しん『最終兵器彼女』に典型的なように、「少女」（＝きみ）に「世界の謎」が集約される／託される。いずれにしろ九〇年代中盤から二〇〇〇年代初頭までは、社会の不透明さを体現したような「世界の謎」を扱い、解こうとする作品が、「個人の謎」と「世界の謎」とを重ね合わせるような作品が注目されていたと言えそうだ。

清涼院は、その極端な一例であった。

新本格の文脈に引きつけて読むならば、『コズミック』において、一二〇〇の密室殺人の犯人（それを仕組んだ人間）が松尾芭蕉であるとか卑弥呼であるとかいった馬鹿げたかたちでの歴史の召喚がなされていたことは——京極夏彦の九六年作『絡新婦の理』に超能力者が導入されていたのとは別のかたちでの――「操り」の極大化であり、その帰結としての「すべては操られている！」という陰謀論への接近だった。これは九九年の『カーニバル』シリーズで極限に達し、その後それ以上のスケールでの陰謀論はいまだ書かれていない。笠井潔は『サマー・アポカリプス』でナチ・オカルティズムを扱っていたが、清涼院は『カーニバル』シリーズで事件の黒幕と目されるテロ組織ＲＩＳＥの大総統（マイン・フューラー）を登場させた。

ゆえに清涼院作品では個別の殺人事件が、誰に、いかに、なぜなされたのかはほとんど問題にならず、裏で糸を引いているのは誰で、いかに、なぜしているのかが焦点となる――これはある意味で竜騎士07『ひぐらしのなく頃に』が結局のところ個別の事件の推理をめぐる作品ではなく「その世界がどのように成り立っていたのか」「その世界を成り立たせているルールは何か」という「ルール推理」作品であったことに似ている。清涼院作品は「陰謀」の「ルール推理」をする作品だったのだ。

話を戻そう。さて、しかし清涼院は、新本格やセカイ系作品とは異なり、個人の謎と世界の謎を二重化しなかった。たとえば『カーニバル』シリーズで描かれる犯罪オリンピックでは、億単位でひとが死ぬ。つまり問題ははじめから個人の謎ではなく「世界の謎」にある。探偵たちが特殊能力を駆使して推理合戦をくりひろげるその神話世界に、個人の自意識が立ち入る隙はない。個人の謎、つまり個人の価値観や思想を世界の問題とかさねてきたのが綾辻行人から京極夏彦までのミステリだとすれば、世界認識（世界の謎／意味づけ）をめぐって個人の思想と個人の思想が対決するのがたとえば矢吹駆シリーズであったなら、清涼院は多様な諸個人すべてをつつみこむような全人類規模の謎（人類最後の事件！）を提出し、世界を変えることによって世界の謎を解決し、人類を、そしてミステリをあたらしいパラダイムに移行させること（新人類最初の事件！）を夢みていた。個人にフォーカスするのではなく、グローバルなアクションを志向していた。同時代の、ネットバブルに沸くシリコンバレーの起業家たちのように、あるいは渋谷のビットバレーに集ったドットコム起業家たちのように。——そして、清涼院の問題は、個人の謎を、かけがえのないひとりの死をあつかわなかった（あつかえなかった）ことではなかったか。

舞城王太郎は、そう、言いたげである。

7、舞城王太郎における探偵神の位置づけ——大量神の時代

清涼院流水は「人間性」が回復すべき規範たりえない時代の探偵のあらゆる可能性を、ＪＤＣという装置を設計することで一挙に提示しようとした——この確認を経て、ようやく舞城王太郎の話にもどることができる。

舞城は例外社会下における探偵＝神の可能性と悲劇を探究するために、ＪＤＣの探偵のなかでもメタ探偵／探偵神・九十九十九を自身の作品のメインキャラクターに選んだのだから。

探偵小説における「神」の問題について確認しよう。法月綸太郎「初期クイーン論」以来の議論によれば、エラリー・クイーンは数学者のゲーデル同様、ある命題が無矛盾であることが証明できない——ある事件についてどれだけフェアに記述したところで探偵が矛盾なく推理し、真理に到達しえていると言いきれない——という難問（アポリア）に直面していた。これは柄谷行人が提起した「ゲーデル的問題」を下敷きに、九〇年代の探偵小説批評では「後期クイーン的問題」として注目され、論じられた。

諸岡卓真は『現代本格ミステリの研究』のなかで、「後期クイーン的問題」の回避法として①探偵に示される謎と読者に提示される謎の不一致（叙述トリックなど）②超能力など特殊能力によって真実を知る人物の導入③探偵の絶対化（特権化）を挙げている（清涼院は②と③を導入しているが、しかし後期クイーン的問題には取り組んでいない）。

事件をオブジェクトレベルに、それに介入する探偵をメタレベル＝神の視点に階層化する（ロジカルタイピングをほどこす）ことによってこの問題を解決する試みが③である。たとえば山田正紀『神曲法廷』などが実作での例であり、この問いへのいささか異様な返答として麻耶雄嵩『神様ゲーム』などがある。

探偵神・九十九十九は、こうした探偵＝神のながれをくんでいる。けれど舞城のえがく九十九十九は真理に到達できない。九十九は「すべてのデータが揃えば真理に達することができる」という設定になっている。だが地球規模で起こる連続殺人を解決するには、Googleのコーポレート・ミッション「地球上の全情報をオーガナイズし、アクセス可能なものとする」が完全に達成されないかぎりは不可能だろう。梅田望夫は『ウェブ進化論』でGoogleを「神の視点」をもった企業と形容したが、探偵神・九十九十九も、Googleのようにこの地球において増えつづけるデータを回収し整理しつづけなければならない神である。清涼院がつくったJDCの設定を二次創作するというJDCトリビュートという企画の一環として舞城王太郎によって書かれた『九十九十九』において、ある章のできごとは小説化され（オーガナイズされ、アクセス可能なものとなり）、次の章の登場人物たちに読まれる――それが繰りかえされる。つまり、いつまでたっても「全データ」は回収できない。それを象徴するかのような仕掛けも用意されている。清涼院流水が『コズミック』『ジョーカー』『カーニバル』といった諸作において作品を読む順番によって二度楽しめる（作品の意味が変わる）構造にしていたことをもう一段階ひねり、舞城は『九十九十九』に竹本健治『匣の中の失楽』にも似た設計をほどこした。話の順は一、二、三、五、四、七、六話と前後し、どこが終わりかが決定されえず、テキストが完結しないようなつくりとなっている。このような状況では、つまり「謎」が「再帰的」（アンソニー・ギデンズ）になり、「問題編」と「解決編」に分けることが不可能になる。簡単にいえば、前の章での行動が、次の章での謎に影響を与えてしまう。そしてさらには、章が前後する＝時系列が前後する。ここではもはや、過去に起こった事件＝「謎」、とはならない。『ディスコ探偵水曜日』では未来の出来事が現在に影響を与え、「謎」となる（このパターンには神林長平『機械たちの時間』という先駆や、同時代では谷川流『涼宮ハルヒの驚愕』がある）。『九十九十九』と『ディスコ探偵水曜日』という舞城SFミステリでは、謎—推理—解明構造における「謎」の提出のされかたに、ミステリとしての挑戦がみられると言えるだろう。

そんな謎を追う探偵神・九十九十九は、唯一絶対の、全知全能の神ではなく、いわば「何でもは知らないわよ。知ってることだけ」（羽川翼）の、半端で、ある意味で人間くささを志向した神として登場せざるをえない。「日本の神様は乱暴だったり理不尽だったり馬鹿みたいだったりするんだよな、と思い起こすのは日本の昔話の数々で、そう言えば日本人は神様に楯突いたりだまそうとしたりうまく利用としたりからかったり……敬意も畏れもあるのに無茶をする話ばかりだけれど、神様の方も茶目っ気があって悪戯好きで気まぐれでいい加減で、悪さをしたりもするのだ」（舞城王太郎『ＮＥＣＫ』）。

「人間」ください？　わたしたちはすでに「人間」を前提としえなかったのではなかったか。そう、わたしたちがいまや人間でもなく、モノとしても不十分な存在だからこそ、である。『九十九十九』で探偵神・九十九十九は言う。「推理小説における死は本当はまったく特権的なものではない」。そして「本物の特権的な死というものは皆に惜しまれて死ぬ死」であるとうそぶく。このような笠井潔の大量死理論への揶揄は、むしろこれまで述べてきた時代状況、社会環境の変容を反映したからこそのものととらえるべきだ。私たちが人間であれば、あるいは人形（モノ／記号）であったなら、特権的な死を甘受できたろう。しかしもはや探偵小説の手法をもちいてすら、それを達成することはかなわない。だからこそ、九十九は「人間らしい死」を望まざるをえないのだ。

神はみずからに似せて人間をつくった――たとえばキリスト教では、そう言われる。清涼院流水の作品と『聖書』が参考文献に挙げられた『九十九十九』に登場する九十九十九は三人でひとり、これはキリスト教における神のすがたである父と子と精霊の三位一体をモデルにしている。しかし探偵神・九十九十九は、めだまがとれ、腸がひきずりだされ、首がはねられた神となる。人間が神をみずからに似せてつくった――というのがフォイエルバッハ以来の宗教批判の立場だが、舞城がえがくぼろぼろの神とは、人間が人間らしくありえない例外社会下に、神＝探偵を描こうとした結果である。

人間は全能の神にはなれない。解けない謎があふれ、事件や暴力はなくならない。けれど、ひとも神も、悪や恐怖や死からのがれることはできない。『九十九十九』やそれにつづいて清涼院流水問題を変奏する『ディスコ探偵水曜日』の切実さが、ここにある。

『ディスコ』がいかに清涼院を意識しているかは、たとえば迷子専門の探偵ディスコ・ウェンズデイからあきらかである。舞城が『ディスコ』を「新潮」に連載開始した二〇〇五年ころといえば、ダニエル・バルデリに代表されるジャーマン・プログレとディスコ・ダブとを融合させたクラブミュージックの一潮流、その名も「コズミック」が注目されていたが、清涼院は自身の作品を流水大説（コズミック）と形容していた。そしてまたジャーマンロックにはクラウス・シュルツやアシュ・ラ・テンペルのマニュエル・ゲッチングが参加したコズミック・ジョーカーズというユニットがあったことを想起してもいい――「ディスコ」の名はおそらくこれらに起因する。また、作中でもかたられる連想／連結を受けいれるなら「ウェンズデイ」は水の神ウンディーネに由来し、それは隻眼の神オーディン、あるいはヘルメス神でもある。歴史上、ヘルメス神は伝説上の錬金術師ヘルメス・トリスメギストスと重ね合わせられたが、ヨーロッパの裏精神史に脈々とながれるヘルメス主義のシンボル「ヘルメス・トリスメギストス」とは賢者にして王にして哲学者、三倍偉大なヘルメスを意味しており、ヘルメス・トリスメギストスはキリスト教の誕生を予言した人物とされている――ディスコ・ウェンズデイは、三位一体の探偵神・九十九十九（いわばオモテの神）と対比させるために用意されたウラの神である。『コズミック』は「世紀末探偵神話」、『ジョーカー』は「旧約探偵神話」だったが、舞城は『ディスコ探偵水曜日』で「二一世紀探偵神話」を展開した。

人間がモノ（人形／記号）として現象した時代には、探偵＝神は人間を超越しえた（メタレベルに立ちえた）。二一世紀探偵神話においても、探偵＝神はなにかを超越している――人間以外の知性を。動物や昆虫や海洋生物を。人外を、機械を、悪を。かれらは人間とおなじかたちをしていない神である。「だから僕は唯一神の宗教を信じない。帰納的で合理的で、リアルじゃないからだ。僕が無理なくて現実的に実感できそうなのは、やはり色んなところに色んな神様の宿る多神教だ」「愛の神・悲しみの神・風の神・雲の神・セックスの神・みかんの神・ディズニーランドに来た人間を楽しませる神・浮浪者の包まる段ボールをできるだけ長い間乾かしておく神。何でもいい」(舞城王太郎「バット男」)。そして探偵たち＝神々は、人間を超越した存在ではないがゆえに、ひとの死を救えない。ディスコ・ウェンズデイは言う。「野菜が人間の命より重いはずがないだろ」。けれど死者は人間として「特権的」に死ぬことができず、探偵は「人間の死」に特権性をあたえられない。そもそもその死も「ひとの」死と呼べないものかもしれない(「ひととして死ぬ」とはかぎらない)。だから神々は、ひとの死を救えない。「限定合理性」(サイモン／カーネマン)ならぬ「限定超越性」しかもたないたくさんの神が乱立する、「大量死」(大戦間本格)でも「大量生」(新本格)でもない「大量神」(ポスト新本格／壊格)時代のミステリ——それが舞城が描くものだ。ひとびとの均質性が崩壊した時代であるがゆえの、無数の神たち＝探偵たちの不幸が『ディスコ探偵水曜日』にはある。そして踊場水太郎＝ディスコ・ウェンズデイの眼前には、数百万の少女がある企業の手によって暴虐にくるしむ「梢式」の不幸がある。「梢式」の不幸は、鎌池和馬『とある魔術の禁書目録』における御坂妹の悲劇と同型である。御坂美琴からつくられた万単位のクローンである御坂妹は、実験の名の下に次々と殺される。梢の場合も似たようなものだ。同じ名前をもつ人間が大量に死ぬ。と同時にそれは、たったひとりの少女の死でもある。死ぬのはみな「人間」ではない存在と言える。だからと言ってその死が軽々しいものだとも、思えない。梢を助けたい。しかし、どうやって？　……だから(不可能であるから？)探偵は祈り、運命と意志をどうにかしようともがく。

社会の変化を身にうけ、世界の変革を書いた清涼院をひきうけたうえで、舞城はもういちど「個人の謎＝世界の謎」にたちかえる。あまりにちがいすぎるがゆえに、愛していてもどうにもできない隣人との問題にたちむかう。

それが成功しているか失敗しているかは、むずかしい問いである。だが少なくとも彼の試みとは、そのようなものだと言える。

8、表象不可能な「事件」への遭遇と過剰な偽史——流水大説（コズミック）とコズミックホラー

舞城探偵神話の大量神のなかでも、ここでは水星Cに注目しておきたい。探偵・水星Cは終盤において「悪」という抽象的な存在（＝恐怖？）を丸呑みするが、水星Cとは水棲のC、つまり海底深くにねむるクトゥルー（Cthulhu）との関係を示唆している。クトゥルーの邪神たちは凶大にして異形、人類には理解不能な存在である。あまりの美貌ゆえに直視した人間が失神する九十九十九と、触れただけで気が狂う魔導書ネクロノミコンとはおなじ構造をしている。ディスコ・ウェンズデイのルーツとされるオーディンと語源的にちかしいクトゥルー神話の旧神ノーデンスは、整理された神話体系においては人類に友好的な善の神とされていた。

さらに探偵神話とクトゥルー神話との合流を文学史的に検討してみよう。まず両者はシェアードワールドという特徴を共有している。舞城王太郎は福田和也や仲俣暁生などからポスト村上春樹の作家とみなされてきたが、舞城が短篇「熊の場所」で「井戸」と「恐怖」の連結をパスティーシュした（シェアした？）村上春樹『ねじまき鳥クロニクル』は、大塚英志が『村上春樹論』で指摘するように、その恐怖描写のマナーをラヴクラフトから借用したものだった。さらに清涼院流水は『コズミック』を書くさいモダンホラーを意識していたが（「これがミステリ・フロンティアだ！」、「メフィスト」九七年九月号）、モダンホラーを代表するスティーヴン・キングはラヴクラフトを敬愛しており、

村上春樹はキングを同時代の作家として意識していた（キング論を書いたこともある）。村上春樹は『ねじまき鳥』から『1Q84』にいたるまで――クトゥルー神話がそうであるように――歴史のオルタナティヴとしての偽史、言いかえれば正史にしのびより、おびやかしつづける恐怖を書いてきた作家でもある。ここに愛媛川十三がプレメフィスト賞作家である世界（偽史）に生きる水星Cが「悪」＝恐怖を丸呑みする、ということの意味があきらかになる。

クトゥルーの神々は人間ごときには表象不可能な――「名状しがたき」――存在である。絶句するほかない脅威であり、恐怖である。今回の震災もまた、被災者にとってはそのようなものではなかったか。表象＝再現前（representation）することは不可能だが、しかし、目撃してしまった人間にとっては吐き出さざるをえない「何か」（それがたとえば舞城であれば「悪」と抽象化してしか表現されえないもの）なのだ。そしておそらく、信じたくないが現実に起こってしまった名状しがたき恐怖や、断片的な情報や謎だけが与えられ真実を知ることができない事象がうむ不信や疑心暗鬼が、もうひとつの歴史のすがたを夢想させる。偽史的想像力というかたちで迂回することでしか、そのような手法で外堀を埋めていくことでしか、表象不可能な「事件」のすがたを、その本質や恐怖を、浮かびあがらせることができないことが、この世にはある。JDCシリーズや『パーフェクト・ワールド』などで顕著にみられる、世界や日本の歴史や名所を縦横無尽にフィクションのなかに取り込み、自分の作品の登場人物や事件と結び付けてストーリーをつくってしまう――そして現実同様にフィクションのなかでも世界を崩壊させてしまうという清涼院の作風は、そうでもしなければ自分が立っている地面を、意識の自明性の地平を保てないという恐怖感から、そのようなやりかたでのみ自分と世界／歴史とのつながりを実感をもって接続できるだろうという危うい認識から生みだされたものではなかったか。流水大説（コズミック）は、表象不可能性に対峙するフィクションであるという点で、おそらくコズミックホラーの正統な嫡子である。

さて、最初の問いにたちかえろう。

舞城王太郎はなぜ『ディスコ探偵水曜日』であのような偽史を書いたのか。メフィスト賞の歴史を読み替え／書き換え、村上春樹以降の現代文学の問題に接続し、こたえるためだ。清涼院流水と村上春樹が、つまり新本格の鬼子と世界文学の前線に身を置くものがそれぞれ臨み、舞城自身も直面した「失われた二〇年」と称される社会の変容、あるいは絶句すべき事件としての阪神大震災とサリンの九五年以降の現実——大量神の時代——にこたえるためだ。

9、結語——今こそ「変わってしまった世界」に呼応する二一世紀探偵神話の発展を！

清涼院は「失われた一〇年」のあいだに起こった社会変化に呼応した。人々が均質性という前提を信じられなくなり、昨日までの価値観が崩壊した時代であるがゆえのダイバーシティ・デテクティブ・マネジメントを描いた。ミステリにおける「論理」の特権性を剝奪し、探偵を、推理法を多様化させようと試みた。新本格ミステリのもつ「世界の謎」に挑むという側面を地球規模までに拡大し、ダン・ブラウン『ダヴィンチ・コード』的なブロックバスター作品に接近した。

その実験は毀誉褒貶に晒されたが、ミステリを構成する「謎—推理—真相」のそれぞれにおいて、彼と彼の批判的な同伴者である舞城王太郎が、ミステリの革新を大胆に模索した人物であったことは疑いようがない。

しかし清涼院は「『コズミック』的なものをリセットする」という意味を込めて書いた〇九年の『コズミック・ゼロ』、そして大塚英志と箸井地図と組んだコミックス『探偵儀式』のノベライズ版『探偵儀式 THE NOVEL』で大塚の『多重人格探偵サイコ』とJDCを合流させるような野心的な試みをした（「流水」というペンネームは『サイコ』に登場するルーシー・モノストーンから取られたものであり、清涼院流水は大塚英志の別名義なのだと語られるこの作品は、清涼院を食いやぶろうとした舞城『九十九十九』への清涼院からのアンサーではなかろうか？）のちは、JDCシリーズのような壮大なスケールで展開されるミステリを書いていない。

舞城王太郎も、二〇一〇年に乙一や新城カズマ、入間人間などを覆面作家「越前魔太郎」として複数起用した舞城版JDCトリビュートとも言うべき「冥王星O」プロジェクトを行ったものの、作品として『ディスコ探偵水曜日』に匹敵する挑戦はそののち書かれていない。

それがなぜかということはひとまず保留しておく。

しかしミステリという形式の極限に挑み、その歴史を（勝手に／夜郎自大にも）引きうけ更新しようという野心にあふれたこのふたりの路線は、このまま継続されることも、だれかに継承されることもなく潰えてしまうのだろうか？

そんなことはないだろう。

西尾維新は講談社文庫版『カーニバル　一輪の花』解説で、清涼院はデビュー作『コズミック』で「密室」を終わらせ、続く『ジョーカー』ではノックスの十戒やヴァン・ダインの二十則に匹敵させるべき「推理小説の構成要素三十項」を掲げてすべて実行することによって「ミステリ」を終わらせ、『19ボックス』で「小説」という形式を終わらせ、そして『カーニバル』シリーズでそれまでの清涼院流水像を終わらせた、と書いた。清涼院は「革命」ということばを多用し、「世界は変わってしまった」とキャラクターたちにたびたびつぶやかせた。『カーニバル』文庫版では作中で起こる八・一〇の事件が九・一一に比されるべき世界的で歴史的な事件であるように書いた。「ミステリの総決算」をめざしたと自称する『ジョーカー』をはじめ、彼がここまで執拗にミステリの総括と革新を、ニューパラダイムへの移行を模索したのは、「世界が変わってしまった」と心底から思える阪神大震災があったからだろう。変わってしまった世界にふさわしい創作が書かれなければならないという信念が、数々の異形の作品を生んだ。

清涼院や舞城は本格を脱臼させた「脱格」の書き手ではなかった。ひとびとがそれまで自明にしてきたものすべてが壊れた現実に直面し、呼応して乗り越えるべく本格を破壊した――「論理の壊格」を書いた。

3・11を経た日本で、かつての清涼院と同じようなショックを、世界の変容を経験した人間の手によって、二一世紀探偵神話は紡がれる。壊れた探偵たち＝大量神たちの物語――大量神話が。清涼院や舞城の実験を洗練させたミステリが、あるいは彼ら以上の暴挙に出る震話作品が、必ずや、遠くないうちに現れる。

「大事なのは……宇宙的な推理なんだよ」
――清涼院流水『カーニバル』より

ビンボー・ミステリの現在形——「二一世紀的な貧困」のミステリ的表現を巡って

藤田直哉

（※本論は、北國浩二『リバース』、石持浅海『Rのつく月には気をつけよう』、『まっすぐ進め』西尾維新『難民探偵』米澤穂信『追想五断章』の内容に軽く触れた上、詠坂雄二の『遠海事件』『電氣人間の虞』、『乾いた屍体は蛆も湧かない』は犯人もオチも含めて大きくネタバレしております。ご注意ください）

1、不況下の現実を肌で感じるということ

ふとした油断で金がなくなり、バイトの面接に行くことになった。二十八歳。今までバイトの面接で落ちたことは一度もない。バイトの面接などというのはどんなに舐めていてもその場で受かるものと高を括っていた。

受からない。

焦った。つい三年ほど前にはバイトをしていたはずなのに、もう常識が変わっていた。それからも

僕は「三年前の常識」を頭に入れたまま「楽なバイト」を選んで面接を受けた。

受からない。

態度に問題があるのか、年齢なのか……　俺は、国立大学の博士課程の学生で、バイト経験もある、二十八歳で、しかも、文筆業もやっているのだぞ——そんな虚しい心の叫びは、なんの役にも立たない。十八歳の、高卒の女の子に、バイトの採用では負ける。加齢のシビアな現実を突きつけられた。二十八の男なんて使いたくねぇよなぁ……と思い、会社員として働く知人に相談してみたら、事態は結構えらいことになっていた。「加齢」によるハンディだけがこの厳しい条件を作り出していたわけではなく、二〇〇八年のリーマン・ショック以降の就職状況の悪化がバイトの募集にまで影響していたらしいのだ。

二人採用のバイトの面接に五十人近く応募するとか、ネットでのエントリーが普通になったので募集してなくても募集しているかのように広告を出しているのだとか……。

不況なのだ、ということを、たった三年の間に忘れていた。僕が大学を卒業した二〇〇二年は就職氷河期と言われていたが、そのときすらまだ「楽だった」と思えるほどに状況は変化していた。

学歴も経験も年齢も役に立たない、非常に心細い、情けない感情を、心から味わった。数件の面接に落ちると、心も折れてくる。何もしたくなくなる。社会に出たくなくなる。意欲が消失する（それは元々の僕の気質なのかもしれないけれども）。

一方で、会社員をやっている知り合いから聞く話では、今では数人の正社員募集に数万人の応募があったり、組織的なＯＢ訪問がひっきりなしに続いていたり（昔は、ゼミなどを通じた人脈で密やかにやっていたものだが、今はもうシステム化されたらしい）、就職セミナーと称するダブル・スクールに、数十万円の費用が掛かるにもかかわらず、多くの学生が通っていたり、大学生活は実質二年で終わりになって三年になってすぐに就職活動が始まるとか、最近はまた制度が変わって一年生のうちから就職活動をせざるを得ないようになる可能性もあるとか……

そのように就職活動にいそしみ、大学を「就職のため」と割り切って使う学生と、僕のように、本を読んだり、映画を作ってみたり、役に立たない無駄なことをやって青春を浪費する学生とに、大学生は二分されているらしい。前者の学生は頑張って正社員になるだろう。後者の学生は、僕のようにフリーターになるか、院に行くか、ニートになるか……　なににしても、大変だ。

今、文化的であろうとすると、すぐに後者に落っこちてしまうだろう。小説なんていうレトロな趣味にハマってしまうおっちょこちょいは、すぐに、こちらの世界へようこそ、という状態になってしまう。小説の世界もまた生まれつきのお金持ちか、うまく生きられないおっちょこちょいがフリーターやニートをしながら行うものに二分化されつつある。純文学の世界においてはゼロ年代には既にそのテーマは顕在化していたが、他のジャンルもまたその条件を避けることはできない。

とは言いながら、若年者の「貧困」をテーマにしたフィクションが、特にゲームや映画や小説などのエンターテインメントのジャンルでは「流行らない」ことにはいくつかの理由がある。まず、貧乏で人数の少ないそのような若年層をマーケティングしたりする機会が少ないからである。ソーシャルゲームなどの場合はまた違うのだが、いわゆる旧来的な大衆エンターテインメントにおいて、「貧困」の「若年者」は、「購買力がない」ことと「人数が少ない」ことによって、マーケティングの対象から除外されがちな傾向がある。よって、旧来のようにコンテンツから社会反映論を行おうとする際に、「貧困な若年者」に訴えかける物語やそのリアルに寄り添おうとする物語は視界から外れがちになってしまう。大衆文化の分析は、それが「大衆的」であることを根拠にするものであるが、その「大衆性」は売り上げや影響度などによって測られる場合が多い。しかし、そうすると抜け落ちてしまう箇所が生じるのも事実なのである。

以上の理由により、構造的に若年者の「貧困」の問題は、エンターテインメントでは反映されにくい問題であった。例えば入江悠監督の映画『SR　サイタマノラッパー』（二〇〇九）はそのようなメンタリティを描いた傑作であると思うが、いわゆる「大衆的」なヒットにはなっていない。しかし、そのようなメンタリティは、いくら「売れない」かもしれなくても、書き手が既に少なからず「そう」なってしまっているので、どうしようもなく反映されてしまうことも事実であろう。

本論は、以上のような理由により、定量データを引き合いにして作品を扱う手法を採らず、ほとんど筆者の実体験ゆえの過剰な思い入れを持って、依怙贔屓のようにして一人の作家を扱うだろう。他の作家の名前も出すが、それは参照するに留まる。そのように扱う特権的な作家は詠坂雄二であり、特権的に扱う作品は『乾いた屍体は蛆も湧かない』である。何故この作家だけ、この作品だけを特権的に扱うのか、それは論の内容でおいおい説明していくしかない。

何故このスタイルを採るのか？　それは、現代における貧困というものは、ある特殊な仕方で「実存」を磨り減らす類のものであるからである。貧困はいつでもそのようなものであったが、その「現代的な質」に本論は迫りたいのだ。

その貧困は、『ダーウィンの悪夢』（二〇〇四）に描かれるような、タンザニアのストリート・チルドレンや、死者を頻繁に出しながら漁を行うような、世界的なレベルでの極貧とは違う。あくまで、二一世紀の、先進国の、日本の「貧困」である。世界的に見れば、相対的には恵まれているし、戦中・戦後世代から見ても「恵まれている」だろう。しかし、そうとは言え、確かにここには別種の「貧困」が、「精神」や「実存」を摩滅させ、若年者に鬱病や自殺を増大させる何かがある（鬱病の増大などには統計の取り方の問題であるなどの諸説あるが、ここでは検討しない）。「物質的な豊かさ」を手にしたが「精神的な豊かさ」を手にしていない、ということとも、おそらくは違うのだろう。筆者は、「二〇代で自殺する人間」の生きている生が、タンザニアのストリート・チルドレンの生より「豊か」だとはどうしても思えないのである。

例えば本論で読解の対象とする詠坂雄二の『乾いた屍体は蛆も湧かない』にはこのような一節がある。

もし叶うなら、ソマリアで餓死する子供達や、イスラエルで自爆するテロリストと身分を代わってやりたい。そんなことさえ、半分冗談、半分本気で思えたりする。不謹慎にもほどがあるけれど、彼らならもっと巧く生きていけるような気がするのだ。健康に生まれ付き、五体満足で、衣食住にも困ったことのない僕の——僕らの人生を。（一〇六頁）

このように感受している主体が、本当に第三世界の「貧しい」人々に比べれば幸福なのか、マシなのか、豊かなのか、筆者には判断がつかない。むしろ、そこにある実存の質は、より貧しいのではないかという意見を、どうしても抱いてしまわざるを得ないのだ。

本論で対象とするのは、先進国の日本、「閉塞感」などと言われている現在の若年者の、ゾンビのように感受される「生」のリアリティの「貧しさ」である。それはある種の「甘え」の上に成り立っている「相対的な剝奪感」であるという指摘も真実ではあるのだろう。しかし、そのような指摘ではその生の「実存的な貧しさ」は解消されないだろう。本論はその「貧困」を「(日本の若年者における)二一世紀的な貧困の質」と呼称することにする。

そしてその「質」を、基本的にはエンターテインメントである宿命を持った「ミステリ」の中で如何に描くのか、その相互作用を、いくつかの段階を追って検討していきたい。

2、ロスジェネ世代の〈リアル〉と論理の変容

ここでいきなり詠坂の作品の読解に突入したいのはやまやまであるが、物事には順序というものがあるようで、いきなりそのような話をしても唐突な印象を与えてしまうだろう。詠坂を分析することで得たいのは、「二一世紀的な貧困の質」が「ミステリ」に如何に反映されているのか、ということである。しかし、「二一世紀的な貧困の質」とは如何なることか。

このような議論の前提にはいわゆるロスジェネ論壇、格差論壇と呼ばれる方々の知の蓄積があり、それを一言でまとめるのは困難であるので、個別の著作をそれぞれに参照していただくのが一番の近道である。本論では紙幅の問題から、それらの議論を受けつつ、話題を「ミステリ」に限定し、この問題がミステリにおいてどのように論じられてきたかを確認してみたい。

まず足がかりにしたいのは、笠井潔×小森健太朗×渡邉大輔による「ロスジェネ世代の『リアル』とミステリーへの違和、新しい共同体への眼差し」(『本格ミステリー・ワールド２０１０』)という鼎談である。ある意味で、本論はこの鼎談への応答という側面を持っている。

この鼎談で「ロスジェネ世代」的であると呼ばれている作品をいくつか挙げてみたい。まずは北國浩二の『リバース』である。小森はこの作品に対し、千円の出費を惜しんだことが女性と別れるきっかけになったということは現代的な貧しさの反映かもしれないという。そして、小森は、そのような表層レベルではなく、論理や推理の中にまで食い込むような「貧しさ」や「リアル」（あるいは「貧しさの作り出すリアル」）という問題を提起する。

「もうひとつ『リバース』ですごく違和感を覚えたのは、作中に未来を予言できると称する少女が出てきたときに、主人公の男がその予言をすぐ信じちゃう」。本当ならば、検証作業をするはずなのに、何故かその作業が飛んでしまう。さらに、主人公の行動について「ぼくの感覚からすると無思慮で短絡的な行動のようにも見えるんですけれども、一方で現代性の反映かなという気もします」と述べる。

これに対し、笠井は、現代における「合理性」の問題を指摘し、「合理的な近代人の観点からすれば異様なキャラクターが、作者がどこまで対象化しているのかよくわからないまま、作中に登場してくる」と指摘する。

これが、本論の前提となる「二一世紀的な貧困の質」の「ミステリ」への反映の典型例となる。作中人物や作者自身の「論理」が、いわゆる近代的な合理性とは異なったものになってしまっているのではないか、という問題提起をまずは読者の皆様と共有したい。

そのような論理をここでは「変な論理」と呼ぶ。「変な」という用語には、断片的であったり、連想に過ぎなかったり、言葉遊びであったり、妄想であったりと、様々な含意がある。ただ、「言葉遊び」の論理でミステリを書く試みは、清涼院流水や西尾維新が既に行っていたし、妄想的論理は渡邉が指摘するとおり、佐藤友哉が既に行っていた。ゼロ年代前半からの「ファウスト系」あるいは「脱格系」のミステリ作家の活躍の延長線上に、本論で論述するゼロ年代後半の「変な論理」の問題もまた位置しているだろう。

小森健太朗が「変な論理」（小森の用語法では、〈ロゴスコードの変容〉）の例として頻繁に挙げるのは石持浅海である。彼の作品に対しては、作家が無自覚に書いているのか、あるいは現代社会の歪みをギミックとして利用して自覚的にミステリを作っているのか議論はあるものの、彼の作品もまたロスジェネ・ミステリのひとつの典型とは言えるのかもしれない。ただし、彼の作品は、どちらかというと「裕福な」人々を描いている。

今時の就職活動をしている学生は、正社員になったというだけで、それに失敗した学生に対してエリート意識を持つと耳にするが、一方で「いつあっちになるかもしれない」という恐怖と不安も常に存在しているだろう。一歩間違えればそちらの世界に自分が分岐していたかもしれないという不安と恐怖を喚起するが故に、忌避したく、見下したく、そして否認したい存在である。時間ばかりがあるフリーターと、金ばかりがある正社員とは、そのように相互に羨望と怨嗟を抱く奇妙な構造が織り上げられている。生活環境レベルで「分断」され、視界に入らない、存在を認識することもないというようなケースすら多いだろう。

小森健太朗は「石持浅海作品の登場人物の行動には、当然想定される可能性をどういうわけか全く顧慮せず、スキップしてしまう不可解さが散見される。（中略）石持作品の作中人物たちにはいわばブラックボックス——はなから眼中に入らない領域があるようだ」（『本格ミステリ・ベスト10〈2007〉』）と指摘している。

筆者は、これは、作品世界内部の社会観・人間観と、推理・論理が結びついてしまっていることに起因していると考える（もちろん、そのような「社会観・人間観」を逆手にとって利用している、という見方も可能である）。

具体的に例を見てみよう。『Rのつく月には気をつけよう』（二〇〇七）所収作品「夢のかけら、麺のかけら」という作品を。この作品では、ある出来事が起こり、それに対して推理をめぐらせるのだが、その犯人と思しき自分の友人たちが「くだらなく、陰湿」なことはする筈がないという前提がほとんど公理のように最初に設定され、誰一人それを疑うことなく推理を行う。

しかし、自分たちの仲間には、そんな人間はいないと断言することは難しいし、全く疑わないというのはむしろ不自然である。「仲間」であっても、裏の顔や本心などは決してわからないのだから、少しの疑念も差し挟まないというのはおかしい。スパイ映画などでは、友人や恋人の「仮面」をうまく演じ、騙しとおす人物が頻繁に登場したではないか。しかし、その可能性は「考慮の可能性の外」に、〝自然に〟置かれてしまう。

現実の世界には、「くだらなく、陰湿」な人間は溢れるほどいる。実際に自分の心の中にそのような要素が皆無であると胸を張って言える人間は殆どいないだろう。「くだらない」ものや「陰湿」な心理の存在しない理想の友人関係の世界のようなものが、ここでは前提となっている。これは、まるでCMのような世界観である。この作品におけるそのような「除外」は作中人物のツッコミも受けず、「除外」を行っても真実には到達ができるという世界観になっている。

人間関係や友人関係が「こうであってほしくない」「こうであるべきだ」という思いが、論理に穴を開けてしまっている。これが、石持作品の典型的な「変な論理」である。

このような論理のブラックボックスが、人間観や社会認識と結びついていることを示唆する箇所は他にも存在する。『まっすぐ進め』収録の「いるべき場所」では、主人公の「社会認識」にブラックボックスが存在していることがさりげなく書き込まれてしまっているのだ。

二十七歳の主人公がＢＭＷに乗っており、「僕は十人並みの財布を持つ、二十代の若者だ」と言う。二〇〇九年にこの作品は発表されているので、作中の時代を二〇〇九年だと仮定してもいいだろう。二〇〇九年に「十人並み」の二十七歳が、ＢＭＷを、買えるだろうか？

買えない。

少なくとも僕は買えない。駐車場代も払えない。現実的に、よほどの高給取りであるか、実家などの条件に恵まれない限り、ＢＭＷを二十七歳で所有するということは不可能である。二十七歳の平均年収を統計で見ていただければ分かると思うが、これはどう考えても「十人並み」ではない。

ではこの「十人」は、どの「十人」だと考えるべきなのだろうか。「十人並み」の辞書的な意味は「普通」である。つまり、彼の世界観の「普通」の中からは、貧乏人やフリーターが除外されていることが、ここでさりげなく露呈してしまう。この年齢層であれば、半数近くがそうであるにもかかわらず、である。

このように、石持作品の主人公は、社会のある層の人間を存在しないことにして思考を行う癖がある。これと論理の歪みは、おそらく関係性を持っている。少なくとも、関係があるように読ませる力を石持作品は持っている。それが作者の意図的なギミックであれ、そうでなかったとしても、彼の作品が広範な読者を獲得していることから鑑みても、これは決して無視できるものではない。

とはいえ、本論は石持浅海を中心的に論じるものではない。「二一世紀的な貧困の質」を考える場合のひとつのケースとして参照するのみである。「ロスジェネ的」な問題が「論理」や「思考」に影響を与えているのだとすると、別に「実際に貧しい」側だけが歪むわけではないのだ。

3、サブカルチャーとインターネットを経た「貧困」

「二一世紀的な貧困の質」と「ミステリ」の問題を考える上で、詠坂の作品に触れる前に、もうひとつ、どうしても触れておきたい作品がある。西尾維新の『難民探偵』である。この作品を重要視するのは、現在の「貧困」が、「サブカルチャー・情報社会化・第三次産業化・グローバリゼーション」の四点セットが全面化したあとに現れた「貧困」であると筆者は考えているからであり、西尾はまさにその問題に直球の勝負を仕掛けた作家だからである。

〈戯言シリーズ〉で、ほとんど「論理」ではない推理によってミステリを破綻させ、そして同時に巨大な商業的成功を収めた西尾が、就職難やネットカフェ難民を扱った作品が本作である。本作には確かに「二一世紀的な貧困」と「ミステリ」の特異な関係がある。しかし、就職難やネットカフェ難民というガジェット面というよりは、彼の得意とする「言葉遊び」の性質とインターネットを結びつけたという点において、である。

「近代的合理性」が崩壊しており、それがミステリの書き手や読み手に影響を及ぼしているのだとすると、その原因のひとつとして、筆者は「社会の第三次産業化」を挙げている。記号操作や接客、介護やケア、コミュニケーションなどが主要な産業になった社会のことを「ポスト・フォーディズム」などと呼ぶが、現代の日本社会はそのような産業に従事する人間が圧倒的に増えた社会だと言われている（東日本大震災とリーマン・ショックなどによって、その流れには変化が生じるかもしれないが）。大学教授も、小説家も、アナリストも、コンビニ店員も「第三次産業従事者」である。

生存のために労働をしなくてはいけない場合でも、例えば大規模建築や、肉体労働、工業製品の製作などと違って、物理法則に支配される機会が減っている。そうなれば、現実の「論理」を意識するよりも、コミュニケーションや記号操作の「論理」に適応するほうが生存効率が上がる。そのような社会では、必要なのは「近代的合理性」ではないのかもしれない。

労働に従事しなくて済む「ニート」や「パラサイト」という生き方も増大している。ゲームやインターネットも、人々に親しまれるようになった。島田荘司が『リベルタスの寓話』（二〇〇七）で描いたような、オンライン・ゲームにおけるリアル・マネー・トレードで生活に必要なお金を稼ぐことも珍しくはなくなった。

インターネットの世界は、いわゆる「論理」に支配された世界ではない。そこはコードに支配されているとはいえ、「自由」であり、「夢」のような錯覚を与える世界である。そこでは、時に「夢の論理」によって物事が動いていくかに見えるときがある。バイラル・マーケティングや炎上のコントロールが売り上げや株価に重大な影響を与える現代では、その「夢の論理」に習熟している者こそが勝利者になれるかもしれない世界であり、それを無視することが経済的なダメージになりかねない。経済的なダメージこそが、実際に、物理的に自身にダメージを与える。そのような記号と身体のリアリティの世界で「生存」せざるを得ないように労働の形態が変化すれば、「論理」への感覚が変化することもまた必然であるのかもしれない。

そのようなサブカルチャーの発展と情報社会化と、並行して起こったグローバリゼーションと格差化の中に「ロスジェネ世代」は存在している。

遅まきながら、ここで用語の整理をしておきたい。「ロスジェネ世代」とは、一般的には大卒時に就職氷河期であった一九七〇年から一九八二年生まれの世代のみを限定的に指す。しかし、就職氷河期は二年ほど回復傾向を見せた後、再び続いている。一九八七年生まれ以降を「新就職氷河期世代」と呼ぶこともあるが、筆者はこの二つの氷河期は一連なりの氷河期として捉えるべきであり、労働環境が、グローバル化や日本社会の変質などによって構造的に変化したことによる必然であると考えているので、「一九七〇年生まれ以降」の世代全てを指す言葉として「ロスジェネ」という言葉を拡張させて用いることにする。何故この言葉を用いるかと言えば、この言葉が人口に膾炙しているという点と、その名前の「安っぽさ」「薄っぺらさ」こそが最も象徴的にこの世代を表していると思うからだ。

ただし、ここで新しく定義した「ロスジェネ」的な世代の中にも、質的差異はあるだろうし、メンタリティの差異もあるだろう。特に、バブル時代とその余韻をどれだけ知っているのかなどは、顕著な世代間の感性・思想の差を生み出していると言われる。

西尾維新を特権的に扱うのは、彼が、第三次産業化し、情報化した世界における「夢の論理」を的確にアンテナに捉え、成功を収めた稀有な作家であるからである。『難民探偵』は、そのような作家である彼が「ロスジェネ」的問題を扱ったが故に、特異な手触りの作品となっている。

物語を簡単に紹介する。主人公は就職活動に失敗し続けている窓居証子。就職活動を継続するために、叔父である天才売れっ子作家・窓居京樹の家に居候し、簡単な家事をするだけで月に三十万円近くもらえる生活を送ることになる。そのうちに、出版社のリストラを巡る殺人事件がネットカフェの個室で起こる。そしてネットカフェで生活している警視の「難民探偵」根深陽義がその捜査をすることになる……。

「売れっ子作家の叔父が気軽にお金を援助してくれること」や「仕事をしていないのに、警視扱いでお金が振り込まれている難民」という設定の時点で「甘い」という実感はどうしても覚えてしまう。とはいえ、フィクションにそのようなケチをつけるのはおそらく正当ではないだろう。むしろ見るべきは、このような非現実的な設定の中に、生々しい〈リアル〉を示す言葉がいくつも存在しているという点である。

「下流でも、そこそこセレブな生活を送れるっつーか、危機感を抱きにくい。（中略）飢え死にするその直前まで、自分だけは大丈夫だって思えるシステムが組みあがっちゃってる」（二五八頁）

「成長どころか、自分がどんどん駄目になっていくのを感じているが、その腐敗の進行を止めるための、策の打ちようもない。恵まれている自分を痛感しながらも、その痛みに耐えている」（三四八頁）

上記の箇所は「ロスジェネ世代のリアル」を深く穿っている。

若き社会学者の古市憲寿は『絶望の国の幸福な若者たち』（二〇一一）で、現代の若者たちは、貧乏で希望はないが、そこそこ幸福で、切羽詰っているわけでもなく、変革を強く望むわけではないようだと分析している。

この内容を完全に真に受けることはできないのだが、確かにインターネットにより情報やコンテンツが安価に手に入り、生活必需品の価格も低下した現代は「暮らしやすい」だろう。そのようなぬるま湯の世界が三〇年後にも続くかどうか保証はないが、親が生きていたり、親世代がまだ頑張っているうちはこの程度で幸福である、というのも一方の真実であろう。

『難民探偵』はネットカフェを扱いながら、ネットカフェ難民というよりは、そのような「ネットコンテンツ」による幸福なぬるま湯の世界を描いている。そこには、遥か未来に、多分訪れるだろうと分かってはいるが、分かっているが故に意識したくない「破局」の恐怖もまた不安として滲んでいるかもしれない（西尾維新の『化物語』をアニメ化したシャフトがその後に作った『魔法少女まどか☆マギカ』は、そのような「未来」に想定しているが否認したい「破局」を形象化したことが成功の要因であるかもしれない）。

ネットカフェの個室にいる人間が殺されるというのは、ネットで妄想的論理≒夢の論理を全開にしている人々に対する批評のようでもある。ネットカフェ＝コンテンツ消費の場を「スポイル」であると言い切るこの小説は、自作殺しの様相すら帯びてくる。

ネットカフェの個室が密室を構成できないことは、「密室」が象徴していた近代的合理性の「薄っぺらさ」への後退を象徴していると解釈することも可能である。そのような物理的「密室」のリアリティが後退した（ネットカフェは「仕切り」であり、厳密に言って「個室」ではないので「密室」にならない）代わりに現れたのが、就職活動という社会的障壁である。肥大化した自我によるサイコなロジックに従うと、就職という関門を越えることができないという、「社会的密室」に証子は閉じ込められている。正社員でも学生でもない、中途半端な時間に置き去られたまま。

先に、西尾維新は情報社会的なリアリティに応答している作家だと述べた。それはネットで発達してきた「言葉遊び」的なリアリティと特に強く結びついている。〈戯言シリーズ〉では、『サイコロジカル』以降、主人公は「無為式」と呼ばれる、おそらくは言葉遊びの背景にある「無意識」を示唆する技術を操っている設定になっていた。言葉遊びは彼の作品の「変な論理」を構成するパーツであり、それが情報社会的なリアリティにある読者に強く訴えかけた。だが本作では、一転して「無意識」こそが犯行の露呈の原因になる。「無意識」的なものへの価値付けが逆転しているのだ。

『難民探偵』は、情報社会・サブカルチャーのロジックを徹底し、大成功を収めた〈戯言シリーズ〉に対する自己批評として読むことができる。もうひとつのその例が、主人公の設定である。就職活動に失敗し続ける窓居証子は、〈戯言シリーズ〉のヒロイン、玖渚友の陰画になっている。証子はプライドだけが高いが、才能はなく、こだわりが強い。それに対し、玖渚友はプライドはなく、天才であり、ハッカー能力を持つ引きこもりであり、生活能力が足りなく、サヴァンやアスペルガー（こだわりが強く、論理性に強く、情緒性や空気を読む能力、生活能力に欠けているが、現代社会では知的生産性も高い場合も多い症候群）との関係を示唆されているとはいえ、愛される萌えキャラである。玖渚は才能があったからいいし、愛してくれる理解者がいるから良かったものの、この二つがなければ、証子のように自我の肥大と社会との葛藤に苦しむことになる。

七〇～八〇年代に生まれ、八〇～九〇年代の、バブルとその余韻の中で幸福な子供時代を過ごし、「いい大学に行き」「いい会社」に入れば幸福な人生が送れると根拠もなく確信していた／させられていたロスジェネ世代。社会的矛盾や葛藤、リアルな貧困や差別に直接触れる機会も少なく、様々なサブカルチャーや豊かさの中で幸福に育ち、自意識や自己愛を肥大化させ、そして突然訪れる「就職」と「社会」の難関にぶつかり、途方に暮れ、心が折れ、「約束と違う」と叫び、しかし就職活動を続けるか、諦めてフリーターになるしかない。

自分たちが腐っていくのは、将来に大変なことが起こるのは分かっているが、直視したくない。そんなものを観るよりも、サブカルチャーの中で幸福な幻想に浸り、自我の存在を忘却するほどの没入を行い、肥大化した自己愛を温存したい。しかし、否認した「現実」が近付いてくる不安が消えない。

だからといって、立ち上がることもできない。「就活反対デモ」に参加してみようか、プレカリアート運動に参加してみようか、しかしグローバル資本主義などどうにもならないに決まっている、だったらゲームやネットでもやって、ぬるぬると幸福に過ごそう、将来景気がよくなるかもしれないし……。

今、勝手に代弁したが、窓居証子の心境は、確かに僕自身の気持ちとも似ているようだ。ゲームや情報環境は、戦後日本の「進歩」が目に見える形ではなくなった世界において、「進歩」を生活体験のうちに体験させてくれる装置であったと言われている。確かに、ファミコンからPS3などまでのハードとソフトの発展には、「進歩」の実感があった。コンピューターとゲーム機、そして情報技術のみが、生活レベルでの極端な変化や進歩を、幻想としてであれ実感させ、支えるための装置として機能したであろう。中川大地の指摘によると、ゲームは「高度成長期的な進歩への『夢』の名残を背負」っていた（「『ゲーム』からみた『伊藤計劃以後』」）。詠坂雄二は、ゲームライターを主人公にした連作短編、『インサート・コイン（ズ）』（二〇一二）の表題作に、このように書いている。

スーファミがまだ出たてで、メガドラやエンジンなどと競い、賑やかに画面を飾り始めたころのことである。シンプルで色数の少ない画面が姿を消し、アニメや漫画と近付きはじめ、ゲームがそれまで表現していた未来を捨て、進歩を摑んだように見えた時代だ。

もちろん、それだからと熱が醒めることはなかった。

相変わらずゲームは最先端のメディアだったし、それは九〇年代後半、ネットが普及するまで続いたのだ。未来永劫ビデオゲームは時代の先端にあり続けると信じ、自分に寿命があることを

本気で恨めしく思えていた。何と幸せな少年時代だったのだろう！（一六〇頁）

ゲームやコンピューター、それからインターネットや携帯電話の発達は、九〇年代以降、バブルが弾けた後の日本においても、「進歩」が続いているかのような錯覚を生み続けた。そしてそれは実際に錯覚ではなかったのかもしれない。しかし、その「幻想」とのギャップを、就職活動をしたり、ライターのような仕事をしていると、感じざるを得ない。

「二一世紀の貧困の質」の決定的な過去との違いは、「豊かさを経験している」ことと、「サブカルチャーと情報環境の存在」である。特に、後者が「遊戯」性を強く持っており、豊かさと錯覚されがちであるがゆえに、その背後に貧困の問題があることが、他者からも、自らからも、覆い隠されやすくなっている。

例えば、松本清張が描くような、敗戦やその後の混乱の時代を近い過去に持つような「貧困」とはその点が大きく異なっている。清張作品のいくつかの犯人のように、差別や社会の矛盾などの、同情を引くような、ドラマチックな「貧困」を背負っているわけではない。むしろのほほんとした、たいしたことのない、同情もあまりされない「貧困」なのだ。そのような情報端末やサブカルチャーによってぬるぬると生きている存在をゾンビとして描く作品が増加していることをかつて「極私的ゾンビ論」で指摘したが、そのような主体と『難民探偵』で描かれている生は紙一重の差しかない。

しかし、このように「貧困」が同情されにくいようにしか描けないのは、「貧困描写」が「貧困」であり、読者の側の「貧困認識」が「貧困」であるからだけなのかもしれない。

古典的な貧困が我々の同情を引くのは、身に染みた苦しみを起因にしているということはもちろんあるだろうが、それだけではなく、あらかじめ『女工哀史』だとか、農村の身売りだとか、『蟹工船』だとかの「物語」がインストールされているからであるという要素も無視できないだろう。新聞記事もまた物語のフォーマットを持っている。「現代の貧困」が理解されにくく、同情されにくいものであるとするならば、それはまだ具体的にその「貧困」を描く技術が開発されていないからであるのかもしれない。本論は、そのような「貧困」を描く技術の開発を巡る論でもある。

「二一世紀の貧困」の悲劇のひとつは、それがドラマチックでもなく、物語にもなりにくいという点にある。詠坂雄二も、その中で悪戦苦闘する一人だ。

4、「物語」になりにくい「貧困」――ゾンビ的な生を如何に描くか

ドラマにならない。

それこそが、詠坂雄二の作品の決定的な主張であり、困難である。

自分たちの生活は、困難は、苦難は、ドラマにならない。すなわち、ドラマチックではない。だから、関心も惹かない。同情もされない。ニュースにもならない。そして「物語」にもしにくい。そのような「困難」の絶望的な主張が、彼の作品を特異なものにしている。

この主張は、詠坂だけが提示しているわけではない。父親を失い、学費を払えなくなった男を主人公にした米澤穂信の『追想五断章』（二〇〇九）でも、華やかで、殺す殺されるなどのドラマチックな人生を送った「疑惑の人」と、あまりに何もない自分とを比較して、羨望に近い感情を抱く場面がある。かつて殺人の疑惑に晒された「彼（北里参吾）」と自分（芳光）を引き比べて、主人公はこの

ように嘆息する。

「これが、彼の物語。／北里参吾の物語に、教授は軽蔑を、俳人は懐旧の情を表した。その前半生のため、彼の生と死は麗々しく飾られて、追想されるに足る色鮮やかなものとなった。／そして芳光は暗闇の中で、自身にも自身の父にも、物語が存在しないことをあらためて噛みしめる。不況の波に抗う生活。目下の最大の問題は、帰ってきてほしい母と帰りたくない息子の、腹の探り合い。場面場面は恐ろしく緊迫するが、そこには一片の物語も存しない」（一四〇頁）

厳密には、「物語」は存在しているのだが、ドラマチックな物語ではない、と言うべきであろう。

詠坂もこの問題意識を共有している。だが、彼が描くのはもう少し入り組んだ内容である。米澤の場合は、金がないと地味な生活だからドラマチックな展開が起こらないということに過ぎないという側面がある。詠坂は、もう少し、思考や論理や書き方のレベルまでその「ロスジェネ的」問題が入り込んでしまっている。

九〇年代の代表的な「貧困」をテーマにした広義のミステリと比較しても、この「物語」にならなさは際立っている。例えば宮部みゆきの『火車』（一九九二）と比較してみた場合にそれは分かりやすい。壮絶な人生を送る女性の貧しさとカードローン破産の凄みが、「闇の世界」の魅力として探偵を吸引するような物語の駆動力が本作にはあった。

あるいは桐野夏生の『ＯＵＴ』（一九九七）と比較してみてはどうだろうか。弁当工場で働く主婦の行う殺人を描いた本作は衝撃であったが、やはりそれは「男社会が排除したパート女性」という部分が暗部として吸引力を持っていたことが物語的な力になっていた部分があるだろう。今や非正規雇用は女性パートだけではなく、男性も普通にいる。

女性を非正規雇用に追いやって低賃金労働をさせてきたという事実に対する批判は正当であり、（高学歴）男性が非正規雇用になるようになって初めて社会問題化するようになったという不平等が存在しているという批判も正当である。しかし、そのような男性を描く「物語」や「理論」の場合には、逆のジェンダー・バイアスが働き、「物語化」する枠組みが作られにくいという問題が起こっているというのも一方の真実であろう。

コンビニ店員の男性を主役にしても、「貧困の闇」のようなものは端的に描きにくい。「マグロ漁船」や「ダム建設」などなら、同情的に描くこともできそうだが、「コンビニ店員」は難しい。そこが、おそらく、現代における「貧困」を描くときのネックになっている。物語的な起伏が作りにくいのだ。

例えば純文学の世界において、ゼロ年代に多くのロスジェネ的作品が描かれたことは記憶に新しい。芥川賞受賞作家に限っても、モブ・ノリオ、阿部和重、中村文則、絲山秋子、伊藤たかみらが、次々と「フリーター・ニート」的感覚の作品を描いていた。その他にも多くの作品が書かれ、その中には成功したものと失敗したものとがあったが、このような「フリーター・ニート」的感覚を描く技術の開発競争が純文学というジャンルで行われたのは、そのジャンルの有している特性に拠るところが大であっただろう。必ずしもエンターテインメントであることや物語的起伏を要求されず、他ジャンルよりは商業的な競争が苛烈ではないという条件がおそらくそれを可能にした。

端的に、「フリーター・ニート」の生活には大したことは起こらないし、メンタリティやリアリティを描いても、それは「退屈」なリアリティなりメンタリティになってしまいがちであるという問題が確かにそこにはあった。例えば『介護入門』（二〇〇四）のモブ・ノリオは狂騒的な「文体」でその「退屈」を回避した。中村文則の傑作『銃』（二〇〇三）は、「銃を拾う」ということから「物語」を駆動させた。

本論の文脈で注目すべき作家として名前を挙げるべきは、佐藤友哉と阿部和重である。佐藤は『灰色のダイエットコカコーラ』（二〇〇七、初出は二〇〇二年より）などで、「物語」にならないという問題を扱うようになる。中上の「路地」は物語性を持っているが、自分のフラット化した土地は「物語」にならないと。この時期から佐藤は『新潮』などの文芸誌に軸足を移すようになっている。ミステリの論理を崩壊させたその衝動は、「ロスジェネ的メンタリティ」と結び付けて評価されることが多かった。とすれば、彼は様々なジャンルの装置を用いて「ロスジェネ的メンタリティ」の「描き方」の開発を行おうとする作家であると捉える方が、純文学への「移行」は理解しやすいのかもしれない。

詠坂の特異な点は、佐藤とは異なり、彼があくまで「ミステリ」のジャンルを捨てようとしない点である。

もう一人の重要な参照点となる作家である阿部和重を参照してみたい。詠坂のミステリ作品である『乾いた屍体は蛆も湧かない』の主人公・寿明は「ゾンビになりたい」と思っているフリーターである。この「ゾンビ」と「フリーター」の問題では、阿部和重は先駆的な作家である。ジョージ・A・ロメロ監督作品『生ける屍の夜』を応募時のタイトルに用い、『アメリカの夜』（一九九四）と改題して群像新人文学賞からデビューした阿部の場合も、フリーターとゾンビを重ねている節があった。

美術館の警備のバイトをしている主人公は、本を読みすぎてとち狂ったのか、本の内容を現実にしようとする。それはまるで、「物語」の起伏のないゾンビ的な生にドラマを導入したいがためのようである。引きこもりを主人公にした『ニッポニアニッポン』（二〇〇一）ではそのテーマはより顕著となる。彼の引きこもりじみた人生をドラマチックに、滑稽に物語化するためには、「トキを殺すことで、象徴的に日本を殺害する」という「妄想＝物語」に憑り付かれた主人公を描かなければいけなかったのだ。

詠坂作品の特異性は、このような純文学で行われていた試みと、「ミステリ」固有の問題系との二つが混ざり合ったところにある。

5、詠坂雄二――「二一世紀的な貧困」と「ミステリ」の達成

その問題系に論述を進める前に、詠坂雄二の作家性を知るために、彼のこれまで書いてきた作品を簡単におさらいしたい。

詠坂雄二は一九七九年生まれ。二〇〇七年に「KAPPA-ONE」に応募した『リロ・グラ・シスタ』でデビュー。ペンネームの「雄二」という名前は、『ドラゴンクエスト』で有名なゲームクリエイターの「堀井雄二」から取られているほどのゲーム好きである。

彼が本論のような論点で話題になるのは二〇〇八年の『遠海事件』からである。『遠海事件』は、当時「フリーター」に付与されていたネガティヴなイメージをガジェットとして利用した作品であった。

『遠海事件』の犯人は、非正規雇用者がその立場ゆえに大量殺人鬼になり、流動性や匿名性故に「怪物」的なイメージの人物として描かれる。その犯人は、「常人ならまずその解決に殺人など考えない

問題に対しても、彼は殺人で解決を図」る、人間的内面を持っていないような怪物的な犯罪者であるかのように描写される。その犯人＝佐藤誠という「氏名の匿名性」と、履歴の追跡が困難な非正規雇用の世界にいたことが、大量殺人の発覚を遅らせたのだという見解も作中内の分析として書き込まれている。これは、作中人物に代弁させた、フリーターに対する世間への「偏見」としての側面を持っているだろう。

しかし、「非正規雇用者」を「怪物的」に描写しながらも、この作品はそこから彼を「人間」に折り返すように描写しなおすという野心的な結末を見せる。作品の中心的な謎である「佐藤誠はなぜ首を切断したのか?」という動機が、自分をフリーターから正社員にしてくれた恩師の名誉を守り、自分が正社員になった途端倒産しそうな会社を守りたいという、極めて人間的に理解できる動機であるという結末を持って来ているのだ。

ここではミステリ的な「ひっくり返し」と同時に、「人間観」「フリーター観」の「ひっくり返し」が行われている。その巧みな設計と野心的な意図によって、詠坂は一躍注目されるべきミステリ作家となった。

『電氣人間の虞』（二〇〇九）はまさに存在するかしないか微妙な二重性に揺れる「電気人間」の「虞＝恐怖」を主題にしている。恐怖が如何にして言語ネットワーク上に増殖するかが主題であるこの作品は、英語タイトルを monster surprised you! としており、「怪物」と「恐怖」が主題であることを端的に示している。ここに、『遠海事件』の残響を読みとるのは容易い。

洞窟の奥の開かずの扉＝ブラックボックスに何があるのかを、そこに事件の核心があるとミスリードしておいて、詠坂は「そこには何もない」と描く。これは、『電氣人間の虞』で探偵役として登場する人物が主役を務める短編「そしてまわりこまれなかった」との繋がりで考えるべきであろう。連作短編集『インサート・コイン（ズ）』の巻末を飾る「そしてまわりこまれなかった」は、以下のような物語である。

ゲーム好きで分身のようだった柵馬と宇波は、ライターとしてギリギリ生きていける柵馬と、ゲームのテスターとして雇われた後に会社が倒産しほとんど引きこもりのような宇波とに、明暗が分かれている。宇波は〈ドラクエⅢで最大の伏線が何かわかるか？〉と書き残して自殺する。柵馬は宇波の心理を探究するが、結局は分からないまま諦める。謎を解くことと、謎を解くことで明らかになる動機や心理の探究が放棄されており、ミステリ作品であるのに、「解明」が行われない。宇波が何故仕事を拒否したのかも分からない。だが柵馬は理解することなくそのことそのものを受け入れるのだ。

この態度は、批評家の杉田俊介が、何故働かないのかも行動しようとしないのかも分からず、語ることも出来ず、理解も困難な「ニート／バートルビー」的な存在に対し、「あとは沈黙の秘密に委ねられる」と書かざるを得なかった感覚に接近しているだろう（「ニート／バートルビー」『ユリイカ　ニート特集』２００６年2月号）。

この「分からないものは分からない」という、身も蓋もない態度は『乾いた屍体には蛆も湧かない』にも共通している。

僕らは怠けものだ。ダメ人間である。すぐ疲れてしまうし、人より良い思いをしようとも思わないし、誰かを愉しませようと考えることもない。未来に展望もなければ、しっかり握り締めて支えになる過去もない。目覚めたって、夜ごとうろうろするだけだ。バイトしたりもするけれど、そんな時はもっと虚ろである。だから成功しないというか、成否を問われることを試そうともしない。仮に成功したって、その成功自体をスルーしてしまう。

与えられた環境は他人と大差ないはず——いや、むしろ恵まれているはずなのに、どうして普通に人がしていることができないのか。

そんな問いの答もやっぱりとうに出てるのだ。

できないからだ。

できないと決めつけて、信じているからだ。（一〇六頁）

『乾いた屍体は蛆も湧かない』の主人公はかつて漫画家になる夢を持ち、努力していたが今はやめてしまいコンビニで働く店員である。

どうしてやめてしまったのか。

やめたせいで、僕はずっと死んだのと似たような状態だ。

起きているのに眠っているような——怠さに縁取られてようやく自分が判るような状態で日々に埋もれている。それにももう慣れたけれど、慣れないこともある。それはそうだ。そうでなくては僕が僕でいられるはずもない。本当に何もかも慣れてしまえたなら、ゾンビになれるはずなのだ。生きていても感じず、考えず、徘徊するだけの存在に。

ゾンビになりたい。（六一頁）

「ゾンビ」というモチーフは、ゼロ年代後半に国内外で再ブームを起こしている。「ゾンビ」とは、元々はブードゥー教における「動く死体」を意味する言葉である。しかし、我々が通常サブカルチャーの中でよく見るゾンビの起源は、「現代ゾンビの父」と呼ばれるジョージ・A・ロメロの『ナイト・オブ・ザ・リビングデッド（邦題：生ける屍の夜）』（一九六八年）に求められるべきであろう。この続編の『ドーン・オブ・ザ・デッド（邦題：ゾンビ）』（一九七八年）において、ショッピングモールに集まるゾンビたちの印象があまりに強く、「消費社会」に骨抜きにされた人々のメタファーとしてロメロのゾンビは言及されることが多い。

このロメロのゾンビを「消費社会的ゾンビ」と呼ぶとすれば、ゼロ年代に流行したものは「環境管理的ゾンビ」とも言うべきものであった。エドガー・ライト監督作『ショーン・オブ・ザ・デッド』（二〇〇四年）を典型に、情報端末やゲームなどに依存しているような主体が「ゾンビ」として描かれた。国内では『東のエデン』におけるニート描写が記憶に新しい。

そしてゼロ年代後半の日本においては「ゾンビになりたい」主体の出現というのが、特筆すべき特徴としてある。その「ゾンビ」は、大まかには、「美少女ゾンビ」と「労働ゾンビ」に分類できる。「美少女ゾンビ」の典型例は、はっとりみつるによる萌え漫画『さんかれあ』である。この作品では、名門の美少女が「ゾンビになりたい」と願う。このような「ゾンビになりたさ」は、『さんかれあ』の場合では厳しい父親の家からの離脱願望として、あるいは漫画が「死すべき身体」を所有しようとしたものと理解できる。

『乾いた屍体は蛆も湧かない』の場合は、フリーター的・ニート的な労働や生がゾンビと類比的であり、さらに「ゾンビより悪い」と感受されているということが明確になっている。こちらを「労働ゾンビ」と呼ぶことにする。『乾いた屍体は蛆も湧かない』における「ゾンビ」が象徴しているのは、ネット依存・ゲーム依存や、引きこもりなどと類比されがちな「環境管理的ゾンビ」と、つまらない単純作業を延々と機械のように繰り返させられる「労働ゾンビ」の二つである。

そのようにゾンビに憧れている彼（ら、ニートなどの仲間）は、ゾンビだけではなく、屍体にまで嫉妬する。

「この屍体は僕らよりずっと充実した人生を送っていたように思えてしまう。生ける屍は屍体に嫉妬する。／ならばその嫉み、妬みを解消する方法は明快。／貶めることだ」（二四頁）「人を殺すような人も、殺されるような人も、どうせリア充でしょうから」（三五頁）

彼等が嫉妬するのは、「殺す／死ぬ」の関係に至るような人生がドラマチックで「充実しているから」というだけではない。彼等は屍体の腐敗にすら嫉妬する。「オレよりずっとダイナミックに生きている」（二七頁）と。腐敗することもなく、宙吊りされている自分の生よりも、屍体の方が良いのだ。「まだまだ土へと還れそうにはない。ため息が出るほど先は長い。／もっと人生は短くていい。／どうしてそういう思想ははやらないんだろう」（三六頁）

その時に死ねばいいとこどりだったのに。
僕の質問には、そのくらいの意味しかない。
そのくらいの意味しかなくて、でもそんなものくらいが手応えがあるものなのだ。
やっぱり僕は、あの屍体に嫉妬しているのかもしれなかった。
若くして死ぬことができたという、ただそれだけで。（四〇頁）

しかし、この作品の主人公は、この事件に関わったことによって、多少は能動的な行動を行う。そして気付いてしまう。

何なんだろうこれは。

思い返せば呆然とするくらい、色々あっている。少年漫画の主人公には及ぶべくもなく、自然主義漫画のキャラだってもう少し派手な出来事に見舞われるだろうけど、僕の日常からすれば、これはもう大事件と言っていい。何が驚くって、それらの出来事の多くが、少なからず僕が動いたために現れたということだった。

僕だってやればできるんじゃないか。

そんな思いさえ浮かんでくる。意外に人生してるじゃないか、と。

本当に、らしくない。もしかして僕自身、こういう今を狙って屍体を隠したんじゃないか。そんな考えまで通り過ぎる。（一四八頁）

本作は、以上のような「やる気のない」フリーターやニートたちが、自主制作映画のロケハンの際に屍体を発見してしまい、それを使って映画を作ろうとしていたところ、その屍体が消失してしまうということを主要な謎としている。「変わらない」状態から「終わること」「消えること」さえ望む主体が、非常に消極的に動くだけの小説である。その「終わること」や「消えること」は「自殺」を望んでいるわけではないというひっくり返しの仕掛けがあるのだが、それは後述する。そしてその「屍体」消失がひとつのドラマを生み、そこに主人公たちを巻き込み、そして彼等を「変える」。いや、むしろ、答えを言ってしまおう。「変える」ためにこそ、屍体を隠し、それを忘却する。

そのような忘却が何故起こるのか。それは本作のキーワードである「スルースキル」に由来している。「スルー」とはネット用語で、「見なかったことにする」ことを意味する。転じて、本作では「思考に昇らないこと」もまた意味する。例えばこの主人公たちは未来がヤバイかもしれないことは気付いている。しかし、それを見なかったことにする。これは精神分析理論の「否認」と似ているが、それとは違う。「無意識なんてものは、もっと普通な、上等な人の中にだけあるものだよ。僕らみたいなのには合わない考え方だ」（一七二頁）。「否認」というよりは「スルー」という薄っぺらさこそが、薄っぺらくなってしまったこのゾンビ的生には相応しい、ということだろうか。

屍体を見つけてはその「生々しさ」に「スルーでしょ」と言い、警官が声をかけてきても「スルー」し、未来や自己の姿についての認識も「スルー」し……　様々な不安や恐怖を「スルー」することが当たり前になってしまった主体では、「考えたくないこと」まで「スルー」されてしまう。

しかし本作が特異なのは、主人公が「スルーしていること」を自覚してしまい、対象化してしまうことだ。つまり、石持作品などに指摘してきた「変な論理」の意味を作者が対象化して自覚的に作品に取り込んでいることを意味している。

後半、屍体の場所を、ほとんど直観か妄想であるかのように発見していく主人公はこのように思考している。

判るというか、判っているというか。気付けることに気付けてないという確信と言ってもいい。

いや、気付いているのに気付かない振りをしてるって方が近いか。
どうしてそんなことになるのか。無意識のうち、気付くことで起こる損と得を比べて損の方が大きいことを知っているから……じゃないだろう。
単に面倒だから。そんな理由が大きい。（一四五頁）

多分、「無意識」という言葉には、フロイトに由来する精神力動的なダイナミズムのニュアンスがあるから、受け入れ難いのだろう。確かに、フロイトも、自分の分析は上流階級にしか効果がなく、下層階級の人間には効果が乏しい、というようなことを零していた（『フロイト＝ユンク往復書簡』）。「否認」ではなく「スルー」。「無意識」よりは「面倒」。その言葉によって生じる「しょうもなさ」「徒労感」というべきものが、「物語」になりにくさや、同情されなさと深く関係している。

主人公は「考えない」領域があることを自覚している。その自覚がある時点で「スルー」できていないことまで自覚している。「心の中、ゆるやかに立ち上る霧があった。輪郭の曖昧な疑いだ。／真実かどうかは判らない。ただ、事実から遠ざかろうとする心の作用であることは確かだ。見たくないどころじゃない、考えることすら嫌な予感が生んだ霧だった」（六三頁）。彼は仲間が「考えることを拒否」「外の世界を拒否」していることを理解できるし、自身のそれも対象化できる。

そんな彼が、自分が何かを「気付かない」ようにしていると自覚しながら、「偶然」屍体の隠し場所を発見する。しかし、それはどう読んでも不自然である。「不思議と迷いはなかった。正解の予感はないけれど、間違っていると思うことはない」（一六三頁）などと、「妄想的論理」や「思い込みの論理」のように突っ走って屍体を見つける展開に鼻白む読者もいるであろうし、批評家であれば「二一世紀的な妄想的論理が……」と言いたくなる場面である。しかしながら、本作はそれは魔術でも、想いが生んだ奇跡でもなく、合理的な説明が付けられる。

古典的と言えば古典的。この作品に出てくる四人の人物は多重人格であったのだ。それも、図像を持ち、その場に複数いることが可能であるというような「AR的」（拡張現実的）な多重人格であった。よって、屍体を隠した犯人と、それを発見した探偵は、違う人格でありながら記憶がうっすらと共有されている。しかし、そのことは明瞭に自覚はできない。一般的な多重人格や解離の理論によると、直面したくないものをそれぞれに担わされるために複数の人格が生じるからである。最近では、ネットなどの影響でそれがもっとライトになっているという説もあるが、筆者は専門家ではないので、その議論はここでは脇に置く（多重人格や解離の現代的な質という点では、齋藤環『解離のポップ・スキル』『キャラクター精神分析』や荻上チキの『ネットいじめ――ウェブ社会と終わりなき「キャラ戦争」』などを参照していただきたい）。

この作品は、こうまとめることもできる。何も起こらない、ゾンビ的な生を生きている主人公が、自ら屍体を隠し、そして「人生している」「充実している」という感覚を味わい、何かを変えられるという実感を得て、外の世界や様々なことを「考えないようにしている」事実に直面し、そして自己を「変える」話であると。

そう捉えると、主人公がゾンビ的な生を「終わらせて」「消える」と言っていたことの意味が反転する。それは、自身が消えることで、上位人格の「生」にダイナミズムを、充実感を回復させることを意味していたのだ。交替人格が、ある物事から「逃げる」ために作られるとしたら、それは消えていくことが一般的には回復であると思われる（とはいえ、そういう単純な結末にはならない。複数の人格を内部に保ちながらそれでも健康に生きる主体として最終的に統合は行われる)。

　このように、今まで「二一世紀的な貧困」と「ミステリ」の関係を考察してきたが、その評論的に注目されてきたトピックに対して、全てを最も高度に組み合わせ、そして評論家にすらあかんべーをするような捻くれた、自覚的な作家として詠坂雄二は評価されるべきである。本論ではあまり大きくは触れなかったが、主人公がゾンビ映画を作ろうとしていて、その予告編をYouTubeにアップしてしまったり、主人公(の上位人格)がネット中毒であったりするという点で、情報社会的テーマも入り込んでいる。多少あざとい気もしないでもないが、確かに「二一世紀的な貧困」や「ロスジェネ・ミステリ」として今まで評論的な課題となってきたものを、詠坂は非常に総合された形で、しかも完成度高く提示することに成功したように思われる。

　ゲームとの関連で彼が言及している箇所にもまた触れるべきであろう。「変わるんじゃなく、変えるため。もしくは、終わらせるために。／この変わらない毎日、勝負なしで自分に課してる罰ゲームみたいな繰り返しを」(二〇八頁)。この罰〝ゲーム〟と〝繰り返し〟という言葉遣いにこそ、ゾンビ的な労働と生、そしてゲーム的な実存の感覚が象徴的に表れている。仮に現実がゲームのように感受されているとしても、ゲームであるかのように管理されているとしても、それが〝罰〟のように苦痛な繰り返しであるならば――そしてそのようなゾンビ的な生を課せられるなら、〝変わる〟よりも〝終わる〟ということを選ぶという点。このような一節を読むと、彼が西尾維新的な「サブカルチャーと情報環境」のリアリティを生きながら、それを貧困の問題と結びつけ、そして最新型にアップデートしようとしている作家であることは明らかではないだろうか。

　タイトルになっている、蛆も湧かない「乾いた屍体」とは何なのか、作中では具体的な言及がない。

よってここでは飛躍した解釈の危険性を理解した上で推測を行うしかないのであるが、ミイラや死蠟化した屍体を指しているわけではないことは明らかである。「ゾンビ」や「屍体」の腐敗にすら憧れる「蛆の湧かない屍体」とは、ゲームの中の屍体のことではないだろうか。ポリゴンで作られた、データとしての屍体。労働が、まるで繰り返されるゲームに感じられるような状態において、ゲームと現実の生を重ね合わせて理解してしまう心性における「実存」、「ゾンビ」よりも薄っぺらく生々しさを剝ぎ取られた実存や身体の感覚のことを、この言葉は指しているのではないだろうか。

これは彼のこれまでの作品から推測した牽強付会な解釈であるかもしれない。複数の人格の中で「消えた」人格を指して「乾いた屍体」と呼ぶことだって出来るであろう。だが、ここでは「ゲーム的な生＝労働」を送らされている「環境管理的ゾンビ」は「ゾンビ」ですらなく、「乾いた屍体」なのだ、と読んだ方が、このタイトルから生産的な意義と批評性を切り出せるのではないだろうか。『インサート・コイン（ズ）』で何度も示される、ゲーム内のキャラクターと自己が同一のように感じられる描写を考慮するならば、この解釈は牽強付会とはいえないだろう。貧しいながらもなんとかライターの仕事を続けようとする主人公が、その労働をゲームに例えてなんとかやる気を取り戻すという描写すら存在しているのだ。

二一世紀にミステリが「社会派」を生むのだとしたら、従来とは違う形での「社会派」とならざるを得ないだろう。そのひとつの具体的な、そして最も成功していると思われる例が、以上に論じた詠坂雄二の作品である。ある意味で詠坂は、清張的な社会派的関心、佐藤友哉的な「変な論理」と「貧困」の問題、それから『ポートピア殺人事件』の堀井雄二などなどを吸収した、「正統的」なミステリ作家として捉えなおされるべきである。

そして、彼をそのように正当に位置づける柔軟な「ミステリ史」を紡ぐためには、もはや活字だけではなく、様々なメディアやジャンルのミステリを見渡し、一端全てを価値中立的にしたうえで、新たな線を引いていくことこそが重要なのではないだろうか。

第二部　形式性の追求とミステリ

推理小説の形式化のふたつの道

蔓葉信博

1、推理小説の形式化

本論はいわゆる「後期クイーン的問題」について、簡潔なひとつの見通しを読者に与えるために書かれたものである。法月綸太郎が端緒を開き、笠井潔が広く知らしめた「後期クイーン的問題」であるが、彼らの論文を離れ、用語が一人歩きをするうちに多くの誤解を生むようになった。本論では、その誤解を解くとともに、「後期クイーン的問題」で提起されていたはずの問題に改めて光を当て、実りある推理小説シーンの継続を望むために書かれている。私見を先に述べれば、本格推理小説の方向性を指す手がかりのひとつは確実に「後期クイーン的問題」にあるはずだ。それは必ずしも物語のなかで登場人物たちに「謎と論理的解明」についての再検討を行わせるべきだ、というわけではない。本格推理小説という形式そのものに潜む陥穽を明らかにし、新しいやり方でその陥穽を避けるためには、陥穽たる「後期クイーン的問題」についての基礎的な理解が必要と考えるからだ。そのため、「本格推理小説にとって後期クイーン的問題は関係がない」と思われている読者諸氏にこそ、本論を読んでいただきたいと考えている。

まず第一節では、法月綸太郎「初期クイーン論」の要旨を説明する。次にその注釈で述べられたクイーン後期作品への問題意識に焦点を当てた笠井潔「後期クイーン的問題」をまとめ、「初期クイーン論」の要旨と比較する。基本的にこの段階が「後期クイーン的問題」の着地点である。一般的に流布している「後期クイーン的問題」の理解もこの延長線上にある。

だが、その後、法月綸太郎が発表した「一九三二年の傑作群をめぐって」では、その理解に対する別案が提示される。本論中盤の論旨にも関わる内容のため、基礎的な「後期クイーン的問題」のまとめにあたる本節で解説しておく。

第二節では、諸岡卓真『現代本格ミステリの研究』を批判的に検証しながら「後期クイーン的問題」における形式化と「推理の正当性の保証」について述べる。

第三節では、小森健太朗『探偵小説の論理学』と飯城《いいき》勇三《ゆうさん》『エラリー・クイーン論』について批判的に検証する。この三節で「後期クイーン的問題」に関する評論の現状の全体像が見渡せるはずである。

第四節では、それらの検証から導き出された「後期クイーン的問題」の核心を元に、これから書かれるべき推理小説の形式化について提示する。

このように「後期クイーン的問題」をまとめるにあたり、本論全体の論旨を優先するため、誤解の生じない範囲で意図的に論点の順序を変えていることがあるので、注意されたい。またそれぞれのテキストについても、誤解のないよう要約を加えているが、いずれも緻密かつ大胆な論旨を持つものばかりのため、読者諸氏には当該テキストを適宜参照いただくことを希望したい。

まず「初期クイーン論」（『複雑な殺人芸術』収録）は一九九五年、雑誌「現代思想」に発表された論文である。その論旨は、思想家としていまも執筆活動を続ける柄谷行人の初期評論のテーマのひとつ「形式化の諸問題」を手がかりに、推理作家エラリー・クイーンの初期作品について検討したものである。「初期クイーン論」では、まず哲学者・野家啓一が柄谷の初期評論に対して抱いた憂慮について触れ、専門業界の威名を借りた学術用語の使用に対するあやうさに注意を払っている。しかし、「初期クイーン論」は、それでも柄谷同様に「ゲーデルの不完全性定理」という数学用語をメタファーとして用い、クイーン初期作品の形式化について論じることを宣言する。それは「クイーン諸作においてくりかえし危機的に現れる『形式化の諸問題』を浮き彫りにする」ためとしている。

　この柄谷のいう形式化とは、二〇世紀の科学・芸術・文学の一部において、物理的対象や意味を探究する傾向から、それらを取り払った関係の図式を探究する傾向への変化のことを指している。たとえば、非ユークリッド幾何学や抽象絵画などに見られるこの柄谷独自の形式化に関する規定は、詩歌や作法などの「形式」や、日常会話で用いられる形骸化を指摘する「形式的」という言葉とは著しく違うことに留意されたい。この形式化によって、それまで物理的対象や意味から生じていたのとは種類の異なる問題が生じると論じられる。その問題とは、その形式内における「決定不可能性」である。柄谷の図式によれば、その問題は形式の外部からではなく、形式の内部からの方法によって解消されるものだという。この柄谷の図式は、彼のより大きなテーマである「外部」への問題意識の変奏といってもいいだろう。

「初期クイーン論」では、その柄谷のいう形式化をヴァン・ダインの「推理小説論」（『ウインター殺人事件』収録）に見出す。そこで提唱された「フェアプレイの原則」「性格描写・文学的文体・情緒的ムードの排除」「科学的合理性の担保」「探偵の必要性」といったルールの設定は、推理小説の内容というよりも推理小説を構成する要素を整理するものである。つまり、その整理こそ「推理小説の形式化」に通ずるものであり、その形式化の最たるものが「推理小説論」のエッセンスをまとめた著名な「推理小説作法の二十則」（同収録）だと法月は見ているのだ。その一方で、ヴァン・ダインの実作そのものについて、法月は「推理小説の形式化」で見せた批評的観点の高みに比するものとはいいがたいものでもあった、と指摘している。

その「推理小説の形式化」を実作で示したのは、エラリー・クイーンであった。クイーンは、推理小説が持つゲーム性を整理し、小説作品内部の「犯人―探偵」と、小説作品外部の「作者―読者」のふたつのレベルに峻別することで、推理小説を「閉じた形式体系＝自己完結的な謎解きゲーム空間」として成立させた。この整理は、作中では「読者への挑戦」として取り入れられている。

だが、この「推理小説の形式化」と前後して、ひとつの問題が生じていた。それは、アガサ・クリスティ『アクロイド殺害事件』で明らかになった物語記述における「作者の恣意性」の問題である。ヴァン・ダインが提示した「推理小説の形式化」では、クリスティが編み出したある叙述トリックの技法を、「作者の恣意性」として選り分けることは不可能である。その「作者の恣意性」を禁止するために、クイーンの選んだ方法がすでに述べた「読者への挑戦」であった。「読者への挑戦」を挿入することで、クイーンは「作者の恣意性」を禁止し、作者と読者とで成立するフェアなゲームの維持を目論んだのだ。

クイーンは、『ローマ帽子の謎』『フランス白粉の謎』『オランダ靴の謎』『エジプト十字架の謎』と、「推理小説の形式化」をより精緻に推し進めていったが、一九三二年の『ギリシャ棺の謎』において

1900	ヒルベルトの公理主義	1926	ヴァン・ダイン「推理小説論」
1903	ラッセルのパラドックス	1926	アガサ・クリスティ『アクロイド殺害事件』
1910-13	ラッセルのタイプ理論（『プリンキピア・マテマティカ』）	1929	エラリー・クイーン「読者への挑戦」
1931	ゲーデルの不完全性定理	1933	エラリー・クイーン『シャムの双子の謎』

ひとつの壁にあたる。それは証拠の真偽判定をめぐる問題である。証拠が正当なものかどうか自体は、通常の推理小説でも検討されるものであるが、それが『ギリシャ棺の謎』の場合は、偽の手がかりを用いて名探偵を裏で操るメタ犯人という問題として提起されるのだ。そして、メタ犯人の作り出す偽の手がかりの存在は、結果として「作者の恣意性」を顕在化させてしまうのである。

その証拠の真偽判定をめぐる問題は、『シャム双子の謎』では、さらに証拠のひとつとして提示されるダイイング・メッセージの問題、自白の真偽判定をめぐる問題、シャム双生児の犯人の真偽判定をめぐる問題へと展開される。それらの問題を実作のなかで解消できなかったために、『シャム双子の謎』に「読者への挑戦」が挿入されなかったのであろうと法月は判断を下している。そして『シャム双子の謎』の二種類の虚偽のダイイング・メッセージが織りなす自己言及性が、クルト・ゲーデルの発見した不完全性定理と類似していることを指摘する。その指摘から、推理小説という形式体系の内部に決定不可能性を見出すのである。

以上のような「推理小説の形式化」の変遷を、「初期クイーン論」では、数学の形式化の変遷と重ね合わせて論じられている。表にすれば上記の通りである。

ここで推理小説と数学を重ね合わせるという論述方法について、「初期クイーン論」では両者の共通性に惹かれたという以上のことは述べられていない。おそらく冒頭で紹介された野家啓一のあやうさがあってのことだろう。ある対象を形式化しても、形式化しきれなかった部分が残ってしまう。その残余を再度形式化し、精度を高めていく。そうした一連の手続きは、推理小説でも数学でも軌跡を描くものと理解しておけばいいだろう。

「初期クイーン論」の主な論考は『シャム双子の謎』を検証することで終えられている。ただ、注釈で法月は「中後期の作品においても、クイーンはこれまで述べてきたような意味での『形式化』という問題意識を決して手放さず、むしろそれをいっそう戦略的に記述する方向を目指した」と見ている。そのようなクイーンの執筆活動の戦略は『Yの悲劇』で発見された「操り」のことであり、「後期のクイーンの戦略は、ゲーデルによる『超数学《メタ》』の算術化の手続きにより厳密に対応する」として、『シャム双子の謎』の批判的再検討の手続きから、『悪の起源』『最後の一撃』『ダブル・ダブル』といった作品のなかに再び「形式化の諸問題」が見出せると述べられているにとどまっていた。

その「形式化の諸問題」に対して、笠井潔は『探偵小説論Ⅱ』の八章「後期クイーン的問題」において、島田荘司の「本格ミステリー論」への反論として書かれた我孫子武丸のエッセイ[*1]を取り上げるところから検討を始めている。そのエッセイにある「『メタ・ミステリ』もしくは『メタ・本格』という言葉に集約される」「『新本格』の最大の共通項」という我孫子の意見に「形式主義の徹底化」を見て取り、形式主義の例として法月綸太郎の作品と「初期クイーン論」を参照するのだ。基本的に笠井の考えは、法月の「形式化の諸問題」の延長線上にある。推理小説の形式化の問題が「読者への挑戦」によっていったん回避されるも、「『十日間の不思議』で方法的に自覚されるだろう、いわゆる

『後期クイーン的問題』が、そこから不可避的に生じる」としている。ここではじめて商業出版として「後期クイーン的問題」という言葉が出現する。

法月は確かに注釈で「操り」テーマは、後期クイーン作品における形式化の諸問題の中核にあるとしており、後期クイーン作品随一の操りものである『十日間の不思議』を代表例とするのは妥当であろう。笠井はその八章に先立つ六章「大量生と空虚な死」では、法月の『頼子のために』『一の悲劇』『ふたたび赤い悪夢』の三部作と、クイーンの『十日間の不思議』『九尾の猫』を比較していた。それらの作品を貫く主要テーマは「操り」である。「最初の『神』である犯人を、事件という世界の内部に引きずり下ろすことにおいて、探偵が最後の『神』になる」という。「探偵小説の本質構造が瓦解し、メタ犯人の可能性を決して排除することができないなかで、なお「探偵小説は可能だろうか」という問いに、法月の三部作は答えを出そうとしていると、笠井は述べている。

笠井の見解では、推理小説の形式化は、その極点に達すると形式化の自己崩壊を起こすとされる。「探偵役は存在根拠を喪失し、探偵小説形式は足下に深遠を見いだして不気味な宙吊り状態に陥らざるをえない」というのだ。だが、笠井は、そうした自己崩壊を経てこそ、新たな推理小説の形式化が到来するという図式を想定している。そして笠井は、新本格作家の作品から「後期クイーン的問題」を乗り越えようとする方法として「叙述トリックの徹底化」「日常の謎」「探偵小説の脱コード化」（例：山口雅也『生ける屍の死』、麻耶雄嵩『翼ある闇』など）の三方向に整理する。以上の整理からもわかるように笠井潔にとって「後期クイーン的問題」とは、本格ミステリの論理に関する局所的な

＊1　我孫子武丸「『新本格』——その赤裸々な実態と真実に迫る!?」「小説すばる」一九九五年五月号　集英社

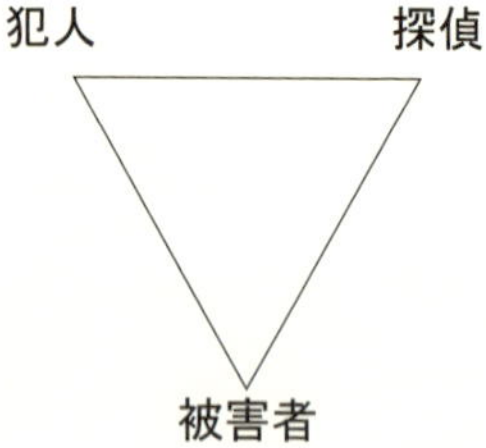

図1

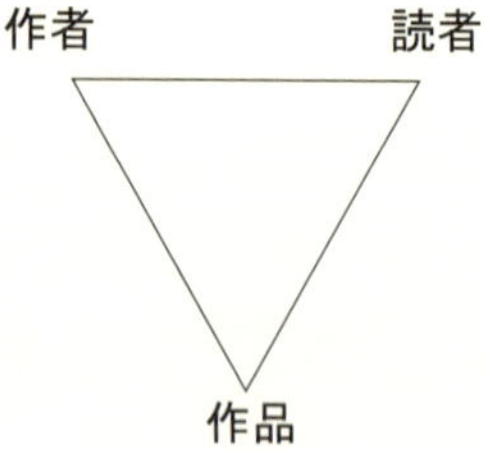

図2

問題などではなく、本格推理小説としての困難に対していかに対応するかという問題なのである。

だが、そのような笠井の整理と、一九九九年に発表された法月の「一九三二年の傑作群をめぐって」（『複雑な殺人芸術』収録）には、実は目立たないが無視することのできないずれがある。「一九三二年の傑作群をめぐって」では、笠井が『探偵小説論序説』で提示した「犯人―被害者―探偵」【図1参照】、「作者―作品―読者」【図2参照】のふたつの推理小説の三肢構造を重ね合わせた新しい図式を提示する。ふたつの三角形のうち、「被害者」と「作品」を合わせて重ねた推理小説の逆ピラミッドである【図3参照】。この発想の重要なところは、作中のレベルにある「犯人―被害者―探偵」と、作品の外にある「作者―作品―読者」のふたつの三肢構造がレベルを超えて繋がることにある。そのひとつは、「バールストン先攻法《ギャンビット》」や「死後の操りもの」といわれる方法で、抽象的には「『犯人』が『死体』のレベルに下降する場合」である。もうひとつは「記述者＝犯人トリック」や「探偵を操るメタ犯人」によるもので、抽象的には「『作者』が『犯人』のレベルに下降する場合」とされる。前者では犯人という存在が、死体というモノのレベルまで下りていること、後者は作品の外の存在である作者が作中人物である犯人のレベルに下りていることから、推理小説の形式的な約束事を逸脱するものにほかならない。そして、そのような侵犯を意識して推理小説の構造に内在させることを法月は「探偵小説の『ゲーデル化』」

と呼ぶ。

この「ゲーデル化」とは、柄谷行人が「言語・数・貨幣」（『内省と遡行』収録）で論じていた「超《メタ》数学における記号をゲーデル数と呼ばれる自然数に翻訳する」ことに由来し、本来は数学を論じる（つまり超数学として論じる）ために用いる各種記号（「∨」や「⊃」など）を、対象となる数学の形式体系、ゲーデルの場合では自然数という体系のなかに入れるための手順を指している（数学的には「ゲーデル数」の作業のことである）。つまり、ここではレベルの侵犯という比喩を表現するためにゲーデルの事例が参照されているのだ。

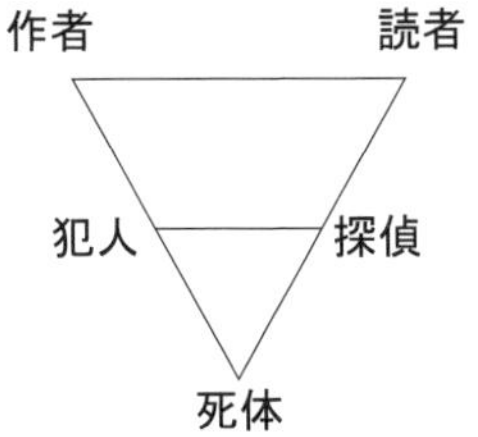

図3
法月綸太郎『複雑な殺人芸術』（講談社）P223から引用
（初出は『名探偵の世紀』（原書房））

この手続きは、下記のような推理小説の手続きを見た方がわかりやすい。ここで法月が「ゲーデル化」とみなすのは、『Yの悲劇』でヨーク・ハッターによって書かれた推理小説の梗概の作中で果たす役目のことである。推理小説ファンだったヨークは、家族をモデルにして推理小説の梗概を書いたのだが、その殺人事件の犯人は彼自身をモデルにしていたのだ。その後、ヨークは自殺をしてしまうが、残された梗概をもとに孫のジャッキーが家族の殺害を実行してしまう。そのため、この殺人事件は死んだはずのヨークによるものとしか思えないものになるのだ。つまり、この梗概が果たした役目とは、すでに被害者であるはずのヨーク・ハッターが、梗概を通じ擬似的にではあれ、殺人事件の実行犯を操作していた真犯人として物語内に入り込むことなのである。小説のなかの存在であった殺人犯ヨーク・ハッターを実在化させるためのメタ的な手続きといっていい。これは、「バールストン先攻法」と「探偵を操るメタ犯人もの」ものというモチーフを織り込んだうえで、「記述者＝犯人トリック」「死後の操りもの」パターンを成立させるための超絶的なミステリ的方法なのである。「一九三二年の傑作群をめぐって」では、この一連のプロセスをゲーデルの証明におけるレベルの侵犯と同一のものと見なしているのだ。

実行犯であるジャッキーは、物語の終盤において謎の毒死を遂げる。その犯人は、物語の最後の一行になっても指摘されることはない。事件を解決するためにやってきた名探偵ドルリー・レーンは沈黙を守り続ける。その沈黙から、読者は名探偵であるはずの彼が、ジャッキーを殺害したのだと知る。結果として、『『Yの悲劇』のエピローグは、探偵小説がその『形式化』の極限において、探偵小説であることそのものを裏切ってしまう場面を描いている」のだと「一九三二年の傑作群をめぐって」では述べられている。

この結論を、法月はいわゆるアンチミステリ的な考え方とし、「否定神学」という特殊な考え方と接続させる。否定神学とは「ネガティヴな表現を介してのみとらえられることのできる何らかの存在がある、少なくともその存在を想定することが世界認識には不可欠だとする、神秘主義的思考一般」のことである。そして『Yの悲劇』の評価が、その否定神学的思考の罠に陥らぬよう警鐘を鳴らす。だが、ここで唐突に現れた否定神学とアンチミステリの関係性について、法月は深く論究していない。おそらく柄谷行人の思索から東浩紀の思索へと変化していった形式化の問題になぞらえて、クイーンにおける形式化の問題を検討するためだろうという予想は成り立つ。だが、アンチミステリが否定されることについて、本論では第四節で検討することとし、ここでは法月論文の内容に即し、説明を続けていきたい。

東浩紀は『存在論的、郵便的』において、そのような否定神学的思考を「ゲーデル的脱構築」と総称し、柄谷行人の形式化に基づく諸考察が、結果としてそれと近似的なものになっていると批判している。その「ゲーデル的脱構築」に替わるものとして、東は「手紙の配達の仕組み」を発想の核とした「郵便的脱構築」という仮説を提示する。「郵便的脱構築」とは、否定神学のように全体を見渡し、ネガティヴな存在規定をするのではなく、手紙のように一回ごとの配達に誤配の可能性を見出す思考である。

法月がここで東の『存在論的、郵便的』を参照するのは、「ゲーデル的脱構築」と「郵便的脱構築」との関係を、『Yの悲劇』とクイーンの後期作品『災厄の街』との関係と重ね合わせるためだ。『災厄の町』は、配達されなかった手紙が重要な役割を果たす。その手紙が『Yの悲劇』におけるヨーク・ハッターの「梗概」と同じように犯行計画を記したものだからだ。逆に対照的な関係を指し示す差異として『Yの悲劇』のプロットが「操り」という「支配―服従関係」を構成するのに対して、『災厄の町』では、事件全体を見渡すような超越的な視点が出てこないという。他にも『Yの悲劇』と『災厄の町』との共通項と差異を並べ、法月はエラリー・クイーンにおける推理小説の「構造」の変質を見る。その結果、「一九三二年の傑作群をめぐって」の最後で、法月は『災厄の町』に「探偵小説をシステムの全体性の呪縛から解放し、微視的なコミュニケーションの一回性に向かって新たに開いていく回路の可能性」を見出すことになる。ここに笠井による「後期クイーン」見解との差がある。それは「操り」を主題とすることからの転回の示唆であり、その内実は「微視的なコミュニケーションの一回性」、つまり推理小説におけるプロットや個々のロジックの再検討の必要性を訴えていると見るべきであろう。

このように法月は、笠井による「後期クイーン的問題」の解消の手だてを後期クイーン作品から読み取るという離れ技を行う。その結論の成果が、長い沈黙期間を経て書かれた法月の『生首に聞いてみろ』なのではないだろうか。だが一般的には、この笠井見解、法月見解のいずれもその内容を正しく認知されず、「後期クイーン的問題」は、次の展開を見せることになる。

2、メタファーとレトリック

諸岡拓真『現代本格ミステリの研究』は副題を「『後期クイーン的問題』をめぐって」としている。同じく「後期クイーン的問題」に多くの紙幅を割いた小森健太朗『探偵小説の論理学』とは違い、個々の推理小説作品の解釈を重ねて「後期クイーン的問題」の実状を解説することを目的としている。この節では、この『現代本格ミステリの研究』について批判的に検討することで、実際のミステリシーンにおける「後期クイーン的問題」の問題点を指摘したい。まず『現代本格ミステリの研究』では「後期クイーン的問題」についての見解が、以下のようにまとめられている

後期クイーン的問題が引き起こされる根本的な原因は、〈探偵が論理によっては世界の終わりがどこであるのか定められないこと〉にあると分析し、これと本格ミステリジャンル内における後期クイーン的問題に関する言説を照らし合わせた結果、現代の後期クイーン的問題受容においては〈操り〉トリックの偏重という傾向を見出した。（二一〇八頁）

だが、この見通しは笠井見解、法月見解と大きくずれてしまっている。「操り」自体に着目するのは当然なのだが、すでに述べた通り笠井は「後期クイーン的問題」についての実作における対応を、「操り」テーマ以外にも見出し、法月は、推理小説におけるプロットや個々のロジックの再検討というべきものを、『生首に聞いてみろ』や数々の短篇集において作品化している。そのため「操り」トリックへの偏重という傾向を見出すことは難しいのではないか。

また『現代本格ミステリの研究』では「九〇年代以降の本格ミステリシーンでは、作中に後期クイーン的問題を生じさせることが隠れた流行となっていた」とされているが、法月、笠井見解のいずれも、原理的にいえば「推理小説の形式化」において、後期クイーン的問題が生じることは不可避であるはずと読むほうが正しいであろう。この場合、『現代本格ミステリの研究』では、「後期クイーン的問題」を局所的な問題として捉えているといったほうがいいだろう。

これらの見解のずれはなぜ起こったのだろうか。その理由は「後期クイーン的問題」に対する原理的な分析を行わなかったことにあろう。『現代本格ミステリの研究』では、「後期クイーン的問題」に対する原理的な分析を行わなかった理由がふたつ挙げられている。

ひとつ目の理由は、「ジャンル内に流通したのは数学的あるいは論理学的に厳密な意味での『本格ミステリにおけるゲーデル問題』というより、言説としての『後期クイーン的問題』だった」ことだ。

ふたつ目の理由は、「実作において、後期クイーン的問題の『解決』が、ロジックのレベルではなく、多分にレトリックのレベルで図られていると感じられるから」だとしている。この「レトリックのレベルで図られている」ものとは何であろうか。別の箇所で実作におけるレトリックについてこのように述べられている。「本研究で取り上げた作品は、推理の決定不可能状態を、論理的な推理を徹底化して回避するのではなく、作中に絶対的な情報を担うものを登場させて回避しているかのように見せているものが多い。そこで問題になっているのは、その推理が正しいかどうかではなく、正しく見えるかどうかである」と。事実ではなく「かのように」「見える」ということの強調は、「レトリックのレベルで図られている」ことの強調と等しい。諸岡の見解では、レトリックによって正しく見せることは決定的に重要なことのようだ。続けて「そのような場面を分析することにより、〈唯一絶対の真実に到達できない〉はずの探偵がいかにして〈真実〉を提示するのかを描き出し、それらを並べることで後期クイーン的問題の全体的な展開を描き出すことを試みている」と論考の目論みを述べている。

上記見解を乱暴にまとめれば「後期クイーン的問題はレトリックによって回避することができる」ということになる。なぜなら、ミステリジャンルで流通したのは、「言説」であって「数学的あるいは論理学的に厳密な意味」のものではないからだ。それはある意味で正しいだろう。実際、笠井の意図とは違うが、「日常の謎」も「叙述トリック」もその意味ではレトリックの産物にほかならない。だが、このレトリックだけを見ていたために見えなかったところが、いま問題にしている原理的な分析なのだ。

『現代本格ミステリの研究』では「本格ミステリにおけるゲーデル問題」はメタファーにすぎないと考えられている。確かにそれはその通りであり、実際、柄谷も法月も「不完全性定理」をメタファーとしてしか使用していない。ただ『現代本格ミステリの研究』ではメタファーという言葉の意味は検証されていない。そもそも隠喩《メタファー》とは、ある対象の事柄を伝えるために、類似する要素を持つ別の対象を指し示す文章技法である。たとえば「恋人」を褒めるのに「君は僕の太陽だ」と用いるのは、「恋人」と「太陽」のいずれからも「明るさ」や「暖かさ」といった共通の要素を抽出し、その共通の要素を言外に示すために用いられているのである。そのため、メタファーとしてあるものがたとえられていた場合、そのたとえられた文章の表現を通じて、何を伝えたかったのかも把握せねばならないはずだ。だが『現代本格ミステリの研究』では、個々の作品に即した理解のため、「後期クイーン的問題」という言葉で強調したかったことが見過ごされているのだ。法月や笠井が推理小説の形式化を数学に託しているのは、いずれもその内実にある形式化と「形式化の諸問題」という類似する要素を見出し、そのことを強調するためである。

ところが『現代本格ミステリの研究』では、推理小説の形式化について「小説作品を形式化することには自ずと限界があり、数学的に厳密な意味でのゲーデル問題をそのまま当てはめることはできない」としている。つまり、法月や笠井が数学に託しているものは見えていないのだ。『現代本格ミステリの研究』でゲーデル問題という比喩について検証されない理由からもそれはうかがえる。その理由のひとつは「形式化の方法の多様性という問題」にあるという。

本格ミステリの文脈においていうならば、探偵と犯人と被害者の役割やトリックの種類など、作品世界内に登場する要素を形式化するアプローチもあり得るし、作品外にある本格ミステリのルールやコード、原則と呼ばれるものを形式化するというアプローチもあり得る。『本格ミステリにおけるゲーデル問題』が議論されるなかでは、この点が曖昧になってきたきらいがある。つまり、『本格ミステリを形式化する』といったとき、何を、どのように形式化するのかは厳密に

は定められていなかった。(一九頁)

だが、すでに確認したように、法月は推理小説の形式化の出発点を、ヴァン・ダインの「推理小説論」に見出している。そこで行われていたのは、「フェアプレイの原則」「性格描写・文学的文体・情緒的ムードの排除」「科学的合理性の担保」「探偵の必要性」といったルール作りとして行われた推理小説の形式的要素の抽出であった。作品内の時代設定や各登場人物、作品外の情報である作家の出自、時代背景、出版事情から、推理小説の形式的要素を抽出すること。これが法月の考えていた形式化だったはずだ。このような形式化の具体的な事例が『現代本格ミステリの研究』で検証されなかったのは、メタファーとして例示されてきた「不完全性定理」を遠ざけようとして、「推理小説の形式化」そのものと相対しなかったからではないだろうか。法月が「初期クイーン論」で考えていた杞憂は、別のかたちで再現されたといわざるをえまい。

もうひとつの理由は「語られた内容と語られ方(語り)との区別の問題」とされている。

ひとつの作品における語りの形式を分類しようとしても、内容の語られ方は極めて複雑であり、ときには誰が発話したのかもわからず、意味をひとつに限定できない曖昧な語りすらなされる。それらのすべてを分離し、分類することはできない。そして、分類ができなければ、それに基づいてなされるはずの形式化も困難になる。(一九頁)

だが、このような理由で、語りの形式の問題を根拠にすることは、「一九三二年の傑作群をめぐって」で述べられた、『Yの悲劇』の「梗概」のテクニックや、笠井潔が『探偵小説論Ⅱ』で導き出した「叙述トリックの徹底化」を無視することとなる。なによりも『現代本格ミステリの研究』で検討されていた西澤保彦『神のロジック　人間のマジック』における「叙述トリック」の「操り」テーマの問題が、語りの形式を分析したものだということと矛盾してしまっている。

以上、『現代本格ミステリの研究』を批判的に検証してきた。「後期クイーン的問題」から数学の知識が必要な場所を取り除き、推理小説として必要なところを残そうとした目論みは結果として、「後期クイーン的問題」が本格推理小説としての論理にとってどのような問題となっているかを摑みそこねてしまったというべきだろう。

ただ、上記のような批判にもかかわらず『現代本格ミステリの研究』で展開された「後期クイーン的問題」に対する実作における回避策は目を瞠るものであったことは否定しがたい。諸岡の見解では、実作における回避策は、以下の順で高度化していったとされている。

第一章　「探偵役および作者のレトリック」による回避策
第二章　「推理なく真実を知る銘探偵」による回避策
第三章　「推理をする者と推理の正しさをメタレベルから保証する者のチーム制」による回避策
第六章　「叙述トリック」による回避策

その第六章での『神のロジック　人間のマジック』の検証において、それらの回避策の最上位とされた「叙述トリック」でも「後期クイーン的問題」から回避できない場合を証明している。

この理解で注目すべき観点は、第三章の「推理をする者と推理の正しさをメタレベルから保証する者のチーム制」という独自の見解である。この見解が実は『現代本格ミステリの研究』の論の底辺にある。「推理の正当性を保証する者」が、論理的手順の結果ではなく、論理の外部にある事象・物象として推理小説内に現れるということ。その事物によって真実が保証されることにより、逆説的に推理小説としてのルールが守られているのだ。この思考のプロセスが、「レトリック重視」や「銘探偵」などが担わされている真実を保証する役目へと遡行して焦点が当てられていると考えたほうがよい。これは確かに「推理小説の形式化」だけを検討していては見えてこなかった観点である。一方で指摘されていないが、なぜ、「銘探偵」や「推理の正しさを保証する者」が正しいのか、物語内で答えられることはない。それは作品内に現れた「作者の恣意性」にほかならないからだ。その「作者の恣意性」を回避するために、後期クイーンの諸作で奮闘された問題が「後期クイーン的問題」だったはずである。その「作者の恣意性」と真正面から向き合うには、「推理の正しさを保証する者」と論理との関係性を模索するべきではないか。本論ではあらためて、そのような問いを立てたい。そして、その関係性に取り組んだのが、小森健太朗『探偵小説の論理学』である。

3、還元公理と意外な推理

小森健太朗『探偵小説の論理学』では、ラッセルの論理学の成果を生かすかたちで、推理小説の論理学的趣向に対して解説を与えている。その解説は大変難解なため、ここでは「推理小説の形式化」に関するところに焦点を当て論じていきたい。

『探偵小説の論理学』では、コナン・ドイルの「ホームズ」シリーズやポー「デュパン」シリーズを通して「消去法推理」「三段論法」「当て推量（アブダクション）」といった推理法を整理し、それらが既存の学術的な「論理学の論理」とは違い、厳密な論理的過程を経てはいないとしている。むしろ、推理小説における論理は、ある種の倫理観や社会的行動規範に従っているとし、それを「ロゴスコード」と命名する。

その推理小説のロゴスコードを検証するため『探偵小説の論理学』では、アガサ・クリスティの作品が参照される。読者の前提を著しく侵犯し、多くの反響を呼んだ彼女の作品から、逆にその侵犯された前提を炙り出す。そうして炙り出された前提が、「叙述の真実性の保証」「探偵存在の保証」「犯人の行動の合理性の保証（読者と作者の合理性水準の共有）」という三つの公理である。この三つの公理があることにより、読者は安心して推理小説を楽しむことができるのだ。また、クリスティの作品はこれらの公理を侵犯しそうな表現をはらむがゆえに問題作といわれるのである。

フェアで対等な知恵比べができる空間では、一定の限界と範囲に区切られた中での、真理可能性の範囲の中で、正解となる真相が読者と探偵によって追求される。その真理可能性が稼働する範囲を、一つの論理空間ないし〈ロゴスコード〉空間として、その空間を三方面から境界づけ限界づけるのが、この三つの公理である。（一一四〜一一五頁）

クリスティの作品にはらむフェアプレイすれすれの危険な表現をガイドラインとすることで、これまで社会通念を基準に論じられがちであったサイコミステリや、アンフェアのそしりを受けがちであった叙述トリックを、推理小説内部の問題として整理している。

このロゴスコードを支える発想は、ラッセルの「還元公理」から生まれたものだ。小森の整理によれば、「還元公理」とは以下のようなものとされる。たとえば「ナポレオンとは誰か」と考えた時、その「ナポレオンに関して知っているかぎりの属性をあげて、一方xという存在がその列挙されたあらゆる属性と一致するときには、x＝ナポレオンであるとしてよい」という判断の根拠としてあげられている。『探偵小説の論理学』の別のところでは、「還元公理」について「現実の、論理が用いられる日常の場においては、属性が一致する主体は同一であると推定しそれが正しいとみなすことで成り立っている。還元公理は証明されないが、それぬきには日常の論理が成り立たない」とも言及される。確かに日常生活において、家族や友人に接するごとに「この人物は本当に誰それであろうか」と疑い、厳密に確認しているわけではない。このように日常的に行われる「みなし断定」の根拠として「還元公理」があげられているのだ。

『探偵小説の論理学』では明言されていないが、この「還元公理」によって「後期クイーン的問題」は、必ずしも深刻な問題ではなくなる。「後期クイーン的問題」は、小森もいうように「探偵小説の論理に固有の難問ではなく、それより広い、われわれの日常の論理レベルの、決定不能と限界をあらわにしているにすぎないから」だ。作品内でのみなし断定を認めるということは、「作者の恣意性」をある程度は容認し、その範囲内での推理を読者に求めるものとなる。しばしば「後期クイーン的問題」を議論する場合、際限のないメタ化の繰り返しが想定され、その中断が「作者の恣意性」となるのだが、その「作者の恣意性」に論理学的な根拠のひとつを提示したことになる。ただ、それは推理小説における「形式化の諸問題」の完全な解消に直結するわけではなく、回避策のひとつであるといったほうがいいだろう。

この「還元公理」の指摘のほかに、小森は柄谷の一連の「形式化の諸問題」におけるいわゆる「ゲーデル問題」の考察に関した不備を指摘する。原理的にも系譜的にも柄谷の「ゲーデル問題」を迂回して推理小説固有の論理を論じる筋道を照らし出したのである。

さらに小森は推理小説固有の論理の根幹にある「倫理、生活規範」は時代によって変容するものであるが、現代のミステリジャンルの境界線上の作品を見る限り、ロゴスコードは共有化されているという前提そのものも否定しなくてはならないとする。石持浅海や米澤穂信の作品を部分的に検証し、そこに小森はロゴスコードの失調を見る。だが、小森はそのロゴスコードの失調のなかに、現実世界では不可能な出来事をも包括する論理学の考え方である「様相論理」の可能性を見る。そして、その「様相論理」に基づいた新しい推理小説の可能性を西尾維新の作品を通じて我々に訴えかけているのだ。ただ、その主張において具体的な指針というべきものを小森は提示するところまで至ってはいない。だが、先にあげたロゴスコードの三つの公理が、推理小説の論理の限界をあらわにするためのものであり、その論述を見る限り、その危機的な限界を見極めて具体的な創作に反映させることがさしあたっての解決例と考えるべきだ。

「後期クイーン的問題」に関する新たな展開をまとめれば、「証拠の真偽判定」の場面に生じる際限ない推理の繰り返しを差し止め、推理小説の全体的合理性を問うロゴスコードへと論点を変更したことが重要であろう。「後期クイーン的問題」による危機感とロゴスコードによるそれとでは原因が違うが、危機感を共有しているということでは、法月見解、笠井見解と同じといってよいだろう。

だが、こうした「危機的状況の把握と乗り越え」という見解に飯城勇三は、『エラリー・クイーン論』で異を唱える。『エラリー・クイーン論』では、「後期クイーン的問題」をその独自の見解から「探偵」として生じる問題と、「作家」として生じる問題とに分けている。

探偵としての「後期クイーン的問題」は、「名探偵を欺く偽の手がかり」によって生じるものであり、探偵役の能力不足や単なるデータ不足に起因するものを除外する。なぜなら、それらは具体的な捜査によっていずれは事実関係が判明するはずのものでしかない。それらと「名探偵を欺く偽の手がかり」は分けられなければならないというのだ。だが、名探偵を欺くという方法は、前提条件として名探偵という特殊な存在を必要とする。名探偵はたぐいまれな才能を持つ存在であり、その推理法を名探偵の関係者以外の人間が知ることはほぼ不可能だ。そのため、実際のところ「名探偵を欺く偽の手がかり」を用意することは困難な作業である。仮にそのような特殊な状況があり得たときには、「後期クイーン的問題」は適用されるかもしれない。ただくりかえすが、名探偵はたぐいまれな才能を持つ存在である以上、「名探偵を欺く偽の手がかり」があることに名探偵が気付けば、その偽の手がかりそのものが手がかりとなってしまう。結果として問題化は避けられるのだ。つまり、探偵によって生じる「後期クイーン的問題」は、名探偵によって乗り越えられるものであり、危機を招き寄せる問題として強調されるようなものではないと断ずるのである。

作家として生じる「後期クイーン的問題」については、「対人ゲーム」という新しい考え方で応える。「後期クイーン的問題」は偽の手がかりやメタ犯人の存在を否定し得ないと言及されてきたが、見方を変えれば、それは作者の恣意性を回避して、いかにして作者と読者とのフェアプレイを築き、推理小説というゲームが成立させるかという問題ともいえる。その作者と読者とのゲームを、囲碁や野球のような人と人とが互いに競い合うゲームと重ね合わせるのだ。そこで強調されるのは、互いの行為がゲームの進行に影響することである。そうして影響を受けたゲーム展開により、今度はプレイヤーの行動が変化する。こうした相互的な影響の結果、ゲームでは同じ状況が繰り返されることはない。ゲームごとにプレイヤーは試合に対応しなくてはならない。これと同じことが、クイーン作品にもいえると飯城は主張する。作品ごとの状況やプロットに応じて、推理を述べ解決に導くことは「とりあえずの解決」でしかないが、それは決して批判されるようなものではないというのだ。むしろ、そのような「とりあえずの解決」の段階まで推理小説を押し上げたことを飯城は評価する。クロスワードパズルのような答えがひとつに絞られるゲームはスリルに欠け、状況に応じ変化する試合のごとき駆け引きに刹那的な魅力があるとしている。そのため、作家として生じる「後期クイーン的問題」も、危機を招き寄せる問題などではないと論じているのだ。

この飯城の危機感に対する見解は、法月たち三人と危機を判断する基準に違いがあるから生じたものだろう。法月と笠井、小森は、推理小説の形式化で組み込まれたフェアプレイの基準が、数々の作品をもって公平とはなり得ない場合があることを明らかにしてきた。読者に対して作中の手がかりの完全性を謳い作品化された推理小説が、原理的に不可能なのではないかという問題を論じたのがいわば「後期クイーン的問題」である。その問題が原理的であり、推理小説の形式化を推し進めるには不可避な問題であると考えているため、危機的なものと判断しているのである。だから、彼らは新しい推理小説を如何に書いていくかについても言及を惜しまない。

飯城の場合、クイーン作品は、作中の探偵であるエラリー・クイーンの推理を当てるゲームだという独自の見解を述べている。つまり、フェアプレイの基準はエラリーの推理を当てられるかどうかにあるのだ。そして「探偵エラリーの推理」を当てるためという範囲内におけるゲームは可能であり、そのゲームのルールにとどまれば危機を招くこともない。この発想は小森の「みなし断定」に近しいものだ。唯一無二の真実ではなく、有限の手がかりから導かれた推理を正解とする考え方である。

この見解は、推理をもって真実を言い当てるといういわゆる名探偵像からはかけ離れたものに見える。だが、飯城見解は、クイーン作品の実例をあげて、「探偵エラリーの推理」を当てるという読み方が正当なものだと論じる。まず飯城は、推理小説を「意外な真相」の作品と「意外な推理」の作品に分ける。前者は、クリスティ『オリエント急行の殺人』のようなプロットによって真相の意外性をもたらす作品のことであり、後者はクイーンの『ギリシャ棺の謎』のように手がかりに基づいた推理に重きをおいた作品である。この見解についての詳細は、下のような表にまとめられる。

この「意外な推理」の作品の場合は、フェアプレイの精神に基づき人物描写からアクロバティックな推理を導き出すことで、意外性が生まれるのだ。そこに、閃きに基づいたプロットや前代未聞のトリックのアイデアは必要とはされない。そのため「意外な推理」の作品では、過去のトリックを網羅したデータベースを検索したとしても、エラリーの推理を当てることはできない。読者はその作品ごとに、作中に与えられた描写から手がかりを見つけ出し、その手がかりをもとに推理しなくてはならないのだ。

こうした飯城の見解は、「意外な推理」の素晴らしさを謳おうと力むあまり、「意外な真相」としてあげられる作品をおとしめてい

	フェアプレイ	推理の アクロバット	推理の意外性	真相の意外性	人物描写
意外な真相	△	×	×	○	×
意外な推理	○	○	○	○	○

	読者が当てるもの	推理小説のメタファー	犯人の物語	トリックデータベース検索
意外な真相	トリック	詐欺	重視	○
意外な推理	エラリーの推理	スポーツの試合	軽視	×

るきらいもある。だが、「真相やトリックよりも、手がかりや推理の考案を重要視する」といったことは、「一九三二年の傑作群をめぐって」で述べられていたプロットや個々のロジックが再検討されるべきだという主張したことと近しいものである。前掲の表からも明らかなように、ここで論じられているのは、クイーン作品を通じた推理小説の形式化の一パターンというべきものだ。

だが、「後期クイーン的問題」への考察については、「形式化の諸問題」を捉え損ねているため、その反論は有効に機能していない。笠井が「後期クイーン的問題」を招聘したのは、推理小説の形式化における原理的な問題の考察のためである。推理小説の基本的な構造は、犯罪事件をもたらした犯人を、探偵が容疑者の中からその推理でもって見つけ出すことである。『エラリー・クイーン論』では、実際に起きた犯罪事件をエラリーが小説化しているという設定のため、エラリーの推理こそ読者が当てるべき対象としている。だが、より原理的な視点に立てば、エラリーがそれとは知らずに騙され、実際には事件を裏で操るメタ犯人が存在する可能性を否定し得ないはずである。飯城も『エラリー・クイーン論』で、そのことを否定してはいない。法月・笠井の見解をもとに考えれば、そのエラリーの小説化こそが「作者の恣意性」の働くところとみなすべきだ。おそらく飯城はこの原理的な問題を把握しきれていない。なぜなら、飯城が最初に除外した探偵役の能力不足や単なるデータ不足こそが、「後期クイーン的問題」の核心だからだ。ここでいう「能力やデータ」が、どのような基準で推理するにたる充分なものか、何者にも完全に判定することはできないことに、問題の核心的本質がある。その「後期クイーン的問題」のデータに関する考察を作品化したのが氷川透『最後から二番目の真実』であった。「作者の恣意性」を用いずにその核心的本質を解決する推理小説はいかに書かれるべきか。それを問うためのものとして、「後期クイーン的問題」は想定されているのである。

4、形式化のふたつの道

以上、三節をもって後期クイーン的問題の現状と注意すべき事柄について言及してきた。確認のため、ここで後期クイーン的問題をひとことで述べれば、下記のような文章になるであろう。

推理小説における形式化の諸問題の極点として生じたメタ犯人の否定不可能性をめぐる創作継続性の問題

もちろんこの「メタ犯人」という存在を発生させるためには先立って「証拠の真偽不可能性」が不可避的に生じ、派生的に「自白」「証言」といったさまざまな「真偽不可能性」も生じるものである。ただその極点をめぐる見解の差異として、笠井見解、法月見解と分かれ、それらの問いを引き継いでいた小森、諸岡、飯城は、後期クイーン的問題を拡張ないしは局所化するかたちで答えていった。それが後期クイーン的問題の現状といえる。簡便さを優先し、議論の枝葉を切り落とした表をあげよう。

左記の表をさらに巨視的に観れば、大きくふたつに分けられるだろう。笠井・諸岡両見解にある「脱コード」「銘探偵、異能力者」といった現実世界の外部の虚構的存在を含む推理小説の形式化と、笠井・法月・小森・飯城見解にある「叙述トリック」「日常の謎」「微視的なコミュニケーションの一回性」など現実世界で処理可能な推理小説内の形式化である。これらを虚構コード派、現実コード派と仮に命名しておく。

	真偽を保証するもの	対応策
笠井見解	存在しない	叙述トリック、日常の謎、脱コード
法月見解	存在しない	微視的なコミュニケーションの一回性
諸岡見解	銘探偵、異能力者	レトリック
小森見解	（妥協点としての）還元公理	ロゴスコード
飯城見解	エラリーの推理	エラリーの小説化

虚構コード派における創作的対応として「京極堂」シリーズ、「メルカトル鮎」シリーズ、「《あかずの扉》研究会」シリーズなどがあげられる。すでに説明した通り、真実の保証を作中の推理にではなく、外在する存在に頼っているものである。ただし、その保証の度合いは作品によって差があることは指摘しておかねばなるまい。また米澤穂信『折れた竜骨』といった異世界を舞台とした推理小説は、必ずしもその虚構的設定が真偽の保証のために必要とされているわけではない。だが、それも仮にこのグループに含めておきたい。山口雅也『生ける屍の死』などのように推理パズルを複雑にするための虚構的設定は、真偽の保証とは別の問題ではある。だが、それらの虚構的設定は小説としての趣向ではあるが、その一方で名探偵にもわからない現実世界に隠された法則の可能性を気付かせるためのものでもある。その典型例が殊能将之『黒い仏』であった。推理小説という真偽を決定するゲーム空間にあえて異世界の法則を導入することで、そもそもの法則性を強調もすれば、疑問を提起していることもあるのだ。いずれにしろ、その法則がなぜ法則として成立しているかが問題なのである。

一方、現実コード派の創作的対応は、米澤穂信や道尾秀介を含めた広範囲の作品が該当するが、なかでも「日常の謎」や叙述トリックといった日常生活の論理、もしくはロゴスコードを前提とした推理小説の形式のなかでその可能性を切り開いてきたものである。

ここで笠井潔「矢吹駆」シリーズについて触れておきたい。その探偵役である矢吹駆は、複数の推理の可能性から唯一の真実を判定するため、現象学における「本質直観」を用いている。駆の「本質直観」が学術的なものと若干異なることは、『探偵小説の論理学』で指摘されている。それは事実なのであるが、この場で論じられるべきは「本質直観」の採用は、真偽を保証するための創作的対応だということである。このことを拡大解釈すれば、「矢吹駆」シリーズは、現実コード派に擬態した虚構コード派ということになる。これは「矢吹駆」シリーズだけではない。実際、いくつかの現実コード派的作品は、どこかで「真理を保証するもの」を密輸入している。短篇「鬼ごっこ」(「小説新潮」二〇一一年八月掲載)で、竹本健治は「嘘をつくと必ず小鼻が動いてしまうなどといった外的要因」に真偽を保証する機能があることを指摘している。これも本来的には既存の科学的根拠とは懸け離れた虚構的存在による真偽の保証である。このような事例は、たとえば「三毛猫ホームズ」における猫のホームズによるヒントの指摘や、唐突な名探偵の閃き、偶然の重なり合いによる気付きも含まれてしまうはずである。

さきに述べた「本質直観」は、現象学的には日常の事物から「円」や「三角」といった抽象的な法則を見出すための形式的方法論である。だが、「本質直観」によって、そうした抽象的法則がなぜ見えるのかという検証は、人間の内面的な未知性を露出させている。大胆にいえば、人間存在そのものも一皮むけば虚構コードをはらむものなのである。そしてそれは人間存在だけに限らない。このように一見、現実コード派と思われる作品であっても虚構コードとしての再検証が本来的には必要なはずである。

ここでは、そうした虚構と現実のコードをめぐる「推理小説の形式化」についてさらなる検証をしたい。そのために、保留していた論点に踏み込む。ひとつは「推理小説の形式化」の極点として出現するアンチミステリについてである。笠井見解によれば、アンチミステリは推理小説の形式化において次のステージに移るための必要条件として論じられているが、法月見解では否定的である。「一九三二年の傑作群をめぐって」において、『Yの悲劇』の評価が否定神学的思考の罠に陥らぬよう警鐘を鳴らしていたはずの法月だが、そこで行われた整理は、『Yの悲劇』＝「ゲーデル的脱構築」、『災厄の町』＝「郵便的脱構築」と見るべきものであった。ここには、ふたつの問題が横たわっている。ひとつは、そもそもアンチミステリ的な考え方＝「ゲーデル的脱構築」は、どのような弊害があるか。もうひとつは『災厄の町』＝「郵便的脱構築」から、推理小説におけるどのような有用性を読み取ればいいのか。

法月の評論活動を知る者なら、彼がアンチミステリという概念に批判的なことも既知のことであろう。彼の第一評論集『謎解きが終ったら』収録の「フーダニット・サバイバル　１９４ｘ　あるいは、フーダニット・リバイバル　１９９４」では、アンチミステリを「意味ありげなくせに内実は空っぽなレッテル」としており、そのレッテルを貼ることは「目の前にある作品そのものに対して、目をつぶってしまう行為の言い訳でしかないことが明らかである」とまで言い切っている。そして、「最後の探偵小説」として書かれた中井英夫の『虚無への供物』の「究極の意外な犯人」の設定と真相発覚後の登場人物たちの反省を戦後日本の「転向」と同じ仕組みだとして批判する。法月は『虚無への供物』のかわりにエスピオナージュを引き合いにして「『転向』の実態とは、まさにそうした無根拠の不安、どこにもおさまりのつかない状態を二元論的対立によって隠蔽し、それを一元論的に割り切ろうとすること」と述べている。これは「どこにもおさまりのつかない状態」を「二元論的対立」として形式化することで、他の選択肢を「隠蔽」し、「一元論的」な結論を不可避なかたちで導き出すことといっていいだろう。これが法月綸太郎のいう「根本的な反省」のない「否定神学的思考の罠」である。

また『Yの悲劇』と『虚無への供物』を比較して指摘されるべきは、前者は探偵役が沈黙をもって犯人の立場を受け入れることで自らを特別な立場に置き、後者は探偵役が犯人の責任を読者にまで拡大解釈し、その責任を事実上放棄していることだろう。おそらく法月は両作品のミステリの形式性を反故にするような対応に根本的な反省の欠如を、そして形式化の不徹底を見ているのだ。

だが、笠井潔の立場は異なっている。そもそも、中井英夫によって創造され、世に広まったアンチミステリという名称が推理小説の理論的用語になったのは、笠井の『虚無への供物』論である「完全犯罪としての作品」(『物語のウロボロス』収録)からと見るべきだからだ。

「完全犯罪としての作品」では『虚無への供物』を論じるにあたり、まずメタミステリの仕組みがその組上にあげられる。メタミステリを「著名な先行作品への作中への言及」「探偵小説論の作中での展開」のふたつの外見的な条件と、「探偵小説を演じる探偵小説」という内在的条件に分ける。そして、エドガー・アラン・ポーの「モルグ街の殺人」の構造を根拠に、後者が「探偵小説を演じる探偵小説とは、探偵小説の発生現場においてさえ明らかな、この小説形式の本質的構造だった」と結論づける。それは「モルグ街の殺人」という短篇が、ポーが考察するところの「分析的知性」という思考のプロセスを核としているという前提による。「モルグ街の殺人」は、その「分析的知性」を探偵であるデュパンが説明する場面、デュパンと「私」との会話のシーンである「パレ・ロワイヤルの挿話」、「モルグ街の殺人事件」そのものの三つの部分に分けられる。そもそも三つの部分に分けるような構成の理由は、「分析的知性」という思考のプロセスを説明するためである。後半のふたつの事例は、その「分析的知性」によって真相が明らかになる。つまり、「分析的知性」の具体的な再演なのである。「探偵小説を演じる探偵小説」という本質的構造とはそうした再演性にほかならない。

『虚無への供物』では、その本質的構造は徹底化され、最終的には反転化されるという。その方法は四通り。ひとつ目は「記号における表現と内容の意図的な分離によって生じ」させるはずの「探偵小説の謎」が、『虚無への供物』では最終的に、解決として導かれる意味を獲得せず、ある種の象徴へと転化すること。「象徴としてのマンダラは、ありえぬ世界を描いていることによって、あらかじめシニフィエを所有しえないと決定されている図像としてのシニフィアンなのだが、その欠如自体によって極楽、つまり此岸には存在しえぬ意味のユートピアの通路になる」と比喩的に述べられている。このマンダラと同じように、『虚無への供物』という作品も「解かれえぬ謎の凝固と化すべき象徴空間」となるのだ。

ふたつ目に、前置きなく嵌め込まれ、複数の解釈が可能な作中作。これは偶然の符合によって自らを犯人に貶める登場人物を癒すために挿入されている。三つ目に小説の結末が実際の小説作品の執筆の出発点となるにもかかわらず、「記号内容を獲得せぬ記号」と「作中作」によって歪められてしまった円環構造。読者にとっては、この事件が現実なのか虚構なのか判然としなくなる。

そして四つ目が「犯人でない人物が犯人を演じ、人々にそれを信じ込ませてしまう」という「メタ犯罪の極点」である。「読者は、作者の真意がどちらにあるのか、つまりあの人物は犯人なのか犯人を（おそらく×××【引用者伏字】のシナリオに沿って）演じただけなのかについて判断しえないという、ゆらぎに満ちた決定不可能性の支配する異境にとり残される」ことになる。笠井潔はこうした推理小説の本質的構造の反転化にアンチミステリを見ているのだ。推理小説的に整理をすれば、作品を解かれえぬ謎の象徴空間とすることで、「解決なき解決」をひとつの結着地点たらしめる。次に「作中作」によって読み進めている読者にも現実世界と虚構上の可能世界とがすり替わることが明示される。そして「円環構造」によって、描かれてきた事件が一登場人物による創作であることが明らかとなり、その登場人物のレトリックによって事件はいかようにも虚構世界とすり替えられているかもしれないという可能性を排除できなくなる。そのゆらぎを受け入れることで、了解不能な現実を拒絶し、観念的に世界を回復するための「犯人ならざる犯人」の存在を受け入れることができるはずだ。*2

このアンチミステリの仕組みは、現実コード派の自壊プロセスを経た虚構コード派への変容を指し示すものにほかならない。現実世界でありながら、了解不能な事件に囲まれているがゆえに、犯人ならざるものが犯人として探偵役に指摘される世界。『虚無への供物』では、真偽を保証するものは最終的にどこにもない。唯一の殺人すらも、自らの人間としての証のために偽証しているという可能性は最後まで残されているのだ。

ここから、法月と笠井の読みの違いも明らかであろう。法月は、『虚無への供物』の探偵役たちから作者の意図を類推しているのに対し、笠井は探偵役たちの反省など歯牙にもかけない。むしろ、笠井が行った『虚無への供物』の一連の読解から、本論では法月が例示したものとは別の「形式化の諸問題」の侵犯が見て取れることを指摘しておきたい。

法月は『Yの悲劇』において、「バールストン先攻法」「探偵を操るメタ犯人もの」「記述者＝犯人トリック」「死後の操りもの」の四つの推理小説的技巧がヨーク・ハッターの「梗概」という極点に収束するとしていた。『虚無への供物』では、「謎の象徴空間」「犯人ならざる犯人」「探偵を操るメタ犯罪もの」「読者＝犯人トリック」といった四つのアンチミステリ的技巧が、登場人物が書くと予告されている「小説」という極点に収束する。この構造自体はほぼ同一型である。本論では『虚無への供物』も形式的には「後期クイーン的問題」に肉薄し乗り越えた作品と見なすべきものと考える。笠井は明言していないが、「探偵小説論」を敷衍すればそのような結論が導かれるはずだ。つまり、アンチミステリもまた「後期クイーン的問題」に対するひとつの応答なのでる。

だが、法月の判断理由を想像できないわけでもない。「探偵小説の脱コード化」として具体的に参照されていたのは山口雅也『生ける屍の死』や京極夏彦『姑獲鳥の夏』であった。前者は作中設定として死者の蘇り現象という虚構設定が必要であり、後者は榎木津の異能力と特殊な認知科学的知見のセットによる視覚というコードの反転が必要であった。基本的にこれらの設定が、脱コード化の要因である。だが、コードを逸脱するためには基本的なコードが必要である。その基本となるコードは「死者は蘇らない」「見えるものは存在する」という現実世界のコードであり、その現実世界のコードを利用してゲーム空間を作った本格推理小説としてのコードである。もちろんこうしたコードに律せられているのが現実コード派である。『生ける屍の死』の文庫版解説で法月は、本書を優れた推理小説と認めている。その根拠は、蘇り現象のルールが読者に明示されておりフェアな推理小説として書かれているからだ。脱コード的事象が生じたとしても、作品内で擬似的な現実コードに変換されているのである。

＊2　ここで紹介した『虚無への供物』の機構について、拙論「虚空海鎮」（限界小説研究会編『社会は存在しない』収録）も参照いただきたい。

そうした脱コード的作品と違い、推理小説のコードを蔑ろにしたと考えられたのが「構築なき脱構築」と呼ばれた「メフィスト」系の諸作品であった。確かに、それらの作品が安易にコードを破壊し、本格推理としての論理の膂力に欠けることは否めない。おそらく法月にはそれらと同様に『虚無への供物』の結果にも安易なコード破壊を見たのであろう。だから、そうしたアンチミステリ的な全体性を見渡す超越的視点ではなく、一回ごとのロジックやプロットによる「後期クイーン的問題」の打開に転回したのである。

ただ、笠井もまたアンチミステリ的な発想に潜む陥穽に無自覚なわけではない。笠井は『探偵小説論Ⅱ』の山口雅也論や京極夏彦論で、安易なコード破壊と脱コードの違いを示そうとする。それは「目先を変えるための新趣向」としてではなく「鋭敏きわまりない方法意識によって必然化」されることである。『生ける屍の死』では、死をめぐる小説である推理小説の舞台として葬儀会社を選び、死の象徴的空間を作り上げる。その空間の中心にあるのが蘇り現象に曝された被害者、加害者、探偵役である。これにより脱コードと表現されるべき矛盾をはらみつつも、作者の優れた構成力によって推理小説として完結する。この構成は『虚無への供物』とも重なり合うものだ。笠井はこうした脱コードを要請する小説全体の構成に方法意識を読み取ろうとする。

推理小説はさまざまなルールを形式的に整理することで発展してきた。その推理小説の形式体系のあるコードを、その形式体系に従いながら、ある方法意識によって反転させることがアンチミステリであった。ただし、方法意識を欠き、たんに形式体系を逸脱するだけの凡庸な推理小説の反転化は、推理小説が持っていたメタ性やアンチ性を失わせ、単なる近代小説へと戻してしまう。これが「構築なき脱構築」の正体である。推理小説という発展史的過程をも含んだ術語として「アンチミステリ」

という言葉は存在することは記憶されるべきだろう。アンチミステリという方法が「構築なき脱構築」に見えてしまう、つまり「謎の象徴空間」や「作中作」による読者への眩暈的誘導が、魔法のように自在な催眠術に見える読者もいたはずだ。同じように上記にまとめた虚構コードの作品群のいくつかが、「構築なき脱構築」に見える読者が多数であることも想像できる。そこで脱コードや脱構築を考えるため、あらためて推理小説の構築性つまり形式化について検討したい。

法月の「初期クイーン論」にもあるように、ヴァン・ダインとクイーンの作品によって、推理小説の形式体系は成立した。そして、その形式体系はある意味でより公平さを厳密にするために再定義され続けてきたといってもよい。ただ、上記の笠井の見解を踏まえると、笠井本人はそのような論述を行っていないが、そもそも「推理小説の形式化」を行ったのは、ポーというべきであろう。近代小説は、現実の一種の形式化である。複雑で多層的な現実世界を、言語という形式的な手順を経て書かれたものが近代小説だ。そして、推理小説とはその近代小説にトリックやゲーム性を形式的に組み込んだメタ近代小説、アンチ近代小説である。つまり、ポーの作品群によって我々は、ポーが創造した「形式的な小説の新ジャンル」である「推理小説」を目にするようになったのである。そのイメージに根拠がないわけではない。ポーは推理作家であると同時に詩人でもあった。その詩作がいかに形式的に可能なのかを実作の詩「大鴉」で説明したものこそ「構成の原理」という論文だったはずだ。我々はその発想から、「モルグ街の殺人」の「構成の原理」を想像することができる。それが笠井の述べる上記解釈であろう。笠井がすでにメタミステリを推理小説の「本質的構造」と喝破したことを踏まえれば、ある意味では推理小説の形式化そのものも推理小説のその発生段階からはらんでいた本質的構造と見るべきであろう。

そもそも形式化とは辞書的には「事物や事象の成立・発現のしかたやその構造、またそれらの関係などを抽象化すること」とされている。たとえば数学とは、身の回りにある事物から、理念的な存在としての数、線分を見出し、学問としたものである。そして、その数学の形式体系とは、一般的には形式的言語において表現された公理をもとに推論規則によって、数や線分の定理を導き出すシステム（体系）のことである。定理とはその体系の言語で表現される文のことをいい、公理からはじめて推論規則を繰り返し適用することで得られる。その体系における証明は、結論の定理を導くような公理と推論規則の有限列のことである。

たとえばユークリッドの「原論」では、点は「部分を持たない位置」であると定義され、「任意の一点から別の点に直線は引ける」という直線の公理（「原論」自体では公準といわれる）が導かれる。この点の他に、線分、角度などが定められ、直線の公理や平行線公理を含む五つの公理が定められる。この定義と公理、そして「同じものと等しいものは互いに等しい」といった推論規則により、ユークリッドの「原論」では数々の幾何学的定理が定められる。ちなみに、厳密にいえばこのユークリッド「原論」は完全な形式体系ではない。形式的言語が厳密に定まっているわけではなく、上記の公理や推論規則にはない幾何学的前提も用いているからである。ただし、そうした見方は現在の我々だからできるもので、公理から定理を導くという形式的方法論は幾何学の枠を超え、長らく自然科学の模範とされてきた。さまざまな数学的業績もその延長線にあり、こと形式化については二〇世紀のヒルベルトプログラムをはじめとする数学の形式化の運動によって整備されていった（詳細については小森健太朗『探偵小説の論理学』を参照されたい）。

当然、推理小説が持つ推理の論理性はこの公理から定理を導くという自然科学の形式的方法論に棹さすものである。証拠・手がかりから真相を導き出すという論理的解明を持つものがポーの生み出した推理小説だからだ。そのため、推理小説の形式体系が問題となるのである。ここに法月や笠井が数学の比喩に託していた意図がある。具体的な創作では見えてこない推理小説全体を貫く批評的意志を、推理小説がそもそも持っていた形式性という鏡で照らし出すためだ。

こうした「推理小説の形式化」に関する数々の論考は、新本格作品の意義を照らし出した一方で、「コード」や「脱構築」という言葉が一人歩きし、同じ体系内の理論用語として十分に検証されてはいなかった。いわゆる島田荘司の「本格ミステリー宣言」で生じた論争では、このコードについてのすれ違いに終始した感がある。それは結局のところ「推理小説の形式体系」に関するさまざまな問題が共通理解の段階まで至らなかったからだろう。ただ、ここではすでに法月見解の推理小説の形式化と、笠井見解の推理小説の形式化を論じている。また笠井見解の推理小説の形式化は『探偵小説論序説』に収録された「探偵小説の構造」においても詳細に述べられており、たとえば「探偵小説の三肢構造」のような各種定義は、数学における点や直線などといった定義と同じような役目を果たすはずだ。江戸川乱歩の「類別トリック集成」（『続・幻影城』収録）や都筑道夫の「モダーン・ディテクティヴ・ストーリイ」論（『黄色い部屋はいかに改装されたか？』）、島田荘司の「本格ミステリー」論（『本格ミステリー宣言』収録）などもそうした形式化運動にくくるべきであろう。これらの形式化運動はいずれしかと整理されねばならない。その一考として別論にて「新本格」の定義とともに「本格コード」に関し考察を重ねたので参照されたい。そして、ここでは上記で提起した形式化のひとつの枠組みであるところの、虚構コード派と現実コード派の図式をひとつの結論としたい。なぜなら、このふたつこそ今も続けられている「後期クイーン的問題」を乗り越える方法と考えるからだ。

「後期クイーン的問題」の対応は、大枠として虚構コード派と現実コード派に分けられることは既に述べた。ここではこのふたつにある対照的な特性を強調しておきたい。現実コード派は、我々が持つ基本的な合理性・真理観を保持し、本格推理小説を成立させる。虚構コード派は、我々が持つ合理性や真理観では検証しえない仮説や虚構的設定を前提とすることで、本格推理小説を成立させる。形式的にはこのいずれも等しい価値を有している。どちらの派を選ぼうと、それぞれの特性をいかに本格推理小説としていかすのかによって作品の価値が導き出されることだろう。いずれにしろ推理小説の形式化が必然的に自壊し、新たな形式化を招き寄せるとするならば「後期クイーン的問題」に正面から取り組むことこそが、新たな推理小説を生み出す端緒になることはまず間違いない。もちろん現状の推理小説の形式性に従いつつ、何かしらの新たな価値を付与させることで新しい推理小説とすることも可能であろう。だが、その道であっても、クイーンが悩んだ形式化の罠が潜んでいることはすでに検証されている。それは乗り越えられねばならない。

仮に二〇〇〇年代にデビューした新人作家の幾人かを両派に分けてみよう。現実コード派における普遍性を有した作家として米澤穂信や梓崎優が、急進的な作家として石持浅海や詠坂雄二が考えられるだろう。この急進性と普遍性は、「後期クイーン的問題」への接近の度合いと考えていただければよい。そして虚構コード派の急進的な作家として北山猛邦や古野まほろを、普遍性を持つ書き手として三津田信三の名前を挙げておこう。

繰り返しになるが、現実コード派の作品は「後期クイーン的問題」に対して、正面から取り組んでいないと見えるとしても、それは推理小説シーン全体から見ればひとつのアプローチにほかならないのである。そして「後期クイーン的問題」に見られる数学的な形式性の参照の身振りは、畢竟、比喩でしかない。ただし、その比喩に込められた意図を無視することは、そもそもの推理小説が本質的に有していた形式性を無視することになるのである。その点を強く強調するとともに、教条主義的な蓄積ではなく、推理小説が持つ形式性の正しい継承のため、実作、評論それぞれの形式化に対する弛まぬ探究が望まれるのである。

検索型ミステリの現在

渡邉大輔

1、「ポスト新本格」＝第三の波終焉以降のミステリ

この評論で筆者に与えられた課題は、現代日本のミステリ小説（探偵小説）の一部にみられる独特の説話的／形式的モード——いうなれば、ミステリにおける「謎」をめぐる情報処理の書式を、今日の社会的・文化的背景や日本ミステリ史の流れとからめながらおおまかに定式化することである。では、その場合、わたしたちにはいかなる有力な批評的局面が見いだせるのか。そこで具体的な考察にはいる前に、ここ数年間の（本格）ミステリ小説をめぐる動向とその言説をごく簡単に整理しておきたい。

二〇世紀末から二一世紀にかけての日本のミステリ小説の現状を俯瞰したときに、いわば「ポスト新本格」——笠井潔ふうにいえば「第三の波の終焉」——と呼びうる問題系がその最も重要な批評的論点のひとつとしてありつづけていることは疑いの余地がないだろう。現在のミステリ系の文芸評論でしばしばしめされている典型的なフレームをざっと素描するならば、まず今日のミステリ的想像力

の主だった源流を、一九八七年、綾辻行人の衝撃的なデビュー長編『十角館の殺人』に端を発し、その後、主に一九八〇年代後半から九〇年代前半にかけて相次いで登場した若手作家たちの潮流――いわゆる「新本格ムーヴメント」（第三の波）の作品群にもとめるという見方はもはや常識化しているといえる。周知のように、ほぼいわゆる「新人類世代」に属すかれら「新本格」作家たちは、松本清張に象徴されるような戦後日本のオーソドックスな「社会派推理小説」の潮流とは一線を画す、「謎とその論理的解明」や「不可能トリックと意外な真相」「作者‐読者間のフェアプレイ」などの探偵小説本来の形式性と遊戯性を前面に押しだしたミステリ作品の秀作を次々に発表し、エンターテインメント小説界に旋風を巻きおこした。[*1] そうした新本格ミステリの小説世界とは、一方で、英米系大戦間黄金期本格の巨匠たちや鮎川哲也、島田荘司ら国内の先行作家たち（第二～二・五の波）の名作群の強い影響をうけ、また他方では、セゾン文化からニューアカデミズムまで八〇年代後半の大衆消費社会的コマーシャリズムとポストモダン的シニシズム――つまりは、「大量生的」（笠井潔）なリアリティに濃密に裏打ちされたものであった。したがって、自身も新本格ムーヴメントの重要な先行者・同伴者としても知られる笠井潔がその著名なミステリ評論の仕事で丹念に跡づけているように、[*2] それらは、ミステリ史のみならず広く二〇世紀精神史や現代社会哲学の枠組みとも共鳴しうる、日本文学における一種のポストモダン的リアクションのひとつのロールモデルとして批評的（思想的）文脈からもきわめて興味深い動きだったといえる。

　とはいえ、本論にとってさらに重要なのは、そうした新本格ミステリが如実に体現していた「探偵小説的」と呼びうるような叙述の形式性や説話の論理性（「本格」性？）が二一世紀の到来を端境期として急激に失調してきているとされる点である。ひとまず、その流れの主要な契機と目されているのは、よく知られるように、京極夏彦と、森博嗣、清涼院流水などといった講談社の主催する新人賞「メフィスト賞」（九五年創設）を中心に九〇年代なかばから続々とデビューし、さらに、主に二〇〇〇年代にはいってからの舞城王太郎、佐藤友哉、西尾維新、乙一など、メフィスト賞受賞者を中心に若者向け文芸誌『ファウスト』（〇三年創刊）につどった若手作家たちの諸作である。世代的には「団塊ジュニア」から「ロスジェネ」に属すかれら「メフィスト系／ファウスト系」と呼ばれたこれらの作家たちは、たとえば、いみじくもさきほどの笠井がかれらを「脱格系」とも呼んだように、*3 新本格ミステリを直接的・間接的な創造的出自のひとつとしながらも、その作品では本格ミステリならではの「謎とその論理的解明」を大枠とする形式性・論理性がのきなみ縮退し、そのかわりに、それ

*1　いわゆる「本格ミステリ」（探偵小説）というジャンル的定義にかんしては諸説あり、煩瑣になるので本論では必要以上に扱わない。ひとまずここでは、日本のミステリ評論でしばしば参照される、江戸川乱歩による有名な古典的定義をしめすにとどめたい。「探偵小説とは、主として犯罪に関する難解な秘密が、論理的に、徐々に解かれて行く経路の面白さを主眼とする文学である」、江戸川乱歩「探偵小説の定義と類別」、『幻影城』（江戸川乱歩全集第二六巻）光文社文庫、二〇〇三年、二一頁。

*2　批評家としての笠井の主要な仕事のひとつとして現代ミステリ評論に絶大な影響力をもってきた、いわゆる「大量死／大量生理論」（探偵小説＝二〇世紀小説論）をさす。たとえば、以下の文献を参照。笠井潔『探偵小説論Ⅱ　虚空の螺旋』東京創元社、一九九八年、同『ミネルヴァの梟は黄昏に飛びたつか？　探偵小説の再定義』早川書房、二〇〇一年。

*3　「脱格系」の問題については、たとえば以下の文献を参照。笠井潔『探偵小説と記号的人物《キャラ／キャラクター》』東京創元社、二〇〇六年。

までの「本格」の規範からは大きく逸脱するようなきわめて荒唐無稽かつアクロバティックな論理(物語)展開や、「萌え」などの「オタク的」な造型センスを大胆に導入し、ミステリ内外からの賛否を含んだ大きな注目を集めた。それればかりか、その後のかれらの活動は同時代の文学やサブカルチャー、言論にまで幅広い影響を与え、二〇〇〇年代以降の日本のポップカルチャーにおける最も重要な参照点のひとつとなっている。むろん、京極やメフィスト賞の登場が、阪神淡路大震災やオウム真理教事件の発生、あるいはテレビアニメ『新世紀エヴァンゲリオン』放映開始や「Windows95」発売(インターネット元年)などの時期と重なっていたことにも如実にうかがわれるように、一方のバブル景気や「五五年体制」の崩壊、他方のグローバル資本主義やサブカル化・IT化の進展といった、新しい時代的文脈とそこでのひとびとのリアリティをきわめて的確に反映していたことはいうまでもない。

何にせよ、クリスティやヴァン・ダイン、クイーンといった二〇世紀の巨匠たちが築きあげた「本格」のジャンル的規範(正統性)を遵守しつつもそこに消費社会特有の新たな記号的リアリティを鮮やかに盛りこんだ、二〇世紀末の新本格ミステリ=第三の波の登場とその隆盛を経て、そのある種の「終焉」を告げるかのように二一世紀になって陸続と現れた「メフィスト系/ファウスト系」(脱格系)とその周辺の作家たちの試みの内実を、もろもろの社会的・文化的文脈と照らしあわせながらジャンル固有の問題として論じること、これがここ数年のミステリ評論に課せられた切実な命題だったといってよい。つけくわえておけば、〇八年刊行の限界小説研究会の評論集『探偵小説のクリティカル・ターン』(南雲堂)は、そうした「ポスト新本格」の潮流と諸問題について包括的に検討したほぼ最初の書物だった。

2、「検索的 retrieval」な知＝推理の台頭——検索エンジンとプロファイリング

さて、以上のような前提をふまえたうえで、現代におけるミステリ的想像力の変容の内実について、ここからより体系的にまとめていこう。とはいえ、その前に、ここで本論が主題にしようとする「ポスト新本格」の、一部の先端的な現代ミステリがしめす「謎」をめぐるこれまでにはない情報処理の仕方の特徴を、筆者が専門とする映画論の分野での仕事（「映像圏」論）ともひきつける形で、二〇〇〇年代以降、急速に進展してきたインターネットなどの各種アーキテクチャによる「情報化」や「ネットワーク化」との類比から、ここではひとまず「検索的 retrieval」という表現でおおまかに呼んでおこうと思う。そもそもここでいう「検索」というのは、周知のように、具体的には、高度情報社会とも呼ばれるわたしたちの今日の生活のなかでさまざまな形で利用されている「情報検索技術 information retrieval technology」のことを念頭に置いている。思えば、さきほどの綾辻らの新本格ミステリが台頭してきた八〇年代後半とは、一方で、いわゆるワールド・ワイド・ウェブ（ＷＷＷ）とウェブ・ブラウザが登場した時期でもあった。それらは、つづく九〇年代以降に爆発的に世界へと普及し、インターネットを政治・経済・文化の中心に位置づけるような社会を形成しつづけている。そのウェブ社会においては、世界中のいたるところから日々発信される膨大な電子化された情報が随時蓄積されつづけ、またそれらの情報のネットワークに誰もがいつでもどこでもアクセスできる環境が整えられている。そして、そのさいに、膨大な情報を適宜効率よく分類し、またユーザがより簡便かつ迅速に取得できるようにする手段として生みだされたのが、ごく一般的な意味での情報検索技術であ

り（情報検索研究じたいはすでに四〇年代後半からおこなわれている）、それを実装的につかさどるYahoo! や Google などの「検索エンジン」である。

たとえば、ここでインターネットにおける情報検索モデルをごく簡略化してしめしておこう。繰りかえすように、情報検索の目的は、無数にある電子情報のなかからユーザの要求に合致する情報を発見することである。つまり、このさい、個々のユーザがある特定のキーワード（検索質問 query）を与えると（「検索窓」に記入すると）、それに適合するウェブページ（文書集合 document collection）が検索され、表示されるわけだ。とはいえ、より具体的には、通常は、検索のスピードや精度をあげるため、検索システムは、「スパイダー」や「クロウラ」などと呼ばれる処理プログラムをかいして、あらかじめつねに散在する検索対象＝文書集合を、内部表現に変換しデータベース化、あるいは「インデックス化」（索引化）しておく。すなわち、ウェブにおける情報検索モデルとは、検索システムに入力されたユーザの検索質問と、あらかじめ内部表現に変換された文書集合とを照合しあい、ユーザの情報要求に相対的に適合しているとおぼしい検索結果をその都度統計的に出力するという流れになる。ここで注目すべきなのは、こうした情報検索技術における対象の目的＝真相を評価する指標が、次の三つのフェーズ――「適合性 relevance」、「適切性 pertinence」、「有用性 usefullness」に区分されるということだろう。[*4] たとえば、あるユーザが「宇宙誕生のときに起こった大爆発」について知りたいと考え、「ビッグバン」と検索した場合に、検索結果としては、ユーザの要求に見合った「ビッグバン」関連のウェブページのほかにも、「金融ビッグバン」などといった異なる文脈のページも一緒に出力されたとする。このときには、適合性（情報の客観的合致）については正確であり、適切性（情報の主観的合致）については不正確、さらに、出力されたビッグバン関連ページの情報のほとんどをユーザがすでに知っていた場合、有用性（情報の価値）は乏しいということができる。つまり、検索システムに依存した情報探索の場合、その情報探索の特性は、①仮想的（非物質的＝電子的という意味で）で、②分類的、また③確率的で、④客体的（情報の正確さ＝真相との合致の割合はユーザの主観に依存しない）であるとまとめることができるだろうか。

また、こうした検索的な知や感性の構造は、これもまた主に七〇年代以降の欧米をはじめとする犯罪捜査でひろく採用されている「プロファイリング」の発想や方法ともきわめて近いものがある。プロファイリングとは、知られるとおり、犯罪事件の真相＝犯人の特徴（構成要素）を、その行動や特徴から行動科学的に統計分析し、推論するというアプローチである。プロファイラーは、犯罪事件の先行例から類別・蓄積しておいてある膨大な事前データを適宜参照しつつ、当該の犯罪事件を構成する諸要素をそれらに随時当て嵌めることによって、真相や犯人をひと足飛びに「特定」することを目指すのではなく、確率的に「可能性の幅」を類推していく。そうしたプロファイルの方法論もまた、前もってインデックス化・データベース化された膨大な客体的情報をサーチしつつ、目的の真相＝対象を確率的に適合させていくという点で、きわめて「検索的」な所作だといえよう。事実、新本格以降の現代ミステリでは、こうしたプロファイルをモティーフとした警察小説やサイコ・サスペンス風のミステリも台頭してきている。

＊4　たとえば、北研二他『情報検索アルゴリズム』共立出版、二〇〇二年、一六頁以下を参照。

3、「検索」＝「編集者化」に注目する現代ミステリ／ミステリ評論

何にせよ、以上のような現代社会に広範に張りめぐらされた情報ネットワークと検索システムのもつ特性や構造に着目したミステリ小説が、さきほどの「ポスト新本格」とも呼ばれる時期以降、目覚ましいいきおいで台頭してきているようにみえるのは確かである。ここではその具体的な事例として、さしあたり脱格系以降のメフィスト賞作家でもある矢野龍王のデビュー作『極限推理コロシアム』（〇四年）、結城充考のデビュー作『プラ・バロック』（〇九年）や『エコイック・メモリ』（一〇年）、そして、歌野晶午の『密室殺人ゲーム・マニアックス』（一一年）などの作品が挙げられるだろう。これらの諸作では、今日の情報ネットワークや検索的な情報探査の手法が謎解きの要を形成している。たとえば、矢野の『極限推理コロシアム』は、後述する米澤穂信の小説をも思わせる、ある密閉された閉鎖空間に強制的に監禁された登場人物たちが生き残りを懸けて推理ゲームを戦わせる、バトルロワイヤル系クローズド・サークルものである。ここで、かれらの繰りひろげる推理バトルをアシストするガジェットとして象徴的に導入されるのが、ほかならぬPCをつうじたネット検索なのである。

あるいは、結城の人気連作である警察小説『エコイック・メモリ』では、You Tubeを思わせる動画共有サイト（CGM）に投稿された、不可解な事件を映しだした動画が物語の「謎」の発端を構成する。しかも本作では、一方で、そもそもがそうしたウェブ上の電子化された映像データが事件の基底となっているために、まず事件の真偽じたいが物語の中で曖昧（不確定的）に引きのばされ（「フェイクである可能性を映像に含ませ、掲載される期間を引き延ばす、という意味はあるかもしれませ

ん」）、さらにまた、であるがゆえにというべきか、他方でその事件を追う主人公の女性警察官をはじめとする捜査側もまた、犯人追跡や事件情報の探索にCGM、「Second Life」を思わせるウェブ上の仮想世界（メタバース）、また検索エンジンといった数々のソーシャルメディアや情報ネットワークを縦横に駆使しつづけることとなる。いずれにせよ、主人公が現実世界とウェブの仮想世界の二つを往還しながらそれぞれ「クロハ」と「アゲハ」という二つのキャラクター（アバター）に分裂＝複層化し、あるいは、事件の最終的な解決が、そうした現実からは半歩ばかり遊離した工学的世界（アーキテクチャ）である「ＭＭＯＲＰＧ」（多人数同時参加型オンラインＲＰＧ）の改変によってこそなされるという展開は、これもまた検索的操作＝捜査を作中に大胆に取りこんだ例であるとともに、そうした検索システムが作用する世界におけるもろもろの対象の徹底した非物質性＝仮想性の存在感の大きさこそを如実に反映させているといってよい。おそらく、この小説の題名の「エコイック・メモリ」とは、そうした本来は一回的であるはずの「記憶」や「歴史」、ひいては事件の証拠や真相が幾重にも「反響」（増幅）していくような特異なあり方を暗示しているのではないだろうか。

そして、歌野の『密室殺人ゲーム・マニアックス』。これは、二〇〇七年から続く連作の第三作だが、このミステリはいわばさきほどの矢野と結城の小説を足して二で割ったようなモティーフを扱っている。本作でも、物語の舞台はネットのサイバースペース。それぞれに奇妙なハンドルネームを名乗る五人の覆面ユーザがリアルタイム配信のストリーミングサイトとチャットをかいして、殺人推理ゲームを繰りひろげる。ここでも、『エコイック・メモリ』のように、物語は事件の詳細ばかりか、それを操る犯人や登場人物のアイデンティティさえ最後まで曖昧化されたまま、仮想的な情報空間の検索合戦を描きあげる。そして、そうした趣向は、また前二作同様に、最後の謎解きの真相にも大きくかかわってくるのである。[*5] いずれにしろ、これらの現代ミステリにおいては、結城が『プラ・バロック』で登場人物のひとりに語らせた、次のような文言が全編のリアリティを鮮明に枠づけているといえる。曰く、「私に必要なのは、情報だけです。共有して、不利になることはありません」[*6]。世界に散在する膨大なインデックス化された情報を可能な限りシェアし、漸次的に状況に適合しつづけ、相対的な解を探しだすこと。かれらが物語のなかで検索的なシステムやそれが生みだすいわゆる「集合知的」なリアリティを積極的に導入するのは、こうしたアクチュアルな世界認識のありようが明確に共有されているからなのだ。

ところで、おそらくこうした物語的想像力は、批評的な意味では、たとえば、二〇〇六年に笠井潔が語る、以下のような表現に繋がっている。

[註：脱格系のような]若い新人に探偵小説の知識やセンスが欠けているため、本格形式に対応できないのではなく、むしろ本格形式のほうが若い世代に、あるいは二一世紀的なリアルに対応できていないのではないか。［…］

どこかに行きたい時、われわれは近道を考えますよね。ところが時間が無限であれば、そんなことをわざわざ考える必要はない。適当に歩いていれば適当に目的地に辿りつくわけだから。ケータイがあればワンタッチで道案内までしてくれる。時間も含めて個人が処分できる資源の総量が、象徴的にはインターネットとケータイによって爆発的に増加した。その結果、どこかに行く時、近道を探すという頭の使い方をする必要がなくなってきた。［…］これはわかりやすい例に過ぎませんが、人間の思考に影響を与える情報環境が九〇年代以降、急速に変容してきたことは確実です。*7

この笠井の評言にも典型的に仮託しうるように、基本的には、やはり現代のミステリ小説における「検索的」な知の様式とは、まず第一に、上記の三作においてみたように、謎の探索に情報検索システムが重要なアイテムとして介入することを意味するだろう。*8

とはいえ、筆者がここで「検索的」なミステリの台頭と呼ぶ現象は、何もこうした具体的（リテラル）な形での物語内部での検索システムというガジェットの導入だけを意味しているのではない。そ

*5　ちなみに、こうした歌野の小説と似たような構造をもった注目すべき近作として、法月綸太郎の『キングを探せ』（二〇一一年）も挙げることができるかもしれない。このミステリでは、偶然に出会った四人の人物が、トランプカードを使って、まるでゲームのような入れ替え殺人を実行する。すなわち、本作で描かれる犯罪は、トランプゲームでおこなうシャッフルになぞらえられた確率性＝遊戯性の感覚がつねにつきまとい、したがって探偵役は、事件の真相そのものというより、まずは犯罪事件が演じるゲームの「規則」のほうを解明することをもとめられる。こうした「ゲーム的」な感覚は、本論集でSF・文芸評論家の藤田直哉も詳細に検討しているように、現代本格ミステリの表象的変容を如実に枠づける特徴のひとつだろう。しかも、『キングを探せ』は、いわゆる倒叙形式を採用しているが、「偽の手掛かり」の可能性を封じるという点において、これは現時点での法月によるいわゆる「後期クイーン的問題」に対する回避法（寸止め？）のひとつとも読めて興味深い。この点については、笠井潔のTwitterによる発言に示唆を受けた。

*6　結城充考『プラ・バロック』光文社文庫、二〇一一年、二三六－二三七頁。

*7　笠井潔・巽昌章・法月綸太郎「探偵小説批評の10年――花園大学公開講座」、笠井潔『探偵小説と叙述トリック　ミネルヴァの梟は黄昏に飛びたつか？』東京創元社、二〇一一年、二九六頁、［］内及び傍点引用者。

れは、もっと大きな文化的枠組みにおいても敷衍しえるものだろう。だが、そのような枠組みにもとづきつつも、さきほどの情報工学の実際的知識にもとづく情報検索アルゴリズムの構造を、そのまま本格ミステリの分析や文芸評論に応用することは本意でないし、そうした試みじたい不可能に近い。この評論では、この「検索的」という語を、基本的には、ウェブ上の検索エンジンの文学的アナロジーとして用いることとしたい。つまり、それは第二に、そうした情報検索システムが体現するような情報処理のあり方が謎の探索の仕方に類比的に見いだされるような独特の物語展開をもつことも指す。
　それは、そもそもここ五、六年のあいだささやかながら手掛けてきた筆者自身のミステリにかんする批評の論点ともとりわけ深く呼応するものである。たとえば、筆者は以前、森博嗣のミステリを論じたある評論のなかで、そうした現代ミステリの「検索的」な特性を「編集者化」という表現で喩えたことがあった。どういうことか。

　本格を含めた現代日本のミステリは、いうなればある種の工学、あるいは博物学的発想へと急速に接近している。それは、登場人物（読者）の眼の前を覆う何やら混沌として複雑に錯綜している事態（＝謎）を、適宜分類し、整理し、管理し、必要に応じて逐一選択・徴集していくスキルを作品内部で漸次的に鍛えていく身振りである。ようは、事態の全貌を俯瞰し、類推の力を働かせ、美しく犯罪事件の解明を成し遂げる旧来の「名探偵」的な知の身振りとは、別のスタイルがデザインされつつあるのだ。［…］
　現在のメフィスト賞作家の多くが執拗に描くのは、いわばそのように事態を性急に言語化＝全体化していくことではなく、膨大に存在する情報＝痕跡の中からその時点で最も適当なものを小器用にサンプリングし、次々に当て嵌めていく取捨選択と調整の技術である。［…］現在のミステリ小説空間のプレイヤ（探偵）は、むしろあたかも膨大なテクスト（痕跡）の海を自在に周遊する「編集者」の意識に近づいている。*9

＊8　以上の点において示唆に富む近作をまたここでひとつ挙げるとすれば、彩坂美月の『夏の王国で目覚めない』（一一年）だろうと思われる。このミステリ小説の持つ妙味は、要約すれば、第一に、矢野や歌野のように、チャットをはじめとするインターネットの情報処理やコミュニケーションの論理を主要なモティーフとして作中に導入しつつ、第二に、したがって、明らかにその現実とネットの仮想世界との二重性のアナロジーとして、いわば「虚構」の連続殺人事件のストーリーを、現実世界の人間たちが「演じさせられる」という趣向を採っている点にある。つまり、ここでも本格ミステリにおける犯罪事件は、一種の「ゲーム的」なものとして扱われ、客観的現実＝真相の単独性（唯一性）はシニカルに脱臼させられているのだ。こうした「ゲーム的」な感覚は、二〇一一年の本格ミステリ最大の問題作のひとつといってよいだろう、城平京の『虚構推理――鋼人七瀬』（一一年）などにもみとめられる。ちなみに、『キングを探せ』なども含む以上のような「ゲーム的」な想像力や情報処理の台頭については、前述の本論集の藤田論文のほか、以下の文献を参照のこと。ジェイン・マクゴニガル『幸せな未来は「ゲーム」が創る』藤本徹・藤井清美訳、早川書房、二〇一一年、井上明人『ゲーミフィケーション――〈ゲーム〉がビジネスを変える』ＮＨＫ出版、二〇一二年。

＊9　渡邉大輔「自生する知と自壊する謎――森博嗣論」、本格ミステリ作家クラブ編『見えない殺人カード本格短編ベスト・セレクション』講談社文庫、二〇一二年、五三九－五四一頁、［］内引用者。また、同「謎のむこう、キャラの場所」（第四回）、限界研編『genkai』vol.1（同人誌）、限界研、二〇一一年、二〇－二三頁（初出は〇七年）も参照。

「膨大に存在する情報＝痕跡の中からその時点で最も適当なものを小器用にサンプリングし、次々に当て嵌めていく取捨選択と調整の技術」を洗練させる「編集者化するミステリ」――二〇〇七年の時点で筆者がそう呼んだ事態の内実こそ、笠井が述べたケータイやネットなどでの「検索」（情報環境）をかいした新たな思考の組み立て方につうじるだろう。[*10] そこで、以下では、こうした趣向がはらむよりひろい内実を、ミステリ評論の文脈からさらに敷衍しておきたい。

4、「検索的論理・推理」をめぐる言説空間――「ロゴスコード」と「解像度の分化」

まず管見の及ぶ限りでは、二〇〇〇年代以降のミステリ評論の言説空間のなかで、以上の「検索的」な知や推理をめぐる問題系にかんして、最も先鋭的かつクリアな見取り図を提示していたのは、さきの笠井潔を別とすれば、おそらく、自身も本格ミステリ作家にして評論や翻訳も手掛ける小森健太朗と、ミステリ・音楽評論家の円堂都司昭の仕事である。笠井の議論（および笠井らが〇六～〇七年にかけて提起したいわゆる「『容疑者X』論争」）が、主に「九五年」以降のオタク系文化論やネオリベラリズム化（笠井のイディオムでは「例外社会化」）といったミステリ（新本格）にまつわる表象や社会思想史の視点からその変容の兆候――「第三の波の終焉と探偵小説の『二一世紀性』」を包括的に検討したものであるとすれば、つづく二者のうち、小森の場合は、いうなれば、その現代ミステリの「二一世紀性」――この評論の主題にひきつければ、その「知の検索化」を、本格ミステリにかんする内在的（形式的）な条件から、そして、円堂のそれは対照的に外在的（文化的）な条件に特化して考察をくわえたものとひとまずみなすことができるだろう。それはどういうものか。

たとえば、小森は知られるとおり、〇七年の労著『探偵小説の論理学』において、古今の本格ミステリ（探偵小説）ジャンル固有の条件である「論理性」について、二〇世紀の英米系数理論理学の知見を縦横に参照しながらその内実と時代的変遷の過程をきわめて精密に跡づけている。同書の小森は、一方で、かつての古典的ミステリで描かれた、名探偵による推理と解明のさいに適用される無数の「論理」の種別を腑分けしつつ、他方でそれらを、ミステリ小説を生んだ西欧社会が一貫して依拠してきた、古代ギリシャ以来の「論理」の定義と、大戦間黄金期本格の台頭とほぼ同時期に、その水準を飛躍的にアップデートさせたフレーゲ、ラッセルらの革新的な近代記号論理学の達成とを照らしあわせて相関的に検討していった。要約すると小森によれば、一般的な本格ミステリ小説がもろもろの物語のなかで働かせている物事に対する合理的判断、いわゆる「論理性」とは、基本的には、英米系本格とほぼ同時期の二〇世紀初頭に成立した、イギリス生まれの論理学者・哲学者バートランド・ラッセルの「還元公理 axiom of reducibility」という考え方に該当する。

ラッセルやフレーゲ、ホワイトヘッドといった当時の数理哲学における論理主義者たちは、あらゆる数学的言明はすべて論理学によって基礎づけ（還元）可能であるとする「還元主義」の立場からそれまでの数理論理学が抱えこんでいたさまざまなパラドックスを解決しようとした。その試行の過程

＊10　蛇足ながら、おそらくこうした「編集者化」と筆者が呼んだ現代独特の文化的感性のタイプは、よりひろい文脈で敷衍すれば、近年、ITジャーナリストの佐々木俊尚が提唱している「キュレーション」というコンセプトにも近いように思われる。佐々木俊尚『キュレーションの時代――「つながり」の情報革命が始まる』ちくま新書、二〇一一年。

で生みだされた還元公理は、ある個体xについて、それにかんする無数の確定記述（属性）の束との一致によってその存在論的かつ論理的同一性＝等号イコールの保証を与えうるとする公理である。のちにカルナップらをかいして論理実証主義（科学経験主義）にも発想的に引きつがれるこの還元公理は、いうまでもなくわたしたちの生きる現実世界からミステリをはじめとする虚構まで、日常的な実感（論理判断）とも非常に近い実在論的・経験的観点（みなし断定）を採るだけでなく、実は、ほかならぬラッセル自身が探偵小説の熱心な読者であり、実際に還元公理をその犯人特定の推理プロセスに仮託して説明していることからも（『数理哲学入門』）、小森はこれを探偵小説固有の「論理性」のモデルとして最もふさわしいと考える。

ところが、さらに小森は返す刀で、本格ミステリが描く固有の論理とは、従来の近代論理学が一般的に扱う「狭義の論理」よりも、本来、よりひろい範囲の要素をも含みうると述べる。そもそも小森によれば、ヨーロッパ語の「論理」の語源となったのは、アリストテレスが『オルガノン』などの著作で論じた「ロゴス」という古代ギリシャ語だが、それは本来、現在の一般的理解でいう論理のほかに、社会的な倫理コードや生活規範といった、一種の「経験則」のような意味も含んでいた。こうしたいわば「ロゴス」という語に仮託されるべき「広義の論理」、さきほどのラッセルが「非論証的推論 Non-Demonstrative Inference」（『私の哲学の発展』）とも呼んだ特性について、小森は次のように敷衍し、本格ミステリ固有の論理性を最終的に定義する。

ここで〈論理〉を分けて捉え直す必要があるだろう。［…］論理学で扱われる〈論理〉とは、アリストテレスがまず学として確立し、ヨーロッパでは、十九世紀にいたるまで普遍的な真理の

> 方法論として認められてきた。〔…〕
>
> しかしながら、〈論理〉の語源になったギリシャ語の〈ロゴス〉にまで遡って鑑みれば、〔…〕ギリシャ語の〈ロゴス〉は、第一部で述べたように、現代でいう〈論理〉のみならず、倫理や人間の行動規範までを包含する、より広い概念である。〔…〕探偵小説で用いられる〈論理〉には、論理学でいう狭義の論理のみならず、広義の論理、すなわちロゴスの概念にあたるものも用いられている。〔…〕
>
> この手の、広義の論理、つまり探偵小説で前提として用いられる〈ロゴス〉としての規範体系を、ここでは〈ロゴスコード〉と呼ぶことにする。*11

一九世紀以来、本格ミステリ（探偵小説）ジャンルが長らく描いてきたジャンル固有の論理とは、もろもろの日常的慣習やひとびとのリアリティまでを多様に含んだ「ロゴスコード」によって規定される。そして、小森が以上のように本格ミステリ的論理を定式化するのは、もはやいうまでもなく、論理学的論理は時代ごとにつねに不変なものだが、他方のロゴスコード的論理は多様な地理的・歴史的文脈によって自由に変化しうるのであり、そして、二〇〇〇年代以降の数多くの特異なミステリ＝

*11　小森健太朗『探偵小説の論理学――ラッセル論理学とクイーン、笠井潔、西尾維新の探偵小説』南雲堂、二〇〇七年、八九‐九二頁、〔 〕内引用者。なお、小森の近書『探偵小説の様相論理学』では、本論と同様の「検索的推理」の問題がごく短く触れられている。小森健太朗『探偵小説の様相論理学』南雲堂、二〇一二年、二七‐三一頁を参照。

「脱格系的」作品の台頭こそ、そうした新たなロゴスコードの再編の結果としてポジティヴに捉えかえすことができるからである。また小森によると、一部の脱格系には、従来の本格ミステリ的論理と近いラッセルの還元公理が一貫して排除してきた「様相論理 modal logic」と呼ばれるオルタナティヴな論理規則が発動している。とはいえ、そもそも現代文学の領域において、ボードリヤール的な社会状況――「シミュレーション」の技術的・制度的浸透が広まった八〇年代以降、そうした様相論理的＝可能世界的な想像力（「いまここ」の世界Aではない、世界B、世界C……の可能世界を想定しうる想像力）が強いリアリティをもちつづけていることはつとに指摘されてきた。[*12] その意味では、小森が注目した脱格系の様相論理性（可能世界的想像力）とは、文学一般における記号的リアリティの変容が本格ミステリのロゴスコード（論理性）にも侵入してきた事例とも解釈できる。いずれにせよ、以上のようなパースペクティヴのもとに、小森は、石持浅海や西尾維新、竜騎士07といった新世代作家たちのミステリを分析していく。

さて、こうした小森の議論が本格ミステリを成立させる内在的な条件＝論理について検討したものだとすれば、対する円堂は、さきにも述べたように、同様の問題を現代の社会的変化の側から提起したといえる。〇八年の著書『「謎」の解像度《レゾリューション》』にまとめられたいくつかの卓抜な作家論において円堂は、まさに、情報検索というモティーフに直截につながる「ウェブ時代の本格ミステリ」をひとつのキーワードにしつつ、京極や清涼院といったメフィスト系作家たちの作品群を、「テーマパーク」や「ファストフード」、そして、「インターネット」「セキュリティ」といった主に九〇年代後半以降に日本社会で台頭してきた新しい文化的制度との巧みなアナロジーにおいて論じている。同書における円堂の問題提起は実に多岐にわたるが、本論の文脈においてそのポイントを端的に絞るとするなら、それは、現代ミステリの物語世界の秩序や想像力を根本的に規定する、世界の複雑さ、不確定さと、それにともなう個々人の認識（知）を凌駕するある種の非人称的な全体性（統御システム）の存在、さらに逆説的にも、そこからオルタナティヴな可能世界へ絶えず逃れさろうとする個体の意志との不断の拮抗状態、とでもいえるだろうか。

ざっとまとめてみるなら、現代は、社会の全体的なコンセンサス（大きな物語）の消失によって輪郭づけられる「ポストモダン」の時代であり、つまりひとびとの多数的な利害や意志の存立基盤が絶えず相対化（ネタ化）され、それゆえにそれら相互の軋轢と調整を避けえなくなった時代であるとよくいわれる。「大きな物語」が存在しえない以上、わたしたちにとっての認識の出発点は、つねに根本的な不確定さ（「こうでもありえた」という複数の様相性／偶有性）をともなわざるをえない。しかし、だからこそ今日の社会は、一方で、個々に機能分化した閉鎖的なコミュニティの差しだす幻想にしばられつつも、また他方では、ＩＴに象徴される人間以外の知の情報処理（縮減）システムにアシストされた強力な計算力によるフィードバックの蓄積から、何らかの秩序を自己包摂的かつ連鎖的に組織していく技術をいたるところで発達させている。『ゼロ年代の論点』の著者は、いわば以上のような文脈にこのうえなく自覚的であり、それをミステリ的想像力の現状に読みとろうとしているわけだ。[*13]

＊12　たとえば、代表的な文献として、柄谷行人「村上春樹の『風景』――『1973年のピンボール』」、『終焉をめぐって』講談社学術文庫、一九九五年、八九 - 一三五頁、及び東浩紀『ゲーム的リアリズムの誕生――動物化するポストモダン2』講談社現代新書、二〇〇七年などを参照。

たとえば、円堂は、清涼院流水の作品群を、同時期に社会に浸透してきたネットワーク上の「POSシステム」（販売時点情報管理システム）やサブカルチャーの「J回帰」（浅田彰）などと類比づけながら、以下のように記す。「システムが個々人を特定する能力を強めていく一方で、『私』の『居場所』探しが流行したのも九〇年代以降だった。まるでシステムに探され、特定された『居場所』から逃げたがるかのように、人々はもう一つの幻の『居場所』を欲望している。本来、自分がいるべき場所はここではないと思いこんで。／本格ミステリは、名探偵が非システム的な独自のロジックで犯人を探し特定する。八〇年代後半以後、本格スタイルが娯楽として再発見された原因の一つとして、『居場所』や『特定』をめぐる『私』の複雑な感情を想定することができるだろう[*14]」。ここで円堂は、新本格をはじめとするミステリ形式が現代においてひとかたならぬリアリティをもって受けいれられてきた理由を、高度に複雑化・多層化した社会のなかで発達した、ひとの推理力＝認知限界をこえる「個々人を特定する能力を強めていく」システム（＝POSシステム的装置）の威力のもとで、逆説的にそうしたシステム＝絶対的他者による規定（相対化）を拒否して「もう一つの幻の『居場所』を欲望」するひとびとによって、「名探偵が非システム的な独自のロジックで犯人を探し特定する」本格ミステリのいわば還元公理的世界が、それらもろもろの非人称的システムに対する一種の懐古的ネガとして支持されていると指摘している。

何にせよ、わたしたちは、まずここで円堂が注目している現代ミステリの描く「システム」（客体性）の介入と、それによる「解像度の細分化」（リアリティ＝認識の分裂）という事態が、第一に、インターネットや携帯電話などが実現した「ソーシャルネットワーク化」や「過剰コミュニケーション化」に由来するものであり、そして、第二に、後者がさきほどの小森が論理学研究の文脈で論じたロゴスコードの「様相論理化／モナド化」――ミステリの推理プロセスや世界観が多元化し、またタコツボ化したという事態――と正確に対応している点にこそ相応の注意をはらうべきだろう。たとえば、円堂はある評論で、「本格ミステリ・マニアは精緻な論理性というハイレゾリューションを要求するが、コミュニケーションのネタとして名探偵や密室というガジェットさえにぎやかに描かれていればいいというローレゾリューションの需要もある。［…］そうした読者層の分化は、［…］ネットで相互リンクされた書評サイト、アマゾンの感想コメント、2ちゃんねるの掲示板、ミクシィのコミュニティといった読みの共同性を可視化するシステムの普及によって需要の分化が強化され、さらに細かい分化が起きているのが現状ではないか」[*15]と的確に分析するが、この情勢論は、かたや小森が西尾

＊13　蛇足ながら、円堂が考えるようなある種の非人称的な特定システムとは、まさにPOSシステムがそうであるように、コンピュータの「データベース」のイメージと明確につうじている。この点でいうと、最近、エラリー・クイーン研究家の飯城勇三（EQⅢ）は、本格ミステリ読者特有のハビトゥスとして「トリック・データベース」という概念を提唱した。この飯城も円堂も、いわゆる「データベース消費」（『動物化するポストモダン』）という批評家・東浩紀のよく知られた術語を議論の念頭に置いているが、それでいくと、そもそも本格ミステリというジャンルじたいが、こうした現代的なシステムの作用と親和性があるともいえるだろう。また、島田荘司がかねてから展開している現代本格の「コード」（定型）批判や「器の本格」批判も、ある種の「システム」批判とも読みかえられる。「トリック・データベース」については、飯城勇三『エラリー・クイーン論』論創社、二〇一〇年、第一部第三章を参照。

＊14　円堂都司昭「POSシステム上に出現した『J』――九〇年代ミステリに与えた清涼院流水のインパクト」、『「謎」の解像度《レゾリューション》――ウェブ時代の本格ミステリ』光文社、二〇〇八年、一六五頁、改行は省略。

＊15　円堂都司昭「ゼロ年代の解像度《レゾリューション》――本格ミステリをめぐる現在」、同前、二七七－二七八頁、〔〕内引用者。

維新の作品世界について述べた以下の記述と奇しくもぴたりと符合している。

彼らは、他者と同じ基盤を提供してくれる共通の土台／現実世界を欠いている。〔…〕ミステリにおいて探偵は、犯人の立場にたって推理する。〔…〕そこにおいては、探偵と犯人とにある種の共通の現実的基盤があることが前提となる。先に引用した論で筆者はその基盤を〈ロゴスコード〉と呼んだ。この〈ロゴスコード〉が、西尾作品の世界では変容してしまっている。〔…〕このような世界観は、ライプニッツがいう〈モナド〉に似ている。個々人の世界は〈モナド〉であり、モナド同士をつなげる「窓」はない。ライプニッツは著書『モナドロギー』で、モナド〈単子〉世界の多元性を論じた。〈モナドロギー〉とは、〈孤独の島（モナド）〉化した世界の〈ロゴスコード〉のことである。*16

円堂の注目する現代の本格ミステリ読者層の「解像度の分化」という文化的側面とは、まさに小森が考える現代ミステリ（脱格系）における「モナド化」したロゴスコードの表れという形式的側面に重なりあう。だとすれば、わたしたちは、この、一見対照的な領域を扱う両者のパースペクティヴをフィードバックさせることによって、両者に通底するある文化的構造や想像力の型を見いだしておくべきだが、おそらくそれはもはや明らかだろう――それこそが、やはり本論が冒頭で掲げておいた「検索的なもの」の内実にほかならない。

なるほど、実は、以上の円堂の議論は、さきほどの筆者自身のミステリ評論の論点ともとりわけ深く呼応するものである。たとえば、円堂は、『「謎」の解像度《レゾリューション》』においてミステリ読者や作品世界にしばしばしめされる「解像度の分化」（リアリティや認識の細分化）という事態を、「編集者・DJ感覚」という言葉でも表現している。これは、その示す内実のみならず、表現する語の選択の点でも筆者が述べた「編集者化」というイディオムと緊密に呼応するものだといってよい。すなわち、その「編集者・DJ感覚」や「編集者化」の内実こそ、何度でも繰りかえすが、円堂のいう「解像度の分化」とそれらタコツボ化したリアリティを適宜調整・管理する「特定システム」が織りなす非人称的な秩序であり、それは、また小森が考える旧来型の還元公理的全体性・同一性（通常の探偵小説の「論理性」）を徹頭徹尾こばむ、様相論理的モナド化（「論理」の複数化／細分化）に裏打ちされたいびつなロゴスコードの新しい「論理」のかたちと重なるものであることはいうまでもない。[*17] とはいえ、さらに類推をほどこすならば、実は小森は『探偵小説の論理学』のなかで、ロゴスコードの参照先である古代ギリシャ語の「ロゴス」について、ドイツの哲学者マルティン・ハイデガーの語源釈義（『形而上学入門』）を参照しつつ、その哲学的な原義を、「選り抜いて集める」ことを意味するラテン語の「ＬＥＧＥＲＥ」にあることを指摘していた。であるなら、多少の牽強付会を許してもらうと、むしろ現代のミステリのもつロゴスコードのひとつである「編集者化」こそ、その「論理」の正統的な本義にそうものであるともいえるのかもしれない。

5、「デモンストレーション」としての推理？――検索型ミステリの誕生

＊16　前掲『探偵小説の論理学』、二三〇－二三二頁、［］内引用者、なお文中にあった註釈は省略。

いずれにせよ、改めてまとめると、現在のポストモダン社会は、個々の人間がその全体を一挙に見渡すことなど到底覚束ないほど複雑化（不透明化）している。かたやその細分化した世界では、あらゆる情報財（データ）が一種の擬似的な「自然」としてウェブ上にデ・ファクトに登録・蓄積されており、のみならず、誰もがいつでもどこでも簡便にアクセスし、それらを改変（解釈）できる形式的な操作系（メタデータ）や検索システム（メタサーチ）も絶えまない自己増殖をつづけている。さらには、客体的な情報財じたいも、それをかいしたひとびとの再帰的かつ連鎖的な、いわゆる「ネタ的コミュニケーション」（鈴木謙介）の微細な差分の積み重ね（フィードバック・ループ）によって、セカンド・オーダーのレヴェルで勝手にある種の予期的パターン（冗長性）のネットワークを形成してもいるのである。[*18] 実際、POSにせよGoogleをはじめとする検索エンジンにせよ、いまや専門家の人知をはるかに凌駕するアーキテクチャのテラバイトの計算力が、社会にひろがったひとびとのあらゆる行動や趣味嗜好を即座に軽量化（絶対計算）し、高度なデータマイニング（膨大なデータから網羅的にデータ解析を行う統計技術）によって無数の幸不幸を左右していることは何ら珍しい事態ではない。[*19] すなわち、今日の一般的な情報処理（知の編成システム）とは、もはや世界のすべてを、まさに「名探偵」のような超越的な一者がメタレヴェルからロジカルに通覧し、体系的・全体的に物事の「真相」（論理的真理）をタンジブルに提示しようとする還元公理的欲望（解析的知）ではありえない。それは、たとえば、Wikipediaがよい例であるように、いわば世界を部分的／閉鎖的なサブシステムとしてしか理解しえない個体（コミュニティ）同士がその部分同士のあいだで、相互に「パッチを当てる」ように膨大な素材を適宜リダクト（編集）していくことによって、誤謬と妥当性のあいだにある無限の可能性（偶有性）のグラデーションのうちから最適な水平的調和（解決）をアド・ホックに（その都度）成立させていくという、メタヒューリスティックな技術的解法こそが望まれる。[*20]
たとえば、おそらくこうした傾向は、笠井とならび、新本格の生みの親のひとりとも目される島田荘司が、主に二〇〇〇年代にはいって以降、実作・評論の両面で盛んにコミットしている「脳科学」

＊17　以上のような認識は、ここ数年のミステリ評論の分野では、とりたてて珍しいものではないともいえる。たとえば、ミステリ評論家の巽昌章による以下の佐藤友哉作品についての記述も、基本的には筆者たちの議論をなぞっているといってよい。「こうした態度は、壊れた世界での謎解き小説の困難と可能性を示唆するものだ。まっとうな推理小説の論理自体、本当に安定した基盤によって支えられてきたのかといえば大いに疑問で、それはむしろ漠然とした世界イメージによって包まれてきたにすぎないというべきである。佐藤はこうした基盤の幻想、つまり常識にさからわない世界イメージも、これに代わるべきもの［…］をも持ち合わさないままで、論理を組み立てようとする。そのような論理は、あるパーツと別のパーツとの恣意的な理屈による結びつけという本性を、裸でさらけ出すだろう。［…］それは関節ごとに別の原理が働くような断片の集積であり、透明な『全体像』ではない」、巽昌章『論理の蜘蛛の巣の中で』講談社、二〇〇六年、一一一頁、［］内引用者。また、「編集」というキーワードに関しては、同じミステリ評論家の諸岡卓真の次の論文も参照。諸岡卓真「編集される推理——藍霄『錯誤配置』論」、探偵小説研究会編『CRITICA』vol.6、探偵小説研究会、二〇一一年、一三二-一四〇頁。

＊18　つけくわえておけば、後述するように、以上のような世界観は、神経生理学とサイバネティクスの影響をうけた後期ニクラス・ルーマンなどの現代システム論の着想ときわめて近い。今日の文学的想像力におけるシステム論的スキームとの親近性については、たとえば、以下の拙論を参照のこと。渡邉大輔「コミュニケーション社会における戦争＝文学——阿部和重試論」、限界小説研究会編『サブカルチャー戦争——「セカイ系」から「世界内戦」へ』南雲堂、二〇一〇年、二八五-三二七頁。

＊19　イアン・エアーズ『その数学が戦略を決める』山形浩生訳、文春文庫、二〇一〇年、スティーヴン・ベイカー『数字で世界を操る巨人たち』伊藤文英訳、武田ランダムハウスジャパン、二〇一〇年などを参照。

の領域（心身問題）とも深くかかわるものだ。[*21] 九二年に発表したある長編で島田は、名探偵・御手洗潔に「脳の中でどういう物質とどういう物質がインタラクト、つまり相互作用して、どういう現象が誘導される、こういうことが微細にわかるようになり、〔…〕人間の思考とか、エモーションも、説明可能な領域に近づくと考えるべきでしょう」[*22] といわせている。近年の作品群で島田が繰りかえし描いている認識とは、このような、いわばミステリの「謎」の神秘的・幻想的な内実も、実は脳をはじめとする生理的因果＝物理法則によって一挙に一元化されうるだろうという仮説にほかならない。これは、脳科学とも密接に連動した八〇年代以降の「心の哲学」と呼ばれる分野の一部でいわれる、人間の知覚経験（クオリア）や心的状態のいっさいが物理的なアルゴリズムによって還元可能だと考える「物理主義」（意識のハードプロブレム）の立場につながるものだが、[*23] 同時にそれは、「謎」の解析がサブシステムごとの散文的な「数値化」のプロセシングに代替可能だとするさきの情報論的価値観の明確な反復でもあるといえる。

　何にせよ、それを「解像度の分化」といっても「様相論理的ロゴスコード」といっても、あるいは、「編集者化」や「メタヒューリスティクス」といっても何でもかまわないが、以上のように、現代特有の世界解釈（論理）のスタイルとは、いうなれば、すべての解釈コード＝推論の結果を相対的な「デモンストレーション」としてフラットに並列化してしまう。むろん、探偵の推論の複数性／不確定性という問題は、それこそアントニー・バークリーの異色作『毒入りチョコレート事件』（二九年）を挙げるまでもなく、二〇世紀本格ミステリ勃興期の当時から存在はした。しかし、今日においては、それがもはや探偵小説における個別の形式的な趣向ではなく、わたしたち一人ひとりが強いられるべタな時代的感性や社会的構造として瀰漫しているという点が重要なのだ。すなわち、そこでの物事の推理プロセスにおいては、原則的に、絶対的かつ固有の「真相」というものはおそらく物語のリアリティを基底づける構造のレヴェルでありえなくなっている。それは、事件の要素のもつ多様な可能性（偶有性）を部分的に「縮減 reduce」し、あとにつづく「推論 deduce」を相対的にやりやすく、豊かにしていくという具合に、単にありうべき可能性の分布を変換・編集する「所作」があるだけなのである。事件やその推理における「経路」の複数性・様相性を前提にしつつ、そこから相対的に確からしい「β版」の推理＝「擬似真相」をとりあえずの結節点として絶えずデザインすること。本論が定義したいと考えている「ミステリの検索化」とは、こうした現代の新しい情報処理の書式を指している。そして、そのような検索的知の思考スタイルやリアリティに本源的に立脚していると思われる世界観を抱えるミステリを、「検索型ミステリ」と呼んでおきたい。

＊20　こうしたインターネット世界の論理を規定するメタヒューリスティックなプログラムは、（その理論的バックボーンともいいうる社会システム論がそうであるように）ちょうど複雑系科学の権威ジョン・H・ホランドが提唱した「遺伝的アルゴリズム」の仕組みとも近い。たとえば、複数の候補データ（遺伝子）の「表現型」の履歴（ログ）のうち、環境適応度の高い個体を優先的に保持していき、結果、よりロバストな適応プラン（近似解）を設定するというものである。ジョン・H・ホランド『遺伝アルゴリズムの理論──自然・人工システムにおける適応』嘉数侑昇監訳、森北出版、一九九九年、一五頁参照。

＊21　たとえば、島田荘司『21世紀本格宣言』講談社文庫、二〇〇七年所収のエッセイ・評論群を参照のこと。

＊22　島田荘司『眩暈』講談社文庫、一九九五年、一二八頁、〔 〕内引用者。

＊23　以上のような「心の自然化」をめぐる議論については、たとえば、フレッド・ドレツキ『心を自然化する』鈴木貴之訳、勁草書房、二〇〇七年などを参照。

6、ロゴスコードの複数化と検索エンジン化する探偵

※天祢涼『キョウカンカク』の結末に触れています。

それでは、現代の「検索的な知＝論理」とは、いかなる形で「検索型ミステリ」として具体的に作品化しているのか、最後にざっとみていこう。まず「検索的知」の演算秩序のありようをみる前に、それをもたらしている本格ミステリの「大きな物語」（還元公理的論理）崩壊後の混迷を反映しているとおぼしいテクストをみてみよう。たとえば、近年のミステリ評論では、現代ミステリのロゴスコードの変容をラディカルにしめした作品として、しばしば石持浅海の作品群がもちだされる。『探偵小説の論理学』の小森健太朗も触れているとおり、石持の諸作品では、犯人による殺人の動機やそれをめぐる名探偵役の推理プロセスが通常の社会的慣習や一般常識からは理解しがたい、異常な根拠にもとづく場合が少なくない。ここでは、石持と似たような兆候をしめす事例として、北國浩二のデビュー長編『リバース』（〇九年）を挙げておこう。以前、別の場所でも述べたことだが、この作品の主人公のフリーター青年・省吾はいまだ未練を断ちきれないでいるかつての恋人・美月が、ふとしたきっかけで現在の彼女の恋人に殺されてしまうかもしれない危険を知り、何とかして彼女の身を救おうと奔走する。これだけならば当時も評判を呼んでいた「純愛ミステリ」の類とたいして遜色ない物語だが、やはり奇妙なのは、その主人公の物事にかんする価値判断やリアリティがどこか一般常識からみていびつな要素を抱えていることだ。たとえば、かれは、一方で、いくらかつての恋人とはいえ彼女が現在の恋人に殺されそうだというほとんど確証のない話をたちまち信じこみ、はたから眺める

と、まるで偏執狂のように常軌を逸したストーカーまがいの追跡劇を敢行していく。さらに、かれは他方で自ら予知能力があると語る不思議系少女と出会うが、またもやその少女の発言の信憑性じたいも何ら疑うことなくすぐに信用してしまう。こうした主人公の作中の言動の非常識ぶりは、「常識的」なミステリ読者ならば、いささか支離滅裂な印象をうけずにはいない。

すなわち、『リバース』においては、これと似た脱格系ミステリと同様に、作品世界およびその読者が不変的に共有しうるようなロゴスコードのロバストな整合性がときに正常に機能していない。このことは、たとえば、作中で主人公が友人の女性から「けっきょく恋愛って感情だけの世界だから」「同じひとつの恋愛を共有していても、立場が違えば、それに対する価値観はまるで違う。美月は美月なりに、きみとの恋愛を楽しんでいた。それは、きみの想いとはまったく別ものなのよ」[*24]といわれ、かたやかれが「同じ後悔するなら、信じたほうがいい。それで何も悪いことが起きなければ、笑い話がひとつ増えるだけだからね」[*25]とうそぶく台詞に典型的にしめされているといえる。わたしたちがかれの行動の論理的判断をどこか共有できないのは、もはやそれがわたしたちが個々に信じるミニマムなロゴスコードとは「まったく別もの」でしかありえないからであり、それゆえにわたしたちは、必然的に誰もが自らの「合理的」と考えるリアリティ＝信憑性の殻に閉じこもるしか術がないのである。『リバース』はその事実を端的に物語っている。

いずれにせよ、石持や北國らのミステリに対する読者の戸惑いは、何度でも繰りかえすが、わたし

＊24　北國浩二『リバース』原書房、二〇〇九年、四七頁、［］内引用者。
＊25　同前、六六頁。

たちの行使する論理＝ロゴスコードがもはやかつての還元公理的な全体性・同一性・統一性を保ちえなくなっているという細分化／複数化したリアリティにもとづいている。そうした安定的な根拠の底が抜けた状態の世界で、ある種の整合的な「論理」を構成するのがほかならぬ「検索的世界観」ないし「検索的知」というわけだ。たとえば、さきにも触れたように、そこでは、共通了解の喪失という事態を逆手に取って、まず物事（情報）の複雑性・多様性を客体的なパターン化・軽量化によって、その場の状況判断に合わせ適度に「縮減」し、個別的に扱っていくことが解法として優勢になるだろう。現代ドイツの社会システム論者ノルベルト・ボルツの注目するハーバート・A・サイモンの術語を借りれば、いわゆる目前の状況＝事件に対して「準分解可能性 nearly decomposability」の契機をほどこすことが重要なのだ。つまり、それは、「現実をかなりの程度まで記述するためには、起こりうるすべての相互作用のうちのほんの1部分を考慮するだけで足りる」[*26]ような、システムの階層性を前提とした一種の物事の理解や解決の際の「省略可能性」の介入である。また、こうした情報の省略・縮減可能性こそ、情報検索システムが実装するシステム内部表現への変換とインデキシング（分類化）の機能に相当していることはいうまでもない。

たとえば、おそらくそれこそ「メフィスト系」と呼ばれるような一部のミステリ、京極夏彦の代表的な連作〈京極堂シリーズ〉（九四年〜）や天祢涼の第四三回メフィスト賞受賞作である『キョウカンカク』（二〇一〇年）などは、こうした分析対象の「省略可能性」＝「準分解可能性」を、謎を解明＝類推する「探偵役」のキャラクター設定として採用した興味深い事例だと考えることができる。というのも、これらの作品群に登場する探偵役である榎木津礼二郎や音宮美夜は、前者なら比較的よく知られていると思うが、いずれも物事の真相を解くにあたって、常人にはない超常的な能力がそなわっているからだ。榎木津ならば、「他人の記憶が視覚的に感受できる」、また、音宮ならば「色聴」（音が色彩となって視覚的にみえるという「共感覚」の一種）の持ち主という特殊能力をもっているわけだ。とりわけ音宮は「殺意を抱いている人間の声」じたいがみえるのであり、この設定によって同作では、通常の本格ミステリとくらべ謎の論理的解明（推理）をめぐる物語展開の一部の局面が飛躍的に圧縮化（縮減）され、「中抜き」されているようにみえることは確かである。つまり、ある推理の局面のひとつを「中抜き」＝省略化しうるということは、俯瞰的に捉えればそのぶんだけ推理の局面が「細分化」しうるということにもなるわけであり、事態を推理する論理システムの細分化という論点が同様に確認できるのである。いわばこれらのミステリでは、「探偵役の検索エンジン化」が巧みにキャラクター造型の面でほどこされているわけだ。しかも、『キョウカンカク』の著者は、この事態にある程度自覚的にもみえる。なぜなら、本作中では、猟奇殺人犯によって殺害された女子学生の声が記録された留守番電話の音声を手掛かりに、美夜が通常の耳では聴きとれないほどの小さな「踏切の音」を共感覚によって「みる」のだが、その後、つづけて彼女は手もちのノートパソコンに内蔵されたGPSソフトウェアを使って、その付近の踏切のある地点を「検索」するからである。しかも、そうした検索された少なくない数の踏切をしらみ潰しに確認していくのかと問うワトソン役の青年に対して、美夜は「踏切以外にも見えた音があるんだから」と、さらに共感覚で対象を絞りこんで（省

＊26　ハーバート・A・サイモン『システムの科学　第3版』稲葉元吉・吉原英樹訳、パーソナルメディア、一九九九年、二四八頁。また、ノルベルト・ボルツ『世界コミュニケーション』村上淳一訳、東京大学出版会、二〇〇二年、四七頁も参照。

略して）いく……。以上のように、ここでは、探偵役の特殊能力が明らかに検索システムのもつ準分解可能性（インデキシング）と同一視されているといえるだろう[*27]。

さらに同じことは、天祢や京極の小説において、探偵役の特殊能力が「視覚」に限定されていることからも如実にうかがわれると思われる。というのも、視覚的に分析対象を把握するということは、聴覚や味覚などとはやや違い、ようはそれを超越的な主観を排された、あくまでも個々の「客体」としてしか認識しえない、ということだ。だから、美夜は、たとえ「殺意をもった人間の声」が「みえた」としても、それは、情報検索アルゴリズムの例でいえば、「適切性」を欠いた「適合的」な客観的データでしかない（実際、そのことで彼女の特殊能力推理は一度、躓く）。特殊能力＝検索性によって、分析対象が縮減されるとはいえ、それはあくまでも確率的に確からしい適合的情報でしかなく、そのさきにはやはり従来どおりの論理的推理――本論集序文の飯田一史ふうにいえば、「ロジックとひらめきを使った推理能力」――を展開する余地がある、というのがこのミステリのもつ妙味なのである。また、本作の明かす真相もまた、ここまでの論旨からは注目すべきものであるといえる。この物語の犯人もまた、探偵役の美夜と同様、実は共感覚の持ち主であり、しかし、美夜とは違い、「みたものに味覚を感じる」（死体を視覚で味わう）という能力・嗜癖をもっていた。つまり、本作においては、いわば『リバース』の「個々人の恋愛観」と同じく、複数の文化的慣習＝規則が細分化・競合しあい、読み手や登場人物を含めた何らかの統一的な常識＝論理に収斂しない、という構成をもっている。美夜は作中で、犯人の「視覚による食人趣味」を一種の「文化の違い」だという意味で説明づけているが[*28]、この言葉の意味はまさにロゴスコードの細分化／複数化という事態を正確にいいあてているだろう。

7、ミステリ世界の縮減＝圧縮の技法としてのクローズド・サークル

しかし、よく考えると、他方で、こうした物語世界の情報に一種の「準分解可能性効果」（複雑性の縮減）をほどこすという作業は、むしろ本格ミステリにとって本来的な加工処理であったともいえるのではないだろうか。というのも、これはまだ批評的仮説の域を出ないものだが、たとえば新本格ミステリの嚆矢である綾辻行人の『十角館の殺人』に始まる〈館シリーズ〉に端を発し、新本格ミステリにしばしば採用されてきた舞台設定として、「嵐の山荘もの」や「クローズド・サークル」と呼ばれる、ミステリの小説世界をある限定された密閉空間に置く作例が目だった。そのことと比較しつつ、ここでたとえば、一九八九年の次のような当の綾辻自身のある座談会での発言を参照してみたい。

やはり決定的に僕は、まあ今のところですけれども、何ていうか――「開かれた小説」は書きたくない、というのがあるんです。［…］つまり閉じた世界を書きたい。というのは、空間的な意味だけじゃなくて、社会的に、時間的に――特に社会的にですね。［…］いわゆる社会派がやってきた社会告発であるとか、風俗描写であるとか、そういったものは結局、本格にはそぐわな

＊27　事実、著者は、別の箇所で美夜に「美夜《道具》」という何ともシニカルなルビをふっている。天祢涼『キョウカンカク』講談社ノベルス、二〇一〇年、二〇一頁参照。

＊28　同前、二三六頁。

いと思うんです、僕は。〔…〕とにかく現在、ひとつの閉じた、きれいな世界を形成していること、というのが僕にとっての本格ミステリーの大きな条件である、そんな気がするんです。*29

この綾辻の発言をふまえるならば、確かに、新本格ミステリの基底的な想像力の重要な一部には、ある種の「閉じた世界」＝「クローズド・サークル」への文学的志向性があると考えてよいだろう。しかも、右の発言をみる限り、少なくとも綾辻は、おそらく本格ミステリをできる限り純粋かつ知的な謎解き遊戯として昇華させることを目指して以上のスタイルを選択していると思われるが、また一方で、この「社会的に閉じた世界」という表現は、現在の文芸批評の文脈でみると、まぎれもなく同時代の村上春樹の諸作品が体現していたような消費社会下のタコツボ化・記号化した自意識をなぞっていると同時に、その後の二〇〇〇年代に流行したいわゆる「セカイ系」と呼ばれた物語的想像力との関連をうかがわせて興味深い。

いずれにしろ、こうした新本格におけるクローズド・サークル形式をなかば意識的に踏襲するかのように、その後、二一世紀にはいって現れた、本論が「検索型ミステリ」と呼ぶ時期の作品に含まれる脱格系（メフィスト系／ファウスト系）のミステリもまた、同種の趣向を採ることが多かったように思える。たとえば、西尾維新のデビュー作『クビキリサイクル──青色サヴァンと戯言遣い』（〇二年）をはじめ、ほかならぬ綾辻の強い影響下に登場した辻村深月のデビュー作『冷たい校舎の時は止まる』（〇四年）などいくつも挙げられるだろう。これらのミステリはさきのセカイ系作品ともかかわりの深い「学園もの」から「日常の謎」まで、閉じたコミュニティを舞台とする青春物語が多かったため、そうした傾向はより強められたともいえる。

とはいえ、それらは、一見似ているようでも、八〇年代後半に綾辻が解説したような、単純に社会領域の希釈化されたゲーム空間の構築であるとだけみなしてよいのだろうか。ここまでの文脈をふまえたとき、それらの趣向は、さきほどの京極や天祢の作品が探偵役の推理過程の「省略可能性」を描いているのだとすれば、同様に、今度は、ミステリの舞台＝作品世界の情報の効率的な「省略可能性」こそをも意図しているとはいえないだろうか。これまでにみたように、検索的なミステリにおいては、もはや作中のロゴスコードは原理的に複数存在しえる。したがって、そこでは、事件の解明をつかさどる論理は複層化し、ただでさえ混迷する作品世界はますますその複雑性を増すことだろう。現代のクローズド・サークルとは、そうした過剰に複雑性が増し、ロゴスコードが複数競合しうるミステリ世界を適度に縮減するためにこそ要請されているといえる。

たとえば、ここではまさにそうしたクローズド・サークル作品を新本格作家として手掛けてきた綾辻自身の近作によって確かめてみたい。かれが二〇〇九年に発表したホラーミステリの大作『Another』は、不思議な存在感をはなつ謎の少女がいる、ある中学校のひとつのクラス（教室）というほぼ限定された舞台設定を採っている。また、本作は、数ある綾辻作品の中でも映画化のほか、漫画化・テレビアニメ化も企画されるなど、いうなれば脱格系がもつサブカル・オタク的要素もひときわ強い小説だ。そして、重要なのは、この教室では以前からクラスメートがひとりずつ消失していくという謎の現象＝ルールによって支配されており、にもかかわらず、クラスメートたちはそれを当然

＊29　島田荘司・我孫子武丸・綾辻行人・歌野晶午・法月綸太郎「座談会／「新」本格推理の可能性ＰＡＲＴⅡ」、島田荘司『本格ミステリー宣言』講談社文庫、一九九三年、一二二－一二三頁、［］内引用者。

の現象としてある程度受けいれている。「ただし、『なぜ？』という質問はなしだ。『どんな仕組みで？』もなし。いくら訊かれても、まっとうな理屈では説明できない話だから。これはそういう『現象』なんだ、とでも云ってしまうしかない[*30]」。

　すなわち、この『Another』の世界では、物語の舞台がある特異な法則ないし慣習＝ロゴスコード（作中ではそれが「〈きめごと〉」や「原則」という言葉でも表現される）をともなったほぼ限定された空間に設定されており、しかもそれは基本的には改変不可能な自生的かつ事実的（事実的という意味の virtual は同時に仮想的ということも含んでいる）な「現場でのひそかな慣行という位置づけで、長年のあいだ受け継がれてきたシステム」[*31]として寡黙に機能しつづける。その意味で、この小説は、その舞台を、学校のクラス（教室）というあらかじめ謎の複雑性を縮減する「準分解可能性」をそなえたクローズド・サークルに設定し、しかもそのクローズド・サークルは、独自のロゴスコードが作動する自生的かつ事実的なシステム（環境）として描かれているということができる。これもまた、これまでの議論をふまえれば、きわめて「検索的」なリアリティをそなえた小説だと表現できるはずだ。たとえば、『Another』と同様、徹頭徹尾「教室」という場を舞台設定に選んだ両角長彦のデビュー作『ラガド』（二〇一〇年）の凝った趣向も、その意味で注目に値する。この小説では、冒頭から終盤まで、中学校のある教室で起こった無差別殺傷事件の真相の解明の展開に、警察やニュース報道、逮捕された事件容疑者といったさまざまな存在の「視点」から何度となく当日の事件のあらましが「再現」される。しかも、その「再現」をより明確にするために、小説の本文下には、頻繁に教室の図が挿入され、事件当日のキャラクターの位置や動線などが、視覚的にデモンストレーションされるのである。こうした『ラガド』の小説世界は、読者に事件の舞台となった教室が、まるでこの現実から遊離し、幾度も反復＝再現可能な仮想性をともなった一種のシミュレーションシステムのように感じさせるだろう。

何にせよ、実際、二〇一〇～二〇一一年の本格ミステリ界で最も成功を収めた作品のひとつといえる米澤穂信の『折れた竜骨』（二〇年）を含め、現代ミステリの小説世界の重要な一角では、ある閉鎖された世界（空間）を舞台にし、そこに現れる単一の特異な、あるいは互いに競合する複数のロゴスコードの論理を――すなわち、そのミステリ世界の「コンテクスト」の解明が、そのまま事件そのものの解明につながるような趣向が明確にみとめられる。すなわち、それは一種のバーチャルなシステムとしてあり、その登場人物たちが投げこまれたシステムの勝手に作動する事態の省略可能性に翻弄されたり、あるいはそれを逆に見越し利用するといったアプローチがときに優勢になるわけだ。いいかえれば、現代ミステリのキャラクターたちは、「ミステリ」の形を採ったある種の検索システムのうえで、ときに検索をかけられ、ときに検索をかけかえすのである。

8、「最小合理性」としての検索知――合理性の変容

また、つけくわえておくと、こうした現代に特有の情報処理の手つづき（推理の準分解可能性）や「探偵役の検索エンジン化」は、実は、わたしたちの伝統的な認識論（世界解釈）に対する新しい哲

＊30　綾辻行人『Another』角川書店、二〇〇九年、三九二頁、傍点引用者。
＊31　同前、三二六頁、傍点引用者。

学的アプローチを構築する近年の試みとも似通っている。たとえば、ここ二〇年ほどの英米系の現代哲学、具体的には知識論や心の哲学の世界では、クリストファー・チャーニアクやスティーヴン・スティッチといった学者たちが、従来の伝統的認識論が想定していたような人間の「合理的判断」の手順とは異なったモデルを提示しようと試みている。その場合、チャーニアクであれば、それは、クワインやデイヴィドソンらの分析哲学系の行為論が想定しているような「理想的行為者モデル」(特定の信念・欲求のすべてを適切におこなう理性的主体)がもはや実際の認識活動とは合致していないことを改めて指摘し、それにかわって、かれが「最小合理性 minimal rationality」と呼ぶ、「行き当たりばったりと完全さの間に位置する」曖昧で確率的・相対的な新しい合理性条件を提案する。また、かたやチャーニアクの影響もうけたスティッチであれば、「真なる信念・知識の獲得」に最上の価値を置く自然主義的認識論の枠組みに同様に疑義を唱え、個々人の現実の認識活動を個別の目標にあわせて、その都度の状況に相対的に「役に立つ」ようなものにチューニングしていくべきであるという「認識論的プラグマティズム epistemic pragmatism」と呼ばれる考え方を提唱した。[*32] かれらの打ちだす哲学的プログラムは、人間の合理性(論理的判断)がもはや徹頭徹尾「断片化」したものでしかありえず、むしろその「最小条件」を考慮すべきであると主張する点で、改めていうまでもなく、サイモンの「準分解可能性」や小森の「モナド化したロゴスコード」をなぞっている。また、それらの検索システム構造との類比性は、チャーニアクの最小合理性概念が、八〇年代のコンピュータ科学や計算機科学にもとづくヒューリスティクス(仮説形成法)や計算量理論の成果に依拠していることとも符合するだろう(チャーニアクは、かつての理想的合理性と最小合理性を、古典物理学と情報処理モデルに対比させる)。

また、『探偵小説の論理学』で小森は、モナド化したロゴスコードや現代の若いミステリ読者にみられる特徴のひとつを、現象学的な概念系を援用して、「〈未来予持〉の貧しさ」〈時間的自己〉の短さ）と表現していた。すなわち、脱格系作品や若い世代の読者にとっては、かつての本格ミステリ（読者）のように、ある程度の長期的な時間的範囲において整合的・連続的に論理の展開を追っていくという能力が著しく弱体化しているという。とはいえ、このことは、再びいえば、チャーニアクの「最小合理性モデル」が、複雑性の増した社会で生きる人間の認知限界性のうち、何よりもほかならぬその記憶容量と計算時間の圧倒的な貧しさ・短縮という点にかんして定式化されたものであったことと対応している。かれのいう「最小合理的」な行為者モデルとは、あらかじめ長期記憶上に潜在的に保持してある無数の信念の部分集合に適宜アクセスしつつ、当面の問題（謎）の解明に役だつと思われるいくつかの信念（推論）を短期記憶上に現働化＝活性化させることで問題を処理すると考えられる。「われわれは今や、いかにして部分的な記憶探索というやり方が十全でありうるのか、というヒュームの謎に対する答えを手にした。［…］つまり、最小合理性の基本的な前提条件は効率的な再生であり、効率的な再生自体が不完全な探索を要求し、さらに不完全な探索が区画化を要求する。区画化はこの点で、人間の知識表現に課せられる根本的な制約であるように思われる」[*33]。すなわち、本

＊32　スティーヴン・P・スティッチ『断片化する理性――認識論的プラグマティズム』薄井尚樹訳、勁草書房、二〇〇六年。
＊33　クリストファー・チャーニアク『最小合理性』柴田正良監訳、中村直行他訳、勁草書房、二〇〇九年、一〇九頁、［］内引用者。

論で考えようとする「検索的知」のモデルとは、こうしたシステム論から情報技術、心の哲学まで多様な学問分野を横断してみとめられる共通の特性を写しとっているのだといえる。

9、二一世紀ミステリの可能性

いずれにせよ、わたしたちは本論でその大枠を描いたような、インターネットの情報検索システムの構造に仮託されるような社会やひとびとのリアリティのなかで生きている。「ポスト新本格」と呼ぶことができるだろう、そうした現代に生みだされるもろもろのミステリ小説もまた、従来の本格ミステリの規範的形式をこえて、「検索的なもの」の諸要素を内蔵した新たな表現やスタイルを獲得していくだろうことはまぎれもない。最後に、そうした現在の検索型ミステリの小説観を最も象徴する優れた書き手として、やはり米澤穂信の名前を出しておかなければならない。

とはいえ、この作家の多様な切り口をもった豊穣なミステリ空間の内実をここで詳しく論じていく余裕はもはやない。そこで、本論とのかかわりからざっと要点のみ挙げて、本論を締めくくることとしよう。

米澤にかんしていえば、何といっても『インシテミル』(〇七年)と『追想五断章』(〇九年)が挙げられなくてはならない。まず『インシテミル』は、さきほどの『極限推理コロシアム』や『夏の王国で目覚めない』などと同じく、やはりとある巧妙に設定された人工環境(クローズド・サークル)のなかで巻きおこる連続殺人事件を描くバトルロワイヤル系の本格ミステリである。本作の妙味は、本格ミステリの論理というものが一種の「ロゴスコード」の集積にすぎないという検索的リアリティを凶暴なまでに顕在化させ、本格ミステリというゲームそれじたいを過激にメタゲーム化（脱構築）してしまった批評的試みとして読むことができる点だろう。つまり、本作における事件の推理や真相の根拠は、通常の意味での論理的整合性などではなく、ただ登場人物のあいだでどれだけの「信憑」をえることができるかということのみにかかっているとされているのである。「必要なのは、筋道立った論理や整然とした説明などではなかった。どうやらあいつが犯人だぞという共通了解、暗黙のうちに形作られる雰囲気こそが、最も重要だった」[*34]。本作がいう「雰囲気」とは、いうまでもなく検索システムが析出するどこまでも相対的に確からしい統計的な客観的データと同じことであり、『インシテミル』は、そうした複数の「雰囲気」の強度の競合のみが、ミステリの論理的リアリティを決定するほかない、というきわめてニーチェ的な認識を提示している。

また、『追想五断章』のほうだが、こちらは物語の結末を書かずに真相を読者に委ねるという「リドルストーリー」という小説のスタイルが中心的なモティーフとして扱われている。明らかなように、これもまた、『インシテミル』につづき、物語の結末——つまり本格ミステリでいえば、事件の真相というのは、いくらでも入れ替え可能で、たかだか相対的・確率的なものでしかないというメッセージが込められた小説なわけだ。米澤のこれらのミステリにおいては、探偵の推理も事件の結末も、あ

＊34　米澤穂信『インシテミル』文藝春秋、二〇〇七年、三六六－三六七頁、傍点原文。こうした趣向は、作中において、きわめて荒唐無稽な事件の「真相」はもはや読者の前に明らかになっており、逆に、リアリティ＝「雰囲気」をともなった「偽りの真相」をいかに「捏造」するかに論理的推理の役割が仮託されるという、本格ミステリの常識を逆手に取ったさきほどの『虚構推理』において繊細に反復されているといえる。

らかじめ限定された（膨大であれ）有限なパターン＝情報のデータベースのなかの順列組み合わせや取捨選択でいくらでも変更可能であり、しかもそのすべての整合性や価値はたんに相対的なものにすぎない。本作の主人公である芳光は、「自身にも自身の父にも、物語が存在しないことをあらためて噛みしめる。［…］そこには一片の物語も存在しない」[*35]と呟く。すなわち、『追想五断章』とは、いわば「追想」すべき「物語」や「歴史」などが根こそぎ剝ぎとられ、あとは、断片化された相対的な情報の集積（断章）しか存在しない時代のミステリの現状を暗示した作品なのだ。これは、本論でしめした検索型ミステリの型のひとつの極北をしめすものでもある。

いずれにせよ、現在、本格ミステリの表象空間についてラディカルに考えようとするのならば、わたしたちはもはや本論で筆者が述べたような地点から出発するしかない。本論の文脈からもいくつもの興味深い論点をそなえた巨大な長編『ディスコ探偵水曜日』（〇八年）の舞城王太郎は、たとえば作中で次のように記している。

それは、周りに何が起こっているのか、これから何が起こってくるのか、そして何が起こることで全てが終わるのか、事件がどのように解決して、誰にどんな意味を与えて終わるのかを確認してみなければ判らない。けどもしいろんな意志がいろんな出来事に作用しているなら、全ての事件に解決や終わりはあるのだろうか？　これまでの全ての事件においても、俺は探偵としてその結果を見てきた、解決に導いてきたと思っていたけれど、本当にあれらは終わったのだろうか？　何かの出来事が本当に終わるということはありえるのだろうか？　ずうううっと皆の意志が連鎖して出来事に作用が与え続けられ、形は変えてもずっと続いているんじゃないのか？　あらゆる出来事には経過しかなくて始まりも終わりもないんじゃないのか？

「［…］つまり、《パインハウス》では意味の重複は起こるんですよ。いや、意味なんてそもそも重複するものなんです[*36]」

この舞城の記述を本論の論述に即して、細かく解説する紙幅はもはやないが、作家のいわんとすることはすでに自ずと明らかであろうとも思われる。いずれにせよ、この舞城に象徴される「ポスト新本格」と呼びうる現代ミステリの一角では、こうしたネットワーク的感性と、膨大な情報の集積を重層的かつ確率的に解析する検索的な知やリアリティが台頭しつつあることは間違いない。二一世紀のミステリを考えるときに、その動向は決して無視できない可能性を多くはらんでいる。

＊35　米澤穂信『追想五断章』集英社、二〇〇九年、一四〇頁、［］内引用者。

＊36　舞城王太郎『ディスコ探偵水曜日』上巻、新潮社、二〇〇八年、八七、四二二頁参照、［］内引用者。また、『ディスコ探偵水曜日』のもつ「モナドロギー性」（本論の言葉でいえば、「検索的論理性」）については、小森健太朗の以下の論文を参照のこと。小森健太朗「モナドロギーからみた舞城王太郎」、限界小説研究会編『社会は存在しない――セカイ系文化論』南雲堂、二〇〇九年、一九七-二二八頁。

21世紀本格2——二〇〇〇年代以降の島田荘司スクールに対する考察から

飯田一史

小説やサブカルチャーが好きな大学生たちと話をしていたら、『虐殺器官』や『ハーモニー』の伊藤計劃の存在が、彼らのなかで大きなものであるということがわかった。伊藤が描いていた監視社会化をはじめとする問題提起、現代日本での「生きづらさ」が、身に迫って自分たちの問題（「自分ごと」）としてとらえられていた。

そういう特権的な作家としてミステリ作家の名前は、挙がらなかった。サンプルが少なすぎることは承知している。しかし、別にSF研の人間に訊いたわけでもなく、サンプルが少ないにもかかわらず伊藤計劃を挙げる割合が圧倒的だったことは事実なのだ。

二一世紀もミステリが、ひいては本格が書き継がれ、読み継がれていくとしたら、時代の変化を被らざるをえない。仮にミステリが変わろうとしなくても、外部環境は変わり、ひとびとの思考や行動は少なからず変わっていく。とくに次の時代を担う若い世代ほど、変化に敏感に反応する。どんなジャンルのフィクションであれ、新しい時代の読者をつかむ形式と内実がなければ広範な支持は得られず、後続する次世代の書き手は現れない。

島田荘司は小説アンソロジー『21世紀本格』および評論書『21世紀本格宣言』で、新たな時代に対応する本格ミステリについて「21世紀本格」というコンセプトを打ち出し、作家として実践した。本稿はその最初の試みから一〇年経ったいま、その展開を確認するものである。

かつて島田荘司の薫陶を受けた作家や、島田が選考委員を務めた鮎川哲也賞、ばらのまち福山ミステリー文学新人賞出身作家、島田の影響があるとされる台湾ミステリー作家（これらの作家群をおおざっぱながら「島田荘司スクール」とくくることにする）、あるいは島田荘司自身の実作を中心に、この一〇年のあいだ具体的にどう展開されてきたのかをみていく。

そしてそのうえで、21世紀本格というコンセプトをアップデートする。

亡くなった伊藤計劃は、21世紀SFと呼ぶべきものを描いていた。ゆえに一〇代から二〇代前半までの人間の心をつかんだ。伊藤を入り口として、SFでは後続世代が確実に出てくるだろう。そういう意味での21世紀本格を、模索してみることにしたい。

1、島田荘司理論の確認

まずは本格ミステリの論者としての島田荘司の顔を『本格ミステリー宣言』『本格ミステリー宣言Ⅱ　ハイブリッド・ヴィーナス論』『21世紀本格宣言』の三部作から確認しておこう。

八九年に刊行された『本格ミステリー宣言』の主張は、本格ミステリとは「詩美性のある幻想的ないし神秘的な謎+それを解明する科学論文」からなるものであれ、ということに尽きる。

その続編として九五年に刊行された『本格ミステリー宣言Ⅱ』では、ノックスの十戒やヴァン・ダインの二十則にみられるようなルールで縛る「器の本格」「コード多様型本格」批判がなされる。そしてやはり「前段での神秘的な謎の設定と、これを解体する際の高度な論理性」という二つのコード（お約束）を重視し、これさえ守ればよい、と語る。ミステリのコードをもたないところからミステリを生み出したポーの精神に還れ、ルールで縛るのではなく原理原則（プリンシプル）によって書かれるべし、と島田は主張した。さらに前著での「幻想的」「神秘的」という言葉づかいが曖昧であるといった批判を受け、島田は養老孟司の脳科学を参照しながら「ミステリーの霧は脳にこそ潜んでいる」という考えで実作『眩暈』を執筆した、と記している。

幻想的な謎を論理的に解決する、という島田提案から生まれた作品は、易きに流れると「冒頭に示された奇怪な謎は、実はこう『見えていた』だけでした」というオチになりかねない。実際そうした作品も、島田スクールには散見された。そこで、「ただの目の錯覚」ではなく「(脳の機能ないし障害によって）こう錯覚していた」というかたちで脳科学を参照することで、推理のもっともらしさを補強できると考えたのだろう。

二〇〇三年刊行の『21世紀本格宣言』では、幻想と現実、情緒と論理という、以前より用いていた二軸によるポジショニングマップを用いつつ、二一世紀的な最新科学を使った幻想的な謎の提示と論理的な解明こそが二一世紀の本格ミステリであると論じた。

島田は「幻想的な謎＋論理的解明」が本格の肝だと信じ、彼が言う「論理」とは、事実上「科学」を指している、ということが一貫した特徴である。

ではこれを前提に、具体的な島田スクールの作家をみていこう。

2、物理トリック派――小島正樹、門前典之、安萬純一

島田荘司の影響を受けて二一世紀にデビューしたからといって、すべてが21世紀本格系の作家ではない。この当然のことを示しているのが小島正樹たちである。

島田荘司が公式二次創作を募った企画『御手洗パロディ・サイト事件』への投稿をきっかけに島田の門下生となり、共作『天に還る舟』で単行本デビューした小島正樹を筆頭に、『建築屍材』で鮎川賞を受賞した門前典之、『ボディ・メッセージ』の安萬純一などは、『占星術殺人事件』や『斜め屋敷の犯罪』に代表される、大がかりな物理トリックの考案者としての島田荘司を継承した作家たちだと言える。

彼らは『21世紀本格宣言』以前の島田理論に整合的な作家である。というのも、最新科学の導入には消極的なように思われるからだ。

小島たちは豪快な物理トリックを考案することによって、「目の錯覚」や「脳の錯覚」で事たれりとしないタイプの本格の可能性を模索し、「幽霊の正体見たり枯れ尾花」的な、謎の魅力に対する解明のがっかり感を回避しているとも言える。

島田荘司は、ミステリ評論では自作の特徴や魅力の一部しか言語化していない。たとえば驚天動地の物理トリック・メイカーとしての側面は、評論家・島田荘司の口からはあまり出てきていない。しかし紛れもなくそういう才能を持っているのが作家・島田荘司であり、その遺伝子を継承しているのが小島正樹たちである。

彼らの作品が「二一世紀的」と言えるかどうかは今のところ微妙ではあるが、小島たちなら最新科学技術を用いた物理トリックを考案することも難しくないだろう。おそらくこの方向なりの21世紀本格の可能性があるはずである。

3、最新テクノロジー派とサイエンス派――台湾ミステリー、松本寛大、柄刀一

『21世紀本格宣言』での島田は、本格の二一世紀性は最新科学によってもたらされると考えているようにみえる。だが実際の新人賞の選考では、狭い意味での科学のみならず、インターネットをはじめとするテクノロジーをフックにした作品も評価している。つまり、島田が推す「21世紀本格」は、テクノロジー派とサイエンス派に分けて考えることができる。

第一回島田荘司推理小説賞受賞の寵物先生『虚擬街頭漂流記』や、島田荘司選アジア本格リーグと題された叢書から刊行された藍霄『錯誤配置』のような台湾ミステリー作家たちは、テクノロジー派と呼べるだろう。ネットとリアルの交錯、なりすましやアカウントの乗っ取りが可能なネットコミュニケーションをうまく利用して謎と解明の劇をつくりあげているからだ。本格と呼べるかどうかはさておき、第三回ばらのまち福山ミステリー文学新人賞優秀賞受賞の一田和樹『檻の中の少女』も、セキュリティコンサルタントを主人公に、ネットコミュニケーションを軸に現代の貧困や家庭崩壊に斬り込んだ二一世紀的なテクノロジー派のミステリである（島田は「ハードボイルド」と形容していた）。

サイエンス派の新人といえば、第一回ばらのまち福山ミステリー文学新人賞受賞の松本寛大『玻璃

の家』である。脳科学をモチーフにしたミステリであり、21世紀本格の模範解答的な作品と言えるだろう。

アンソロジー『21世紀本格』にも参加していた柄刀一が、サイエンス派の筆頭である。脳科学に限らず広く最新科学をトリックに使った本格を次々と著し、天城龍之介シリーズでは自然科学を利用した壮大な物理トリックを披露する作品もある。小島たち物理トリック派とはまた異なった手法で、島田作品のスケール感を継承しているのが柄刀である。美術ミステリ『システィーナ・スカル』ではミケランジェロの絵画の驚嘆すべき秘密を脳科学で解き明かしているが、これなどは島田提唱の21世紀本格の概念を柄刀得意のフィールドで独自に展開したものだろう。

さらに柄刀は、『21世紀本格宣言』講談社文庫版解説のなかで島田の『魔神の遊戯』や『リベルタスの寓話』にみられる「宗教」と人間の認識の錯誤の関係を指摘していたことが、注目に値する。というのも、これは柄刀ミステリにもみいだされるポイントだからである。柄刀もまた、奇蹟審問官シリーズなどで宗教観が人間の認識にもたらすゆがみ、宗教と科学との関係を問うている。パラフレーズすれば、柄刀からみた「21世紀本格」とは、最新科学の知見の応用にとどまらず、宗教という社会的な要素を考慮したものである、と言いうる。

といったあたりで、島田の実作をみながら、21世紀本格というコンセプトについて今一度吟味してみよう。

4、島田荘司自身の実作から21世紀本格を考える

柄刀が名前を挙げた『リベルタスの寓話』には、MMORPGにおけるRMT（リアル・マネー・トレード）、オンラインゲーム上での金銭の融通といった「テクノロジー派」的な側面があり、義手について最新科学技術の知見が駆使されている点で「サイエンス派」的側面があり、さらに柄刀が指摘するように、クロアチア内戦という宗教的ないし「社会派」的側面がある。

しかしかねてより指摘され、また島田自身が自負している社会派的な側面は、島田の本格ミステリ論からはオミットされている。島田作品の犯人の動機のひとつのパターンは、戦前からの怨讐を果たすとか、日本の支配層に対する批判といったものである。こうした社会派的なメッセージ性が、島田作品の小説としての魅力のひとつであることは間違いない。

ハウダニットにおいては最新科学、ホワイダニットにおいては社会派的な問題意識で構成しているのが島田作品の（とくに長編の）特徴であるにもかかわらず、島田は前者については「21世紀本格」というコンセプトを提唱したが、後者についてはミステリ評論の書き手としては語っていない。

だが、事件のハウの部分だけ、トリックだけをアップデートすれば二一世紀的なミステリになる、などということがありうるはずがない。フーやホワイの部分も更新してこそ、ミステリとしての説得力は生まれる。ハウに関わるのはサイエンスやテクノロジーだが、フーやホワイの部分には政治、経済、その他社会的な動向が関わる。島田は実作ではそのことを明らかにわかっている。そうでなければ、ポスト冷戦的な二一世紀の政治状況を踏まえて『リベルタスの寓話』を書かなかっただろう。島田荘司は、3・11後に日本社会についてtwitterなどを通じて幾度となく提言と苦言を投げかけている作家なのであり、賞の選考者としても、たとえば第二回ばらのまち福山ミステリー文学新人賞受賞作・叶紙器『伽羅の橋』は（島田的な）戦前からの因縁＋認知症という現代社会的な問題を扱った社会派路線の新人を世に送り出している人間である。

もっとも、島田の「ハウへの傾注」は、理論のみならず実作にもあらわれている。御手洗ものの短編などは、論理＝科学と考えているふしがある。幻想的な謎があって科学的に解明されるのだが、トリックを構成しているのが一般人には知られていない最新科学である場合がある。だが「ある最新科学を用いている」という伏線が作中で張られていないときには、必ずしもそれは「論理的な解明」とは言えない。「十分に発達した科学は魔法と区別がつかない」。だから、推理の前提となる判断条件、ファクト、ファクトから解釈を導き出し寄り集めてロジックを組み立て、提示するプロセス、これらが読者にも追いうるものであるほうが、「論理的な解明」の名にふさわしい。読者が前提知識がなくても解決編に入る前の部分までを読んだだけで推理できるもののほうが、ふさわしいのである。

補助線を引くために、都筑道夫のミステリ評論『黄色い部屋はいかに改装されたか?』を参照しよう。都筑は最新科学をパズラー（本格）に持ち込むことの難しさを説いていた。作者と読者の知的な論理ゲームとして本格をとらえるならば、作者側が一方的に知っている最新科学を持ち込むのはフェアではなくなってしまうからである。都筑は論理＝科学、とは考えず、論理と科学を峻別した。トリックが出尽くしたと言われてはや数十年のハウダニットを更新して新しいトリックを作り出すには、革新され続ける科学技術を用いればよい。それが島田が考える21世紀本格の姿だろう。しかし、最新科学の存在を知らない読者にとっては、科学を応用したトリックを用いられても謎が解けるはずはなく、本格としてアンフェアに映るかもしれない。だから都筑は本格を科学小説ではなく論理小説として捉え、ハウダニットよりホワイダニットで勝負すべきだと主張した。推理の前提（思い込みや仮定）＋ファクト＋解釈＝論理的な解明とすれば、ハウダニットはファクトに重きを置くものである。

いかにやったのか――トリックは何か。ここには科学的な要素はおおいに関係しうる。しかしホワイダニットはファクト自体はさほど問題にならず、科学が入り込める余地は少ない。すでにあるファクトをどう捉えるか、推理にさいして置くべき前提条件と解釈をいじくりまわして結論を導き出すのがホワイダニットの世界である（都築の『退職刑事』がその典型である）。ホワイダニットは読者の科学知識を前提とせず、地頭で考えさせるものだから、最新科学ものに比べれば作者と読者の関係は比較的フェアでありうる。ちなみにフーダニットはその中間だろう。誰がやったのかはアリバイのようなファクトからも攻められるし、動機＝ホワイダニットという推理の前提やファクトの解釈から絞り込むこともあるからだ。

べつに都筑が正しく島田が間違っている、ハウダニットではなくホワイダニットこそ現代的なのだ、と言いたいわけではない。21世紀本格というコンセプトを整理し、拡張するためには島田理論と都筑理論をかけあわせる必要があろうと思っているだけである。

科学小説としての21世紀本格のみならず、論理小説としての21世紀本格（「ロジック派」）というものもありうるはずなのだ。

そしてそれは、21世紀的な「社会派」の可能性にも通じている。社会派と本格は相反するものではない（同居している最たる例が島田荘司である）。不勉強ゆえにここで具体的な作品名を挙げられないのだが、社会派的な問題を論理小説として解明するホワイダニット重視の社会派＋ロジック派というタイプの21世紀本格もまた、ありうるだろう。

島田荘司が21世紀本格論で重視しているものを、表に示してみよう（表1。後述の笠井潔、小森健太朗が重視するものもあらわしている）。表の横軸は時代変化のファクター、縦軸は推理における要

表1：各論者が重視しているもの　　島田＝◎　笠井＝○　小森＝●

	政治	経済	社会	科学・技術
who	○	○		
how				◎
why	◎	○	○、●	

点である。政治、経済、社会、科学・技術それぞれの動向が、ある時代のミステリにおけるフーダニット、ハウダニット、ホワイダニットのネタになる、あるいはその説得力に関係してくる。ネットがなかった時代にはネットを使ったハウダニットを用いた作品は描けないし、第二次世界大戦の経験がなければ、島田作品に登場する戦前からの因縁を持った復讐者という存在のホワイダニットの説得力はありえない、といった具合に。

島田の21世紀本格論は、時代の変化に着目するさい、科学の動向を重視し、結果、犯行におけるhowの部分の革新を中心的に扱ったものになっている。また実作では政治に起因するホワイダニットを描いている。しかし◎のついていない部分それぞれで、新しい時代に対応するミステリの可能性が考えられる。

たとえば笠井潔が『探偵小説は「セカイ」と遭遇した』このかた主張しているのは、いわゆる脱格系作家の台頭は政治、経済、社会状況の変化を被ったがゆえだということであり、新人類世代の批評家が東野圭吾『容疑者Xの献身』でホームレスを不可視なものとしてしまったのは彼らのリアリティがバブル期までのゆたかな社会の価値観に由来するからだ、ということである。小森健太朗が『探偵小説の論理学』で提唱している「ロゴスコードの変容」、若手作家における推理の前提や手続き、あるいは読者がどのくらいのレベルの論理的検討で納得するのかといった度合いの変容も、やはり社会変化のファクターを重視した立論である。

島田理論は笠井や小森があまり重視していない科学の重視こそが特徴であり、かつそれが台湾作家や松本寛大、柄刀一のような才能を触発した功績は大きい。島田の理論や作品は時に物議を醸し、議論を巻き起こしてきた。しかしただ批判したり無批判に受容するよりも、ここまでみてきたように、論者ごとの異なる意見を相互補完的に参照すればよい。そうすることで二一世紀像の認識や本格についての論点がクリアになり、そして来るべき新たなミステリの姿が描けるようになる。

5、綜合派――歌野晶午

さて、21世紀本格という概念を整理したのち最後に検討したい作家が、歌野晶午である。

歌野は、島田による感動的な「歌野晶午君との出会い」(『本格ミステリー宣言』所収)と題された推薦文を伴って『長い家の殺人』でデビューした。初期三部作ののちには名探偵という存在を排し、あるいは島田が(実作では手記を使った作品があるものの)評論ではとくに論じていない叙述トリックを使った傑作を書くなど、一般的にはすでに島田荘司の影響を脱して独自の路線を歩んでいるとみなされている。そこに異論を唱えるつもりはない。

ただ、島田由来の狭義の意味での21世紀本格(最新科学小説)ではなく、前節で拡張した意味での21世紀本格にもっともふさわしい作家こそ、歌野晶午なのだ。

たとえば『世界の終わり、あるいは始まり』や『女王様と私』にみられる、旧来のミステリの枠組みを破壊するような、先進性ゆえに物議を醸すという姿勢。作品の傾向としてはかぶらないものの、この点は島田に通じるものがある。いわゆる後期クイーン的問題では、手がかりが信頼に足るものかどうか、操りや証拠の偽造があるかどうか、といったことが焦点となる。島田は後期クイーン的問題を相手にしなかったが、歌野はこの問題にも独自に取り組んでいる。歌野の一部の作品では、偽の証拠云々以前に、地の文で語られていることのどこまでが現実で、どこからが妄想／幻想なのかがわからない（何を前提とし、何がファクトで、どう解釈しうるのかが不確定である）。そしてしかし、叙述／プロットを利用しての幻想的な謎＋論理的解明という構造は保たれている――島田が提唱する「冒頭における」幻想的な謎の提示はされていないにもかかわらず。島田は、本格には冒頭における詩美性のある謎と、後段における科学的解明という二つのコードさえあればいい、と言ったが、歌野はその二つすら放棄、ないし変奏してしまっている。コードをもたなかったミステリの創始者ポーの精神に還れ、ということばは、歌野の革新性にこそフィットする。また、事件における who や why の要素と、歌野作品で主役級に置かれるニートだとかギャルといったような現代的なぶっ飛んだキャラクター造形とが、有機的に結びついている点も興味深い。ほかの島田スクールの作家たちは、歌野のようには特異だが魅力的な「今っぽい」キャラをつかったミステリをつくることには力を注いでいないように思われるからだ。

あるいは『密室殺人ゲーム』シリーズ。この作品では、チャットルームに集う人間たちがそれぞれにトリックを考え、殺人事件を実行し、他のメンバーに推理させる。ネットを介した集合知で事件を起こし、集合知で解くというアイディアは、先の分類で言えば「テクノロジー派」的な21世紀本格だが、who,how,why それぞれを更新しようという意志がみられるという点では「綜合派」とでも呼んだほうがいいだろう。つまり、二一世紀における政治、経済、社会、科学・技術それぞれの変化を見据えた上で本格を書こうとしたものである。チャットルームに集う殺人愛好者たち、という時点で動機は旧来的なもの（陳腐な例でいえば怨恨だとか）とは隔絶しており、トリックを思いついたから殺すだけ、という倫理観なしのスタイルがベースとなっている。また、who の点でも、本名ではなく「頭狂人」「044APD」といったハンドルネームを使っているため、長く素性がわからない。how でいえば、そもそも彼らの推理バトルは、事件を録画するウェブカム（小型ビデオカメラ）と映像を流通させるネットなしには成立しない。トリックについても『攻殻機動隊』か『メタルギアソリッド』かという光学迷彩によって姿を消し、ロボットによる遠隔操作で殺人を犯すといったアイディアは、さすがに今のテクノロジーではできないだろうという気もするが、二一世紀中にはおそらく実現するくらいのリアリティはある。

島田チルドレンのように歌野チルドレンがどれくらい誕生するかはまだわからないが、二一世紀にふさわしいミステリを実作に結晶させ、現代の読者の心をとらえ、次の時代のミステリ作家をはぐくむための手がかりは、確実に歌野作品にある。

もちろん、歌野晶午が唯一絶対の正解というわけではない。21世紀本格が提唱されてから、まだ一〇年しか経っていないのだ。二一世紀はあと九〇年ある。

島田が提唱した21世紀本格を拡張した本稿的な、あるいは歌野的なものを「21世紀本格2」と呼ぶことにしよう。

21世紀本格は、一〇年経って21世紀本格2になった。

だが21世紀本格の可能性は、まだ一〇年分しか、つまり一〇％しか開拓されていない。

第三部　ミステリ諸派の検討

「新本格」ガイドライン、あるいは現代ミステリの方程式

蔓葉信博

1、「新本格」以前

これまで「新本格」という言葉は、論者によってさまざまな意味が込められてきた。そのため、「新本格」の意味がどうにも曖昧になってしまった。本論ではその「新本格」について一定の結論をもたらすべく書かれたものである。第一節では、「新本格」というムーヴメントが起こった状況について、「新本格」以前のことを対象に論じる。第二節では、「新本格」という言葉の対象となる作家とその期間、「新本格」という言葉が用いられてきた意義について論じる。現在でも揶揄、または賞賛として用いられるときに込められている「新本格」という言葉の内実に迫る予定である。第三節では、「新本格」がブームとなった要因を論じる。第四節では「新本格」以後の状況を論じる。この四節で、「新本格」についてのガイドラインが示すことができるはずだ。

さて、一九八七年九月に講談社ノベルスから綾辻行人『十角館の殺人』は刊行された。この小説によりはじまったといわれる「新本格」ムーヴメントであるが、その「新本格」という言葉は、翌年二

月に刊行された『水車館の殺人』ノベルス版の帯に使われたキャッチコピーからだ、ということはわりと知られた事実であろう。その全文を引用すると「驚愕の最終章が読者を待ちうける！　ミステリーの醍醐味！「十角館の殺人」につづく香気あふれる「新本格」推理第2弾！」である。この帯にある大々的な表現とは裏腹に、『水車館の殺人』ノベルス版のカバーや本体デザイン周りで「新本格」という言葉は使われていない。また『水車館の殺人』刊行後のしばらくの時期は、講談社ノベルスのカバー折り返し部分にある「話題の新刊・好評の近刊」において、水野泰治や深谷忠記らの作品にも「新本格推理傑作群」というリードコピーが添えられていた。これらのことから考えるに、「新本格」という言葉は、明解なプロモーション方針があって使われた言葉ではなかったと思われる。講談社ノベルスの背表紙に「新本格」の文字が載る作品は同年六月に刊行された斉藤肇『思い通りにエンドマーク』からである。同年九月に『迷路館の殺人』、歌野晶午『長い家の殺人』、十月に法月綸太郎『密閉教室』が刊行。この一九八八年は、ミステリ市場の新しい基準となる「このミステリーがすごい！」が刊行された年でもある。その「このミス」を見る限り「新本格」という言葉はまだ整理されて使われてはいなかった。当時は「新本格」という言葉と一緒に「京大推理研」や「島田塾」といった言葉も使われていたのだ。

もう少し八〇年代後半のことを確認しておこう。『十角館の殺人』と同月に刊行された講談社ノベルスは、高橋克彦『総門谷』、梶龍雄『裏六甲異人館の惨劇』、長井彬『南紀殺人　海の密室』、佐橋法龍『こちら禅寺探偵局』である。その前後の著名な講談社ノベルスの作品も確認しておくと、一九八七年三月には竹本健治『クー』、四月に笠井潔『サイキック戦争2』、八月には田中芳樹『創竜伝』が刊行されている。このように一九八七年の講談社ノベルスは、中年男性向けのミステリと、伝奇S

Fが中心であった。その傾向の理由を探るべく、さらに時を遡りたい。「新本格」の源流と目されるもののうち、最有力候補は雑誌「幻影城」であろう。一九七五年、六〇年代のカッパノベルスを中心とした社会派ミステリの流れに抗するかのように発刊された探偵小説専門誌「幻影城」。「新本格」が導きの糸とした泡坂妻夫、竹本健治、連城三紀彦がその城からデビューしている。だが、彼らを源流とする有益な論は法月綸太郎「反リアリズムの揺籃期」（『名探偵はなぜ時代から逃れられないのか』）など多数存在する。本節はその「反リアリズムの揺籃期」が一九七五年から八七年までの本格ミステリについて論じていることもふまえ、角度を変えミステリ市場全体を俯瞰することとしたい。

一九六八年から「週刊少年マガジン」にて、影丸譲也の手により漫画化された横溝正史「八つ墓村」の連載が始まる。その連載の爆発的な反響を受け、角川文庫で横溝正史作品が刊行される。この刊行は同時期に起こっていた戦前探偵小説リバイバルブーム、いわゆる「大ロマンの復活」に連なるように横溝ブームを巻き起こす。一九七六年には角川映画「犬神家の一族」が、翌年には「人間の証明」が公開され、いわゆる角川映画ブームが起き、一九八〇年に角川書店主催で横溝正史賞（現・横溝正史ミステリ大賞）が設立される。そうした横溝ブームの流れとは別に一九七四年にテレビドラマ「傷だらけの天使」、七五年「Gメン'75」、七九年に「探偵物語」といったハードボイルド系の作品が続く。「西部警察」や「特捜最前線」といったミステリアクションドラマ、刑事ドラマとの人気とも重なり、私立探偵という職業や男の悲哀といったハードボイルドならではのモチーフが一般に知られるようになった時期であろう。この流れの受け皿として船戸与一『山猫の夏』を代表とする七〇年代から八〇年代半ばまでの冒険小説ブームもあった。それは片岡義男や喜多嶋隆の軽ハードボイルド文庫本ブームとも通じていたはずである。またブームといえば、細かくは立ち入らないが、いずれも一九七三年に刊行された五島勉『ノストラダムスの大予言』、小松左京『日本沈没』、それぞれの爆発的ヒットを象徴とするオカルトブーム、ＳＦブームにも留意すべきであろう。

そうした傾向のなか、一九八一年にカドカワノベルズ創刊。その主流は栗本薫「魔界水滸伝」シリーズのような伝奇ＳＦ、赤川次郎のユーモアミステリ、小林久三や笹沢左保の作品のような中年男性向けミステリであった。また同年、日本テレビ制作による火曜サスペンス劇場が放映開始。他のテレビ局もそれに前後して二時間ドラマ枠によるミステリ作品を放映するようになる。またカッパノベルス、カドカワノベルズのいずれもトラベルミステリーを刊行し、それらドラマ枠との連携を強めていくこととなる。そうしたミステリ市場の流れを受け、八三年からはじまったサントリーミステリー大賞はテレビドラマ化を前提とする賞として設立された。八二年からはじまる講談社ノベルスもそのようなノベルス市場の流れに合わせた作品を刊行し続けることとなる。

このように七〇年代から八〇年代半ばまでは「幻影城」に象徴されるような古き良きミステリだけでなく、さまざまなミステリのイメージが生起し、拡散していった時代といえる。六〇年代ミステリを牽引してきた社会派作品もブームとは言い難いが刊行を続けており、横溝正史、角川映画、冒険小説といったさまざまな潮流が重なり合う時期だったのだ。その重なりが多層的であったために、『本格ミステリ・フラッシュバック』で確認できるように少なくない本格ミステリが刊行されていたにもかかわらず、本格ミステリの「冬の時代」と評されるに至ったと思しい。そうした多層性の証左に、一九八六年創設の講談社「推理特別書下ろし」シリーズや、八八年の新潮社「新潮ミステリー倶楽部」は本格ミステリだけでなく、冒険小説やハードボイルド作品を包括する叢書として続いた。多様化するミステリのなかで、「幻影城」的な志向は母胎となる雑誌の休刊もあり、ひとつの潮流とはなりえなかったと思われる。このような状況下で「新本格」の扉が開いたのである。

2、「新本格」ムーヴメント

この節では、まず「新本格」という言葉の内容のうち、対象作家と期間について論じる。「新本格」という言葉が、ミステリ市場で広汎に使われるようになったのは、綾辻行人に続いてデビューした法月綸太郎、我孫子武丸ら京都大学推理小説研究会出身の書き手がそろったことによるだろう。島田荘司の推薦を受けてデビューした京大ミステリ研三人の集合として「新本格」という言葉を使うのが一番小さいものである。では、一般的な「新本格」作家の集合について考えてみたい。我孫子武丸が「小説すばる」一九九五年五月号に寄せた「新本格」に関するエッセイ[*1]での提言をまとめれば、「新本格」という言葉が作家に冠せられる頻度の順は下記の通りとなる。

（A）島田荘司氏の推薦を受けてデビューした、京大ミステリ研の作家。
（B）島田荘司氏の推薦を受けてデビューした作家。もしくは京大ミステリ研の作家。
（C）島田荘司氏の推薦を受けずにデビューした作家のうち、ミステリ研に属するなど、ミステリマ

＊1　我孫子武丸「『新本格』――その赤裸々な実態と真実に迫る!?」「小説すばる」一九九五年五月号　集英社

ニアである作家。多く、東京創元社でデビューした人々。
（D）上記以外で、出版形態、もしくは内容的になんとなく「新本格っぽい」と思われる作家。

そのうち、我孫子の見解では、「新本格」と呼ばれるだろう作家は、AからBまで、時にCの一部の作家となるというものである。事実、「このミステリーがすごい！'89」の国内編ランキング紹介において、有栖川有栖、折原一、北村薫、島田荘司、東野圭吾、山口雅也は新本格作家とされていないことが確認できる（匿名座談会では島田荘司は「新本格」派として語られる）。本論での新本格作家は、この我孫子の見解にならうものとする。ただし、この「時にCの一部の作家」の判断をどうするかが、「新本格」という言葉の問題に関わると思しい。ただ、そのことはこの節の後半にて論じる。

次に「新本格」という言葉が指し示す期間についてである。『十角館の殺人』からはじまった「新本格」という言葉は、二一世紀の今もなおミステリ市場において流通している。これは用語が指していた意味の厳密さよりも、市場での利便性が優先されたためだろう。その一方で、「新本格」を生み出してきた発信源というべき講談社ノベルスでは現在、デビューするミステリ作家に「新本格」の呼称を用いてはいない。また、各種書評やインターネット上の感想などの多くでは、新本格作家に似通った作品であっても（Dの定義にあたるもの）、その書き手をもはや新本格作家として扱いはしない。その結果から考えるに、「新本格」ムーヴメントはすでに終了していると見るほうがよいだろう。

では、その終了の時はいつであろうか。笠井潔は、綾辻行人から始まるムーヴメントを探偵小説史の観点から言い直した「第三の波」という用語を用いている。その整理では、一九八七年から一九九三年までが「第三の波」の第一ステージ、一九九四年から二〇〇二年までを第二ステージ（『ミネルヴァの梟は黄昏に飛びたつか？』）、二〇〇三年から二〇〇六年までを第三ステージ（『探偵小説と叙述トリック』）に区分した。読者に分かりやすく言い換えるなら、綾辻デビュー、京極デビュー、ファウスト系作家の台頭と見ることができる。

以上の整理を見るに、「新本格」ムーヴメントといわれる期間はこの第一ステージまでとする見立てがよいであろう。そのほうが無定義のまま「新本格」という言葉を使うよりも、利便性が高いはずである。第二ステージ、第三ステージでも「新本格」という言葉自体は流通している。ただし、それは第一ステージにあった急進的な方向性に意義を見いだし、それを比較のための基準とすることで他の作品を評しているにすぎない。評者にもよるだろうが、第二ステージを代表する京極夏彦、西澤保彦、森博嗣、清涼院流水といった作家陣のうち、新本格作家として積極的に指摘されるのは西澤保彦ぐらいではなかろうか。もちろん彼の存在がある以上、第二ステージでもまだムーヴメントは続いているというミステリ史観も成立しよう。ただ、これはあたかも「頬」と「顎」の境に線を引くような作業なのである。利便性を念頭にどこかで恣意的に線を引かねばならない。なによりも「新本格」という言葉は、講談社が生み出した販売用のネーミングだ。おそらく京極の「妖怪小説」、森の「理系」、清涼院の「流水大説」という言葉が、そして何よりもメフィスト賞という存在が、ミステリ市場における「新本格」という集合の利便性を著しく押し下げ、全体を指し示すことを無為にしているのが実状だと筆者は考えるのである。作品傾向については本論後半で触れるが、「新本格」ムーヴメントという集合から、彼ら三人の作品が形作る集合ははみ出てしまっていると考えるのが妥当だろう。共通であるところが重要であるのと同じように、異質なところも重要なのだ。結果、「新本格」という言葉は集合を指し示すものから、作風を指し示すものへと変わっていったのである。だから、ミステリ市場において、「新本格」という言葉自体は、彼らの活躍中も、そしてそれ以降も使われ続けてきたのだ。

「新本格」ムーヴメントを第一ステージまでにするのには別の理由もある。いわゆる公民権運動《シビルライツムーヴメント》のように、ムーヴメントという言葉には当事者がある権利を獲得すべく運動するときにこそ使われるべきだからだ。もちろん、当事者たる新本格作家たちは、その呼称に積極的な同意を示してはいなかった。ただ、彼らがそれぞれ意図していた新しいミステリの希求心は、一般的には「新本格」という言葉によって理解されていった。第二ステージ以降はミステリの市場が拡大化し、多くの読者が参入してきた結果によるものである。いってみれば、それはひとつの大きな流行《ブーム》にほかならない。第一ステージでの作家による「新本格」ムーヴメントの結果として、第二ステージの「新本格」ブームが到来したという見方である。その「新本格」ブームも二〇〇二年までであり、第三ステージはもはや「新本格」の期間ではないといえる。「新本格」の書き手についても同様の区分が可能である。ムーヴメントの書き手と、ブームの書き手が生じることになる。前者は綾辻行人から京極夏彦以前まで、後者は京極夏彦から「ファウスト」以前までである。この解釈は、「新本格」という言葉の実状に合うはずである。

さて、では現在、「新本格」という言葉を基準として用いる場合のその作風とは、どのようなものであろうか。その導きの糸として、島田荘司が「コード型創作の光と影」（『本格ミステリー宣言Ⅱ』収録）で例示した「新本格の七則」を参照しよう。その内容を簡潔にまとめると下記の通りである。この七則は、一則ごとに複数の提言が含まれているため、簡便さを優先し筆者が独自に十項目としたが、あくまでも筆者独自の翻案であることに留意されたい。

一―一　事件の舞台は、孤島や吹雪の山荘など「閉鎖空間」である。
一―二　「閉鎖空間」のため警察が事件に介入できず、論理思考により犯人を推理できる。
二　事件が起きるのは、施錠可能なドアのある建築物およびその周辺である。
三―一　登場人物は小説冒頭で紹介され、犯人が含まれていなければならない。
三―二　登場人物の紹介では事実と異なる説明を「地の文」で行ってはならない。
三―三　登場人物は一癖ある、怪しげな人物であることが望ましい。
四　事件は、犯人を特定できない密室内の血塗られた惨劇であることが望ましい。
五　探偵役は、外部からの来訪者か、登場済みの者であるかのいずれかである。
六　連続する惨劇のなか、探偵役の推理が行われ、それに読者も競闘する。
七　探偵役により指摘される犯人は読者にとって必ず意外な人物でなければならない。

この「新本格の七則」は、後に島田荘司が補足しているように綾辻行人「館」シリーズを念頭においたものである。どのような理解であれ「新本格」のはじまりは『十角館の殺人』からであることは間違いがない。ただし「館」シリーズで「新本格」の作風を定義しようにも、その勃興期ですら若干の無理があった。そのため、我孫子の「新本格」エッセイにてその着目点のずれを批判される。しかし、笠井潔は『探偵小説論Ⅰ』にてその着目点のずれは認めつつも建設的に議論を展開する。我孫子の「新本格の七則」批判から導かれた「メタ・ミステリ」「メタ・本格」という観点から、「嵐の山荘」パターンだけでなく人物の入れ替えトリックや叙述トリックといった約束事が「古典的な本格コード」であるとして、意義を見いだすのだ。笠井は以下のように述べている。

おなじような「館」を装置として利用していても、グリーン邸やハッター邸と十角館や時計館は存在性格が根本的に異なる。古典的な「館」コードを反復しながら、しかし作者は、そこに意識的なずれを生じさせている。コードの反復において生じている現代的なずれが、綾辻作品の新しい魅力なのだ。

端的にいえば、この「古典的な本格コード」の「反復とずれ」こそが「新本格」の作風にほかならない。我孫子の「メタ」もこの「反復とずれ」を指し示すものと考えてよいだろう。

ここで「古典的な本格コード」という言葉の意味について確認しておこう。「古典的な本格コード」とは、古典とされる海外本格ミステリの形式体系内の規則《コード》である。物語の内容そのものではなく、物語からある程度に抽象化されたルールのことを指す。エドガー・アラン・ポー「モルグ街の殺人」などの作品から読みとれる「謎と論理的解明」「探偵役—被害者—犯人役」の三肢構造などといった形式的なルールのことである。そうした形式的なルールを体系的に記したのが笠井潔『探偵小説論序説』であった。そこでも書かれているとおり、古典的ミステリの形式的要素は、ポー本人の発想があったにしろ、後発の作家たちから遡行的に整理し、再発見したものだ。それらの再発見を、しかと形式的体系として作品化したのが、法月が「初期クイーン論」(『複雑な殺人芸術』)で指摘したヴァン・ダインであった。その形式化を作品内で精緻に高めたのがクイーンだったといえよう。ただ、法月が「初期クイーン論」で強調するほど、ヴァン・ダイン、クイーンの形式化は形式的手続きを踏んでいるわけではない。その形式化は、法月のミステリ批評的枠組みで実作を照らすことにより見えてくる虚構的な形式化でしかない。厳密な意味ではミステリの形式的体系は、形式的かつ有限的な範囲で明文化されねばならないはずである。その明文化は十分に果たされてはいない。そのため、法月や笠井が述べる形式化の議論は、そのような虚構的な形式体系に理解ある読者にしか届かないことになる。作品から読みとれる複数の形式的なルールが、より高次のルールによって律せられているかもしれない、というこの仮説が虚構的な形式体系である。誰もが日常の事物にある太陽や林檎から円のイデアを見つけられるわけではない。数学的概念、ないし、プラトニズムを理解するものに見える虚像である。多くの人々は事物のダイナミズムに飲まれてしまう。批評においては、物語自体のダイナミズムに。それはベタな読み方で、ネタを楽しむ読み方ではない。そのため、多くの評者はミステリのイデアである「古典的な本格コード」の虚構的な形式体系に気が付かなかったのだ。

これは別の観点からも検証できる。「このミステリーがすごい！'88」収録の山前譲「国内ミステリー事情」、「同'89」収録の牧原勝志「俺たちに本格を読ませろ！」、「同'91」収録の慶応大学推理小説研究会の国内・海外コメント、「同'92」の小山正の国内コメントおよび覆面座談会のBの発言、「ミステリマガジン」で連載していた新保博久「ダイヤルJを廻せ」の一九八七年一一月、八八年八月、八九年一〇月の書評、一九九三年四月の権田萬治による朝日新聞論評など、「新本格」作品は多くの批判

＊2　権田萬治「社会派の時代終わっていない　新世代ミステリーの可能性」「朝日新聞」一九九三年四月五日なお本文中央には「必要な『清張』型の深化　〈新本格〉派に欠ける造形力」というリードが添えられている。

に曝されてきた。それらの批判は概して下記の否定的三要素、「小説技術の稚拙さ」「希薄な人間描写」「トリック趣味の偏重」にまとめることができよう。最後の「トリック趣味」を「ジャンル内の道具立て」と考えれば、これらの批判はミステリに限らず、SF、ファンタジー、ホラーなどジャンルフィクションの新人ならば大なり小なり当てはまることである。どのジャンルにも、ジャンル内で類型的としか思われていない「道具立て」「設定・演出」は存在するものだ。だが、「新本格」の場合、トリック趣味は過剰なまでに強調された。我孫子武丸にならうならば、そうした過剰な「自己言及性」こそが「新本格」の作品に固有のものである。では、なぜそのような強調が行われたのであろうか。

一九八七年から九〇年までは、まだ船戸与一『伝説なき地』のような冒険小説ブームが尾を引いていたころである。そして八八年の原尞の鮮烈的デビュー、九〇年の大沢在昌『新宿鮫』の爆発的ヒットにより、冒険小説・ハードボイルド作品はミステリ市場に影響を与えていたに違いない。当時は、いくつもの媒体で冒険小説・ハードボイルドが正しいエンターテインメント小説として褒めそやされる傾向にあり、その反作用として「新本格」の作品は否定的三要素のいずれかが指摘されるマニア向け商品として紹介されがちであった。当時の「このミス」系ミステリ業界としての品定めとしては正しかったのだろう。ただ、ミステリ市場は彼らの見識とは違う動きを秘めていた。それらの否定的三要素は、その後、実は時代を牽引する要素として働くようになるからである。

「新本格」の初期の書き手は、日本ミステリを読んで育ってきただけでなく、その市場に影響を及ぼしている海外古典の本格ミステリを読み育ってきた。だから、彼らの規範に古典的な本格ミステリから抽出されたコードが含まれることは間違いない。その影響関係を無視したとき、本格ミステリの形式性のひとつ「謎と論理的解明」を支える「トリック」が無用のものに見える。その無配慮な見解が起きた理由はいくつかの可能性が考えられるが、ひとつに当時のミステリ市場はすでに述べたように冒険小説・ハードボイルドの影響が強かったからであろう。そもそも冒険小説には厳密な意味で「謎と論理的解明」は存在しない。冒険を通じ、困難という謎に対して物語的な決着に至るものである。もちろん、そこにプロットとしてのミステリ的趣向がある場合もあろう。だが、そこにいわゆる論理的解明が必要とされる理知的構成があるわけではない。またハードボイルドは、ジャンル発生時には「謎と論理的解明」を強く有していたが、ジャンル的発展の中でプロットとして換骨奪胎されており、むき身のトリックが論じられることは、基本的にはない。「謎と論理的解明」であったものが、「事件とその顚末」とでもいうところに停留する。ただハードボイルド作品に内在したプロットのトリック性こそが重要だと考えたからこそ、法月綸太郎はそれに固執し続けることになる。彼の考えではおそらくハードボイルドも同じように「反復とずれ」という形式性で保たれていたジャンルだからだ。ただ、そうした法月の発想をはじめ、「新本格」作家の「古典的な本格コード」を復興しようという意図はミステリ業界的には理解されなかった。トリック趣味の強調もその復興には必要なものだったから行われたのだ。だが、その強調は「偏重」と見なされてしまう。トリックに奉仕するための人間描写も、その奉仕の意義を無視されれば、人間描写が希薄なものに映るのも当然のことだろう。そしてトリックと人間描写が認められない以上、残った文章が稚拙に見えるのも自明のことであった。結果として「古典的な本格コード」の復興を目指すことはすべて批判対象として扱われてしまうのである。それは当時のミステリ業界としては正しい見解だったのだろうが、その後のミステリ市場の発展を見れば間違っていた。

ただし、「新本格」作品の作風は、実際のところ「反復とずれ」とひとことで定義できるようなものでもなかった。すでに述べたように基準となる「古典的な本格コード」にしても、「吹雪の山荘」という具体的な作品舞台の設定から、「謎と論理的解明」というプロット構成まで、幅広いバリエーションがある。その基準を定めて反復し、ずらすことに込められた意味が作品の価値に繋がる。それは「古典的な本格コード」に限ったことでない。その一方で広義的な「現代的なミステリ」にもコードがある。実は、この観点がないためにこれまでの議論が有意義に継承できていなかったのではと私見では考えている。すでに述べた社会派ミステリ（殺人事件と社会軋轢の動機など）、ハードボイルド（内面描写なきタフな男など）、二時間ドラマ（事件と旅情など）などにもそれぞれ特有のコードがある。ただ、その形式性の厳密さは、本格ミステリのそれとは比べるべくもなく、逆にその自由度ゆえに世情に寄り添う登場人物やエピソードを創作することができた。だが、いかに度合いが低かろうとも、内容を支えるある種の形式を拭い去ることはできない。さまざまなミステリジャンルのコードを羅列することは可能である。そのジャンルごとにカッコの中で示したように。いずれも現在進行形のミステリ市場に受け入れられているコードには間違いない。我孫子がすでに述べていた「メタ・ミステリ」「メタ・本格」のうち、前者が「現代的なミステリコード」、後者が「古典的な本格コード」を想定していたという仮説も考えうる。

「新本格」第一世代である綾辻、歌野、法月、我孫子作品は、人物造形・舞台設定は「現代的なミステリコード」への配慮をしつつ「古典的な本格コード」を用いて現代の本格ミステリをものそうとしてきた。いいかえれば、彼らは「古典的な本格コード」と「現代的なミステリコード」を掛け合わせた「現代的な本格ミステリコード」を発見しようとしてきたのだ。彼らの方程式には、当時の業界からの批判にもあるとおり、ある程度の技術の稚拙さはあったのかもしれない。それでも彼らの「現代的な本格ミステリコード」は次第に認められるようになった。おそらく、成功の背景には、その方程式に特殊な変数が組み込まれていたからだ。それは彼らの作品の傾向からもうかがえる。彼らの作品には、意図せずにであろうが、いくつかの同じ趣向が見られるからだ。その特殊な変数とは、青春ミステリ的趣向と脱ミステリ的趣向である。

青春ミステリ的趣向とは、主な登場人物を学生に据え、学生と社会人の対立を描き、しばしば事件の動機に青少年としての悩みを盛り込む作風のことである。過去にも小峰元『アルキメデスは手を汚さない』や、東野圭吾『放課後』の作例はあったが、同時期に同じような青春ミステリ風の作品が続くことで「新本格」というラベルが強調された。学園を舞台に主要人物の学生たちが謳歌する青春を描いたそれらとは、質的な差異はあれども『十角館の殺人』『長い家の殺人』『密閉教室』などにそれらの趣向を見いだすことは、さほど難しくないはずだ。

脱ミステリ的趣向とは、本格ミステリが持つ形式体系のうち、唯一の真相を解明するというコードを反転させたパターンである。これはいわゆるメタミステリ的な側面ともアンチミステリ的な傾向とも通じるものを指している。たとえば『密閉教室』の終幕で事件をひっくり返すメタフィクション的な仕掛け、我孫子武丸『8の殺人』で描かれた現実味の乏しい動機設定、『十角館の殺人』で犯人が犯行を認めるに至るエピソードなどを想起されたい。これらは本格ミステリにおける論理的な解明とは違った趣向である。もし、厳密な意味で「謎と論理的解明」にこだわるなら、これらの趣向は破棄され、多くの読者が納得しやすいものにされるべきであろう。端的にいえば「端正な本格」ではない。すでに述べたミステリ業界の評者たちは、こうした脱ミステリ的な書き方に反発を覚えたものも少なくないに違いない。新人ゆえのプロット構成の甘さ、若書きゆえの独りよがりとも思われたかもしれない。

だが、多くの若い読者は、こうしたふたつの傾向に、既存のミステリ業界に反発する若い書き手の姿を重ねることもたびたびあったに違いない。「新本格」ムーヴメントは、青春期特有の情熱で彩られていたのだ。このようなムーヴメントと若い読者との共振は、その当時の冒険小説・ハードボイルドが当時の業界の期待に寄り添うものであったこととは大きく違うのである。

このことは「新本格」第二世代である麻耶雄嵩や二階堂黎人の作品と比較すると分かりやすくなろう。彼らの作品における「古典的な本格コード」は第一世代の作品ほど、「現代的なミステリコード」を配慮して書かれてはいない。麻耶雄嵩『翼ある闇』のダミー動機や、二階堂黎人『地獄の奇術師』での大時代的な伝奇設定などは、第一世代ではありえない虚構性をはらんでいた。それとともに青春ミステリ的傾向も脱ミステリ的傾向も極端化していった。たとえば『夏と冬の奏鳴曲』では、如月烏有という青年の存在を通して青春ミステリ的傾向を見いだせ、『翼ある闇』『夏と冬の奏鳴曲』のいずれも脱ミステリ的傾向、というよりもはやアンチミステリ的ともいうべき段階まで極端化する。また『地獄の奇術師』で、名探偵・二階堂蘭子は女子高生という設定である一方で警察組織の協力を得て、その明晰な頭脳で事件を解決していく。この書き方は青春ミステリ的趣向からは逸脱するものであったし、『吸血の家』や『悪霊の館』などのオカルト的な解釈を残したままという趣向は、脱ミステリ的なものと考えられる。そうした第二世代の過剰な試みを可能とした理由は、その当時の「現代的なミステリコード」は「新本格」第一世代の作品も含んだものとして再整備されていたからといえよう。それはミステリ叢書「鮎川哲也と13の謎」における宮部みゆき、北村薫の登場や、鮎川哲也賞の創設、

「週刊文春」年末ミステリアンケートで綾辻行人『霧越邸殺人事件』が一位選出、『時計館の殺人』の日本推理作家協会賞受賞などを想起されたい。こうした「新本格」第一世代とその周辺による「古典的な本格コード」の膾炙にともない、「現代的な本格ミステリコード」が市場に一定の場所を得たからであろう。

ここで振り返りたいのが、プレ「新本格」世代ともいうべき島田荘司、笠井潔、竹本健治の三人の存在である。三人のなかで「古典的な本格コード」と「現代的なミステリコード」の融合に最も腐心したのは島田であろう。「古典的な本格コード」を社会派ミステリやトラベルミステリにアレンジする、つまり「現代的なミステリコード」へ転換するという手腕はすさまじいが、そうした構成技術を超える社会批判的動機と大胆な「古典的な本格コード」の取り込みは、読者に対して島田荘司という個性を強く印象づけるものであった。

笠井は、基本的に「古典的な本格コード」に忠実であるが、島田の社会批判的動機ほどではないにしろ、「現代的なミステリコード」との融合の一手段として革命運動的動機（六〇年代ラディカリズム）をしばしば用いる。思想と「探偵小説」との同根性を信じ、その探求に多くの評書を書いてきたわけであるが、そうした独自のテーマ設定は、笠井潔という個性として読者の記憶に残るのだろう。

竹本の場合、「古典的な本格コード」はミステリのマニア性のなかに溶け込ませ、物理学や囲碁といった趣味性と同列化することで「現代的なミステリコード」と緩やかな融合を試みている。だが、その緩やかさの一方で、脱ミステリ的趣向にも通じるメタフィクションの仕掛けや幻想ミステリ的趣向といった虚構的設定を導入することで独自の地位を確立した。

このように先行する彼らはそれぞれ、「新本格」の書き手と同じように「古典的な本格コード」と

「現代的なミステリコード」の融合を目指したが、その創作スタイルには明らかな違いもあり、出版活動も個々のものであったため、ひとつの潮流を形成するには至らなかったといえる。

このような「古典的な本格コード」と「現代的なミステリコード」の融合を目指すことは、いわば現代ミステリとして生存していくための戦略だったといえる。「新本格」第一世代の作家たちは、版元の意向からひとつの潮流となるべく目論まれていたことは当然のこと、緩やかながら「古典的な本格コード」と「現代的なミステリコード」の融合には共通の傾向があった。それが「新本格の七則」である。こうした緩やかな法則性があったため、個別的な対応を行ってきたプレ「新本格」世代たちと違い、一潮流を形成し得たのだ。ただし「新本格の七則」を提唱する際、島田は既存の「古典的な本格コード」を守り、そのなかで創作を続けるという新本格作家の傾向を指摘し、そうではなく新たな本格コードの創造を願い、本格ミステリの創造を高らかに宣言していた。そうした島田の意図は、十分理解されず、むしろ論文の不備ばかりが指摘されるような結果に終わった。確かに島田が指摘しているとおり、彼ら新本格作家が行っていた創作活動は、新たな本格コードの創造ではなく「現代的なミステリコード」に沿わせた「古典的な本格コード」の復興でしかなかった。だが、そのような希有な創造は、なかなか為しうるものではない。むしろ、彼らが見いだした現代ミステリの方程式は、以後、多くの書き手によって模倣され、次第にその動きは大きな潮流となっていった。ひとつの画期的な本格コードの創造よりも、現代ミステリの方程式が、その後のミステリの発展へと繋がったという見方もできよう。彼ら新本格作家が生み出した現代ミステリの方程式が、次のミステリの沃野を切り開いていったからだ。「古典的な本格コード」に則った作品がミステリ市場において実は空白地帯であり、「新本格」ムーヴメントにより、段々とその空白地帯が市場として認められていったからにほかならない。そして九〇年代以降になって、「新本格」の「反復とずれ」はより広範囲へ影響を及ぼしてき、結果としてそれは「新本格」市場とでもいうべきものになる。「新本格」ブームのはじまりである。

3、「新本格」ブーム

「新本格」ブームの下準備は、「新本格」第一世代の作品の文庫化による。九一年後半から、彼らの作品は文庫化されていった。仮に「新本格」第二世代の作品から「新本格」を読み始めたとしても、同傾向の作品には事欠かない。第一世代の作品だけでなく海外黄金期の作品に手を伸ばすことで、再帰的に「新本格」市場を活性化させることもありえた。九〇年代前半は、「新本格」第一世代が新作の作品供給に足踏みをした時期でもあったが、第二世代の活躍と、文庫化という文化資産により、市場自体はある程度の規模を保つことができた。ただ、それらの力だけではブームに至らなかったであろう。にもかかわらず「新本格」ブームが起きたのは小説分野以外からの働きかけが手助けとなっていたからである。

ブームのきっかけとなる小さな波のはじまりは、漫画からであった。九二年から「金田一少年の事件簿」が「少年マガジン」で連載を開始。漫画誌上で犯人当てを行うという取り組みは若い読者の絶大な人気を獲得する。島田荘司『占星術殺人事件』のトリックや事件の構図を流用するという事件もあったが、人気は衰えることなく九二年から二〇〇一年まで連載を続け、二〇一二年の現在も不定期に掲載が続いている。「金田一少年」の隆盛により「名探偵コナン」「Q．E．D．」といったミステリ漫画が続き、後の「デスノート」へと至ることになる。

漫画の次はドラマであった。一九九一年にWOWOWにてTVドラマ「ツイン・ピークス」が放映開始し、レンタルビデオブームとも相まって爆発的ヒットとなる。デヴィッド・リンチのカルト的な作風は、「新本格」作品のいくつかに内在する脱ミステリ的なものと呼応していたと思しい。九四年から始まる「古畑任三郎」は、その脱ミステリ的な傾向への反動であるかのように、スマートな謎解きが行われ、多くの視聴者を獲得する。翌年には「金田一少年の事件簿」のドラマ化、同じ九五年には和製ツイン・ピークスのごとき「沙粧妙子　最後の事件」、九七年の「踊る大捜査線」、九九年の「ケイゾク」、二〇〇〇年の「TRICK」、「相棒」と続き、ミステリドラマはエンターテインメントの一角を担うようになる。

次はジュブナイル小説である。講談社の青い鳥文庫で、一九九四年にはやみねかおる「夢水清志郎」シリーズ、一九九五年に松原秀行「パソコン通信探偵団」シリーズが開始。既存の少年少女向け抄訳ミステリを楽しむ児童に、現在進行形のミステリの楽しさを知らせるひとつの扉となっている。いずれのシリーズは現在も継続中のほか、二〇〇一年からは楠木誠一郎「名探偵！」シリーズといった人気シリーズもはじまっている。

次はゲームである。一九九四年に発売された「かまいたちの夜」は、九二年の「弟切草」で培ったサウンドノベルのシステムを使ったミステリゲームで、当時の少年たちに絶大な影響を与えた。その影響力は後に乙一など若い才能に「現代的なミステリコード」を伝達するとともに、二〇〇一年「逆転裁判」へと続くミステリゲームの下地をしかと準備することになる。

最後はアニメである。一九九六年から「名探偵コナン」、九七年から「金田一少年の事件簿」のT

Vアニメ放映が開始。どちらも読売テレビ・日本テレビ系列であり、「金田一少年の事件簿」が二〇〇〇年で終了するまで地域にもよるが、月曜一九時からの一時間は常にミステリアニメが流れる時間枠があったということは特筆に値するだろう。

このように「新本格」ムーブメントからはじまった「新本格」ブームとは、小説ではない他のメディアを伴ったものだった。もちろん、それらメディアの作品のうち、作り手にとって「新本格」ムーヴメントとは関係のないものもあった可能性は多分にある。ただ受け手の一部は確実に「新本格」ムーヴメントとの共振関係をそこに見いだしていたはずだ。その共振作用は、新本格作家が開発したはずの「現代的な本格ミステリコード」を、メディアの奔流の中で「現代的なミステリコード」として再帰的に取り込んでいく。そのなかで時にはトリックの流用や本格コードの軽視などがありながらも、多くの人々に受け入れられることとなった。ここでは詳細を論じられないが、「新本格」とは呼ばれなかったこれら作品たちも、「新本格」と同じようにさまざまなミステリとしての可能性を検討してきたはずである。

こうした小説以外の分野におけるミステリ作品の登場により、ミステリ小説業界は、既存の小説シーンにはないエンターテインメント全般における価値判断を受け入れるようになる。また、一般的なエンターテインメント市場に広く「現代的な本格ミステリコード」が理解されるようになる。ミステリ業界とエンターテインメント業界の相互作用であり、結果として、これらの作品が小さなミステリの市場として成立していくことで、その循環する経済圏として「新本格」市場が成立したのである。九二年までは「新本格」ミステリは、その小説作品としてムーヴメントを築いてきたわけだが、それ以降は別のメディアからも読者が大量に参入するようになったのだ。漫画で本格ミステリの楽しさを知り、さらなる楽しさを求め「新本格」市場の商品を購入する。ドラマ、アニメも同様である。いずれも、擬似的な教養体系が発生することが市場誘導の動機付けになる。漫画やアニメの本格ミステリは初心者向けであり、よりマニア向けの作品として「新本格」ミステリがあるという教養構造である。ただ、ここで「擬似的」というのは、小説ではない本格ミステリ作品が必ずしも初心者向きとはいえないからである。ともかく、どのメディアから入ろうとブームの中にいるかぎり、いずれはブームの発端であった「新本格」の作品に触れることになるだろう。そして、「新本格」経由後に古典ミステリへと旅立ち舞い戻ることもあったはずだ。このようにメディアの多様化によって擬似的な教養体系が成立する。

ただ一方で、そもそもミステリには形式的な体系があるとはすでに述べたとおりだ。結果として、形式的なミステリジャンルの教養と、メディアの多様化による教養との二重体制が成立してしまうことになる。ある程度、ミステリに親しんだ読者なら、それらのミステリの教養を十分に修得することは物量的に困難だと実感できるであろう。逆に初心者の大半にとって、そのような教養体系は、教養としてではなくミステリマニア向けの既成の価値判断と見なされるようになる。そういった価値判断よりも、単なるエンターテインメントのひとつとして、ミステリを消費することが一般的になってくるのだ。そのため、娯楽を求める読者にとって教養的にミステリを読むべきだというミステリマニアによる提言は、業界の一部を除き、実状と合わないものとなっていった。

だが、ここまでは「新本格」ミステリの周縁的なメディア論である。すでに述べたようにこれは助力でしかない。「新本格」ブームの核となるきっかけは、「新本格」ミステリ小説内部から生み出された。それが、京極夏彦の登場である。

確認しておくが、一九九四年の京極夏彦のデビューは、巷でいわれるほど衝撃的ではなかった。実際は『魍魎の匣』刊行により、爆発的にその名が知れ渡ることになる。その証拠が『魍魎の匣』の日本推理作家協会賞受賞である。京極夏彦の登場により、「新本格」のイメージはそれまで良くも悪くも基準と考えられていた「古典的な本格コード」だけではないものが決定的に併走するようになった。それは彼に続く、西澤保彦、森博嗣にもいえる。彼らは「古典的な本格コード」の形式性にならう部分もあるが、すでに類型的なパターンとも受け止められていた「現代的な本格ミステリコード」から、独自な作風を確立するために別のものを用意するようになる。また、それとは別にオタク市場という小説外の動向とも新たな関係を築くことになる。

京極夏彦は、認知科学的知見と民俗学的知見を知的装飾ではなく、ミステリのプロットに用いる。その技法は『鉄鼠の檻』で一応の達成に至った。またそのキャラクター設定が、少女たちの心をつかみ、それまで島田荘司作品などを対象としていたボーイズラブ同人漫画で採用されるようになる。一部の噂だが、京極作品における具体的な推理は「飛ばし読み」し、登場人物たちの掛け合いだけを読むという新しい鑑賞法も採られていたようだ。

西澤保彦は、大胆なＳＦ的設定を縦横無尽に駆使し、ミステリが持ちうる新たな「謎と論理的解明」を切り開いた。九〇年代後半には「チョーモンイン」シリーズのビジュアル的設定により、オタク市場にも参入した（「チョーモンイン」のキャラクターはガレージキットとして商品化されている）。

森博嗣は、その工学的見地から小説を製品として再定義し、「古典的な本格コード」「現代的なミステリコード」のいずれも変奏して作品を作り上げた。密室殺人やミッシングリンク、「名探偵と知能犯」という構図など「古典的な本格コード」を三人の中で最もベタに作品化する一方で、にもかかわらず謎解きではベタなカタルシスから距離を置いた、「現代的なミステリコード」を相対化するスタンスを維持し続けている。また探偵役・犀川創平とそのワトソン役である西之園萌絵とのコンビは、オタク市場の消費受容を受けて、物語よりも登場人物に萌えるという読み方、いわゆる「キャラ萌え」で取りざたされるようになる。

以上のように、三人はそれぞれ書き手としての特色を明確に打ち出すとともに、意図せぬかたちでオタク市場との呼応関係を形成していた。実際のところ、ミステリとオタク市場との関係は、彼らからはじまったわけではない。九〇年以降、コミックマーケットは来場者数二〇万人を超える規模になり、各種エンターテインメントのファン活動が可視化されていくとともに、既存のエンターテインメントの受容スタイルの変化を指し示すものでもあった。一言でいえば、ファンによる二次創作という「ネタ化」である。そのなかには当然、いくつかのミステリ作品も対象にはなっており、その意味ではここでのオタク市場の扱いは象徴的なものでしかない。実際はすでに述べた複数ジャンルを含んだ一般的なエンターテインメント市場の影響を受け、「新本格」市場そのものが変容していったからである。

こうしたメディアミックスによる消費社会的観点が、小説創作の活動に「反復とずれ」を引き起こしていったことは疑いない。それがはっきりと分かるようになるのが講談社の小説誌「メフィスト」で創設された新人賞・メフィスト賞である。第二回メフィスト賞受賞作である清涼院流水『コズミック』は、森における相対化というよりも逸脱化とでもいうべき作品で、絵空事のような設定の数々に作品全体を包み込む喜劇的な語り、基本的な小説形式を無視したかのような実験的姿勢は多くの書評家や先輩作家から批判を浴びたようだ。だが、そのような「新本格」業界の動向と相反して、創作スタイルは多くの若い読者の支持を受け、『ジョーカー』『カーニバル』連作と続けられた。もちろん、その支持の一部には作中に登場する複数の名探偵たちに「萌える」読者によるものもあったと思しい。オタク市場のような寛容な受容者がいなければ、『コズミック』のような問題作がミステリ業界に受け入れられなかったであろう。ミステリのネタ的な逸脱化の傾向は蘇部健一『六枚のとんかつ』から積木鏡介『歪んだ創世記』まで続いた。その逸脱化の反動か、霧舎巧『ドッペルゲンガー宮』、殊能将之『ハサミ男』、古泉迦十《かじゅう》『火蛾』とバリエーション豊かな本格ミステリも提供し続けてきた。

ただ『コズミック』や『歪んだ創世記』といった作品を出版するメフィスト賞の方針に、当時のミステリ作家、評論家の多くは批判的発言を繰り返した。聞くところによれば、出版に対し暗に圧力をかける向きもあったようである。積極的な批判をしていた笠井潔は、その論述のうちに建設的提言を盛り込んではいたが、他の書き手では単なる非難と思しい言葉も見受けられた。そもそもメフィスト賞はミステリに限らず、広くエンターテインメント作品を求めるものであったから、そうした多様な作品は原理上、許容されるべきなのだが、メーカーたる出版社の品質管理の基準と、作家、評論家の一部の基準に著しいずれがあったことは事実だ。その笠井潔の批判は、いわゆる「構築なき脱構築」といわれ、本論は基本的にその批判の延長線にあるものだ。ただ、笠井の批判とは別の観点で論じている。なぜなら「構築なき脱構築」という言葉は、笠井の論を見ればわかるとおり批判的意図を強調したものであり、小説創作としての実状は「弛緩した構築の脱構築」だからである。たとえば『六枚のとんかつ』や『歪んだ創世記』は、「現代的なミステリコード」として生き残るために俗的な笑いの要素や、メタフィクション的要素を取り入れたものだ。ただし、そこに既存のミステリ小説に見られるようなクオリティへの配慮は乏しかった。それが、弛緩した構築である。ただ「新本格」市場がネタ的な逸脱化も受け入れるだけのものに成長していたから、商品として流通したのである。つまり、原理的なミステリとしての商品価値ではなく、「新本格」市場が消費者の多様化に合わせた作品供給を要求しているために、そのような作品も流通したのである。とはいえ、こうした傾向は、巷でいわれるほどメフィスト賞だけに留まるものではなかった。

同時期の中核的ミステリ作家の作品を観察してみると、東野圭吾『名探偵の掟』、恩田陸『三月は深き紅の淵を』、法月綸太郎『パズル崩壊』、竹本健治『ウロボロスの基礎論』など個々の作品の持つミステリとしてのポイントが逸脱化へ向いていたものもあれば、西澤保彦『殺意の集う夜』、倉知淳『星降り山荘の殺人』、谺健二『未明の悪夢』、歌野晶午『ブードゥー・チャイルド』などのようにミステリの要素を一部変化させたり、別の要素を組み込んだりしながらも「古典的な本格コード」を保持した作品もあった。大胆なものでいえば、東野圭吾『どちらかが彼女を殺した』における結末で犯人を明記しないという手法、二階堂黎人『人狼城の恐怖』の約二年にわたる問題篇と解決篇との分冊刊行という試みを受け入れたのは「新本格」市場の成熟化を示すものにほかならないもののはずであった。このようにしてメフィスト賞を中心とした擬似的なメディアミックスによるミステリの一大市場が成立することとなる。この市場こそが、「新本格」ブームの本質である。小説だけでなく、漫画やアニメがミステリ市場を活性化し続けるようになるからだ。

こうした「新本格」ブームのなかで、「現代的なミステリコード」が肥大と多様化を続けるに当たり、相対的に「古典的な本格コード」が小さくなることは否めないことであった。そうした傾向への新たな批評家からの対応として、九七年には笠井潔編『本格ミステリの現在』が刊行。新本格作家を中心に「本格コード」の整理が行われたものの、理論的分析に留まるものであった。また笠井潔や千街晶之など多くの書き手がムック本などで現状分析を述べたが、打開策となる明解な方針を打ち出すことはできなかった。それどころか作家・評論家をまじえた論争が繰り返されもしたが[*3]、意見の対立の背景にはこれまで述べてきたような「新本格」ブームの多面的変化に論争が追いつかなかったからであろう。そのような混沌たるミステリ市場に、二〇〇〇年十一月三日、本格ミステリ作家クラブが発足する。それは、新たな変容の幕開けとなるのだった。

4、「ファウスト」、もしくは「新本格」以後

二〇〇一年、本格ミステリ作家クラブによる「本格ミステリ大賞」設立。第一回の受賞作は倉知淳『壺中の天国』であった。だが、壺の中の天国を誰もが認められるわけではないことが明らかになる。同年、舞城王太郎と佐藤友哉が、翌年に西尾維新がメフィスト賞でデビューする。彼ら三人は、漫画的ともいえる過剰な個性を持った登場人物を配置し、非現実的な設定を作中に盛り込むなど、似通っ

＊3　以前から「このミステリーがすごい！」を中心に非公式な応酬はあったと思われるが、表面化したのは「'98本格ミステリ・ベスト10」で行われた我孫子武丸、貫井徳郎の書評家批判から。「この文庫がすごい！'98年版」に両名を含めた新本格作家、および評論家への反論を述べた覆面座談会が掲載。この反論の中で中傷された笠井潔は「ミステリマガジン」連載の「ミネルヴァの梟は黄昏に飛びたつか？」で匿名座談会を批判する。「このミス'99年版」で匿名座談会は終了、編集部の謝罪で一連の騒動は一応の決着をみた。詳細は「このミス'99年版」収録の千街晶之「右も左も一刀両断！　新本格派と匿名座談会の確執の真相に迫る！」を参照のこと。

た傾向を持っていたため、ひとくくりにして論じられがちであった。その傾向は次第に二分化していく。舞城や佐藤は「現代的なミステリコード」に「純文学的コード」を掛け合わせ、西尾は「現代的なミステリコード」に「アニメ・漫画的コード」を掛け合わせることで、新たなミステリを目論んだのであった。これらの傾向は明らかに九〇年代後半のミステリ市場の延長線上にあった。だが、彼らの果敢な挑戦は、混沌たるミステリ市場をさらに混迷化させるものとして、一部の書き手からの批判を受けるようになる。「新本格」業界には、それら現代ミステリの生存戦略は、許されざる「謎と非論理的解決」として映ったのであろう。だが、それらの批判は八〇年代後半に行われていた「新本格」批判とほぼ同型のものであった。実際に雑誌等で明言する評論家や作家は少なく、暗然と「業界」の空気を通し、批判を通すというやり方である。だが、今回も、ミステリ業界の判断とミステリ市場の判断は違っていた。

講談社は二〇〇三年に雑誌「ファウスト」を刊行。彼らのほか、乙一、滝本竜彦などを起用して、新しいムーヴメントを形成していく。「新本格」ブームから生まれたはずの「ファウスト」ムーヴメントであるが、多くの読者はそれを「新本格」ブームと地続きのものとは考えていないだろう。この新潮流は、確実に九〇年代ミステリが作り出したはずの「現代的ミステリコード」が、すでにムーヴメントの最先端ではないことを示すものにほかならなかった。

また「ファウスト」系作家たちにとっては、「古典的な本格コード」という形式的内実は創作の源泉にはなく、「新本格」ブームが築いてきたさまざまな「現代的なミステリコード」をその源泉に持っている。そのため、本来的には「古典的な本格コード」とは無縁な、たとえば荒木飛呂彦「ジョジョの奇妙な冒険」のスタンド能力というルールが持つ論理性や、「自意識」や「語り」といった純文学がもともと孕んでいた過剰なテキスト性などが、「現代的なミステリコード」としての変換コードとして用いられる事態になってしまったのだ。「古典的な本格コード」に限らず、他ジャンルにもそのジャンル内の形式体系があるために、本格ミステリ的には取り違いとも思える事態が発生する。だが、かつての「新本格」ムーヴメントは、こうした取り違いすらも「反復とずれ」というかたちで吸収し、新たな「現代的なミステリコード」として再定義化してきた。この新陳代謝こそが「新本格」ムーヴメントの核だったはずである。そしてその核たるものは、自分たちの作風を確立するため、「古典的な本格コード」と「現代的ミステリコード」をそれぞれ独自に掛け合わせる方法で表現してきた。すでに述べたように「新本格」第一世代の書き手は、触媒に青春ミステリ的傾向と脱ミステリ的傾向を用いてきた。その果敢な取り組み自体も、青春期特有の情熱によって裏打ちされていたはずなのだ。だが、青春期特有の情熱という取り組みは同じだったにもかかわらず、「新本格」業界は、佐藤や西尾らを既存のミステリ業界の基準で批判した。彼らがどのような意図で作品を書いていたかを理解をしようとはしなかった。

そうした批判にもかかわらず、彼らの作品は青少年を中心に多くの読者を獲得していく。それに反してエンターテインメント市場の一部を大きく占有していた「新本格」市場は次第に縮小を余儀なくされることとなった。代わりに市場を大きく形成したのは、片山恭一『世界の中心で、愛をさけぶ』のような純愛ブームに支えられた作品群と、青少年向けのライトノベルであった。そのライトノベル市場の一角には「ファウスト」ムーヴメントがあった。彼らが「現代的ミステリコード」で培った遺産は、「セカイ系」という新たな形式性のなかのパーツとして取り込まれる。*4 この形式性こそ「新本格」とライトノベルの融合を目指しうる道だったはずなのだが、乙一『GOTH』や西尾維新『きみとぼくの壊れた世界』、舞城王太郎『九十九十九』といった作品を残すに留まり、ミステリとしての潮流を形成するまでには至らなかった。ゼロ年代において、青春期特有の情熱は、さまざまなライトノベルの中で発散されていった。翻って「端正な本格」というかたちの本格ミステリの小潮流は、その当時に必要とされていた「現代的ミステリコード」を内在的に持ってはいなかった。むしろ、そうした同時代性には背を向け、形式的な「古典的な本格コード」に沿った「現代ミステリ」を書こうとした。そこに、異質のものを融合させて、独自のものを輝かせようという方法意識はほぼなかった。その証左に、当時の新進作家であった伊坂幸太郎や、石持浅海、桜庭一樹、道尾秀介といった新しい書き手は、本格ミステリの書き手であろうと「新本格」というくくりではなく、本格ミステリやサスペンスの市場の新人として扱われ、場合によってはむしろ「セカイ系」やライトノベルとの共通性を論じられるようになった。彼らは「端正な本格」とは一線を画す存在だったのである。結果として「新本格」業界は、新本格作家が「古典的な本格コード」を現代によみがえらせるために腐心したはずの現代ミステリの方程式をゼロ年代にでも通じるように再定義しきれなかったといえよう。

確かに本格ミステリにおける「謎と論理的解明」という基本的構成は欠かすことのできないものである。ただ、九〇年代における「現代的なミステリコード」の新陳代謝の繰り返しは、ミステリ以外から導入された作品に内在していた論理性をも取り込んでいった。既に述べた「新本格」第一世代の脱ミステリ的趣向は、「ファウスト」系作家たちの生存戦略と相通じるものだったはずだ。

だが、「ファウスト」系作家たちの「現代的なミステリコード」は理解されることもなく、「ファウスト」系作家も「古典的な本格コード」だけに固執するほどの意欲もなく、彼らなりの「現代的なミステリコード」を含んだ創作活動に邁進していく。ライトノベルの流れに乗り、圧倒的な潮流を形成することとなった彼らのその歴史的過程についてはここでは述べない。ただ、「ファウスト」系作家たちの生存戦略も「現代的なミステリコード」のひとつだったはずである。そしてその彼らの活躍も約十年が過ぎようとしている。そろそろ新たな兆しが見えてもいいはずだ。おそらく、その兆しは彼らの形勢を批判的に乗り越える新たな「現代的なミステリコード」の創造にあるものと筆者は確信しているのである。

文中で言及した書籍のほか、左記サイトを参考にしている。
市川憂人「新本格補完計画」Anonymous Bookstore　http://yu-ichikawa.6.ql.bz/mys/nc/nc_index.html

＊4　セカイ系と新本格との関わりについては、拙論「虚空海鎮」（限界小説研究会編『社会は存在しない』収録）を参照いただきたい。

叙述トリック派を中心にみた現代ミステリの動向と変貌

小森健太朗

1、二〇〇〇年代以降のミステリ・ジャンルへの見通し

笠井潔は、一九九〇年代後半に、現代探偵小説ムーブメントを「第三の波」と命名して、その見取り図を提示している。『探偵小説論Ⅱ』における、「後期クイーン的問題」を重視する問題意識のもとで、本格ミステリ・ジャンルの動向を大きく三方向にみてとっている。それは、一つ目には、綾辻行人や折原一などに代表される叙述トリック派、二つめは北村薫や加納朋子に代表される〈日常の謎〉派、そして三番目に山口雅也、京極夏彦、麻耶雄嵩らが主導する形式主義の徹底化を目指す方向である。それに加えて、一九九七年頃には、清涼院流水などの「構築なき脱構築派」が台頭しているが、この派を笠井は当時の論ではあまり評価できないとしていたが、後に清涼院流水については、二一世紀初頭の注目すべき「脱格」派の先駆けになったと評価を修正している。

笠井のこの見取り図が出されてから十年以上もすぎ、二一世紀の最初の十年も終わった現在、この見取り図は現時点からみてどのようにとらえ直されるだろうか。まず、笠井潔が命名した〈脱格〉派

に関しては、限界研による評論書『探偵小説のクリティカル・ターン』で主題的に扱われた作家の多くが、その流れにある若手作家であった。その流れは、二〇〇〇年代のミステリ・ムーブメントにおいては、ひとつの大きな流れを形成したと言える。

また、形式主義を徹底化する方向に関しては、一九九〇年代には、同心円的な蜘蛛の巣状のあやつりを徹底化する方向に追究が進み、その代表的な作品として京極夏彦の大作『鉄鼠の檻』（一九九六年）、『絡新婦の理』（一九九六年）や『塗仏の宴』（一九九八年）などが刊行された。そして、あやつりテーマの総決算にして集大成的な大作である、山田正紀の『ミステリ・オペラ』（二〇〇一年）が刊行された後、あやつりテーマを徹底化する方向は失速していったのが観測される。その失速の原因や背景については、考察される事情や原因がさまざまあるだろうが、ひとつ指摘できるのは、時代の推移とともに、張りめぐらされたネットワークの中心に超越的な主体が居すわって各方面にあやつりを施すという図式が、時代即応的でなくなった面があるのではないかと考えられる。ただし、この方向の追究がなくなったわけではなく、二〇一〇年には後期クイーン的問題を主題的に追究した麻耶雄嵩の『隻眼の少女』といった作品が刊行されている。この方向は、様相論理的な論理的推理法や、検索型推理を持ち込むなど、時代即応的な推理法をとりいれた作品群などでも観測できる。この点については、本論集の渡邉大輔の論で主題的に考察されている。

この論で主題的に扱う叙述トリック派については、おおまかには、一九九〇年代初頭と現在ではかなりの変質がみられるものの、途切れることなく、新たな作品が試みられ続けている。トリックの技法としては、九〇年代同様、二〇〇〇年代においても、ミステリのジャンルにあっては、叙述トリックは有力で頻用される技法として存在感を発揮している。

二〇〇〇年代以降の〈日常の謎〉派に関しては、九〇年代に比べて、解明と謎の落差をつけることに困難が生じている傾向が観測できる。これは、『探偵小説の論理学』で指摘した、〈ロゴスコード〉の変容とも無関係でない事態である。近年の〈日常の謎〉派の大きな特徴として、あえて小さな謎を扱って、解明との落差は小さくても、感動させたり、ほろりとさせる〈いい話〉と融合していく傾向が強い。〈日常の謎〉派の動向に関しては、本集の海老原豊の論でも主題的に考察されている。

謎と真相の落差が接近し縮小化している〈日常の謎〉派と対照的に、あくまで謎と真相の解明の落差を大きく保とうとするのは、島田荘司が提唱した幻想的な謎を冒頭におくことをモットーとする島田流本格ミステリ派である。この方向では、近年でも『武家屋敷の殺人』などの小島正樹や、鮎川哲也賞を受賞した『ボディ・メッセージ』の安萬純一、ばらのまち福山ミステリー文学新人賞から『伽羅の橋』の叶紙器、『玻璃の家』の松本寛大、『変若水』の吉田恭教などが輩出している。この派の動向については、本集の飯田一史の「二一世紀本格2――二〇〇〇年代以降の島田荘司スクールに対する考察から」で検討されている。各作品によって達成度はまちまちだが、島田が提唱する脳科学などの最新の科学成果を盛り込んだミステリとして、『玻璃の家』や『変若水』は一定の成果をおさめた収穫と言える。また、この路線に沿う作風では、『ｉｆの迷宮』や『システィーナ・スカル』などの柄刀一や、ＳＦミステリの『デカルトの密室』の瀬名秀明などが活躍している。

笠井潔の整理に基づき、ミステリの構造からみて大きな潮流と言えるのは、大体このようなところだが、ミステリの本質的な構造や骨格から離れて、舞台や属性についてみれば、またさまざまな流れや特徴を見いだすことができる。それはたとえば、学園を舞台にしたミステリが多いとか、貧困を主題にしたミステリ作品がいくつもみられるといった諸観点があげられ、その点に関しては、本集の藤田直哉の「ビンボー・ミステリ」論などで扱われている。

それら以外にもさまざまある現代ミステリのさまざまな潮流を総括的に概観するのは、この小稿の手に余るので、以下では、叙述トリックが使われることもあるミステリの舞台や特徴を、簡単にみておくことにしよう。たとえば、学園ミステリと叙述トリックを組み合わせた作品がいくつかあることが指摘できる。

近年、人気を博した学園ミステリとしては、主に〈日常の謎〉に定位した米澤穂信の古典部シリーズ、初野晴の吹奏楽部シリーズ、似鳥鶏の学園ものなどがあげられる。さらに、前述の〈脱格〉とされる作品群や、ライトノベルのいくつかのミステリ作品や、山口芳宏や麻耶雄嵩の一部の作品などに、アニメなどのおたく文化の影響が流入しているのが観測できる。

また、最近のミステリの特徴づけとして「ゲーム的」なミステリが多いという言を目にすることがあるが、「ゲーム」という言葉の意味する範囲が広範で曖昧な面があり、それだけではどんな特徴を指しているのかはっきりしない面がある。そもそも本格ミステリが、読者と作者、あるいは読者と作中の探偵の知的ゲームであるといわれるので、広くみれば、本格ミステリ全体が「ゲーム」的であると形容することができる。近作では、歌野晶午の〈密室殺人ゲーム〉連作や、柄刀一の『人質ゲーム、オセロ式』など、現代的なネット環境を利用して、犯人側からゲーム的な舞台を設定して、知的闘争ゲームを演じる作品がある。いくつかの作品では、このゲーム型ミステリが叙述トリックと絡めて用いられている。

ゲームの意味範囲を狭め、たとえば、サバイバル・デスゲームものとミステリを組み合わせた作品としては、矢野龍王の諸作をはじめとして、いくつか作例がある。本論集では、藤田直哉による、ビデオゲームとミステリを考察した論が掲載されている。

ＲＰＧやギャルゲーなどの分岐する可能世界的論理をミステリ内の論理に活用している事例もいくつか観測される。

さらに、二〇〇〇年代のミステリには、ジャンル外から流入した影響と言えるかもしれないが、感動できる話、〈泣ける話〉が増大した傾向が観測できる。〈泣ける話〉というのは、ミステリ・ジャンルにおいては、謎―解明の型でもなく、ミステリとしての本質に係わらない要素であって、属性分類にもあたらない。ただ、その話を読んだら泣いたり、感動できたりするというものなので、強いて分類するなら、読者に与える感情的効果の面からの分類にあたるだろう。ただし、この〈泣ける話〉がいくつかの作品では、叙述トリックと組み合わされて、効果的に感動を演出している。

直木賞を受賞しベストセラーになった、東野圭吾の『容疑者Ｘの献身』は、ミステリのジャンル内では本格論争を招いた問題作であるが、一般的には〈泣ける〉物語のひとつとして消費された面がある。二〇〇〇年代前半にベストセラーになった『世界の中心で、愛をさけぶ』などの泣ける話に共鳴し、横山秀夫の諸作、東野圭吾の『赤い指』など、この方向の作品が連発された。後進の若手作家、道尾秀介、辻村深月、桜庭一樹らも、初期作品よりミステリ色を薄めながら、感動できる話の追究に重点を移していったのが観測できる。

さらにこの傾向と重なる面があるが、少年法に守られた少年犯罪者や、法律で裁けなかった罪人に、子どもや愛する人を殺されたものが裁きを下す物語が歓迎される傾向も窺える。たとえば東野圭吾『さまよう刃』や湊かなえの『告白』など、現代的な復讐の物語が歓迎され、一種の感動できる物語として受け入れられている傾向があると言える。

2、古典的な叙述トリック・ミステリと「効用逓減の法則」

現代の叙述トリック派の動向をみる前に、それ以前の叙述トリック・ミステリに関しても、簡単に概観しておこう。

十代の頃、海外ミステリを古いものを中心に読み進めていたとき、筆者に叙述トリックというものを初めて意識させた作品は、アガサ・クリスティの『アクロイド殺し』（一九二六年）でもなく、カーター・ディクスンの『貴婦人として死す』（一九四三年）でもなく、マーガレット・ミラーの『狙った獣』（一九五五年）だった。クリスティやカーの作品は、意外な犯人ものの一種とか、作中作を用いる手記トリックとして把握され、叙述トリックという概念ではとらえられていなかった。ではなぜ、ミラーの作品が、初めて叙述トリックの概念を筆者に植えつけたのか。それは、この本の内容紹介者さえもが、作者のミスリードする叙述上の騙しの技法にひっかかっていることに気づいたからである。筆者が読んだハヤカワミステリ文庫の『狙った獣』は、昭和五二年三月刊行の初版で、その本の背表紙にある内容の紹介は、実は大きく間違っていて、真相とはかけ離れている。どう間違っているかというと、叙述トリックで作者がひっかけたいと狙った、誤った事態がまるで真実であるかのように書かれている。序盤だけ読んで真相を誤認している読者がストーリーを説明したような、誤ったあらすじ紹介がついていた。これを書いたのはおそらく出版社の編集者だろうが、その書き手は、まんまと著者の仕掛けた叙述トリックに嵌められていたことになる。

このミラーの作品を起点に、叙述トリックものに関して、いくつかの示唆的な事柄が学べる。

マーガレット・ミラーは、江戸川乱歩の海外ミステリ作家紹介では、「心理サスペンス派」と分類されている。その紹介が間違っているわけではないが、今日の観点では、ミラーは、叙述トリックを駆使するサスペンス派の作家としてとらえられるだろう。現代本格では叙述トリックを使うと、本格ものど真ん中であるかのような把握が一般的になってしまったが、ひと昔前の書き手であるマーガレット・ミラーは、本格派ではなくサスペンス派の作家としてとらえられるのが普通だった。現代本格における認識と、一九五〇年代に活躍した、ミラーのようなアメリカの叙述トリック派の作家に関する、認識のこのギャップはどこからくるのだろうか。

一般的に叙述トリックは、読者を誤導したいにせの真相を向けて、アンフェアにならない範囲でギリギリの詭計的な語りを用いて、真相を隠蔽することを狙いとする。その語りにおいては、言葉上のダブルミーニングやひっかけの技法が用いられ、その言語の言い回しに依存する比率が高く、翻訳が難しいものが多い。たとえば、英語で「スミスが来た」と語って、それが人名のスミスでなく鍛冶屋を意味していたことをミスリードしていた場合、それをそのまま日本語に訳すのは無理である。日本語のひっかけの言葉を英語に訳す場合も同様である。たとえば、横溝正史の『獄門島』にある「気違いじゃが仕方がない」の一節は、英訳で「……is crazy but no ways……」という工夫が凝らされた訳し方で、ほぼ事態を伝えてはいるものの、日本語と同等の両義性は再現できていない。ミラーより古い作品でも叙述トリック作品はあるのに、翻訳書で読むとちっとも叙述トリック作品でないものが少なからずある。たとえば、J・S・フレッチャーの『ミドル・テンプルの殺人』（一九一八年）は、日本語に訳されたこともある作品だが、原書で読んで初めて、言葉上のひっかけトリックが含まれていることがわかった。

アメリカでは、ヴァン・ダインやエラリー・クイーンらが主導した本格ミステリの興隆が沈静化した後、一九四〇年代後半から一九五〇年代にかけて、乱歩が「心理サスペンス派」と呼んだ作家たちによってかなりの叙述トリックのミステリが書かれている。しかし、それらの作品は、翻訳というフィルターを通すと、充分に叙述トリックの効果が伝わらないものが多い。フレッド・カサックの『殺人交差点』は、瀬戸川猛資が『夜明けの睡魔』で指摘しているように、ちょっとした翻訳の拙さによって真相がバレバレになってしまったりしている。そういう事情もあって、一九五〇年代から六〇年代にかけて興隆した、英米の叙述トリック・ミステリは、それなりに翻訳書の刊行はされたのだが、翻訳上の技術的な難題が大きかった面もあって、ヴァン・ダインやクイーンの大戦間本格ミステリほどには、日本の読書界には理解されず受け入れられなかったと言えるだろう。

アメリカでは、一九二〇年代から三〇年代にかけての本格ものの興隆のあと、ハードボイルド派が栄えるのと並走する形で一九五〇年代から六〇年代には叙述トリックを用いる心理サスペンス派が振興した。

ところが日本の現代本格は、アメリカの推理小説界とは大きく事情が異なる。笠井潔が命名する〈第三の波〉の起点となった綾辻行人の『十角館の殺人』（一九八七年）が、叙述トリックに分類される作品であるため、〈新本格〉と名づけられたムーブメントの起点にして中心に、叙述トリック作品が置かれることとなった。綾辻以前の日本の推理小説界では、作例がなかったわけではないが、叙述トリックを駆使する作品は数は多くなく、翻訳ミステリの叙述トリックものはごく限られた受容しかされていなかった。〈第三の波〉のトップランナーである綾辻行人に続いて、叙述トリックを多用する折原一らが登場してきたことによって、一気にミステリのマーケットが広く開拓されたのは、叙述トリックの技法が目新しく面白いものとして広く読者に受け入れられたのが大きな要因と言えるだろう。

しかしながら、叙述トリックの技法は、やがて頭打ちになり、限界につきあたるという難点が内在していた。その難点とは、読者の側に則して言えば、叙述トリック作品をいくつも読んでそのパターンを習得し、叙述トリック作品に対して免疫ができてしまうと、以前のように驚けなくなってくる。また、書く側からみて、叙述トリックの技法は、いくつかの基本パターンに分類され、それらを組み合わせても、できる技法には限りがあることである。

叙述トリックの技法に免疫のない読者が初めて叙述トリックの作品に出会うと、たいていが大きな驚きと意外性を味わう。しかし、同じような驚きを求めて、二作、三作と読み進めていくと、じきに驚ける度合いが減り、またこのパターンかとマンネリ感を抱いたり、作者の張りめぐらせた奸計を先に見抜けるようになったりする。このように、読書を積み重ねていくほど、だんだんと驚きの効果が減じていくのを、経済学の用語を借りて〈効用逓減の法則〉ということができる。コリン・ウィルソンは、マルキ・ド・サドの小説『ソドム百二十日』を評して、初めのうちはマイルドだった女性たちへの苛めが、だんだん過激になり、残虐な切断や、異常な奇行へとエスカレートしていくことに関して、性的な刺激が〈効用逓減の法則〉に見舞われたからだと評している。サドの小説において生じた〈効用逓減の法則〉の問題が、形を変えて、叙述トリック作品にも生じているとみることができる。

3、〈第三の波〉の開幕と叙述トリック派

我孫子武丸は、〈第三の波〉が開幕して早い時期（一九九二年）に「創元推理」誌上に「叙述トリック試論」という評論を発表している。その論で、叙述トリックの基本的なパターンは汲み尽くされているとも言える。人物を誤認させるか、人物の属性を誤認させるか、作中での時間を誤認させるか、空間的な場所を誤認させるか。ミスディレクションの効果、手記と一人称の書き手による問題など、基本的な叙述トリックの特徴は、あらかた我孫子の論でカバーされている。

我孫子のその論では、「モデル＝女」「判事＝男」という先入見を利用して、実はモデルが男で判事が女だったという性別を誤認させる叙述トリックの例があげられている。この例からもわかるように、叙述トリックの成立もまた、その背景となる社会的条件や前提に依存する面がある。女性の裁判官が珍しくなくなった時代には、右の叙述トリックは成立しにくくなる。これは、『探偵小説の論理学』では、〈ロゴスコード〉の変容問題として考察した課題とリンクするところであり、その点では叙述トリックのもたらす効果と時代的変遷もまた考察対象となりうるだろう。

笠井潔は『探偵小説と叙述トリック』で、嘘つきパラドックスと関連した、叙述トリックの原理的な考察もしている。一人称の記述や手記が虚偽を述べていた場合、「私が嘘をついている」という、パラドクッスを引き起こす命題と同型のパラドックスを引き起こすことになる。そのパラドックスをどのように回避し、あるいは乗り越えるかは、論理学上のみならず、探偵小説の論理性の成立の観点でも、重大な問題となる。ただ、枚数に限りのある本稿では、叙述トリックに関して、原理的な問題にまで遡って考察するのは別の機会に譲ることにして、さしあたりは〈第三の波〉における叙述トリック派の動向について、年代順に概観していくことにしよう。

我孫子の叙述トリック論が書かれた時期までに、叙述トリックの基本的なパターンを使った作品が多数書かれていた。特に折原一は、専門的と言えるまでに叙述トリックのあらゆるパターンを扱った作家であり、『倒錯の死角』（一九八八年）、『倒錯のロンド』（一九八九年）、『螺旋館の殺人』（一九九〇年）、『沈黙の教室』、（一九九四年）などの初期作品で、あらかたの叙述トリックの基本パターンを総嘗めにした観がある。従来の叙述トリックものでは、叙述トリックであることを気づかせないことで効果をあげるのが普通であったのに、『倒錯のロンド』ではわざわざ冒頭で、この作品が叙述トリックであることを断っておきながら、なおかつ叙述トリックものとしての意外性と驚きをもたらす離れわざを成功させている。この一作に限れば成功を収めたといえる折原の叙述トリックものも、作を重ねて書き継いでいく過程では、次第に難しい局面に移行していく。

ひと通りの基本パターンをやり尽くしてしまってから折原は、従来の技法をさらに精緻に組み合わせた、複雑化された叙述トリック作品へと向かう。複雑化された叙述トリックを究めた観のある折原作品としては、『異人たちの館』（一九九三年）と、『暗闇の教室』（一九九九年）の二作が、特に集約化されたものとしてあげることができるだろう。前者は、さまざまな手記を挿入して、いろいろな書き手が混ざり合い、輻輳する謎解きものが構成されている。この路線は、章が変わるごとに新たな書き手が現れて、前の書き手の内容を前言否定するのが繰り返される『天井裏の散歩者』（一九九三年）や、作家志望者の送付する原稿が次々と堆積する『ファンレター』（一九九六年）でも追究されている。一方、『暗闇の教室』は、『沈黙の教室』を受け継ぐ姉妹作として、前作以上に、さまざまな叙述トリックの技法を集大成した観のある大作で、ひとつひとつの騙しの技法は、以前にも用いられたものが多いが、記憶の欠落や、作中作や、書き手の交代や、一人称の騙しトリックや、性別誤認トリックなどの技法が総動員されている。

こういった作品は、ひとつの達成と言えるものであるが、他方で、それだけ工夫を凝らしても、やがて叙述トリックの効果が頭打ちとなり、〈効用逓減の法則〉もあって、以前の作品ほどには驚きの効果をもたらせなくなってくる。二〇〇〇年代に入って以降、折原一は、叙述トリックを用いるのをやめたわけではないが、その技法を複雑化したり新しい組み合わせを開拓する路線から転じて、重点を他のところに移した観がある。犯罪心理小説の重厚化を目指すなど、折原作品での重点は、近年では、叙述トリックの巧緻化とは違うところに移行してきている。

デビュー作以来、叙述トリックを多用してきた綾辻行人もまた、作を重ねるごとに堆積していく叙述トリックものの難しさに直面した観がある。綾辻行人の館シリーズなどでは、作中作や手記を挿入するものが多く、その書かれたものに叙述トリックを仕込ませるタイプが多い。その場合、作品世界内の手記の書き手が、なぜそのような詭計的な語りをすることになるのかという、動機と必然性の設定が、大文字の書き手である作者の都合とが、必ずしもうまく一致させられないという難題が生じてくる。この点について、『探偵小説と叙述トリック』で笠井潔は、次のように指摘している。

> メタレヴェルから枠囲いされた、読者に向けて叙述トリックをしかけていることが前提のテクストの場合、どうして「小説」や「手記」という作中作の「作者」は、わざわざ詭計的な語りを仕組まなければならないのか。そうしなければならないのはメタレヴェルの作者であり、オブジェクトレヴェルの「作者」ではない。作中作の「作者」が作中の「読者」を欺瞞しなければならない理由を、必然的なものとして設定しうるかどうかで、枠囲いのある叙述トリック小説の成否は決まる。『黒猫館の殺人』に即していえば、作者には作中作「鮎田冬馬の手記」に詭計的な騙

りを持ちこむ必要がある。しかし作中人物の鮎田に、そのような作為を演じる必要はない。作者の都合と作中作の「作者」の都合は、かならずしも一致しない。(『探偵小説と叙述トリック』二六七—二六八頁)

その上で、綾辻行人が、叙述トリック作品を書き継いでいく上で直面したであろう困難について、笠井潔は次のように述べている。

叙述トリックを対戦型知的ゲームの土俵に収めようとすればするほど、叙述トリックの衝撃力は低下する。一度でも叙述トリック小説を書いた探偵小説作家の前には、次作にも叙述トリックを期待する読者が大挙登場する。対戦型知的ゲームとして叙述トリックを囲いこむ以外に、次作を書くことが困難になる。(同書二六八頁)

〈効用逓減の法則〉の難題には、折原一と同様に綾辻行人の叙述トリックでも直面したとおぼしい。折原一が、叙述トリックの技法を複雑化しつつ対応し、さらに叙述トリックを主眼にしない作風へと移行したのに比して、綾辻行人は、『黒猫館の殺人』(一九九二年)以降、『暗黒館の殺人』(二〇〇四年)まで、〈館シリーズ〉の新作を刊行せず、寡作化してしまったと言える。十年以上の間をおいて刊行された『暗黒館の殺人』は、長大な力作であるものの、肝心の叙述トリックの仕掛けに関しては、以前の〈館シリーズ〉で使われたもののバリエーションに過ぎない面がある。そのために、〈館シリーズ〉を通して読んできた読者には仕掛けを見破るのが比較的平易であるのは否めない。折原一のいくつかの作品にあるような複雑化、あるいは後述するような一部の叙述トリック作品にみられる高度化に、綾辻行人は向かわず、これまでの叙述トリックと同じような水準で勝負しているため、仕掛けがたやすく見破られる平易化の問題にも直面していると言える。

4、叙述トリック技法の高度化・難解化

叙述トリックの効用が逓減し、どうしても頭打ちを迎えてしまう難局に対して、叙述トリックを多用する折原一は複雑化の道をたどり、綾辻行人は寡作化したとおおまかにはまとめられるが、他方で、それ以外の道を模索し、高度化した叙述トリックを試みた作家たちもいる。

その試みをいくつもものした点で筆頭にあげられる作家が、西澤保彦である。西澤保彦の作品にはいくつも叙述トリックの技法が用いられた作品があるが、特に、高度化した技法を用いた作品として、二つの作品の名をあげたい。

ひとつは、『死者は黄泉が得る』（一九九七年）である。叙述トリックで頻用される技法のひとつに、作品内の出来事の時間順を逆転させたり、時系列をバラバラにして、読者を誤導するというのがある。折原一の初期作品のいくつかで用いられている技法である。『死者は黄泉が得る』という作品を読んでいくと、章ごとに、前の章より以前の出来事が書かれているような印象を読者に与える。ミステリを読み慣れた読者なら、時系列が逆順になっている構成のミステリであると思うことだろう。ところが結末で明かされる真相からすれば、出来事は、普通の、時間順に並んでいたことがわかる。時間が逆順に書かれているかに思わせて、それをさらに逆転させて、実は時間順通りであったという二重に

ひねった技法が用いられている。しかしながら、ミステリに読み慣れていない読者がこの作品を読めば、素直に時間順通りのことが書かれていると受け取ることも起こるかもしれない。そうすると、この作品は、作者が期待するところの驚きの効果が読者にはもたらされないことになる。二重にひねった高度な技を用いるのは、諸刃の剣であって、その高度さが通の読者を感心させると同時に、初心者の読者には、その狙いと効果が伝わらないという難点がある。

もうひとつは、『神のロジック　人間のマジック』(二〇〇三年)という作品である。この作品については、笠井潔が、『探偵小説と叙述トリック』でとりあげて分析している。作中人物の主観に則してみれば、詭計的な語りを用いているわけでも、虚偽を語っているわけでもないのに、読者に供せられたテキストとしては、叙述トリックの仕掛けが組み込まれているという高度な技法が用いられている。作中作を用いて叙述トリックを構成する作品の場合、どうして書き手が詭計的な騙りをするのかという難点がつねにつきまとい、綾辻行人の館シリーズなどでは、その難点が必ずしも納得がいくようには構築されていない。この『神のロジック　人間のマジック』は、その難点をクリアできる、かなり特殊な設定を案出して導入することに成功している。ただし、この方法もまた、一作限りのものであり、叙述トリックものを継続的に連続して書くことはどの作家にとっても困難がまとわりつく。

叙述トリックの複雑化・高度化に伴って、よく用いられる設定が、主要人物が記憶を喪失して、自分が誰かわからなくなっているという設定である。記憶喪失の主人公を扱うミステリは古くからあり、戦前には夢野久作の『ドグラ・マグラ』(一九三五年)という大作が該当するし、アメリカのサスペンス・ミステリでは、ウィリアム・アイリッシュの『黒いカーテン』(一九四一年)という古典的な作品がある。「私は、この事件の探偵で、証人で、被害者で、犯人の四役です」という惹句が有名な、セバスチアン・ジャプリゾの『シンデレラの罠』（一九六二年）は、フランスのサスペンス派の作品群の中で、特に叙述トリックの粋を凝らした作品と言える重要作であるが、基本的に記憶を喪失した主人公のアイデンティティ探しを主題としている。島田荘司の初期作品『異邦の騎士』（一九八八年）も、記憶を喪失した主人公の謎をめぐる物語である。

このように、古くから使われている設定ではあるものの、現代の叙述トリックもののミステリが、高度化・複雑化するにあたって、記憶を喪失した人物というのは、恰好の謎解き設定を提供する。自分が何者であるかが事件の謎に絡んでくるだけでなく、過去と現在のカットバック構成を用いることなどによって、叙述トリックを嚙ませやすいからだ。北川歩実には『模造人格』（一九九六年）という記憶喪失ものの力作があり、この作品は、トリックの主眼は叙述トリックとは違うところにあるが、叙述トリック作品と同様の意外性効果が盛り込まれている。折原一『沈黙の教室』、貫井徳郎『修羅の終わり』（一九九七年）、鯨統一郎『ふたりのシンデレラ』（二〇〇二年）、愛川晶『六月六日生まれの天使』（二〇〇五年）など、主要作家の叙述トリックものの代表的な作品が、いずれも記憶喪失設定が導入されているのは、決して偶然とは言えないだろう。

このようにいくつかの高度化した技法が試されている一方で、叙述トリックものが、フェアプレーを旨とする、読者と作者の対等な知恵比べの土壌が変容して、作者＝出題者の側に著しく有利な知的ゲームに変遷している面がある。

この現象を比喩的にたとえるならば、ジクソーパズルをバラバラにするのは極めて簡単だが、それを再び組み立てるのは極めて大変であるのと同型的であるということである。その典型的な作品例のひとつとして、二階堂黎人・編『新・本格推理05』に掲載されている園田修一郎の「水島のりかの冒険」という短編をとりあげてみよう。この作中には、時系列がバラバラになった関係者の手記がたくさんはさまれている。読者は、正しく真相を看破するためには、この手記を正しく時系列順に組み立てなければならない。時系列順に並べるための伏線と手がかりは、手記の中に埋め込まれてはいるので、この作品がアンフェアな謎解きものであるとは言えない。だが、一連の出来事を記した手記の順番をバラバラにするのは極めて容易だが、それを時間順に再構成するのは、極めて困難で、作者対読者の知恵比べでは、読者の側に著しく不利な謎解きが設定されていると言わざるをえない。折原一の作品にも、これと似たような技法を用いているのがあり、関係者の名前を一部伏せたりして、時系列をバラして、読者に真相を隠すことで結末の意外性を演出する技法がとられている。

この、出題側と回答側のアンバランスさに関しては、法月綸太郎が『容疑者Xの献身』を論じた評論「Pはパズラーのp」で論じた「P≠NP問題」と対応性がある。法月綸太郎は以下のように述べている。

たとえば、ある整数Nを素因数分解する問題だと、解の候補pが与えられたとき、Nをpで割って割りきれるかどうかを確かめれば、それが正解かどうかはすぐにわかる。しかし、その逆は成り立たない。Nがある程度以上大きい数になると、たとえスーパーコンピュータの力を借りても、素因数を探し出すことは容易でないからだ。（『名探偵はなぜ時代から逃れられないのか』二六八―二八九頁）

この原理を使って、かつては隠すものだった暗号鍵を公開した暗号のやりとりもなされるようになった。鍵から暗号をつくるのは簡単にできるが、与えられた暗号から鍵を解明するのは極めて困難だったりほとんど不可能になるようにできるからだ。

これとまったく同じではないが、同型的なのが、出題側に著しく有利になる、昨今の叙述トリック作品だ。一連の継起を描いた手記の時系列をバラバラにして真相をわかりにくくする作業は簡単にできるが、そのバラバラの手記を読んで時系列を復元するのはかなり難しくなる。謎解きのゲームとしてみれば、これは出題側に著しく有利になっている事例だ。

さらに、叙述トリック上の基本的な技法である「語り落とし《レティサンス》」も、その範囲が大きくなればなるほど、謎を解こうとする読者には不利な面が強まってくる。

これは例えて言えば、国語の試験問題で、出題文に穴があいていて、その穴を埋めさせる問題と似ている面がある。長文の中で一カ所か二カ所、穴空きがあっても、前後の文脈から判断して、論理的にそこに入る言葉を推理することはできる。ところが穴空き箇所が多すぎると、そんな推論ができなくなってくる。筆者の『英文学の地下水脈』の一章「アリスの私探しの旅」の文章が、二〇一〇年度の武庫川女子大学の国語の入試問題に使われ、その問題が筆者のもとに送られてきた。その問題を筆者自身が解こうとしてみたが、いくつかの読解がどうしても解けないと首をひねることになった。それは本文中の穴空き箇所が多すぎるために、元の文意がわからなくなっていたからだ。なんと十カ所以上も穴が空いていて、その中に入る言葉を問う問題があった。こんなに穴が空いていては、元の文意が判然としなくなり、文意を問う問題においては、当の文章を書いた筆者ですら解くのに困難を覚えるようになっていた。

道尾秀介のいくつかの作品では、叙述トリックが技法として用いられているが、その中の語り落としのパーツがかなり大きいために、真相を看破するのはかなり難しくなっている場合が多い。『向日葵の咲かない夏』（二〇〇五年）に関しては、それだけでなく、読者が普通に想定した現実レベルとは異なる次元での仕掛けがあったために、通常の叙述トリックを予想して読む分にも意表を衝かれる仕掛けがあった。

5、叙述トリックの行き詰まりと新展開

道尾秀介と並んで、辻村深月は、二〇〇〇年代に登場した若手作家として、叙述トリックを多用する作家である。そのデビュー作『冷たい校舎の時は止まる』は、超常現象が起こっている前提のもとでの叙述トリックものであって、真相を看破するには、現実レベルの定位を定めるのがやや難しいと感じた。それ以降も辻村は、学生、若い世代のと共同体形成とかかわる青春もののミステリを発表している。叙述トリックを多用する道尾・辻村とも、作家の綾辻行人への私淑を表明していて、その青春もののミステリを表現する技法として、叙述トリックが選ばれ発見されたと思える節がある。

これらの叙述トリック作品は、総じて、〈第三の波〉で初期に多用された叙述トリックものが、〈効用逓減の法則〉によって頭打ちとなり、壁につきあたっている中で試みられるようになった特徴を備えていると言えるだろう。

そして〈第三の波〉の叙述トリックの流れの総決算にして記念碑的な作品であり、〈完成＝頽落〉的な作品とも位置づけられる作品が、乾くるみの『イニシエーション・ラブ』（二〇〇四年）である。

この作品は、叙述トリックの粋を凝らした、極めて技巧的な作品であって、その技法に著しく比重がかかり、その分ミステリとして通常は謎となる犯罪事件は起こっていない。叙述トリックの技法を純粋に追求して洗練化していく中で、ミステリの骨格となる犯罪事件や犯罪をめぐる謎は捨象されてしまったかのような観のある作品である。この作品の狙いとしては、ミステリ小説をあまり読み慣れていない一般小説、恋愛小説の読み手層を狙っているととれるが、ミステリの文脈でみると、叙述トリックに凝るあまりミステリの犯罪と謎といった主要素までもが排除されてしまったようにみえる作品でもあり、いわば叙述トリックのための叙述トリックが使われている印象すらある。この作品は、現代本格ジャンルにとって、ある意味では叙述トリックの完成／到達作品であり、同時にこれ以上先のない行き詰まりまできた作品であるとも言える。

この作品が叙述トリックものの完成であり行き詰まりでもあると言えるのは、同じラインで乾くるみがこの後に刊行した、姉妹編的な作品『セカンド・ラブ』（二〇一〇年）を読んでみても感じられることである。『セカンド・ラブ』には、一卵性双生児の姉妹が出てきて、主人公の男はその片方と恋に落ちる。一卵性双生児が出てくれば、ミステリ読者なら、入れ代わりを想定するだろう。また、一卵性双生児による入れ代わりトリックは、ノックスの十戒やヴァン・ダインの二十則でも陳腐であるから使うべきではないと禁止された、あまりに古びたトリックでもある。『セカンド・ラブ』は、双子なら入れ代わりトリックがあるだろうという単純な予断を覆す、ひねりと仕掛けは盛り込まれてはいる。しかしそれでもこの作品が、古典的な、双生児の入れ代わりトリックもののバリエーションである印象は拭いがたい。『イニシエーション・ラブ』で、現代本格ものの叙述トリックの技法を駆使して、行き着くところまで行ってしまった乾くるみが、その後の『セカンド・ラブ』では、探偵小説でもっとも古典的な（古びたとも言える）双子トリックへと回帰してしまうことになった。

また、『イニシエーション・ラブ』は、ミステリ読者でない読者を多く呼び込むことでベストセラーになった作品である。『イニシエーション・ラブ』以外にも、貫井徳郎の『慟哭』や愛川晶『六月六日生まれの天使』といった作品が、文庫化されてから、元版のときをはるかに上回る売れ行きを示すことが起こっている。こういった叙述トリック作品が、文庫化されて大量の読者を獲得したのは、叙述トリックにあまり免疫のない読者が、これらの作品の驚きの効果に接したためだろうと推測できるものがある。

ミステリのジャンル内だけでみれば、〈効用逓減の法則〉もあって、頭打ちとなり、限界を迎えた観のある叙述トリックの技法であるが、その技法を他ジャンルの読者に向けてうちだすのは、有効な方法となる場合がある。

ライトノベルの書き手としては、乙一は、比較的早くから、意識的に叙述トリックを用いる作家だった。『きみにしか聞こえない』（二〇〇一年）中の作品で、叙述トリックの技法が用いられているが、ミステリとしての解決にあたる作中での仕掛けの説明はされていなかった。そのために、ネット上の感想を散見したところでは、叙述トリックものとして理解しなかった読者が多数いたとおぼしい。ライトルベルのパッケージでなく一般書として刊行された『ＧＯＴＨ』（二〇〇二年）は、乙一の知名度を一般読書界に著しく高めたヒット作であるが、全編が叙述トリックの技法を用いた連作集である。「ユリイカ」誌の「涼宮ハルヒ」の特集号で、筆者が寄稿したエッセーでは、谷川流の〈涼宮ハルヒ〉シリーズの中でも、初歩的なものであるが、叙述トリックの技法が用いられていることを指摘している。

また、二〇一一年に『電波女と青春男』がアニメ化された入間人間のデビュー作『嘘つきみーくんと壊れたまーちゃん』(二〇〇七年)は、叙述トリックの仕掛けをメインに置いている作品である。この作品の劇場版は未見であるが、人物の誤認がメインにあるこの作品のトリックは、そのままの形では映像化はできないはずである。

乙一や谷川流や入間人間、あるいは西尾維新らによるライトノベル界で用いられる叙述トリックの技法は、その方法に免疫のない読者の興味を引き、集客効果が見込めると同時に、組み合わせ方によっては、新奇で、斬新な叙述トリックの活用がなされうる鉱脈でもあると思えるところがある。叙述トリックの効果は、先に述べたように、社会的な文脈、あるいは筆者の評論の言葉で言えば〈ロゴスコード〉に依存する面があり、その分だけ、過去の叙述トリックものの名作が、現代で読まれてもあまり驚きの効果をもたらさないという面がある。現代の社会的な文脈の変化にもっとも鋭敏に対応しているのは、小説の分野では、一般文芸よりはライトノベルの方だろう。その中で生い育ってきた作品には、また新たな叙述トリックの新展開がなされうる可能性があり、その点ではまだまだ今後の新規開拓の余地があると言える分野かもしれない。

終わりなき「日常の謎」　米澤穂信の空気を読む推理的ゾンビ

海老原豊

0、〈日常＝〈空気／終わり〉〉

本稿は日本の探偵小説において一つの群を形成している「日常の謎」の最新動向を、主として米澤穂信の作品を検討しつつ追いかけ、「日常の謎」がいかなる物語効果をもたらすのか示すことにある。探偵小説のサブジャンル名として定着している「日常の謎」であるが、当たり前のものとして根付いた今こそ、検証してみる必要がある。「日常の謎」がもつ日常性、あるいはその陰画としての非日常性を確認することは、「日常の謎」がジャンル内に根付いた原因を炙り出し、さらには現在の作品が目指しているものを明らかにすることへと連なる。

「日常の謎」小説作品を論じる前に、「日常」という言葉について整理したい。もちろんサブカルチャー言説空間内においての「日常」である。二〇一一年に『日常』と題された漫画原作のアニメが作られたことは記憶に新しい。現実世界を写し取るという意味でのリアリズムからの逸脱は見られるものの、『日常』が描く「日常」は、登場人物同士の間でえんえんと繰り広げられるコミュニケーションのことであり、いわゆる「空気系」作品群という太い幹の一本の枝だ。空気系とは、『あずまんが大王』を一つの原型とし、アニメ『らき☆すた』やライトノベル『生徒会の一存』シリーズを経由しつつ、現在『けいおん!』というヒット作に結実した(1)ドラマチックな展開の不在、(2)登場人物のコミュニケーションの焦点化、の二点を特徴とする作品群の総称である。『けいおん!』は二シーズンに及びアニメ化され、さらに二〇一一年に公開された劇場版は興業的成功を収めているが、この背景に空気系の描く日常が広く欲望されている事実を指摘できる。今日的な「日常」は「空気」と密接に連関している。

また「日常」という言葉から連想されるものに、宮台真司が(かつて)提唱した「終わりなき日常を生きろ」というスローガンがある。『終わりなき日常を生きろ』(九五年)と題された著作において、宮台は、成熟した現代社会、つまり不透明で複雑なこの社会で、意味の不在に耐えられなくなったオタク青年たちがオウムというハルマゲドンを実現させようとしたのだと分析し、さらに返す刀で、「まったり革命」と名づけた女子高生たちの現代的な(といっても九〇年代半ばのことだが)生/性を解毒剤として処方した。過渡的な近代では輝かんばかりの「生きる意味」があった。グルによって ハルマゲドンという究極の外部=世界の破滅を注入されることを求めるのではなく、自閉した世界で毛づくろい的コミュニケーションにまったりと浸ること。ゼロ年代後半から空気系作品が台頭していったことと、現実世界で「空気を読む」ことがコミュニケーションの主題となったことを考え合わせると、宮台の「まったり革命」はある意味で社会に実装されたといえる。『あずまんが大王』も『らき☆すた』も、そして『けいおん!』も「女子高生」たちが日常を「まったり」と過ごす様子を描写している。ただし「空気系」とは、現代的な女子高生のまったりとした日常を切り取ったものだといっても、彼女たちの「日常」は、時の止まったサザエさん的時空にあるわけではない。『あずまんが大王』や『らき☆すた』、そして『けいおん!』でも、時は流れる。

宮台が『終わりなき日常を生きろ』で、成熟した近代＝不透明社会で承認をもとめ徘徊するゾンビのような人間たちに処方箋として提示したのは「コミュニケーション・スキル」であり、彼のいう「終わりなき」とは、起源と終末（ハルマゲドン）にはさまれた単線的物語とは異なる無時間的なものだ。もちろんこの無時間的コミュニケーションの成立には、安定した基盤となる社会＝インフラストラクチャーの存在が必須。ところが宮台から十年、ゼロ年代には、日常を支えているはずのこのインフラストラクチャーの腐食が確実に進行していった。３・11という未曾有の複合災害が露呈させたのは、いまだに何か起こったのか／起こりつつあるのかがわからない不透明な社会の様子だった。不透明ゆえに「終わりなき日常」を生きるスキルは、不可避のものだと再確認される。すでに一年が経っているにもかかわらず、何が起こったのか／起こりつつあるのかわからず、インターネットを埋めるのは、各人が信じる真実とおぼしきものをめぐる膨大なコミュニケーションのトラフィックだ。ただし、観察されるのは「終わりなき日常」の不可避性だけではない。３・11はインフラストラクチャーの腐食も同時に明らかにした。放射線を浴びれば浴びた分だけ健康被害リスクが増えるとき、もはや、無時間的コミュニケーションを志向することは不可能なのだ。

「終わりなき日常」というコミュニケーション・スキルが、社会の複雑化・不透明化ゆえに不可避でありながらも、社会＝インフラストラクチャーの腐食によって不可能になりつつある。「終わりなき日常」は不可避と不可能に引き裂かれ、まさにその裂け目に誕生したのが空気系作品なのだ。かくしてこれら作品群は、単線的物語を排し無時間的コミュニケーションに没入しつつも、時そのものを止められない。先に日常＝空気の関係を指摘したが、ここにさらに時間経過という「終わり」を要素として加えることができる。

今日の探偵小説サブジャンル「日常の謎」が謎を見いだす日常とは、したがって〈空気／終わり〉から構成される空間に他ならない。この〈日常＝〈空気／終わり〉〉という図式に「日常の謎」がどのように関連するのか、そしてまた、日常の謎の解明によって「日常」にいかなる効果がもたらされるのか。それを明らかにすることまで本稿は視野に入れる。

1、サブジャンルとしての「日常の謎」

その前にまず、「日常の謎」を定義する必要がある。

「日常の謎」派の中心的作家として北村薫をあげることに異論はあるまい。一九八九年のデビュー作『空飛ぶ馬』から、『夜の蟬』（一九九〇年）、『秋の花』（一九九一年）、『六の宮の姫君』（一九九二年）、そして『朝霧』（一九九八年）と続く〈円紫師匠シリーズ〉は、語り手である女子大生の「私」が、安楽椅子探偵・落語家の円紫に、日常の中で発見した「謎」を報告し、解決してもらうというプロットからなる。例えば「砂糖合戦」では、喫茶店で砂糖壺から何杯も自分の紅茶に砂糖を入れる三人の女のグループが、なぜそのようなことをしたのかが謎として問われる。最低限の構成要素を抽出すると、次の三点だろう。

（1）　空間：日常生活

（2）　観察者：目に入る光景を謎として発見
（3）　探偵：論理的に解明

少し説明を加えよう。（1）の「日常生活」は、探偵小説が好んで描く「殺人」「密室」「嵐の山荘（クローズド・サークル）」「トリック」などといった非日常的な要素から作品世界が無縁であることを指している。また（2）は、観察者という主体による「謎の発見」という一つの行為のことだ。（1）で「殺人」や「密室」といった異常事態がないものとして舞台を定義した以上、日常への何らかの積極的な働きかけは「謎」を生み出す上で必須である。（3）は観察者によって可視化された謎に対して、探偵が論理的な解明を提示する探偵小説の肝であるが、北村〈円紫師匠シリーズ〉にあるように、次のようにさらに分岐することが多い（当然、全ての「日常の謎」作品に当てはまるわけではない）。

（3.1）　観察者≠探偵
（3.2）　推理の材料＝観察者の話のみ（安楽椅子探偵）

以上を「日常の謎」の構成要素としたとき、この構造が「本格」探偵小説のそれと相似関係にあるのは明白だろう。

北村が自ら認める「本格原理主義者」であることは有名だ。なかでも本格探偵小説の代表格とされるエラリー・クイーンへの愛は並々ならぬもので、作家クイーンを主人公にした小説『ニッポン硬貨の謎』（二〇〇五年）に結実している。作中には、北村独自のクイーン論が登場人物の口を借りて述べられるシーンがあり、本格ミステリ大賞（評論・研究部門）を受賞しているほどだ。だから北村の「日常の謎」を、本格探偵小説の一翼として理解することはたやすい。

先に抽出した「日常の謎」の（1）～（3）を島田荘司が「本格ミステリー論」（『本格ミステリー宣言』一九八九年、収録）で明文化した本格探偵小説の必要最低限なコード、つまり幻想的な謎と論理的な解明（謎‐論理的解明）と比べてみよう。島田は、本格探偵小説といわれてすぐに思い出されるような（あるいは島田荘司作品の主たる構成要素ともいえる）、孤島の館や密室殺人（トリック）といったものは、あくまでこの幻想的な謎を演出するためのものでしかないという。

島田作品のようなトリック中心の作品と「日常の謎」作品は、ともに謎‐論理的解明をその要素にもつが、大きな違いが一つある。トリック中心作品は、読者（登場人物）は日常世界からトリックによって（トリックのある）非日常へつれてこられるも（上位レイヤー移動）、トリックが現実世界の論理で解明されるという探偵によるパフォーマンスを通過することで、日常世界へと回帰する。文化人類学の通過儀礼にも類比する、日常‐非日常‐日常への回帰という運動。これに対して「日常の謎」作品は、日常に謎を発見することで、非日常化し（下位レイヤー移動）、探偵の論理的解明によって日常に回帰するも、そこは最初からいた日常とは似ているが異なるもの、つまり異化されたものとなっている。例えば先にあげた北村の「砂糖合戦」では、女たちの「悪意」が日常空間の亀裂の先に見える。もっとも、全てがネガティブなものではなく、「優しさ」や「思いやり」といったものも見いだせる。いずれにせよ、自明とされていた日常の根底を脅かす亀裂が、謎‐論理的解明によって生じる。これが「日常の謎」作品のもたらす効果だ。

いる。

（4）　効果：日常の異化

トリック中心作品と「日常の謎」作品においてレイヤー移動の方向が異なっていることについて、北村は複雑な思いを抱いている。北村以後、〈北村エコール〉といわれることもあるほど多数の同じ趣向の作品を書く作家が続くわけだが、とうの北村本人は、にもかかわらず、次のような発言をしている。

昨今では、人の死なないミステリ、特に日常性の中の謎、などといったタイプの作品に出会うと、もうそれだけでうんざりする——ことが多い。坂口安吾の『アンゴウ』を初めて読んだ時のような、胸の震えを覚えることは、まずない。わたしだけではなく、そういう読者が増えているのではないか、と思う。（北村薫『謎物語』八八頁）

これは「芥川の《昔》」と題された章の冒頭であり、「日常の謎」作家の言葉とは思えない。果たして、北村の真意はどこにあるのか。このあと、芥川龍之介が「異常な事件を自然に見せる」ために舞台を「昔」にとるという言葉を紹介し、本格ミステリ作家が、「殺人」という「異常な事件」を自然に描くために舞台を「昔」にとることはあるのか、という問いに変換したあとで、自らこう答える。「結論をいえば、採れるだろうが、それはおかしい。なぜなら、本格ミステリ作家にとっては、ミステリそのものが、芥川における《昔》である筈だ、そうではないか。」（九八頁）

本格ミステリ作家なら、その形でなければ作り上げることの出来ない、永遠ある世界の完成を目指して鑿をふるうべきだし、またそうしている人こそが、本格ミステリ作家なのである。ところが、書き手としてのわたしは、正統本格の懐かしい《昔》に未だ入れず、緑の扉の外から内をうかがっているところがある。（九八―九九頁）

芥川が「異常な事件を自然に見せる」ために「昔」を召喚したことは、都筑道夫が謎の論理的解明における必然性を高めるために「昔」を舞台に選ぶことと似ている。事件を非日常で不自然なものとする上位レイヤー移動ではなく、日常に謎を見いだす「日常の謎」の下位レイヤー移動は、舞台を「現在」から「昔」へと入れ替える動きと重ねあわされる。ただし北村は本格のあるべき姿として、芥川にとっての「昔」を本格ミステリにおける「ミステリ」つまりは謎そのものへと変換したうえで、提示している。あくまで北村が志向しているのは上位レイヤー移動なのだ。だから下位レイヤー移動である芥川の「昔」に言及することは、どうしても屈折となってしまう。この屈折は、北村の「日常の謎」作品に共通して見られる、もう一つの要素を浮かび上がらせる。北村は、芥川にとっての「昔」、つまり当時の文学者のもつ「教養」を、「本格ミステリ」構築のための必須要素として自らの作品に持ち込む。上位レイヤー移動のための本格ミステリ的トリックは、芥川の宮廷作品群の前提となるような教養へと変換される。この教養は、日常を非日常化する観察者（あるいは観察者もかねる探偵）が日常に謎を見いだすことを可能にするリテラシーとして作品内に表出する。そこで先の（２）に次の項目を付け加えてみよう。

（2.1）日常に謎を発見する観察者のリテラシー

〈円紫師匠シリーズ〉における語り手「私」の教養・娯楽として、そして円紫の職業としての落語が、このリテラシーの具体例である。厳密にいえば落語を知っているから語り手の「私」は日常生活で「謎」を発見できるわけではないが、作中のエピソードが、作中で円紫が演じる落語のストーリーと緩やかに連携し、日常から謎を掘り当てるのに重要な働きをしている。さらに、国文学を専攻している「私」は、詩歌、古典、そして日本近代文学までもリテラシーとして導入し、日常を謎として切り取る。長編『六の宮の姫君』では、提示される謎すら日本近代文学研究という学問形式の中に埋め込まれている。芥川龍之介の短編「六の宮の姫君」について、芥川自身がいったとされる言葉「あれは玉突きだね。――いや、というよりはキャッチボールだ」がある研究者から紹介され、この芥川の発言の真意を探るべく「私」は調査を始めるのだ。この調査はもはや文学研究の手法とほとんど区別がつかない。

北村のあとに続く「日常の謎」派の作家の一人、加納朋子はどうだろうか。加納は自覚的に「日常の謎」を定義している。〈駒子シリーズ〉一作目の『ななつのこ』（一九九二年）には、次のようなセリフがある。

いったい、いつから疑問に思うことをやめてしまったのでしょうか？　…いつだって、どこでだって、謎はすぐ近くにあったのです。…そんなささやかで、だけど本当は大切な謎はいくらでも日常にあふれていて、そして誰かが答えてくれるのを待っていたのです…。（『ななつのこ』）

加納の物語は、北村と比べると構造的に複雑になっている。語り手・駒子は、ふとした拍子に気がついた日常の謎を、大好きな絵本『ななつのこ』の作者・佐伯綾乃へとしたためたファンレターに記す。こうして「安楽椅子探偵」との手紙の往復が始まる。一作目『ななつのこ』では絵本『ななつのこ』が〈円紫師匠シリーズ〉における作中の落語と同等の機能を果たしていることはすぐに理解できる。しかし続く『魔法飛行』（一九九三年）では、駒子自身が「日常の謎」を手記に書き直すという物語構造へと変化し、さらに『スペース』（二〇〇四年）では、各エピソードの間に挟まれた手紙が、叙述トリックとなっている。〈円紫師匠シリーズ〉では、日常を謎として切り取るためのリテラシーが落語から古典文学まで広がりをもつ一方で、〈駒子シリーズ〉ではナラティブが複雑化し、最終的には叙述トリックまでたどり着く。いずれにせよ両シリーズに共通していえるのは、日常を謎として発見するためにリテラシーを必要としていることだ。

ここで加納以降、ゼロ年代に活躍した「日常の謎」派の作家を確認してみよう。坂木司『青空の卵』（二〇〇二年）から『仔羊の巣』（二〇〇三年）、『動物園の鳥』（二〇〇四年）まで続いた〈ひきこもり探偵〉シリーズ、あるいは同じ作者による『切れない糸』（二〇〇五年）の〈クリーニング屋探偵〉、大崎梢『配達あかずきん』（二〇〇六年）から『晩歌に捧ぐ』（二〇〇六年）、『サイン会はいかが？』（二〇〇七年）など〈あかずきん〉シリーズ、さらには七河迦南『七つの海を照らす星』（二〇〇八年）、『アルバトロスは羽ばたかない』（二〇一〇年）など、いくつも作品はあげられるが、ここで確認したいことは、日常に謎を見いだすために必要とされるリテラシーのみならず、それを支える共同体も重要なものとして作品中に描きこまれている事実だ。坂木の〈クリーニング屋〉ならば二代目クリーニング屋、大崎の〈あかずきん〉であれば書店店員が観察者／探偵の役回りを演じているが、彼らが解決するのはある特定の職業についているがゆえに遭遇する日常の謎である。謎は、客から出される洗濯物や本の注文として表出する。観察者／探偵が日常に謎を見いだし、解決するのは、あくまで職業を中心として結びついた共同体においてだ。七河迦南の場合、児童養護施設を舞台に、そこで働く保育士を主人公に設定して、職業とそれを支える共同体がより明確なかたちで重ね合わせる。坂木のもう一つのシリーズ〈ひきこもり探偵〉は、全く無職というわけではないが社会との積極的な関わりを欠いているという意味で、クリーニング屋や書店店員の陰画である。また、シリーズ全体が「なぜ、ひきこもりになったのか」という大きな謎によって貫かれていることも重要だ。この謎は、探偵が物語毎に提出される日常の謎に解明を与えることで解決される。解明と解決が一体となっているのは、探偵がひきこもることになったのは共同体での軋轢のためであり（いわば「空気が読めなかった」）、謎の解明を通じて新しい共同体をゆっくりとだが着実に築くことができたからなのだ。

ここで問題となっている共同体は、国家や民族といった近代的・全体的なものではないという点で中間共同体だといえる。そして「中間」というサイズを、次の三要素を満たすものと定義したい。（1）物理的に同じ空間にいる＝「見える」（2）互いに尊重しあい対話できる＝「話せる」（3）同じ話題を共有し楽しみを分かち合える＝「笑える」。具体的には、冒頭で論じた『けいおん！』の軽音部や、後述する米澤作品の古典部など、部活をイメージすると分かりやすい。「中間」だからといって、学校や教室そのものは含まれない。教室という単位は「見える」「笑える」があっても、教室内小グループ（例えばサッカー部とオタク）同士間でのコミュニケーションが断絶していることもままあり「話せる」が欠ける。中間共同体においては「いじめ」がしばしば観察されるが、そこでは「笑える」がマイナスに反転し「哂える」となっている。ネット上だけのつながりは「見える」を満たしていないために、ここでは中間共同体には含めない。

このようにゼロ年代「日常の謎」作品のいくつかに共通しているのは、日常に謎を見いだすリテラシーが効力をもつ中間共同体の存在である。

（2.2） リテラシーを支える中間共同体

中間共同体が必要とされるのは、北村の〈円紫師匠シリーズ〉のリテラシーとしての落語・古典文学が、もはや自明のものではなくなっているからだ。もう語り手「私」のような「文学少女」は、「文学オタク（キャラ）」としてか、あるいはファンタジー的存在としてしか、存在しえない。教養の崩壊とも社会の島宇宙化とも呼ばれる、社会の断片化が進行していることが背景にある。

ここまで「日常の謎」（2）の観察者が、いかにして日常に非日常的な謎を読み込むか、また今日の「日常の謎」作品がリテラシーのみならずそれを支える中間共同体を必要としてきたかについて述べてきたが、この中間共同体は何も観察者にとってのみ必要なものではない。（3）の探偵にとっても重要であるのだが、これに説明を施すために、やや迂回になるが、後期クイーン的問題について言及しなければならない。

後期クイーン的問題は、本書に収録されている複数の論文で詳しく検討されているので、ここでは簡単に説明するにとどめる。探偵小説批評において、この問題を最初に言説化したのは法月綸太郎

「初期クイーン論」(一九九五年)である。日本におけるポストモダン批評理論の紹介者である柄谷行人の、例えば『隠喩としての建築』を参照しつつ、法月が主張しているのは、探偵小説を理想的なゲーム空間へと閉じようとする試みは、その論理的帰結として、「「犯人―探偵」／「作者―読者」という二つのレベルの区別は、不可避的に破られてしまう」（一八三頁）ということだ。クイーンが、自らの小説をフェアプレイ精神にのっとった推理小説にするために「読者への挑戦」をはさみ、問題篇と解決篇に分割することは、メタ・レベルとしての作者＝クイーンが、オブジェクト・レベルでの探偵＝クイーンへと下降することだ。「作者の恣意性」を禁止するために、作者が恣意的に介入しているわけで、この介入はつねにすでに失敗する運命にある。それこそが「後期クイーン的問題」である。

法月の「初期クイーン論」を受けて、後期クイーン的問題は、笠井潔『探偵小説論Ⅱ』（一九九八年）、小森健太朗『探偵小説の論理学』（二〇〇七年）、諸岡卓真『現代本格ミステリの研究』（二〇一〇年）、あるいは飯城勇三『エラリー・クイーン論』（二〇一〇年）などでさらに議論されていて、ゼロ年代を経た今日の探偵小説を考える上で避けては通れない。後期クイーン的問題として、法月・笠井・諸岡が具体的に取り上げているのは、二つ。一つは偽の手がかり、もう一つは作者＝探偵の自己言及的・恣意的な介入である。そしてこの二つは同根である。偽の手がかりは、クイーンの『シャム双子の謎』に端的に現れ、〈探偵‐手がかり‐犯人〉という直線的な図式を担保していた手がかりが、犯人によって意図的に操作され、探偵‐犯人という線路を脱線・転覆させるものとして表象＝再現前している。殺人事件の謎を解決する探偵クイーンが手がかりに最終的に付与した意味は、犯人による操作可能性のためにキャンセルされ意味の無限後退（無限階梯化とも呼ばれる）を被る。

もう一つの作者＝探偵の介入とは、先に触れた「読者への挑戦」である。フェアなプレーができる論理的ゲーム空間として探偵小説世界を閉じるためには、メタ・レベルにいる作者が何らかのかたちで（クイーンの場合であれば探偵クイーンとして）オブジェクト・レベルへと降下する必要が生じる。このレベルの下降は、偽の手がかりを禁止するためだ。なぜならば意味の無限階梯化を妨げる唯一の方法は作者による保証だけだから。

興味深いことに、笠井潔は後期クイーン的問題への本格探偵小説からの応答として、以下の三つの潮流があることを指摘している。すなわち「第一に叙述トリックの徹底化の方法、第二に探偵小説的な謎を日常的なリアリティにおいて基礎づけようとする方向、第三に探偵小説を方法的に脱コード化する方向」（二〇七頁）。第一と第三の潮流については、本稿の射程を大きく逸脱するのでここでは触れない。ここで考えたいのは、無関係と思われがちな「日常の謎」と後期クイーン的問題の連続性だ。「日常の謎」は、日常から出発し、リテラシーを用い非日常的な謎を読み込み、その謎を論理的に解明することで、異化された日常へと回帰する要素（1）〜（4）からなる往還運動を形成している。トリック中心作品と異なり、謎の発見が事後的であるという一点をとって、「日常の謎」が後期クイーン的問題を退けているとはいえない。そもそも探偵小説とは全て、原理的に事件が起こったあとに始まる。トリック中心作品が、偽の手がかり問題のように作中のアイテムの意味を決められず、解釈の無限後退に直面するように、「日常の謎」作品においてもまた、発見された日常の謎が、無限階梯化を被る可能性は原理的につねに存在している。事実、これから検討する米澤作品にも、意味の決定不可能性は亡霊のようにつきまとう。（3）の探偵が論理的な解決を示しえない可能性が「日常の謎」作品にもある。ただし、原理的に、である。実際的には、「日常の謎」作品は、笠井が指摘しているとおり、「探偵小説的な謎を日常的なリアリティにおいて基礎づけようと」しているのだ。「日常の謎」の探偵は、日常というリアリティをその背景にし、探偵が論理をすることができる理想的な空間を閉じることに成功している。ここでいう日常というリアリティは、観察者のリテラシーおよびそれを支える中間共同体の存在と対応関係にある。すなわち、探偵の論理空間を形成するのも中間共同体なのだ。

（3.3）論理を支える中間共同体（論理空間）

では、観察者のリテラシー、そして探偵の論理を支えるこの中間共同体とは、いかなるものか。次節では、米澤穂信の作品を例に、観察者／探偵‐中間共同体の関係を具体的に検証していく。さらにはゼロ年代以降の「日常の謎」作品が、どのような効果をもっているのかを示す。

2、米澤穂信論

作風の広い米澤穂信の小説を「日常の謎」だけに分類するのは問題があるだろう。SFミステリである『ボトルネック』から、ハードボイルド風味の『犬はどこだ』、メタ探偵小説といえる『インシテミル』、ファンタジー世界において厳密なルールに基づく本格推理を展開した『折れた竜骨』まで多様だが、シリーズとなっている〈古典部〉〈小市民〉は、大仰なトリックがあるわけでも密室殺人が起こるわけでもない、「日常の謎」に分類される作品である。

まずは米澤穂信のデビュー作『氷菓』（二〇〇一年）から続く〈古典部シリーズ〉をとりあげよう。

「やらなくてもいいことなら、やらない。やらなければいけないことは手短に」をモットーとする省エネルギー高校生の折木奉太郎は、同じ神山高校の卒業生である姉・供恵から手紙で「古典部」に入ることをすすめられる。部員ゼロ名のため出身部活が消滅の危機にあることを聞きつけた供恵は、思い出の場所を護るために奉太郎に厳命したのだった。しぶしぶながら入部した奉太郎のもとに、ひょんなことから地元の名家にして「わたし、気になります」といっては「日常の謎」の解明を迫る千反田える、奉太郎の中学時代からの友達・福部里志、さらに遡ること小学校以来の友達・伊原麻耶花が加わり、一挙に四人となった古典部は、しかし国語の古典作品を研究するわけでもなく、ただ部室として使用している地学講義室で放課後、時間をつぶすだけの活動をしていた。いちおう、文化祭には文集を出すということを目標にして。

奉太郎と千反田の最初の出会いは劇的ではないにしろ、謎に包まれたものだ。奉太郎が部室となっている地学講義室のドアを鍵で開けたとき、すでに中にいた女生徒が千反田だった。千反田は鍵をもっておらず、「閉じ込められた」状態でいた。自分のおかれた状況を「日常の謎」として発見した千反田は、「気になります」という言葉を奉太郎へと投げ、彼を探偵に指名する。こうして始まった『氷菓』は、いくつかの日常の謎とその解明を重ねながら千反田が古典部に入部したそもそもの理由、かつてあった文集「氷菓」と、千反田の叔父の苦しみの正体を突き止めるという、より大きな謎の解明へといたる。小さな日常の謎を重ねつつより大きな謎へといたるという物語構造は、日常の謎を描く探偵小説群に頻繁に見られる。

『氷菓』における「氷菓」という大きな謎。それは神山高校文化祭に「カンヤ祭」という略称が用いられていること。奉太郎たちは、かつて千反田の伯父・関谷純が文化祭をめぐり学校側と対立し退学に追いやられた経緯を、部室から発掘した「氷菓」に書かれた（関谷ではないものが書いた）ほんの短い文章から推理をする。推理は、文章の執筆者と千反田の記憶によって正しいものだと裏付けられるのだが、その過程で明らかになったのは、関谷純の「功績」に敬意を示し、「カンヤ祭」とは関谷（せきたに）という名字を音読み「カンヤ」にしたものだということだった。ただし、この「功績」とは大多数の生徒から押し付けられた一方的なものであり、かつてもそして今も、古典部の部員は「カンヤ祭」という呼称を文化祭に使うことはしない。三十三年前、学生の叛乱盛んな一九七二年という歴史を知ることで、関谷純が退学した敬意を知らない現在の神山高校生たちが当たり前につかう「カンヤ」という語が示しているものをズラす。

『氷菓』から始まる〈古典部シリーズ〉を観察者を千反田に、探偵を折木に割り当て、「日常の謎」に分類することは容易であるが、米澤の「日常」にはそれまでの日常の謎とは異なる特筆すべき性質が二つある。

一つは、探偵・折木奉太郎の行動原理。もう一つは、すべてを操るものとしての姉の存在。順番に見ていこう。先に述べたが奉太郎の行動原理は「やらなくてもいいことなら、やらない。やらなければいけないことは手短に」という、「省エネ」といわれるものだ。謎を解明したがらない探偵というのは何も奉太郎に限ったことではない。しかしここで奉太郎と比べるのは、他の探偵キャラクターではなく、ライトノベルの語り手＝主人公たちである。奉太郎のような自己韜晦的な語りを重ねつつ、何かにコミットすることを避けようとする心性は、ライトノベルに見られるキャラクター造形であることは、中西新太郎『シャカイ系の想像力』（二〇一一年）に詳しい。中西によれば、自己韜晦に満ちた語りの背景には、（1）日常生活を滞りなくおくるためにする他者への絶え間ない配慮、配慮と表裏一体となっている（2）コミットしている対象から拒絶されるのではないかという恐怖、恐怖に由来した（3）対象へ完全にコミットしないという自己韜晦的な語り・他者の対象化（距離をとる）がある。この配慮‐恐怖‐韜晦は、「ヤマアラシのジレンマ」のようにくっついては離れ・離れてはくっつき、半永久的に運動する。このような半永久的な運動が支配的な行動原理になってしまうのは、過剰なまでの同調圧力＝空気の存在が大きい。裏返せば、普通の人は目立ったことをやりたがらない「出る杭は打たれる」という同調圧力＝世間の縛りがある。後に詳述するが、米澤の〈小市民シリーズ〉の一作目『春期限定いちごタルト事件』（二〇〇四年）は、主人公の語り手・小鳩常悟朗が見た「悪夢」から始まる。夢の中で小鳩は、自分が「名探偵」となって謎を解決し、周囲のものから賞賛される。しかし、である。

　それは誰だったろう。心当たりは何人かいる。ぼくにそういうことを言ってくれそうな相手は。彼、もしくは彼女は、にこにこと笑いながらこう言った。
「本当にお見事。鮮やかな推理。でも、その、まあ、なんていうか、言いづらいんだけど、はっきり言わせてもらうとさ。きみ、ちょっと鬱陶しいんだよね」（一一頁）

　冷や汗をかきながら目覚めた小鳩は、かつてと同じ過ちを繰り返さないために目立たない「小市民」になろうと決意し、現実にそう振る舞っている現在の自分を確認して安心する。とはいえ事件があって解決があるのが、探偵小説だ。小鳩は同じく「小市民」の誓いをした小佐内ゆきとともにいくつもの日常の謎を解き明かしていく。

小鳩にも通じる自己韜晦的な語りをする奉太郎は、しかしコミットするものを何も選び取らないわけではない。「省エネ」と自重しつつ、彼は古典部への関わりを強めていく。この古典部という中間共同体は、冒頭に触れた「空気系」作品と明らかに共振している。古典部という名称は、確かに国語（文学）の古典作品を連想させるが、活動内容は文集制作で、それも活動のための活動という趣が強い。共同体のための共同体といった意味合いを帯びている。さらにいえば『氷菓』は、『らき☆すた』『涼宮ハルヒの憂鬱』『けいおん！』などをアニメ化した京都アニメーションによって、二〇一二年にアニメ化される。『涼宮ハルヒの憂鬱』はセカイ系と空気系の両方の要素を絶妙なバランスで配置した作品だ。空気系の延長に、米澤穂信〈古典部〉を射程に入れるのは、だから非常に理にかなった判断だといえる。

それでは次に〈古典部〉が今までの「日常の謎」と異なる二つ目の性質、すべてを操るものとしての姉の存在を見てみよう。奉太郎が省エネであることと、自己目的的な共同体へ韜晦しつつもコミットすることは、背後で奉太郎の動きを操る姉を媒介として一つになる。姉・供恵は神山高校の卒業生にして古典部のOG、今は世界を旅する自由人。時々、奉太郎への「指令」を手紙で送りつけ、あるいは姿を見せないまでもすぐそばまで現れる。そもそも奉太郎が古典部に入ることにしたのは、姉の助言があってのことだ。供恵が「きっと十年後、この毎日のことを惜しまない」というとき、奉太郎には見えていないものが彼女には見えている。シリーズ二作目『愚者のエンドロール』（二〇〇二年）では最後の最後になって奉太郎の推理まで含めてすべて供恵の操りのもとにあったのではないか、ということが暗示される。

『愚者のエンドロール』は、文化祭出品用にあるクラスが制作したビデオ映画にまつわる推理合戦を『毒入りチョコレート事件』よろしく描いたものだ。ミステリをテーマにしたこの映画は、人が死ぬシーンを撮影したあとで、脚本家が体調不良のために降板する。殺人現場は密室。映画にオチをつけるために、今までに撮影・編集された映像と用意された脚本・道具から、誰が犯人であるか、どうすれば密室を作り出すことができるのかを関係者たちが推理するのだ。「女帝」こと入須冬実から、推理の妥当性を判定することを依頼された奉太郎たち古典部の面々は、関係者の推理を否定していくなかで「真実」にたどりつく。奉太郎が提示し「真実」として採用されたのは、擬似ドキュメンタリー映画という解釈を前提にしたカメラマンが七人目の登場人物＝犯人だとするものだ。これは本人が認めるように映画の「叙述トリック」である。奉太郎がいたった「真実」にもとづき映画はオチがつくように編集され、無事、文化祭で上映される。しかし、すべてが終わったあと、奉太郎は自分が操られていたことに気がつく。

脚本家が降板したのは、誰も死なないことを目指した物語が現場の勢いで人が死ぬ演出を加えてしまったためであった。降板の理由を脚本家個人のものになることを避けるために体調不良とし、脚本家の意図を推理するという体裁で実は撮影された映像にふさわしい脚本を奉太郎たちに「創作」させていた。この推理コンテストを古典部に持ちかけた入須の背後には奉太郎の姉（と千反田）がいることが、プロローグとエピローグに挟まれたウェブ上のチャットログから明らかにされる。

途中まで作成されたビデオ映画とは、まさにクイーンが「読者への挑戦」を挟むまえの「問題篇」であり、その後に続くのは「解決篇」だ。一見すると、フェアな論理ゲームをすることが可能な閉じたゲーム空間が生じているように思える。しかし解決篇が解決篇として境界を画定するためには、作者が具現化した奉太郎の姉・供恵のメタ・レベルからの下降・介入が不可欠なのだ。後期クイーン的問題は、米澤の前にも当然のように立ちはだかる。

だが、米澤が新しいのはともすれば無限階梯化を被る真相の推理を、供恵の介入だけでなく、奉太郎の古典部へのコミットを描くことで、止めていることだ。「俺は探偵じゃなかった、推理作家だったんじゃないですか」（二三四頁）という気づきとともに、奉太郎は入須を責める。「入須に近づくものはその手駒になる。ひとをそう扱って悔いない姿勢こそ、女帝にはふさわしい。彼女は美しかった」（二四四頁）と奉太郎が言うとき、恐らく彼は姉同様「きっと十年後、この毎日のことを惜しまない」だろう。騙された＝操られたことを含めて、彼は古典部とそれにまつわるもろもろの事件にコミットしたことを後悔していない。このコミットとは真実を発見することではなく、いみじくも本人がいうように「探偵」ではなく「推理作家」として真実を創出すること、である。この瞬間に、奉太郎は小説家＝探偵という探偵小説におけるメタフィクション的な構造を破壊し、比喩ではなく文字どおりの意味で、真相を発見する探偵でありながら真実を生み出す小説家の役割を担っている。奉太郎がたどり着いた「この真実」は、本当ではないかもしれない。プロローグ・エピローグに登場する供恵の影は、その可能性を明確に物語っている。だがそれでも奉太郎の示した解明には真実らしさが宿る。文化祭のクラス出し物を滞りなく完成させるという何よりも実際的で切実な理由があるからだ。

『愚者のエンドロール』ように「日常の謎」も後期クイーン的問題を抱える。解決法として示されているのは、リテラシーによって発見された日常の謎に、探偵によって論理的な解明を与えることを通じ、真相を共有することができるものたちからなる中間共同体を作り出すことだ。中間共同体によって、観察者のリテラシーおよび探偵の論理が支えられる、という従来の図式を転倒させている。謎に対する真実が採用されることで初めて、謎の発見 - 解明が可能となる。日常 - 非日常 - 異化された日常という往還運動は、極めて行為遂行的な振る舞いだ。暴力的なまでに後期クイーン的問題が露呈させた探偵（小説）論理の無根拠性に根拠を与えるために、「日常の謎」は中間共同体の行為遂行的な往還運動を発明した。これが、ゼロ年代を経た「日常の謎」作品が生み出した、一つの効果だ。またこれゆえに、現在もなお「日常の謎」作品が必要とされるのだといえる。

（4.1）　観察者のリテラシー・探偵の論理を支える中間共同体の画定

この手法は、『さよなら妖精』（二〇〇四年）にも見ることができる。地方都市・藤柴市に生きる普通の高校生・守屋路行は、雨の降る中、傘をささずに橋の傍に立ち尽くしている一人の少女と出会う。彼女の名前はマーヤ。出身はユーゴスラヴィア社会主義連邦共和国。国の有力者である父に連れられて日本にやってきたが、仕事で大阪へ行った父がマーヤをあずけた日本の知り合いはすでに亡くなっていた。見知らぬ土地で行くあてを失ったマーヤから事情を聞いた守屋は、実家が旅館である友達・白河いずるに頼み、住み込みの手伝いとしてマーヤを宿においてもらうことに。こうして守屋たち日本の高校生とマーヤの交流が始まる。異邦人というリテラシー（の欠如）を用いる謎の観察者であるマーヤは、守屋たちと一緒に街やら山やら神社やらに出かけては、そこで謎を見つけては、「哲学的意味はありますか？」と問う。雨の降る中傘をささずに手に持ったまま歩く男。山の中の墓地に供えられた紅白饅頭と、活けられたサルビアの花。白河の名前・いずるが漢字ではなくひらがなであること。マーヤは政治家になりたい、という。外国へ行くことができるという立場から、彼女は様々なものを見聞きし、そして考える。六つのばらばらの部分からなるユーゴスラヴィア（南スラブという意味でしかない）国を、本当の意味で一つにするにはどうすればよいのか。

「わたしたちの伝統は創造されたものです。それでもわたしたちは、六つの文化のうちのどれか一つにではなく、わたしたちの文化に生きることになるのです。…そうしなくてもです。…いつか、わたしたちは六つの文化を止揚するでしょう。ユーゴスラヴィアを連邦でなくするでしょう。だからわたしは見てまわります。」（一四三頁）

基本的に、マーヤが発見する日常の謎に論理的な解明を与える探偵は、語り手でもある守屋が務める。しかし『さよなら妖精』が〈古典部シリーズ〉と異なっているのは、もう一人の探偵、それもある意味で「本当の」探偵を擁していることにある。それが太刀洗万智だ。初めてマーヤが日常の謎を切り取ったとき、一緒にいた太刀洗がすぐにその謎を解明したことに守屋は気がつく。

その態度に、ぴんと来た。太刀洗は、マーヤが見たものが本当はなんだったのか気づいたのだ。この二年間で、太刀洗はこうした一風変わった状況を、少しの不思議もない当たり前のこととして解説してみせたことが何度かある。……いや、それは正確ではない。太刀洗は、一風変わった状況を当たり前のこととして理解したことがあるだけだ。それを解説してくれたことなど、まずはない。（五八頁）

守屋の語りによって、読者は作中の探偵役を彼女に割り当てようとするが、ぎりぎりのところで禁欲される。太刀洗は真っ先に謎を解明するが、それを自らいうことはしないのだ。答えを開陳するどころか「マーヤさんに教えてあげたいのなら、守屋君がおしえてあげればいいじゃない。わからないなら考えてみれば?」(五九頁)と守屋に推理を促す。こうしてしぶしぶながら守屋は日常の謎に挑戦する。

探偵小説において作中の探偵は作者の変装である。では、探偵が二人いる場合、どちらが本当の作者なのだろうか。まず太刀洗が気づく。その場にいた仲間たちがああでもないこうでもないといい、やっぱりわからないと降参しかかったところで、守屋が解決へとたどり着く。太刀洗と守屋という二人の探偵がする推理競争ではいつも太刀洗が半歩先を進んでいる。先の問いを引き取っていえば、太刀洗も守屋も二人とも探偵=作者であるといえるが、作者という真実に太刀洗のほうが近いために、太刀洗=作者/守屋=探偵というズレが生じる。このズレは守屋という探偵の推理を相対化するのだが、しかし奇妙なことにこの相対化を経ることで守屋の推理は作品外へと出ることは許されず、絶対的に論理空間へと閉じ込められる。恣意的な振る舞いを一度、通過することで、その恣意性にまとわりつく無根拠性を弱める。守屋の推理が作品の外へ出て行けないというのは、メタ・レベルでいえば偽の手がかりによる無限階梯化の影響を被らないということだが、オブジェクト・レベルつまり物語の水準においては、守屋がマーヤを追いかけてユーゴスラヴィアへ行くことを断念することで表現されている。「哲学的意味はありますか?」を問いかける「異国の少女」は、あまりにも魅力的なシニフィアンだ。もちろん、このシニフィアンという用語は、守屋の世界にとってマーヤが自分の世界の外部を見せてくれる扉のように映ったという心理的事実を踏まえて選んだものだ。手垢にまみれた言葉を使えば「自分探し」。

マーヤは当初の予定通り二ヶ月ほど日本に滞在して、母国へ帰ることになる。折しもユーゴスラヴィアでは内戦が勃発。民族と言語と歴史とがごちゃごちゃに混ざりあった共和国連邦の先行きは不透明。お別れパーティーでマーヤは、自分を連れて行ってくれ、「なにかを」するために行きたいのだという守屋を、「観光」ならば政情が安定してから来てくれと、優しくそして厳しくつき返す。守屋には「なにか」の先が見えていない。だが、ユーゴスラヴィアが母国であるマーヤにはもちろん、太刀洗にも「なにか」の先は見えている。故郷が戦場になろうとも帰るマーヤを心配する守屋に太刀洗はいう。「ねえ守屋君……あなた、幸福そうね？」（二三二頁）。一歩先を行き、少し遠くが見える太刀洗の存在によって、守屋は相対化され、そして絶対的に閉じ込められる。自分の推理と身の周りの日常世界に。

『さよなら妖精』も、小さな日常の謎を積み重ねた先にたどり着く大きな謎が用意されている。大きな謎とは、ユーゴスラヴィア連邦に帰国したマーヤが、いったいどの共和国、どの都市に帰ったのかという彼女の出自をめぐるものだ。彼女の故郷は戦闘が続いている場所かもしれない、そして今この瞬間にも危機にさらされているかもしれない。守屋は白河と協力して、マーヤとのやり取りを思い出しながら、候補となる都市を一つまた一つと消していく。それまで太刀洗は守屋の先を歩むことである意味、彼のことを「守って」いた。今度は、守屋が白河の前を進み彼女を「守る」。何から守るかといえば、残酷すぎる真実から。様々な断片からマーヤが帰ったのは激戦地となっているサラエヴォだと結論した守屋は、しかしそれを白河にいうことはできない。「しかし白河は間違っている。正解に至る道はそれではない」（三一九）とわかった守屋は、それでも「正解に至る道」を白河には示すことはない。示せない。日常と世界のあいだにそびえる壁にぶつかる痛み、一歩先を進むものの苦しみをようやく、守屋は理解する。白河と分かれたあと、太刀洗に呼び出された守屋は、彼女からマーヤの兄が書いた手紙を受け取る。マーヤは狙撃兵に首を撃たれて死んだ、とそこには書いてあった。ばらばらの共和国に崩壊したユーゴスラヴィア連邦は、マーヤの体もまた切り裂いたのだった。

民族自決と多文化・多民族主義を標榜した連邦の崩壊を二〇世紀精神に重ね合わせるのは、あまりに図式的かもしれない。そしてユーゴスラヴィアのサラエヴォへマーヤを追いかけていかなかった守屋を、「自分探し」からの撤退を経たセカイ系的な日常へのひきこもりだと断じることも可能だろう。だが『さよなら妖精』が前景化するのは、ばらばらに砕け散った世界の姿を、二〇世紀的な全体でもなくセカイ系的な断片でもなく照射しようとする試みだ。守屋の推理を太刀洗によって相対化しつつ日常＝中間共同体の枠内で絶対化し、真実とする。後期クイーン的問題につきまとう無限階梯化をその身振りを模倣することで一度キャンセルしつつ、しかし守屋に白河よりも一歩先を見せることで、守屋は太刀洗と同じく世界の壁にぶつかり、世界との境界線上で痛みを共有できる日常世界を立ち上げようとする。

悼み＝痛み。米澤の描く日常は、この痛みへの処方箋だ。また〈古典部シリーズ〉へともどろう。シリーズ四作目となる短編集『遠まわりする雛』（二〇〇七年）には、「やるべきことなら手短に」と「手作りチョコレート事件」という内容的に一対をなす短編が収録されている。「やるべきことなら手短に」は、二つの日常の謎が「神山高校七不思議」として登場する。ひとつは「月光を奏でるピアノ」、もう一つは「秘密倶楽部の勧誘メモ」だ。福部から地学講義室で七不思議の話を聞いていた奉太郎の前に、千反田がやってくると、奉太郎は彼女に「秘密倶楽部の勧誘メモ」の噂をふる。「やらなくてもいいことなら、やらない。やらなければいけないことは手短に」奉太郎が、あえて自分から、千反田に「謎」をふる。「古典部の謎」とでも呼べるこの奉太郎の「自主的」な振る舞いは、千反田に「月光を奏でるピアノ」の謎の解明を迫られないようにするための予防的なものだったのではないかと、物語の最後に福部から「解明」＝指摘される。「月光を奏でるピアノ」を解明するためには音楽室まで行かなければならないが、「秘密倶楽部の勧誘メモ」であれば昇降口へと向かう途中、つまり下校最中に、解決することができる。奉太郎は、自ら捏造した「女郎蜘蛛の会欠員二名補充　０５０２１７２２ＬＬ」というメモを掲示板に貼り付け、千反田に示す。探偵＝奉太郎によって提示された「偽のてがかり」は、しかし探偵によって示されたために真実らしさをおび、少なくとも千反田には真実として受け止められる。千反田と別れたあと、福部に捏造の真意を問われた奉太郎はこう考える。

　全て上手くいったのだ。ピアノの話を封じて、俺はこうして、待ち望んだ帰途にある。それなのに、俺の信条はいま、自分でもそれとわかるぐらいに言い訳めいている。反論の余地などない。計画を進めながら、俺自身、もうやめるべきではと思っていたぐらいだ。さっさと帰りたい。遠い音楽室などに行きたくもない。よろしい、目的は正当だ。しかし手段は？（五三頁）

千反田に嘘をついたこと、もっといえば「偽のてがかり」を提示した居心地の悪さを見透かして、福部は看破する。「あれは現状に対する、ただの保留だね。」（五五頁）と。思い出そう、後期クイーン的問題の偽の手がかりは、米澤の「日常の謎」においても解決されない。それどころか、短編「やるべきことなら手短に」では、手がかりを偽造するのは、他でもない探偵なのだ。しかし、偽のてがかり問題を解決することはできなくとも、抑制することは試みられている。それは福部の「保留」という言葉が端的に示しているように、日常＝中間共同体へのコミットをすることを通じてである。

短編「手作りチョコレート事件」では、今度は福部の「保留」が奉太郎の「嘘の推理」を導く。古典部の伊原はずっと福部に想いを寄せている。一年前のバレンタインにチョコレートを渡すも、拒否されてしまう。そのリベンジとして今年、再び用意するのだが、福部に受け取ってもらおうと部室においておいた伊原の手作りチョコレートが忽然と消えてしまう。「麻耶花さんの手作りチョコレートが、盗まれたんです！　あんなに一生懸命作ったのに！」（二九九頁）と混乱状態にある千反田を落ち着かせるべく奉太郎は推理をするのだが、状況を鑑みて最初から福部が自分で（伊原から受け取るのではなく）「盗った」ことに気がついた奉太郎は千反田に、全く関係のない天文部の女子が盗ったのではないかと、嘘をいう。伊原からチョコレートを受け取れない理由を、福部は次のように言う。

「いろんなことにこだわった。どんなことがあったかな、もう忘れかけてるよ。…つまらなかったね。はっきり言って。…で、ある日、僕はそれに飽きた。こだわることをやめた。いや、違うな。こだわらないことだけにこだわるようになったんだ。…だけど、だけどだ。僕は麻耶花にこだわっていいものだろうか？　こだわらないことに決めたのに、麻耶花だけは例外なのかな？」（三三八—三三九頁）

福部は「こだわる」という言葉を使っているが、コミットといいかえられる。「手作りチョコレート事件」においても、「やるべきことなら手短に」同様、偽の推理は真実らしさをもって受け止められるも、共同体道徳的な気まずさがつきまとう。この日常＝中間共同体による偽の手がかり・推理の抑制（禁止はできない）は、論理的な解明によって日常を画定させる米澤が提出した後期クイーン的問題という「謎」への探偵小説的「解明」だといえる。

冒頭に提示した図式〈日常＝（空気／終わり）〉を検証するために、『春期限定いちごタルト事件』『夏期限定トロピカルパフェ事件』『秋期限定栗きんとん事件』からなる〈小市民〉シリーズを取り上げ、本稿の終わりとしたい。この〈小市民〉シリーズに登場する二人の探偵、小鳩常悟朗と小佐内ゆきは、中学を同じくする高校の同級生だが、もう一つ共有している経験がある。それは自らの探偵的振る舞いによって属する中間共同体の調和をかき乱した、というもの。先に引用した『春期』の冒頭に端的に見られるように、その経験は今では二人のトラウマとなっている。だから二人が目指す「小市民」とは空気を読み、中間共同体に溶け込む人間の姿に他ならない。傍から見れば彼氏と彼女に見える二人は恋愛関係ならぬ「互恵関係」を築き、自分の危機を避けるためにお互いを言い訳に使うことを許しあう。好きとか嫌いとか強い感情的発露を見せることなく、まるでロボットのような論理的思考に裏打ちされた気遣いが、二人の間でやりとりされる。

空気とは中間共同体を支配する原理のことだ。この原理を作るのは原則的に共同体の成員であるが、人によって空気に及ぼせる影響力は異なる。またこの原理は共同体成員の振る舞いを規制するもので、いわば自分たちで自分たちを縛っている。普段は空気としてその場で不可視のものとなっているが、ひとたび成員による逸脱がおこると、「ＫＹ（空気読め）」という言葉とともに可視化される。このような全く自由ではなく全く不自由でもないその場の支配的な雰囲気を空気と呼ぶとき、「日常の謎」

（2）と（3）において、空気を読むことは謎の発見・解明において決定的な役割を果たすことがわかる。「日常の謎」に分類されないが米澤の『インシテミル』は、従来の探偵小説的な論理よりも、その場にいる参加者の多数決による賛同を得られる推理、いわば空気を読んだ推理を「正しい」ものとして、人為的に成立させた謎解きゲーム空間内に導入している。〈古典部〉シリーズの二人の小市民探偵は『インシテミル』の語り手と同じ心性の持ち主だ。
〈小市民〉シリーズもまた〈古典部〉シリーズのように小さな日常の謎の発見・解明を繰り返しながら、大きな謎へと至る作品構造になっている。ただし〈古典部〉とは異なり、〈小市民〉の場合、大きな謎は何がしかの犯罪と結びついている。『春期』では偽装免許証を使った詐欺集団、『夏期』では誘拐・暴行を企てる不良グループ、『秋期』では連続放火犯が、探偵たちが追い詰める犯人。もちろん愛や正義を求めての結果ではなく、『春期』『夏期』については小佐内が個人的にやられたことへの復讐・自衛として、『秋期』でもまた小佐内の屈折した反撃として、犯罪者たちを追い求める。ただ、そんな小佐内の様子に勘付いた小鳩は、互恵関係を無視しても彼女を危険から遠ざけるために行動する。それは、日常の謎の観察者（の一人）である小鳩の小学校・高校の同級生・堂島健吾に、小佐内が危険であることを示すために、自分の推論に多少の誇張を含むことに現れる（『春期』）。探偵たる小鳩は、観察者・堂島に「嘘の推理」を示し、操る。小鳩の推理の妥当性は、小鳩‐堂島‐小佐内という中間共同体のためにのみ機能している。

では人間関係の維持のためにつねに推理が肯定されるか、というとそういうわけでもないのだ。『夏期』では、中学時代に小佐内によって補導された不良グループが、小佐内へ復讐を企てる。それを感じ取った小佐内は、相手のグループに内通者を作り、グループを操る。結果、彼女たちは、計画していない誘拐という犯罪まで負わされる。自分や堂島すら操られる駒の一つであることに気がついた小鳩は、小佐内を糾弾するが、彼女はこれも自衛のためなのだという。そして、二人の互恵関係は解消される。小佐内の言葉が印象的だ。

「小鳩くんは、絶対、わたしが恐がっていたということを、本当にはしてくれないの。なぜなら小鳩くんは、考えることができるだけだから。共感することができない人だから。……わたしとおんなじに」（二二七頁）

「さようならしようってお話を自分勝手に切り出されても、痴話喧嘩もできないの。それが正しいか、妥当なのかで判断しようとしてる。考えることができるだけ」（二三二頁）

小佐内の言葉にあるように、二人は「考えることができるだけ」で「共感することができない」。これは、まさに「哲学的ゾンビ」の定義にあてはまる。空気を読む小市民を徹底することは、二人を推理的ゾンビへと変えていた。そのことへの気づきが、ここにある。続く『秋期』で、互恵関係を解消した二人がそれぞれ、小鳩は仲丸という彼女を、小佐内は瓜野という彼氏を作る。〈小市民〉シリーズでは、〈古典部〉シリーズ以上に、謎の観察者と論理による解明をする探偵の役割が、特定の人物に固定化されていない。当初は、堂島健吾が千反田えるよろしく、目立たないことをモットーとする小鳩（そして、小鳩経由で小佐内）に、日常の謎を届ける形式なのだが、小鳩が仲丸と付き合い始めると、仲丸＝観察者／小鳩＝探偵という割り当てになる。ただこの仲丸―小鳩関係は、思ったほどにうまくいかない。仲丸が「そういえば」と切り出した、泥棒に入られたけれども何も盗られなかった仲丸の兄の話を、小鳩はオチを推理して先取りするという、恋人同士の会話でやるべきではないことをやってしまう。明らかに小鳩は、仲丸と付き合うべきではない。しかし、それでは小鳩の推理が関係をつねに破壊するのかというとそういうわけでもない。「おいしいココアの作り方」(『春期』収録)という短編では、堂島の家に招かれた小鳩と小佐内が、偶然に発見された堂島のココアの入れ方の謎を推理する。ずぼらな性格の堂島にとっては何事もなかったものが、推理というリテラシーをもつ堂島の姉・知里から「あたしたちは、バカ健吾から挑戦を受けているのよ!」(一三〇頁)と謎として発見される。謎を解決したどり着く異化された日常とは、堂島との関係をある意味で強固にする人間性の再確認(ずぼらだから良い!)を可能にする。堂島との間では、謎を発見し不思議を共有できるが、仲丸との間ではそれができない小鳩。二種類の関係を通じて見えてくるのは、属する空気=中間共同体の性質によって推理のもつ意味が異なるということだ。先の定義をふまえるなら「笑える」ポイントが違うといえる。そして、推理はつねに人間関係の強化/弱化と連動している。

いまや冒頭に提示した等式は〈日常=中間共同体(空気/終わり)〉と書き直せるだろう。空気は両義的な存在だ。あるときには同調圧力としてその場で空気を吸うものたちの振る舞いを強く規制し、さらには「空気を読めない」逸脱するもの(〈小市民〉の小鳩・小佐内、あるいは『インシテミル』の語り手)を厳しく打ちのめす。しかし、この空気はその場にいるものたちに、リテラシーと論理の根拠を与えている。ただし、空気は決して静的なものではない。観察者がリテラシーを、探偵が論理を行使することで、空気を共有する中間共同体の境界を再画定することができる。規制されつつ定義する。自己言及的かつ行為遂行的な振る舞いを、空気はそれを吸うものに可能にする。

しかし同時に、この日常がつねにすでに終わりをはらんでいることは忘れてはならない。劇的な形では、『さよなら妖精』のユーゴスラヴィア紛争として表象されるが、しかしあの紛争はここ日本の日常世界の向こう側の話だった。日常生活の時間経過として表現される「終わり」は、空気に没入することによって磨耗していく内面を生む。宮台真司のいう「まったりした生／性」は、ゼロ年代には東浩紀のいう「動物的な生」へと意匠を変えつつも引き継がれた。小鳩と小佐内が『夏期』の末尾に見せた、推理的ゾンビとしての姿は、中西が『シャカイ系の想像力』でなぞったライトノベルで好まれるゾンビのイメージと対をなす。同調圧力によって空気に溶け出してしまった内面。「生きさせろ！」という切実な生への訴えは、当たり前だが「日常の謎」には出てこない。しかし「終わりなき日常」の終わりは、日常系作品（「空気系」と「日常の謎」）に奇妙な形で隠蔽されている。作中時間は流れるもののいつまでたっても梓の後輩が入ってこない『けいおん！』、新入生歓迎会のライブを成功させても、高校二年生の梓の後輩となる高校一年の新入生を一人も勧誘できず、その代替物としてトンちゃんなるカメをペットとして部室に飼う。新入部員を断念し、他方でカメという遅延された時の象徴を抱え込んだ軽音部。その緩やかな空気は閉じられ、緩慢に過ぎていく。『けいおん！』第二シーズンのテーマの一つである新入部員の断念（新陳代謝の拒絶）は「空気系」が隠蔽した終わりの形だ。同様の問題は「日常の謎」、米澤の〈古典部〉シリーズ最新刊『ふたりの距離の概算』（二〇一一年）にも見いだせる。新入部員の登場と退場が同時に描かれる本作は、『けいおん！』的に閉じていく／過ぎていく空気を如実になぞっている。それでは中間共同体とは、終わりによってただただ蝕まれていくのだろうか。

〈日常＝中間共同体（空気／終わり）〉とすると、中間共同体とその終わりは、空気の存在と密接に結びついている。これまで見てきたように米澤は「日常の謎」の論理的解明を通じ、日常 - 非日常 - 異化された日常という往還運動をしている。この運動は中間共同体の新陳代謝を可能にするものだ。探偵小説が直面している後期クイーン的問題を、中間共同体、つまり探偵小説の約束事が成立する空間が崩壊していることのひとつの表現だといいなおすとき、米澤が自身の「日常の謎」作品を通じて模索してきたのは、この中間共同体をいかにして再構築するのかということになる。『秋期』の最後、小鳩と小佐内は、再び互恵関係を結ぶことに同意する。甘いシロップにつけることで自分も甘くなるマロングラッセではなく、「煮て潰して裏ごしして、それから砂糖と一緒に火にかける」栗きんとん(二一八頁)のように、小市民になるべく自らのえぐみをとることにした二人。ゼロ年代以降の「日常の謎」作品は、観察者のリテラシー／探偵の論理を支える中間共同体を必要としつつ、同時にそれらを行使することで中間共同体そのものを画定させる効果を生み出している。両義性・行為遂行性をもつ空気は日常に「終わり」を瀰漫させ、数多の哲学的・推理的ゾンビを生んだかもしれない。しかし、また空気こそがそこに息吹を吹き込みうる。この空気の持つ力を信じつつ、小鳩と小佐内という二人の探偵がどのような中間共同体を築いていくのかに注目していこうではないか。二人の歩く先には、一〇年代的な日常の生があるはずだから。

■日常の謎　要素

(1)　空間：日常生活
(2)　観察者：目に入る光景を謎として発見
(2.1)　日常に謎を発見する観察者のリテラシー

（2.2）リテラシーを支える中間共同体
（3）探偵：論理的に解明
（3.1）観察者≠探偵
（3.2）推理の材料＝観察者の話のみ（安楽椅子探偵）
（3.3）論理を支える中間共同体（論理空間）
（4）効果：日常の異化
（4.1）観察者のリテラシー・探偵の論理を支える中間共同体の画定

■参考文献（研究書）

飯城勇三『エラリー・クイーン論』（二〇一〇年、論創社）
笠井潔『探偵小説と叙述トリック』（二〇一一年、東京創元社）
笠井潔『探偵小説論Ⅱ　虚空の螺旋』（一九九八年、東京創元社）
北村薫『謎物語』（一九九六年、中央公論社）
島田荘司『本格ミステリー宣言』（一九八九年、講談社）
小森健太朗『探偵小説の論理学』（二〇〇七年、南雲堂）
都筑道夫『黄色い部屋はいかに改装されたか？』（一九七五年、晶文社）
中西新太郎『シャカイ系の想像力』（二〇一一年、岩波書店）
法月綸太郎「初期クイーン論」（一九九五年）『複雑な殺人芸術』（二〇〇七年、講談社）
諸岡卓真『現代本格ミステリの研究　「後期クイーン的問題」をめぐって』（二〇一〇年、北海道大学出版会）

現代「伝奇ミステリ」論――『火刑法廷』から〈刀城言耶〉シリーズまで――

岡和田晃

（※本稿は参考文献に列挙されている作品群の内容に言及し、とりわけ『火刑法廷』、〈百鬼夜行〉シリーズ、『背の眼』、『黒い仏』、『樒／榁』、『ＴＲＩＣＫ』シーズン３‐１「言霊で人を操る男」、『翼ある闇』、『隻眼の少女』、〈刀城言耶〉シリーズの核心部分に触れています。あらかじめご了承ください）

１、「伝奇ミステリ」とは何か

本稿で筆者に与えられた仕事は、「新本格」ムーヴメント、すなわち一九八〇年代後半からの「第三の波」（笠井潔）の達成をふまえたうえで、二〇〇〇年代以降の「伝奇ミステリ」を特徴づけた相《かたち》について探究することにある。二〇〇〇年代後半における「伝奇ミステリ」の代表的作家である三津田信三は、自らの出発点を「ホラーと本格ミステリの融合」に置いていると、さまざまな場所で述べている。*1 ホラーと「本格ミステリ」は、似て非なるジャンルとみなされることが多い。ホラーは読者に恐怖を与えるが、「本格ミステリ」はそうした恐怖へ合理的な解決をもたらすからだ。だが一方でホラーは「本格ミステリ」を考えるうえで重要な指標ともなってきた。島田荘司は『21世紀本格宣言』（二〇〇三年）において、ミステリを「論理軸」と「幻想軸」の二極でチャート式に分類している。[*2]なお、この分類では、「論理」に対置されるものは「情緒」であり、「幻想」に対して「現実」が置かれる。

飯田一史はこの「論理軸」での「論理」を、つまりはaccountable（説明可能）なものだと言い換えた。[*3]となると「伝奇ミステリ」はひとまず、「幻想性のある謎」を「説明可能なもの」として論理的に解明する「幻想味のある犯罪小説」と定義してしまうこともできそうだ。作中に登場する怪奇現象は読者をミスリードへ誘う目くらましにすぎず、最終的には科学的推理によって解き明かされる迷妄にほかならない。だから「伝奇ミステリ」における「伝奇」とは、あくまでも「説明可能」でなければならない、というわけだ。しかし「伝奇ミステリ」と呼ばれる作品では往々にして、あらゆる謎が科学的推理で解明されてもなお、論理では収まりきらない別種の怪異の存在がほのめかされる。こうした、いわば「残余」としての怪異は、「伝奇ミステリ」に奥行きを与え物語を盛り上げる役目を果たすものの、一方で読者に煮え切らないご都合主義的な印象を残し、ひいてはパズラーとしての完成度への疑義へもつながりかねない欠点ともなりうる。ならば、怪異を「残余」としてのみ受け止めるのではなく、「伝奇ミステリ」を成立させる「伝奇」の本質なのではないかと捉え直したうえで、「伝奇」の定義について一歩踏み込んで考察することが必要なのではないか。

「第三の波」で書かれた「伝奇ミステリ」は内容のみならずその展開や出版形態において、一九七〇年代から八〇年代に起こった「伝奇ロマン」ブームの影響を特に強く受けていた。「伝奇」について考えるにあたり、「伝奇ロマン」ブームの礎を築いた書き手である半村良の言葉を糸口としたい。彼は「伝奇」について、以下のように述べている。

私の作品に「伝奇ロマン」という言葉をつけて売り出してくれたのは、当時のＳＦマガジン編集長森優氏であった。

その「伝奇ロマン」がきまったとき、私は多少奇妙な感じがしたのを憶えている。たしか明治のころ、ロマンという言葉が入って来て、それに伝奇という二字をあてはめたのではなかったかと思ったからである。

その後自分の作品が「伝奇小説」のひとつとして、なんとなく世間に喧伝されていくのを見ながら、私はよく「伝奇」について考えるようになった。

たしかに「ロマン」と「伝奇」は、形式の点でも、文学史的な流れの点でも、だいぶ違っている。しかし、その違いを混同してもかまわないような部分が、かなりあるように思える。

（……）

「伝奇」とは唐代の小説に与えられた呼び名のはずである。私は「伝奇」と言うとすぐ「志怪」

＊1　たとえば、芦辺拓「飄々たるチャレンジャー――三津田信三小論」（『山魔の如き嗤うもの』、講談社文庫、二〇一一年、五六二頁を参照のこと。

＊2　島田荘司「本格ミステリーは、いかなる思想を持つか」『21世紀本格宣言』所収、講談社文庫、二〇〇七年、一四頁。

＊3　飯田一史の限界小説研究会内での発表による。

という言葉を思い出す。「伝奇」と「志怪」は私にとって対をなしており、実を言えば、どちらも結局同じようなものだという理解をしている。

（……）

六朝の「志怪」は妖怪・変化、死霊・神仙を題材とし、呪術師の超自然的な力がそれにからむ。唐の「伝奇」はそれにくらべると、より人間的な要素が強く、その意味ではたしかにロマンと同一視されがちなのであるが、「志怪」の要素を色濃くうけついでいるのも事実なのだから、私のように「志怪」と「伝奇」を結局同じものだと考える人間も出て来るわけである。（「伝奇への意志」）[*4]

ここで半村良は、自分の出自であるSFを「志怪」と「伝奇」が「新しい衣をまとってあらわれたもの」だとしたうえで、新時代の「伝奇」を提唱する。ただ半村良の伝奇観は、いわば「独自の法則をもった空間」や「現実とは全く異なる歴史を持つ時間」への構築性を志向するものであるため、ジョン・ディクスン・カーの『ビロードの悪魔』（一九五一年）のような、いわゆる「歴史ミステリ」とも強い親和性を有している。半村良自身が「あるときは、推理小説が動機を求めるように、歴史の各時代をひっ括る一本の糸を求めて、私は年表をたどり、史書のページを繰る」、「あるときは密室のトリックを考えるように、血の謎を作り出そうと医学書を積みあげる」と告げているくらいだ。

ただ、半村良の志向するところは、歴史から舞台や題材を採ることに留まらなかった。彼は単なる歴史小説では、到底満足することができなかったのだ。「伝奇への意志」に読み取れる半村良の「伝奇小説」観からは、「ロマン」すなわち近代小説の様式と、「志怪」すなわち怪奇幻想の要素を構築的に結びつけることで、旧来の「伝奇」概念そのものの刷新を求める強い意志がうかがえる。つまり彼の言説は、ＳＦやミステリといった既存のジャンルの枠組みに対する抜本的な革新をも視野に入れていたのである。

むろん半村良以外にも、山田風太郎、荒巻義雄、荒俣宏、五木寛之、菊地秀行、栗本薫、西谷史、夢枕獏などの精力的な活躍があってこそ、「伝奇ロマン」は読者へ熱狂をもって受け入れられ、一大ブームをなしえた。しかしながら半村良が夢見た「伝奇」概念の刷新は、ミステリとの本格的融合という形では行われなかった。戦後日本のミステリ・シーンにおいては、「伝奇ミステリ」の代表的傑作群はむしろ、「伝奇ロマン」ブーム以前に集中していたといえるだろう。

「伝奇ロマン」ブーム以前の戦後日本のミステリ・シーンにおいて「伝奇ミステリ」と呼べる作品を見てみよう。まず、島田一男の『古墳殺人事件』（一九四八年）や『錦絵殺人事件』（一九四九年）などの初期作品は、ヴァン・ダインの〈ファイロ・ヴァンス〉シリーズの影響を強く受け、日本独特の風土をモチーフとした絢爛たる幻想的虚構を築き上げており、横溝正史の金田一耕助シリーズ（後に詳しく検討する）と共振した「伝奇ミステリ」の嚆矢と見ることも可能だ。そこでは「近代小説」の延長線上において、モダニズムの体現者としてのミステリと「怪奇幻想」との融合が確実に模索されていた。軸となったのは「怪奇幻想」という美学性である。本稿の射程とは若干ずれるので深入りは避けるが、この「伝奇ミステリ」の美学性については、千街晶之が『幻視者のリアル　幻想ミステリの世界観』（二〇一一年）で「幻想ミステリ」という枠組みで提示した中井英夫、赤江瀑、皆川博子

＊4　半村良「伝奇への意志」、「国文学　解釈と鑑賞」一九七五年三月臨時増刊号所収、至文堂。

らの作品等についても、当てはまるものと言えるかもしれない。

一方、『天皇の密使』（一九七一年）と『神々の黄昏』（一九七二年）の二部からなる高木彬光の『帝国の死角』シリーズは、第二次世界大戦中に山本五十六の命を受けてヨーロッパに潜入した海軍大佐の逸話と、「神々の黄昏（ゴッテルデンメルンク）」という不可思議な言葉、および新興宗教団体をめぐる昭和四十四年の逸話が多層的に絡まり合い、日本の近代史をめぐる驚くべき真実が浮上する仕掛けとなっている。これらの作品では、ミステリの方法論は、日本近代史の暗部を浮かび上がらせるための壮大な装置として活用されるものとなっている。あるいは西東登の『蟻の木の下で』（一九七五年）も、新興宗教団体の暗躍と、第二次世界大戦中および戦後に起きたタイと日本軍をめぐる陰惨な事件を題材にしているという点で、『帝国の死角』と同様のラインに組み込むことが可能だろう。あるいは社会派探偵小説の代表的作家である松本清張が描いた復讐譚『Dの複合』（一九七三年）のように羽衣伝説などの民俗学的色彩の強い作品も忘れてはならない。藤本泉の『呪いの聖域』（一九七六年）、『時をきざむ潮』（一九七七年）など下北半島や岩手県などを舞台にする「えぞ共和国」シリーズも――視点のとり方こそ異なるが――おそらく同様の志向性を有していた。

駆け足で概観してきたが、「幻想的な謎」という美学。あるいは反近代的な「伝奇」的題材によって近代史の深部を逆照射し、「現在」へのラディカルな再考を促すこと。この二点に、「第三の波」以前の戦後「伝奇ミステリ」の構成要素は、大きく集約できるのではなかろうか。

2、「論理」と「幻想」の共犯――『火刑法廷』

「伝奇ミステリ」の構成要素について、もう少し深く考えてみよう。いったん、ミステリの起源にまで遡行してみたい。

ジャンルとしてのミステリ小説の成立には、ホレス・ウォルポール『オトラントの城』（一七六四年）に始まるゴシック・ロマン、さらにはE・T・A・ホフマン『砂男』（一八一七年）などドイツ・ロマン主義の小説家たちの作品群が、きわめて重要な役割を果たしている。だが、決定打となったのはエドガー・アラン・ポーの登場だろう。

ポーは「モルグ街の殺人」（一八四一年）で現代にも通じるミステリの礎を築き上げた。たとえば先述したゴシック・ロマンとは、何よりもまず壮麗なる過去への追憶で知られるが、「モルグ街の殺人」はそうしたゴシック・ロマンの鬼っ子にあたる存在だった。つまりウォルポールからポーへ至る流れでは、「幻想的な謎」が謎のまま終わるのではなく、合理的な解決を与えられることでカタルシスが生じるという、謎の「質的変化」を観測することができる。

この「質的変化」は、その後の「伝奇ミステリ」の基盤を形作った。二〇世紀に書かれた最初の「伝奇ミステリ」の一つであるコナン・ドイルの『バスカヴィル家の犬』（一九〇一年～二年）は、一九世紀後半に流行したゴシック・ホラーの伝統を明らかに引き継いでいるが、魔犬伝説の謎に合理的な解決が与えられるという意味では、ウォルポールからポーへ至る様式の変化をそのまま踏襲したものとなっている。そして日本の書き手が海外から学ぼうとした際には、「幻想的な謎」を装置として扱う方法論をより様式的に洗練させた、ヴァン・ダインやジョン・ディクスン・カーの影響こそを、強く受けるようになる。ほかならぬ横溝正史がその代表格だ。

日本における「伝奇ミステリ」の代表的旗手として、横溝正史の名前を外すことはできない。『本陣殺人事件』（一九四六年）に始まる私立探偵・金田一耕助を主人公とした一連のシリーズは大抵、奇妙な伝説の残る閉鎖的な寒村を舞台とし、謎に満ちた血族の因縁話をはじめ、怪奇趣味に満ちたガジェットがふんだんに用いられる。現に「新本格」の作家たちの手法は往々にして「横溝的世界」に準えられている。[*5]そして実際、横溝正史の作品世界の根幹には、ジョン・ディクスン・カーの方法論が貪欲に取り入れられていた。

横溝正史とカーの関係について笠井潔は、「正史がカーから学んだものは、（引用者註：〈金田一耕助〉シリーズ以前の作品である）『真珠郎』において二律背反の関係を強いられた「怪奇趣味」の要素と「謎と論理の探偵小説」の要素とが、本格探偵小説の作品世界において有機的に一体化しうるという確信にあったのではないか」と述べている。[*6]

「怪奇趣味」すなわち美学性と、「謎と論理」の一体化。この点について考えた際、カーの仕事の中で『火刑法廷』（一九三七年）の重要性が際立ってくる。一九世紀の毒殺魔マリー・ドブレーが、実は主人公スティーヴンスの妻その人であり、事件を裏で操っていたのではないかという「ゴシック・ホラー」の文法が、探偵役のゴータン・クロスが解き明かす論理的真相と表裏一体となっているのが『火刑法廷』の特徴だ。そこでは、心理学でいう「錯視」をもたらす騙し絵「ルービンの壺」のように、[*7]『火刑法廷』は「本格ミステリ」と「ゴシック・ホラー」、二通りのレイヤーで読むことが可能になっているのだ。

批評家のS・T・ジョシ（ヨシ）はこの『火刑法廷』について、「この一見まことに素直な『フェア・プレイ』（fair play）の探偵小説は、実は最後になって読者の足元をすくい、超自然の小説となって終わるのだという事を打ち明けておかねばならない。つまり、それまでに起こった殺人に関してのはっきりとした説明を受けてすでに満足していた読者は、その後に続くエピローグに遭遇するのだが、そこで初めてマリー・スティーヴンスが二百歳の魔女でこの犯罪に責任があることを知るという。このような経験は、小説を読んでいて最も不快な思いをする瞬間の一つである」と断ったうえで、以下のような考えを披瀝している。

　この作品からどんな形而上学的な結論を引き出すべきなのか、わたしにはわからない。多分、何も引き出せないだろう。カーは、魔女を信じていなかった。この作品からあえて何かを引き出すとすれば、「不可能を排除せよ。その後に残ったものが如何にあり得べからざる事であっても、それらは真実であるはずだ（Eliminate the impossible and whatever is left, however improbable, must be true）」という言い古された探偵小説の原理にこの小説が衝撃的な生命を吹き込んだことだろう。実際のところ、超自然に頼る事なしに事件の内容すべてを説明することなどできはしない。この意味で、カーの他のどの小説よりも論理にかなった理由付けに成功した作品といえる。（「超自然現象」）[*8]

＊5　野崎六助『ミステリで読む現代日本』、青弓社、二〇一一年、七七頁。
＊6　笠井潔「論理小説と物象の乱舞」、『探偵小説論II　虚空の螺旋』、東京創元社、一九九八年。
＊7　松田道弘『火刑法廷』解説、『火刑法廷』（旧訳）所収、ハヤカワ・ミステリ文庫、一九七六年、三三八頁。
＊8　S・T・ジョシ『ジョン・ディクスン・カーの世界——怪奇・密室・そして歴史ロマン』、平野義久訳、創英社／三省堂書店、二〇〇五年、原著一九九〇年。

　S・T・ヨシは『火刑法廷』によって「秩序正しさと合理性、宇宙の基本的な正義」に基づいた「フェア・プレイ」のパラダイムが拡張され、そのうちに超自然も含まれることになったと述べている。人知を超えた論理を作品内に取り込むこと。そのような観点から見れば、たとえばランドル・ギャレットの『魔術師が多すぎる』（一九六六年）から米澤穂信『折れた竜骨』（二〇一〇年）へ至る、いわゆる「特殊設定ミステリ」の方法論をも「伝奇ミステリ」へ組み入れることも原理的には可能であったはずだ。

3、『薔薇の名前』がもたらしたもの

だが、すでに見てきたように、とりわけ戦後日本の「伝奇ミステリ」は「特殊設定ミステリ」を積極的に許容する方向へは進まず、むしろジョン・ディクスン・カーや横溝正史が完成させた一定の様式を守り続けた。そのことによって、独自の美学性を追究しながら、かつ近代史を再考するという達成がもたらされはした。

　しかしながら、特に八〇年代以降の「伝奇ロマン」ブームに乗って書かれた小説群では「特殊設定ミステリ」の方向性はなかなか追究されず、反対に七〇年代までの「伝奇ミステリ」が保持してきた論理的要素や美学性・批評性は軽やかに取り払われ、アクションやラブロマンスへ重きを置いたエンターテインメントとして受容されるケースが多かった。そこには賛否両論あるだろうし、「新本格」の小説群の独特の「軽さ」に、「伝奇ブーム」の影響を見ることは容易だろう。だが一方で、「新本格」はミステリという伝統の復興運動という側面を強く有してもいた。「軽さ」だけでは、読者を満

足させるだけの強度と奥行きのある作品を生み出すことはできない。

だから本稿では、「新本格」以後の「伝奇ミステリ」に密かな屋台骨となってきた作品として、ウンベルト・エーコ『薔薇の名前』（一九八〇年）の重要性を指摘しておきたい。

本格ミステリのオールタイム・ベスト海外部門において、常に上位にランクインされる『薔薇の名前』は、ここで改めて言うまでもなくミステリ・シーンに多大な影響を与えてきた。そのように広範な受容がなされた背景には、一九八六年のジャン＝ジャック・アノー監督による映画化による影響が大きい。映画化から全訳が刊行されるまでの――「新本格」の勃興とほぼ軌を一にする――四年間において、『薔薇の名前』という世界的ベストセラーの存在感は、日本において徐々に高まりを見せてきた。

『薔薇の名前』は――『火刑法廷』が「ゴシック・ホラー」と「本格ミステリ」を融合させたように――記号論と「本格ミステリ」を見事に融合させた点が、主として評価の対象となっている。確かに中世イタリアの修道院を舞台にした「伝奇ミステリ」としてのみ見ても、その構造は見事なものだ。また、巧妙に偽装されたテクストそのものの成立事情、旧約聖書の「創世記」のパロディをはじめとした膨大な間テクスト性、さらには暗号解読（「アフリカノ果テ」）や個々の「殺人事件」の真相といった諸要素は、いくらでも記号論的な深読みを許容する仕組みとなっている。

ただし『薔薇の名前』は、記号論とミステリが融合することで、一種の不可能性を体現した作品でもあった。異端文学研究者の塚原史は「『薔薇の名前』論または記号論的ミステリーの不可能性について」[*9]において、ミステリとは「傍観者」としての探偵によって、あらかじめ組み込まれた「終わり」が解き明かされる過程だとしたうえで、『薔薇の名前』にはそのような前提が設定されておらず、修道院内に隠された筆写本をめぐる第一の「謎」、殺人者の名前をめぐる第二の「謎」といったように、ある「謎」が次の「謎」を連鎖的・従属的に導き出すものだと論じた。『薔薇の名前』の解釈には終わりがないが、それでも、無限遠の彼方には、最終的な「正解」が設定されている。一連のドラマを通してかすかに浮かび上がる「正解」は、ずばり「正統」と「異端」という主題性だ。この主題は、中世イタリアのゲルフ（教皇派）とギベリン（皇帝派）の対立ともリンクする。修道院という閉鎖空間での殺人事件から、中世ヨーロッパの政治情勢へ眼差しをずらされた読者は、やがて時空を飛び越え、一九七八年に起きた左翼組織「赤い旅団」によるイタリア元首相アルド・モロの暗殺事件の構造を壮大な隠喩として見出すことになる。つまり『薔薇の名前』で描かれていたのは、何よりもまず、二〇世紀的な同時代性だったのだ。

『薔薇の名前』の探偵役、バスカヴィルのウィリアムは――『バスカヴィル家の犬』を彷彿させる名のとおり――中世人でありながら、シャーロック・ホームズ式の近代的な推理を行う探偵として設定されている。だが、推理方法だけではない。彼は理想の政治形態としてベーコンの思想から近代民主制の端緒を読み取るほどの、徹底した近代人として描出されているのだ。

「伝奇ミステリ」を構成する「伝奇」的要素は、その多くを古代から中世暗黒時代の伝承に拠っている。古代人や中世人は、通常、近代人が考えるような行動原理では動かない。だが「伝奇ミステリ」は往々にして、そうした前提を括弧に入れてきた。同じ「伝奇ミステリ」でも、たとえば一二世紀イングランドの修道院を主たる舞台にしたエリス・ピーターズの『修道士カドフェル』シリーズ（一九七七～九四年）は、丹念な調査によって中世ヨーロッパの風俗を活かした魅力ある「謎」を数多く提示しえている。にもかかわらず、探偵役の修道士カドフェルほかの登場人物たちは、良くも悪くも近代的な思考原理で行動してしまっており、中世文学で描かれる人間像とは乖離を見せていた。

だが『薔薇の名前』は、「本格ミステリ」としての「器」そのものに批評性が籠められているため、前近代的思考法と近代人的思考法を無理なく融合させることができていた。「伝奇ミステリ」の方法論を用いて「現在」の複雑性を「器」の中に構造化した作品。それが『薔薇の名前』にほかならない。『薔薇の名前』では、異端審問官ベルナール・ギーとの対話、さらにはクライマックスにおける「笑い」をめぐる修道士ホルヘとの有名な問答に代表されるとおり、中世ヨーロッパにおける神学的思考と近代的な論理に基づく本格ミステリの思考法との相違点が多声的《ポリフォニック》な形で対比されている。つまり『薔薇の名前』の意義は、前近代的な「伝奇」的設定と近代的な存在論的様態とを、意匠の領域を超えて同居することを可能にする、壮大な「器」の提示にこそあったのだろう。

4、パズラーとしての「伝奇」――『聖アウスラ修道院の惨劇』

『薔薇の名前』の日本語版が刊行されたのは一九九〇年だが、「新本格」の流れにおいて『薔薇の名前』を強く意識した最初期の代表的作品としては、二階堂黎人の『聖アウスラ修道院の惨劇』(一九九三年)を挙げることができるだろう。

二階堂黎人は「本格ミステリ」論壇の最右派として健筆を振るうのみならず、『本格ミステリー・

＊9　塚原史「『薔薇の名前』論または記号論的ミステリーの不可能性について」、「早稲田大学法学会人文論集31」、早稲田大学法学会、一九九二年。

ワールド』（南雲堂）等の各種メディアにおいて「本格ミステリ」の原理を擁護する積極的な発言、および各種叢書やアンソロジーの編纂などで影響力を発揮している。その二階堂黎人の看板作といえば、やはり「世界最長のミステリ」である『人狼城の恐怖』四部作（一九九六〜九八年）となるだろう。（ブックガイド四二〇頁を参照）

ただし、二階堂黎人の志向性を広く印象づけたのは、大作『薔薇の名前』に対する極東からの挑戦ともいうべき『聖アウスラ修道院の惨劇』だといえるのではなかろうか。実際、稲井手彰は「湖畔に建つ古い修道院の地下に埋もれている恐るべき秘密を暴くという、エーコの『薔薇の名前』以上の前代未聞の結末が待っている」と、（真相部分に『薔薇の名前との類似性などは皆無だ」と但し書きが添えられるものの）『薔薇の名前』と比較する形で『聖アウスラ修道院の惨劇』を評している。*10

その『聖アウスラ修道院の惨劇』は、探偵・〈二階堂蘭子〉シリーズの第三作にあたるため、舞台は長野県野尻湖畔の修道院、つまり「現代」に設定されている。しかしながら「僧塔院の塔」から落下した死体、盲目の図書館長の護る図書館、ヨハネ黙示録に見立てた連続殺人、あるいは修道院の来歴や、キリスト教の教義についての詳細な言及など、『薔薇の名前』を意識したと思われる設定には事欠かない。

興味深いのは、『聖アウスラ修道院の惨劇』において『薔薇の名前』の「器」は、パズラー・ノベルとして、あるいは『インディ・ジョーンズ』式のアドベンチャー・ノベルとして徹底した読み替えが施されているということだ。例えば、『薔薇の名前』では神学的な解釈によって解決が導き出される「迷宮」は「三方が壁に囲まれている場所を全部塗り潰す」という迷宮探索の実践的方法論をもって踏破される。

あるいはタイトルから想起される（ある意味で日本版『薔薇の名前』ともいうべき）小栗虫太郎の『聖アレキセイ寺院の惨劇』（一九三三年）は、作中に登場する暗号文のバックボーンとして使われている。さらには、キー・アイテムの《ミッチェル＝ヘッジズの頭蓋骨》（水晶髑髏）は、（「十戒が刻まれた石板を収めていた」）《聖櫃《アーク》》に、（「キリストが最後の晩餐で使ったとされる」）《聖杯》といった、（インディ・ジョーンズが追い求めてきたアイテム）と並べて語られる。現に、当の水晶髑髏は『インディ・ジョーンズ　クリスタル・スカルの王国』（二〇〇八年）の中心的アイテムとして登場したくらいだ。

また、二階堂黎人はジョン・ディクスン・カーの熱狂的なファンとしても知られている。実際、『聖アウスラ修道院の惨劇』にはカーが得意とした「幻想的な謎」への憧憬が充溢している。現在の視点で『聖アウスラ修道院の惨劇』を読み直してみると、稲井手彰が「驚愕」した結末部分がまず、良くも悪くも圧倒的だろう。

つまり『薔薇の名前』が記号論の立場でキリスト教神学をミステリの枠に落とし込んだものとすれば、『聖アウスラ修道院の惨劇』はミステリ・マニアの視点からキリスト教神学のロジックを大胆に解体し「仏教」の構造的優位性を大きくアピールしたのである。その試みが成功しているかどうかには諸説あるだろうが、ともあれ、書き手が日本人であるから許された大胆不敵な試みなのは間違いない。

＊10　稲井手彰『聖アウスラ修道院の惨劇』解説、二階堂黎人『聖アウスラ修道院の惨劇』所収、講談社ノベルズ、一九九三年、四七二頁。

また、二階堂蘭子自身が警察当局へ半ばゴリ押しで納得させる「犯人は吸血鬼」という超自然的な仮説の、いわゆる「バカミス」的インパクトも忘れがたい。このように二階堂黎人は、S・T・ヨシがジョン・ディクスン・カーの小説に見た「フェア・プレイ」としての超自然的展開を、徹底的にエンターテインメントの文脈へ落とし込むことで実演しようとした。

いったん整理しよう。ゴシック小説が表現した「怪奇幻想」の美学は、ポーに代表される近代の本格ミステリがもたらす「論理的解明」によって、いわば意匠のレベルにまで落としこまれた。だがカーの『火刑法廷』によって、その「論理的解明」はふたたび「怪奇幻想」と倒置されるようになった。そして、『薔薇の名前』は『火刑法廷』が体現した「伝奇ミステリ」の様式を捨てることなく「中世」と「現代」とを結ぶ「器」の在り方を模索した作品だといえるだろう。そして『聖アウスラ修道院の惨劇』は、大きすぎる「器」を手頃なパズラーとして料理できるよう再解釈した作品といえるのではないか。

それゆえ、『聖アウスラ修道院の惨劇』が『薔薇の名前』に施した種類の読み替えは、異なる書き手によっても継承されていくことになる。『QED　百人一首の呪い』（一九九八年）で第九回メフィスト賞を受賞した高田崇史による一連の〈QED〉シリーズがその代表格だろうか。〈QED〉シリーズは、パズラー的「伝奇ミステリ」として堅調に刊行を重ねているが、これらの作品は『聖アウスラ修道院の惨劇』の系譜に組み入れることも可能であろう。

5、「主知主義」の陥穽――〈百鬼夜行〉シリーズ、『火蛾』『背の眼』

『薔薇の名前』の日本語版が発売された前年の一九八九年は、「伝奇ロマン」が長い間仮想敵としてきた昭和天皇が崩御した年でもあった。笠井潔は「偽史の想像力と『リアル』の変容」[*11]において、八〇年代の消費者大衆は、「都の権力と『まつろわぬ民』をめぐる伝奇小説」に魅了されたが、それが失速した後、「『謎―論理的解明』を骨子とする新世代の探偵小説が欲望を吸引することになる」と告げている。笠井は、六〇年代から八〇年代「伝奇ロマン」ブームの系譜学について、次のように簡潔な要約を行っている。

一九六〇年代に三島由紀夫が、続いて七〇年代に解体期新左翼が準備したところの、天皇の想像的な脱中心化というフィクションが、八〇年代的な消費者大衆の無意識的な渇望と絶妙に交差した。第一に天皇を虚構的に中心化し、第二に山人と偽史の想像力を駆使して脱中心化するというシステムの伝奇小説が、未曾有のブームを引き起こしたのも当然だろう。(「偽史の想像力と「リアル」の変容[*12]」)

ここで重要なのは、昭和天皇の崩御によって虚構的に中心化された天皇という仮想敵が消滅し、加えてバブル経済の崩壊から新自由主義経済の浸透によって、脱中心化への求心力が薄れることになっ

＊11　笠井潔「偽史の想像力と「リアル」の変容」、『探偵小説は「セカイ」と遭遇した』所収、南雲堂、二〇〇八年。
＊12　前掲書、一一〇頁。

たという点である。

「伝奇ロマン」においては——それこそ半村良や五木寛之が描いたように——「山窩」に代表される、天皇を中心とした正史からは排除された主人公たちの視点が積極的に採用されてきたが、「伝奇」要素の民俗学的基盤を支えてきた「中心—周縁」という構図は、ここで二重の意味で解体されることとなった。

変わって、そもそもがパズラー志向の強い「第三の波」の到来を経ることで、大衆の欲望は「伝奇」的な恐怖を五感で感じる時代から、「伝奇」をパズラーとして再解釈する時代へと突入した。しかしながら、伝統回帰的なパズラー志向に加え、『薔薇の名前』が体現したような「現在性」を、量子論や脳科学といった先端理論を用いることで直接的に補完する新潮流の「伝奇ミステリ」も登場するようになった。その嚆矢は、京極夏彦の『姑獲鳥の夏』（一九九四年）に始まる〈百鬼夜行〉シリーズだろう。

『姑獲鳥の夏』は、それは『薔薇の名前』がもたらした「伝奇ミステリ」の原理的刷新を、いうならば「主知主義」的側面から切り取ったものである。それは、「この世には不思議なものなど何もないのだよ」と切り返す、ホームズ役の中禅寺秋彦こと京極堂による『姑獲鳥の夏』冒頭の講義部分に集約されているだろう。

「二十箇月もの間子供を身籠っていることができると思うかい？」という「尋常なものではない」事態について質問するワトスン役の小説家・関口に対し、脳科学や量子論を活用して「妖怪」の正体を暴くホームズ役の京極堂の方法論は、晦渋な部分がまったくなく、明晰に整理されており、広く読者の支持を集めた。しかし不思議なのは、『魍魎の匣』（一九九五年）、『狂骨の夢』（一九九五年）、『鉄鼠の檻』（一九九六年）、『絡新婦の理』（一九九六年）に至る、京極夏彦の百鬼夜行シリーズ初期作品群であろう。京極作品は、どれも弁当箱のように分厚く、精神分析や日本近代史・民俗学のペダントリーが詰め込まれているものの、いずれの作品も驚くほどにすらすらと読めてしまう。このことについて、野崎六助は「活字による無彩色のコミック世界」という切り口から、次のような分析を試みている。

京極ワールドは、活字でぎっしりと中味の詰まったコミック世界だ。一定のレイアウトにしたがって思考の流れが収納されているので、おびただしい情報量も苦にならないように錯覚される。どんなに深遠で複雑な現象が描かれようとも、フラットな図式に還元できるのだ。奇妙な妖異の森に読者を彷徨わせ、最終的には「この世に不思議なものなど何ひとつない」という見得をきって、すべて明快に解いてみせる。

扱われる事件は一様に陰惨だが、印象はどこか無機的に傾いている。人物のおりなすドラマの奥行きは、始末におえないほど暗い因果話の連鎖として語られるけれど、あとに残るものは不思議と平べったく起伏のない世界だ。あまり精緻でない線描のタッチでくまなく表わされてしまうのだ。（「京極夏彦は妖怪である」）[*13]

＊13　野崎六郎「京極夏彦は妖怪である」、『超絶ミステリの世界』所収、情報センター出版局、一九九八年、二一頁。

野崎六助のいう「フラットな図式」とは、明快さの裏返しでもあるだろう。しばしば晦渋で分類困難ともなる民俗学的・宗教学的要素を、徹底して近代合理主義者の立場から明快に整理してみせる〈百鬼夜行〉シリーズの方法論は、いわば説明不可能なものを説明可能なものへと翻案する過程にほかならない（ブックガイド四一九頁も参照）。

通常ならば、翻案の過程でさまざまなものが削ぎ落とされてしまうものの、「科学というのは普遍的であるべきものだ。同じ条件の下で実験した結果は同じじゃなくちゃいけない」と嘯《うそぶ》く京極堂は、認識のチャンネルを多様化し、それぞれの文脈を論理として筋が通ったものへとまとめなおすことで、「伝奇」的な不条理性を「憑き物」と見、その正体を名指すことで「憑き物落とし」を行うのだ。この「憑き物落とし」とは、妖怪に憑かれた者たちを正気に戻す試みのことを意味するが、京極堂が推理を通じて披露する「憑き物落とし」の根幹は、「脳」と「心」を明確に区分させることで、「心」で理解したことを「脳」のメカニズムで再整理するというものである。

民俗学者の小松和彦は代表作『憑霊信仰論』（一九八二年）において、病気や家の盛衰という、当人たちではままならない事柄を説明するための体系として「憑きもの」を再定義した（「説明体系としての憑きもの」[*14]）。小松和彦は、妖怪に取り憑かれている家系すなわち「憑きもの筋」がムラ社会において忌避されることを、社会人類学者G・フォスターの分析方法を援用し「認識の方向づけ（cognitive orientation）」という概念を用いて説明する。「憑きもの筋」が忌避されるのは、閉鎖的・自律的共同体特有のゼロ・サム思考に基づいた《限定された富のイメージ》（image of limited good）に関係しているからだというのだ。《限定された富のイメージ》に支配された閉鎖的共同体においては、自己の利益は他者の損失とイコールだ。ムラ社会では、村祭りなど「ハレ」の場を除けば、可能な限り慎ましやかな生活を送ることが求められ、逸脱した者には制裁が加えられる。その制裁が、社会的不面目《スティグマ》という形で顕現したのが、「憑きもの筋」というレッテルだ。

『憑霊信仰論』を参考文献に挙げている『姑獲鳥の夏』において京極夏彦は、小松和彦の合理精神をさらに推し進める。その結果として立ち現れるものが、野崎六助の言う「フラットな図式に還元できる」、「不思議と平べったく起伏のない世界」にほかならない。新興宗教団体の暴走と関東大震災による「大量死」を結びつけ、真言立川流の性的儀式とフロイト式の無意識の領域を見事に融合させた『狂骨の夢』、禅の公案を題材とし「(不立文字《ふりゅうもんじ》の極地たる)悟りを得た人物から殺害していく」という事件の真相を有していた『鉄鼠の檻』は、それぞれ『薔薇の名前』への返歌のようである。

これら〈百鬼夜行〉シリーズの「主知主義」的精神は、いわば『薔薇の名前』によって説明された新たな「伝記ミステリ」を、パズラー的様式を保持するという方法のみに縛られず、その「器」の目指したところを正しく受け止めることができていた。とりわけ『狂骨の夢』や『鉄鼠の檻』は、『薔薇の名前』の「主知主義」的傾向が、日本独自の「伝奇ミステリ」の様式と調和した稀有な成功例だろう。そのことで、結果的に〈百鬼夜行〉シリーズは、高木彬光や西東登らが志向していた、近代史の暗部に眼差しを注ぎ、そのことで近代史の総体を読み替えるという壮大な試みへと接近するに至るのだ。

けれども『絡新婦の理』に至って、京極堂をはじめ、理性をもって怪異をフラットに切り取った「主知主義」的な登場人物たちは、犯人役の仕掛ける壮大な陰謀に絡み取られ、思うがままに操られ

＊14 小松和彦『憑霊信仰論』、講談社学術文庫、一九九四年、一一五頁。

てしまうこととなる。また〈百鬼夜行〉シリーズ初期の総決算たる『塗仏の宴　宴の支度』および『塗仏の宴　宴の始末』（それぞれ一九九八年）においては、催眠術のような特殊設定が大胆なアクションの一種として駆使されることで、もはや「本格ミステリ」と呼べるものではなくなった。

　こうした、『薔薇の名前』が提示した「器」を「主知主義」の観点で切り取った京極夏彦の試みを、最もシンプルかつ審美的な感覚で単体の「作品」に仕立て上げたのは、イスラム教神秘主義《スーフィー》の儀礼に題材をとった古泉迦十の『火蛾』（二〇〇〇年）であろう。だが『火蛾』の様式は完成されているがゆえに自閉し、その孤高たる様式と問題意識を引き継いだ後続作を生み出すことはできなかった。

　一方、京極夏彦の試みを受け継ぐ形で登場し、二〇〇〇年代に頭角を表した作家としては、道尾秀介の名前を挙げることができる。そのスタイルから〈百鬼夜行〉シリーズのフォロワーという趣が強い、道尾秀介の初期作品群は、何としてもデビュー作『背の眼』（二〇〇五年）が印象深い。『背の眼』は何よりもまず、超自然現象を所与のものとして、論理のうちに組み込んでいることが特徴的だ。

　むろん〈百鬼夜行〉シリーズも、本来は超自然的な範疇に含まれる仮説を打ち立て、それを前提に推理をするという側面がある。しかし、心霊研究所を主宰している真備庄介が、作者と同名のワトスン役とともに活躍する『背の眼』では、不幸な殺され方をしたがゆえに浮かばれない子どもの霊、そして障害のある妻に文字通り「憑依」された犯人役が登場する。そこでは、超自然的存在が、見事に実体化されているのだ。

　この犯人役に対し、真備庄介は京極堂ならば「憑き物落とし」と呼んだであろう「除霊」行為を行おうとする。「憑依下における犯罪は、その残虐性が高ければ高いほど、被憑依者を精神的苦痛から解放する」と、憑依を介して行われた犯罪の性質を熟知した彼は、「除霊」にあたって、憑依体そのものに「語りかけている」という想いが伝わるような方法で、コミュニケーションを試みる必要があると説明するのだ。作中で実際に真備庄介が取った方法は、あたかも印や合掌を組むかのように、手話を用いることだった。

僕はご主人に秋子さんが憑依していると知ったとき、まず頭の中で、除霊に必要な共通言語を探した。ご主人の無意識が人格化した秋子さんの霊という存在に、憑依の終了を説得するには、いったいどんな言語が必要なのかを考えた。聖水じゃない、十字架でもない、経文でも払子でもない――ご主人も秋子さんもカトリックではないし、敬虔な仏教徒というわけでもないからね。そこで僕が見つけたのが、手話だったんだ。被憑依者であるご主人と、憑依体である秋子さんに共通の言語として、手話を使えばいいんじゃないかと考えた。聾者である秋子さんの霊に語りかけるには手話しかない、手話ならば秋子さんは聞く耳を持ってくれるだろう――もっと言えば、手話ならば秋子さんが聞く耳を持ってくれるとご主人は認識しているだろうとね。（『背の眼』[*15]）

これは手話を用いた理由を説明する真備庄介の台詞だが、物理的に「除霊」を行うことと、霊への接し方について媒介項となる人物の視点になって考えるなどの認識論的枠組みの共存が、なんとも興味深い味わいを見せている。

それでは、京極堂と真備庄介の「憑きもの落とし」の方法の違いはどこにあるのか。『姑獲鳥の夏』

＊15　道尾秀介『背の眼』、幻冬舎文庫、下巻、二〇〇七年、三四六頁。

をはじめ、〈百鬼夜行〉シリーズに登場する「妖怪」は、いわば隠喩の産物であった。逆照射された「近代」の歪みが「妖怪」という形で顕現していたのである。

だから京極堂は、徹頭徹尾、認識論的な枠組みのもとでのみ、憑依という現象を理解する。それに比べて真備庄介は、あくまでも憑依体や披憑依者を一個の対話相手として扱おうとする。『背の眼』が心霊現象を肯定的に描いたのは、単に超自然の脅威を復権させることを目的としているのではない。「憑きもの落とし」が持つ「主知主義」的スタイルがぶつかる壁を、他者への共感を軸として、書き換えようとしたためにほかならないだろう。

すなわち「伝奇ミステリ」の方法論を用い、ごく素朴な形で京極夏彦流の「主知主義」を更新しようとしたのが『背の眼』の目指すところだった。そもそも〈百鬼夜行〉シリーズでは、現状の科学では非合理的なものでも、経験科学としてあり得ることは肯定して推理を進める、先進的な姿勢を取っている部分があった。その方法論をさらに押し進めたのが『背の眼』のオリジナリティだったといえるのかもしれない。このオリジナリティを軸に、翌年発表された『骸の爪』（二〇〇六年）など、道尾秀介は「伝奇ミステリ」の秀作を書き継いでいく。しかしながら彼のスタイルは、第七回本格ミステリ大賞を受賞した『シャドウ』（二〇〇六年）を頂点とし、少しずつ「本格ミステリ」の枠組みに収まらないものとなっていく。

6、「伝奇ミステリ」の自己模倣――〈石動戯作〉シリーズ、『ＴＲＩＣＫ』

京極夏彦や古泉迦十、あるいは道尾秀介とは異なるアプローチによって「伝奇ミステリ」の方法論を更新しようとしたのが、殊能将之である。蔓葉信博は「学園の怪異《スクールミステリ》」*16において、「オカルト的な現象」をテーマにした学園ミステリを合理的なミステリ、非合理を推理の前提とするミステリ、両者の中間となる鵺《ぬえ》的ミステリの三パターンに分類したが、この三分類はそのまま〈京極夏彦〉／〈古泉迦十と道尾秀介〉／〈殊能将之〉の作品に、それぞれが一つの典型として対応を見せるだろう。この「鵺的ミステリ」の様態をもう少し深く考えてみたい。

『ハサミ男』で第一三回メフィスト賞を受賞し、一九九九年にデビューした殊能将之は『火蛾』と同じ二〇〇〇年に『美濃牛』という大部の「伝奇ミステリ」を発表している。その結末において、舞台となる（ミノタウロスの迷宮があるクレタ島をもじった）寒村である暮枝《くれえだ》村を「逆説に満ちた村」として提示している。『美濃牛』は、ミノタウロス神話と迷宮に関する夥しい引用、コール・ポーターの替え歌「It's Deconstruction」で示されるデリダ流ポストモダニズムへの皮肉、飄々とした「名探偵」石動《いするぎ》戯作《ぎさく》の推理法や、作中に挿入される奇妙な「（俳）句会」等の様子も相俟って、「伝奇ミステリ」のお約束の徹底した「ずらし」が模索されている。そして明かされた真相は、いずれも何かしらの逆説を孕んだものだった。

〈石動戯作〉シリーズの第二作『黒い仏』（二〇〇一）では、「伝奇ミステリ」に伴う超常的要素が実在するものであることを前提に、驚くほど荒唐無稽な真相が提示される。すなわち『黒い仏』では、H・P・ラヴクラフトらの作品をもとにオーガスト・ダーレスらが本格的に体系化した「クトゥルフ神話」に登場する異形の妖魔たちが登場人物に化身して事件を引き起こしていたというのが、解決編

＊16　蔓葉信博「学園の怪異」、「ジャーロ」二〇一一年夏号、光文社、一〇一頁。

において読者に提示されるのだ。

ただし、探偵役の石動戯作の推理が的外れでありながらも首尾一貫した論理に基づいていたため、妖魔たちは秘術を駆使し、後づけで石動戯作の推理が正しくなるように演出する。それはあたかも、妖魔たちが石動戯作に付き従っているような印象すら与えるものとなっている。『黒い仏』は『絡新婦の理』のような「操り」に焦点を当てたミステリのパロディにもなっているのだ。

加えて『黒い仏』は、『火刑法廷』のように、巧妙な構成のうえで超自然的展開に説得力を持たせるのではなく、『黒い仏』におけるホラー要素としての「クトゥルフ神話」が、モンティ・パイソンを思わせる一種の脱力系ギャグとして採用されている。殊能将之は、ラヴクラフトの世界を「特殊設定ミステリ」として提示することをよしとしなかった。

翌年の『樒《しきみ》／榁《むろ》』（二〇〇二年）と題された小品では、より「伝奇ミステリ」の内実に沿った形で、こうした解体作業が行われる。『樒／榁』は、講談社ノベルズの密室本企画の一環として企画された小説であり、単行本にして一四〇ページ程度の小品だ（後に先行作にあたる『鏡の中は日曜日』（二〇〇一年）とのカップリングという形で文庫化された）。

「樒」パート（前半部）と「榁」パート（後半部）から成り立っているこの作品は、タイトルから「木へん」を抜いたら「密室」となるように、密室トリックを主題とした作品である。作中では天狗伝説に絡め、一六年の時を隔てた二つの密室が描かれるものの、一つ目の密室では人死にが出るものの犯人は存在せず（真相は事故）、二つ目の密室は、関係者が一六年前の事件を念頭に置くことを前提としたうえで、殺される者が存在しない（真相は器物破損の隠蔽）というものである。いずれも「密室」という、ミステリ読者のロマンを誘う空間をでっち上げながらも、「密室」の過剰な人工性を嘲笑うかのような脱臼が組み込まれていたというわけだ。

しかしながら『榣／椌』は、「伝奇ミステリ」としても興味深い試みをなしている。それは、舞台の近隣に位置する雲井御所への参拝の様子をはじめ、随所に差し込まれた「魔王」崇徳上皇についての記述である。「死者が生者を動かす」という観点から、「死者の魔が支配する歴史」を描き出そうとする谷川健一『魔の系譜』（一九八四年）を参照すれば、一二世紀、保元の乱に破れて讃岐へ流刑となり、当地で憤死したという崇徳上皇と天狗伝説が、少なくない因果を有していることがわかる。

民俗学者の谷川健一は、南蛮渡来の宣教師たちが、天狗をキリスト教の「悪魔」として翻案することで、天狗という存在がいわば日本の「魔」として、歴史的な普遍性を有したものとみなされていたことを明るみに出した。だが『榣／椌』において、第一の密室で被害者を死に至らしめた「天狗の斧」は、「天狗原人のふるさと」なる怪しげな町おこしのシンボルとして使われてしまい、崇徳上皇の前ふりは、落語の「崇徳院」の落ちに結びつけるために召喚されたことすら、明らかになる。

つまり天狗伝説も、天狗伝説と結びついた崇徳上皇の逸話も、超自然の存在を明るみに出すようには機能せず、登場人物ならびに読者を脱力させるための壮大な「ネタ」にすぎなかったのだ。この寄る辺ない脱力感は、犯人なき密室と被害者なき密室に象徴される「空の函《はこ》」のイメージにぴたりと符合する。『榣／椌』は、「伝奇ミステリ」を成り立たせる最も原理的な部分、ミステリ要素もホラー要素も、それぞれが一つの様式、所詮は「空の函」にすぎないということを、極めて即物的に描き出した。

京極夏彦の『魍魎の匣』は、竹本健治の『匣の中の失楽』（一九七八年）が描いた「宇宙」としての「密室」を「伝奇ミステリ」の手法でバロック的に再現した大作だったが、殊能将之の『榣／椌』

では、「宇宙」としての「密室」は、ただ、人知の及ばない場所へ棚上げされることになった。そこでは、『薔薇の名前』が描き出した同時代性が前景化するあまり、「伝奇」的要素の屋台骨そのものが解体されてしまっている。そして現在の殊能将之は、この「空の函」を前に苦闘しているように見える。〈石動戯作〉シリーズの第五作――マイクル・ムアコックのヒロイック・ファンタジー「永遠の戦士《エターナル・チャンピオン》」シリーズの設定を解体させた驚異の「バカミス」でもある――『キマイラの新しい城』（二〇〇四年）においては、「伝奇ミステリ」の延長線上にある「特殊設定ミステリ」の枠組みそのものですら、綺麗さっぱり解体させられてしまっていた。

このような〈石動戯作〉シリーズの試みを、いわばウルトラバロック化したはるかに商業的な形で推し進めたのが『美濃牛』の発刊年と同じ二〇〇〇年から放映が開始された、堤幸彦監督のテレビドラマ『TRICK』だろう。

『TRICK』は、今まで見てきたような「新本格」以後の「伝奇ミステリ」の諸要素を雑多に詰め込んだ作品であるとともに、TVシリーズや映画の大ヒットにより、最も広範に渡る受容者を獲得した、二〇〇〇年代以降の「伝奇ミステリ」となっている。

一九九二年にスタートした、コミックの『金田一少年の事件簿』シリーズ（ブックガイド四一六頁を参照）など、「伝奇ミステリ」的要素を有した作品は、むしろ小説外において数多く見られた。二〇〇〇年代においては、意匠としての「伝奇」を用いたミステリ風のエンターテインメント作品が数多く発表されている。「本格ミステリ」の手法をそのままデジタルゲームで再現した『かまいたちの夜2　監獄島のわらべ唄』（二〇〇二年）は、『かまいたちの夜』（一九九四年）の続編として話題を集め、前作の脚本を担当した我孫子武丸に加え、SF作家の田中啓文と牧野修がシナリオ執筆に参加し、作品世界をより重層的に演出したものの、「本格ミステリ」としての凝集性が薄れた感は否めなかった。このようなミステリ風の作品の中でもデジタルゲームとして発表され、後に映画にもなった『SIREN』シリーズ（二〇〇三年〜）は注目に値するが、本作を分析するためには「本格ミステリ」という概念と、近年のルドロジー（ゲーム・スタディーズ）の発展によって検討された「ゲーム」という概念の摺り合わせが必要不可欠であり、また「伝奇ミステリ」をゲームとして扱った嚆矢である思緒雄二（日本で最初期にロールプレイングゲームや大規模ネットワークゲームをデザインした、門倉直人の別名義）のゲームブック『送り雛は瑠璃色の』（一九九〇年）なども考慮に入れる必要があるので、ここでは深入りしない。*17

さて、その『TRICK』は、仲間由紀恵演じる自称「超天才マジシャン」山田奈緒子と、阿部寛演じる「日本科学技術大学助教授（後に教授となる）」上田次郎が、次々と現れる怪しげな超能力者のトリックを暴いていくというのが基本的なストーリー・ラインとなっている。そこでは「霊能力者は実在するのか?」という問いかけが、しばしば重要なテーマとして提示されてきた。

いまだ視聴率が一桁台であった第一シーズンにおいて『TRICK』は多少のおふざけこそあれども、「伝奇ミステリ」のまさしく王道をゆくような構成を見せていた。ところが、シーズン二以降の『TRICK』はパロディ色を強めながら奇抜な演出へと傾斜していく。上田次郎が作中で著した著

＊17　ゲームブックとミステリについては、ゲームブック作家フーゴ・ハルと筆者との共作「ゲームブック温故知新――「ブックゲーム」という冒険」(http://analoggamestudies.seesaa.net/article/246178978.html)で、基礎的な考察を行なった。

書は、タイアップ本として発売され、演出も「伝奇ミステリ」という枠組みを得体のしれない力で吹っ切るような勢いを感じさせるものとなってきた。同時に、マンネリ化の兆しを見せ始めた物語展開には、先回りする形で随所で視聴者目線のツッコミが差し込まれ、登場人物への肉体的特徴への「いじり」がくどくどと反復される。

こうしたパロディとギャグの傾向が頂点に達したのは、おそらく二〇〇三年に放映されたシーズン三のうち、TVシリーズの『TRICK』最大の視聴率（一七・八％）を獲得したエピソード一「言霊で人を操る男」だろう。そこで犯人が信者を集めた小屋で行った「山を消す」消失トリックは、隠し場所もなさそうな大規模なクレーン車で小屋そのものを持ち上げたという現実的にはおよそありえない仕掛けに基づくものであり、すかさず「どこまでも手のかかることを！」とツッコミが入る。その後の展開も、キワモノの一言だ。だが、『TRICK』が繰り返し行うセルフ・パロディは、どことなく『キマイラの新しい城』が直面したデッド・エンドを彷彿させる。殊能将之が直面した「本格ミステリ」という形式に伴う袋小路と、マス・マーケットを前提としたがゆえにか『TRICK』が陥った自己模倣は、現代において「伝奇ミステリ」を描こうとした際に突き当たる壁という点で共通している。

7、仮構された神話――『隻眼の少女』『龍の寺の晒し首』

自己模倣ということになれば、おそらく麻耶雄嵩は外せない。「第三の波」の代表的作家の一人とみなされている麻耶雄嵩は、デビュー長篇の『翼ある闇　メルカトル鮎最後の事件』（一九九一年）

から、「本格ミステリ」という様式の自己模倣ともいうべき作品を書き続けてきた作家である。「本格ミステリ」のお約束を作品内へ全面的に取り入れながら、それを内部から解体してみせた。諸岡卓真は『翼ある闇』を詳細に論じ、作品内におけるホームズ役の木更津とワトスン役の菅彦が共謀して、事件の真相を言い当てた探偵のメルカトル鮎を殺害し、真相を捏造して読者へと提示することによって、作品内における「真実」の位相を完膚なきまでに破壊してみせたという解釈を披露した（「本格ミステリ殺人事件」[*18]）。

ここで重要なのは、諸岡が自説を「ある程度の強度を持った新たな解決」としながらも、唯一絶対の正解と断じてはいないことだ。彼の語る「真相」は、諸岡を含めた熱心な読者に対して仕掛けられた解釈の遊び（深読み）としての「空白」の存在を明かし立てたものである。だが、そうした「空白」は、あくまでも閉鎖的なゲーム空間でのみ成立するものであり、その外へ飛び出すことはない。

デビュー当初からデッド・エンドに直面していた麻耶雄嵩は、二〇年後に書いた『隻眼の少女』（二〇一〇年）では、どのような試みを行ったのか。『隻眼の少女』において、まず読者の眼を惹くのは、作品名にも採られている「御陵《みささぎ》みかげ」という水干《すいかん》姿の少女探偵と、彼女が関係した二つの事件だろう。水干というおよそ浮世離れした「伝奇」的な装いを「正装であり、普段着」として身にまとった少女の意味合いは、「第一部　一九八五年・冬」と、「第二部・二〇〇三年・冬」において、まるで異なる存在として読者のもとへ提示される。

『隻眼の少女』の冒頭では「スガル縁起・抄」と題され、作品の舞台となる栖苅《すがる》村と、村を統治する

＊18　諸岡卓真「本格ミステリ殺人事件」、『現代本格ミステリの研究』所収、北海道大学出版会、二〇一〇年。

琴折家の由来が語られている。この「スガル縁起」に描かれた、母と娘が神代の力をどのように継承するのかが、『隻眼の少女』では重要な主題となっている。島田荘司の作品をはじめ、小説冒頭に示された伝説が事件を暗示していたり、説話の形で歴史的背景を説明していたりするミステリは少なくない。近年では、島田荘司に師事し、「昭和の香りのするミステリ」を追い求める書き手として注目を集める小島正樹の『龍の寺の晒し首』（二〇一一年）が、「プロローグ」や幕間にて提示された馬頭伝説や龍の飛翔、寺にまつわる縁起話などが、それぞれパラフレーズされたうえで、トリックや犯人の動機と有機的に結びつく形で、終盤におけるどんでん返しの連続に説得力を持たせることに成功していた。ところが『龍の寺の晒し首』では、「伝奇」的設定が、徹頭徹尾、トリックを成立させるために奉仕する構造となっている。それは横溝正史的な「伝奇ミステリ」を、ひたすら奇形化させたようにすら見える。同様の問題が『隻眼の少女』にも当てはまるだろう。

『隻眼の少女』の第一部においては、伝承の内容が、作中の謎を解決するためのヒントどころが、ほぼそのまま犯人の動機にイコールなものとして解説される。それゆえ、娘ではなく妹を次の「スガル様」とするため、犯人は「鬼子母神」ですらなしえなかった、自らの子を三人も手にかけるという鬼畜の所業に手を染めたと断罪されるのだ。第二部ではその解釈が見事に裏返されるものの、最終的に提出される犯人像もやはり、ホワイダニットとしての説得力を根本から欠落させた動機に基づいた原理で不必要と思われる殺人を大量に発生させた犯人像である。「伝奇」的要素につきまとう不条理を皮肉ったかのような真相は、「本格ミステリ」を成立させるゲーム空間そのものの虚構性を浮き彫りにした。それは『黒い仏』の「クトゥルフ神話」の援用と同じ、単なる「ネタ」でしかない。「本格ミステリ」を成立させる要素は、そもそもが虚構性の強い「ネタ」である。『隻眼の少女』が描いているのは、そうした一種の開き直りだ。

『隻眼の少女』の物語は、二〇世紀における小説の原理的な構造変革を体現した「ヌーヴォー・ロマン」の最初期の作品であるアラン・ロブ＝グリエ『消しゴム』（一九五三年）がオイディプス神話の構造に奉仕する仕組みになっていたのと同じように、その構造の多くは冒頭の「スガル縁起」へ回収されるようになっている。栖苅村、そして「スガル縁起」に起源を持つ「スガル教」は、千年の歴史をもつと作中には書かれている。にもかかわらず、その千年の裏付けとなるような民俗学的考証は、作中でほとんど記されていない。

『消しゴム』が、ギリシア悲劇を基体とすることで、文学の歴史の進展を体現したものだとすれば、『隻眼の少女』は「本格ミステリ」のご都合主義ででっち上げられた神話に回収される、いわば偽物を地で行く作品である。それは、物語を構成するご都合主義こそが「縁起」であり、「伝奇ミステリ」を構成する「伝承」なのだと、暗に主張しているかのようですらある。そして、「隻眼の美少女探偵」というキャラクター像を、最初から最後まで完膚なきまでに脱臼させようとする御陵みかげの存在が、その脱臼に拍車をかけている。

いわば『翼ある闇』が「本格ミステリ」のお約束につきまとう自己矛盾を内側に取り込んだものとすれば、『隻眼の少女』はその自己矛盾が一つの歴史となることを証立てたのだともいえるだろう。「本格ミステリ」という紛い物の神に仕える御陵みかげは、自身も真っ赤な偽物にほかならず、「伝奇」的要素はそのことを読者へ伝える媒介項として伝えるものとなっている。ただし、それが『ＴＲＩＣＫ』のような商業的な自己模倣の果ての息苦しさとは異なる「余裕」のような印象を残すのも、また事実であろう。ある意味、麻耶雄嵩の最新作『メルカトルかく語りき』（二〇一一年）は、この

「余裕」をベテランの「余技」として再解釈したような作品であるといえる。

8、現代「伝奇ミステリ」の再構築——〈刀城言耶〉シリーズ

『隻眼の少女』が受賞した第一一回本格ミステリ大賞（二〇一一年）の前年にあたる第一〇回本格ミステリ大賞（二〇一〇年）では、現代の「伝奇ミステリ」の柱となる重要な作家の手になる作品が同賞を受賞している。それが、三津田信三の『水魑の如き沈むもの』（二〇〇九年）である。「本格ミステリー・ワールド」の創刊（二〇〇七年）以来、小森健太朗、つずみ綾、二階堂黎人が選出する「読者に勧める　黄金の本格ミステリ」を毎年のように受賞してきた三津田信三は、いうならば「本格ミステリ」の新たな王道として、極めて高い評価を得ている「伝奇ミステリ」だ。

殊能将之や麻耶雄嵩の小説群が、コンセプチュアルなあまりに論理を奇形化させ、それを作品世界にまで直接反映させているのに比べて、「変格探偵小説」作家・刀城言耶を探偵役とする一連の〈刀城言耶〉シリーズは、『隻眼の少女』が体現した「伝奇ミステリ」の袋小路を乗り越えるべく、シリーズ全体を壮大なサーガとして打ち立てようとするかのような、構築の意志に満ちた作品だ。

〈刀城言耶〉シリーズが評価されたのと同時期には、東北の貧困問題と横溝正史的「伝奇ミステリ」の様式、あるいはマタギ小説的冒険小説の様式を融合させようとした大村友貴美の『首挽村の殺人』（二〇〇七年）をはじめとした〈殺人〉三部作、あるいは脱格系の様式と「顔」の喪失の問題を「伝奇ミステリ」の方法論で融合させた望月守宮の『無貌伝』シリーズ（二〇〇九年）などが個性ある作品として注目された。あるいは近代ドイツ史研究者としての広汎な書誌学的見識を遺憾なく発揮した

赤城毅の〈書物狩人〉シリーズ（二〇〇七年〜）等のアプローチも紀田順一郎の〈古本屋探偵〉シリーズやジョン・ダニングの『死の蔵書』（一九九二年）の雰囲気を引き継いだ「伝奇ミステリ」として異彩を放っている。しかしながら〈刀城言耶〉シリーズは、あくまでも「新本格」以後の文脈に則り、京極夏彦以来のスケールで「伝奇ミステリ」のまったく新たな様式を目指しているという点において、圧倒的に斬新な作品群だ。

編集者出身である三津田信三は、『黒い仏』出版と同年の二〇〇一年、『忌館――ホラー作家の住む家』でデビューした。その後、『作者不詳　ミステリ作家の読む本』、『蛇棺葬』（二〇〇三年）、『百蛇堂　怪談作家の語る話』（二〇〇三年）といった、作者と同名のホラー作家・三津田信三が活躍するシリーズで頭角を現した。このシリーズは、「迷宮草子」と呼ばれる（三津田信三の他の作品でも頻繁に言及される）同人雑誌を中心に、作者自身が巻き込まれる事件を描く、幾重にも込み入ったメタフィクショナルな構成を有している。笠井潔は、こうした作家シリーズから刀城言耶へ向かった作家の姿勢を、ラカン派哲学者スラヴォイ・ジジェクを援用する形で、次のように分析している。

ラカンが主張するところでは、われわれは散文的で魅力の薄い現実から夢（字義的な意味でも比喩的な意味でも）に逃避するのではない。夢にあらわれる〈現実界〉の恐怖から逃れるため、平明な日常性という現実に逃避するのである。いわゆる現実とは、夢から逃れるために編み上げられた第二の夢にすぎない。

第一の夢（虚構）と第二の夢（現実）を反転させ、侵犯させ、浸透させるメタフィクションは、だから原理的に不徹底であり、「幻覚そのもの〈現実界〉から逃げようとする必死の企てにすぎない」。

作者が作中に登場するという基本設定を含め、それぞれにメタフィクション的な仕掛けを凝らした作家三部作の世界を、だから三津田は離れ、古典的な探偵小説形式に忠実ともいえる刀城連作に方向転換したのではないだろうか。たしかに探偵小説では、現実と虚構は奇妙な形でねじれている。ただし、このねじれは、ポストモダンなメタフィクションの発想をはるかに超えたものだ。（笠井潔「『作者不詳　ミステリ作家の読む本』解説」[*19]）

ここで笠井潔の言う「第一の夢」と「第二の夢」の「反転」というのは、興味深い指摘である。〈石動偽作〉シリーズや『隻眼の少女』が描き出したデッド・エンドを、三津田信三はすでに「メタフィクション」という形において、作家シリーズを書き継ぐことで通過していたことを示しているからだ。

そう考えたら、笠井潔の指摘する「古典的な探偵小説形式に忠実ともいえる刀城連作」への方向転換は、『薔薇の名前』以後の「伝奇ミステリ」が直面したデッド・エンドとは別の文脈で「伝奇ミステリ」を再構築しようとしたものだと捉えることができるのではないか。

〈刀城言耶〉シリーズの長篇群を『厭魅の如き憑くもの』（二〇〇六年）、『凶鳥の如き忌むもの』（二〇〇六年）、『首無の如き祟るもの』（二〇〇七年）、『山魔の如き嗤うもの』（二〇〇八年）、『水魑の如き沈むもの』『幽女の如き怨むもの』（二〇一二）と並べてきた場合、まず気づくのは、巻を重ねるごとに、リーダビリティが向上していくことである。

しかしながら、よく言われるように、これは作者が書き慣れてきたというだけの話ではない。というのも、シリーズを一読した者であればすぐに気づく通りに、『隻眼の少女』が体現したような「伝奇ミステリ」の果ての果て、ともいうべき苦しみとは、まるで異なる垂直性を志向したものとなっているからだ。原書房で〈刀城言耶〉シリーズを担当していた編集者の石毛力哉は、「『厭魅』の初稿では、三津田さんはキャラクターから距離を置いていたんです。でも巻を重ねるごとに、周囲の人間関係も定まってきている感じがしますね」[*20]と証言しているほどだ。このことは〈刀城言耶〉シリーズが、徐々にサーガとしての様相を呈してきたことに対する、またとない証左だろう。

具体的に名状したがき怪異の名を表題に示した〈刀城言耶〉シリーズは、否が応にも京極夏彦の〈百鬼夜行〉シリーズを連想させ、小松和彦の『憑霊信仰論』のように、共通した参考文献も使用されている。しかしながら、三津田信三のアプローチは京極夏彦のそれとはまったく異なる。京極夏彦が採用してきた民俗学文献の「主知主義」的な再構成という側面は、〈刀城言耶〉シリーズにはほとんど見られない。あくまでも、前近代的な因習の世界に入り込み、内側からその独特の内在的論理を「本格ミステリ」の様式で拡張することが目論まれているのだ。一種のテーマ・パークのように、読者が参加可能なものとして「器」が提示されている。

民俗学者の赤松啓介は、『非常民の民俗文化　生活民俗と差別昔話』（一九八六年）において、柳田

＊19　笠井潔『作者不詳　ミステリ作家の読む本』解説、三津田信三『作者不詳　ミステリ作家の読む本』（下）所収、講談社文庫、二〇一〇年、四三八頁。
＊20　三津田信三『首無の如き祟るもの』文庫刊行記念　三津田信三特集　杉江松恋・杉田修・担当編集者座談会「刀城言耶って、どんな人?-」、「IN POCKET」二〇一〇年五月号、九頁。

國男のアプローチでは斬り込むことが難しかった差別された人たち、抑圧された性、階級意識の存在と社会への影響などを好んで主題として取り上げた。三津田信三は、赤松啓介のようにはっきりとしたメッセージ性をもって差別や性を描くことはしない。

彼は島田荘司が示したような本格コードを、単なる手垢のついたガジェットから、丁寧に一つ一つ切り離し、熟練した職人技のように、自らが設計した箱庭へと当てはめていく。そこで提示される「伝奇」的諸要素は、必ずしも現実社会と無縁なお約束の塊ではない。民俗学の伝統への敬意を忘れず、その精神を本格ミステリという土壌で再現しようという意欲に満ちている。

つまり、三津田信三は、何気ない観察者の眼からは往々にして覆い隠されてしまう因習を観念的に捉えるだけではなく、周辺の環境を含めジオラマのように再構築することで、舞台となる村落共同体の内在的論理を、見事に浮き彫りにしてみせたのだ。その方法論は、大村友貴美のように、現実世界の貧困に「伝奇ミステリ」を重ね合わせた際に浮かび上がってくる侘しさとは無縁のものだ。村落共同体独自の因習の内奥が、「本格ミステリ」としての遊戯性を維持されながら、磨かれぬいたトリックと結びつくことで、『薔薇の名前』以後の「伝奇ミステリ」が直面してきた近代と前近代の対立軸へ、巧妙な「ずらし」がもたらされている。

デビュー作『厭魅の如き憑くもの』では、二つの旧家と神隠しが重要なモチーフとなっている。「さぎり」という名前を与えられた一連の女性たちが、カカシ様と呼ばれる祟り神と村の関係性を担保している。そして、カカシ様の視点という一種の虚焦点にトリックと叙述の様式を調和させた、眩惑的な語りの妙味により、「憑き物筋」にまつわる血で血を洗う因縁が、外部からの記録者・刀城言耶の介入によって相対化される。『凶鳥の如き忌むもの』では、あらゆる証拠を精査していった結果、近代人の立場からは理解と共感を徹底して拒むような、チベット密教独自の風習――すなわち鳥葬――の突き抜けた無常観が、作中へ奥行きを与えている。

『首無の如き祟るもの』では、ついに作中に、『作者不詳』等で重要な役割を果たす幻想文学同人誌「迷宮草子」が登場する。三津田信三の作家シリーズのメタフィクション性が、祟り神によって行われる陰惨な斬首という事件へ再帰的に織り込まれることで、物語の密度は圧倒的なまでの高まりを見せるのだ。『薔薇の名前』で描かれたような間テクスト性の問題を、三津田信三自身が描き続けてきたサーガの枠内で再考した作品とも読むことができるあろう。『山魔の如き嗤うもの』では、姥捨ての言い伝えが残る忌み山への侵入と金山騒動、さらには山岳漂泊民・山窩が絡み合い、シリーズで最も陰惨と思われる大量殺人が描かれる。そのカタストロフは、これまで抑制されてきた前近代的共同体の暗部が、生《き》のままの形で、一気に放出したかのようである。

『水魑の如き沈むもの』では、民俗学的知見がシリーズ随一に整理され、ダイアローグは軽妙さを増し、リーダビリティが段違いに増している。水霊信仰を基軸とする村における増水の儀式に伴う陰謀と惨劇が、島田荘司もかくやという立体トリックを軸に、地上と水中、双方のトリックを駆使する形で立体的に描写される。水魑信仰に伴う儀式描写の迫力はシリーズ随一だ。加えて『厭魅の如き憑くもの』で語られた「さぎり」の来歴が、太平洋戦争時代の満州にまで遡って描き出されることで、作品間の連関性は否応なく高まるとともに、高木彬光や西東登が試みたような近代の読み替えが、大胆にほのめかされることとなる。こうしたテクストの広がりと対になるものが、また「生贄」にまつわる動機の繊細にして衝撃的な真相だ。村落共同体の暗部を抉り出す動機づけは、それこそ赤松啓介が描き出そうとしていたような危険性に満ちている。

『幽女の如き怨むもの』では、（太平洋戦争の）戦前・戦中・戦後の三つの時代に、同じ場所にありながら違う名を持つ三つの遊郭を舞台に、「緋桜」の名を持つ花魁の、三代に渡る逸話が語られる。本作が何よりも圧倒的なのは、田舎の両親に売られて遊郭で男たちに自らの性を売ることを余儀なくされた女性たちの悲哀を、当事者の日記、遊郭の経営者の語り、取材にあたった第三者の記録という複数の切り口によって、多角的かつ多声的に映し出していることだろう。それは、単に「本格ミステリ」の領域で、性のあり方を正面から扱った、ということに留まらない。相通じる主題を扱った京極夏彦『絡新婦の理』のように、真犯人による「操り」へ回収されることもなく、批評家ガヤトリ・C・スピヴァクの言う「サバルタン」[*21]――の「声」なき「声」を浮かび上がらせるために必要不可欠な装置として、「伝奇ミステリ」の形式が採用されているのだ。最後に下される刀城言耶の解釈も、犯人を突き止めて裁きを下すというものではない。むしろ、刀城言耶の推理を通して見えるのは、近代の分裂症的な自我のあり方とも異なる、多面的な人間像だ。本作の様式は、近代という不定形の時代の影で蹂躙された者たちの生き様を、単線的な記述からは浮かび上がらせることのできない繊細な襞をも逃さずに、余すところなく映し出す、一つの鏡として機能する。「伝奇ミステリ」の近代批判と美学性は、遊女たちの悲劇を描いたこの『幽女の如き怨むもの』で、一つの達成を見たと宣言することすら可能だろう。

このように〈刀城言耶〉シリーズの長編を概観してみただけでも、「伝奇ミステリ」が追求した美学性と近代批判の枠組みが、徹底して形式内在的な形で追求されていることが垣間見えるだろう。三津田信三の試みを通じて思うのは、「伝奇ミステリ」という形式に則って連綿と書かれ続けていた伝統をごく自然な形で引き継ぎながら、コンセプトの暴走によるデッド・エンドの突入を巧妙に退け、軽やかに、かつ楽しげに作品世界を構築しえていることだ。それはある意味、〈百鬼夜行〉シリーズや『黒い仏』といった先駆的作品群の実験精神を、極めて実直な形で作中へ取り込もうとしたものかもしれない。そこに何ら苦悩が屈託がないとは思えないが、それらは様式の裏側へ軽やかに覆い尽くされている。

日本的な村落共同体にこだわり続ける三津田信三は、あくまでも「本格ミステリ」という形式の論理的厳密性に従うことで様式の力を最大限に引き出すとともに、茫洋として捉えがたいアニミズム的な感性を明確なモデルとして実体化させ、再構築しようとしているのではないかと考える。その試みが、いかなる新しい状況を切り拓くのか。おそらく、イデオロギーとは別の形で、これまで可視化されてこなかった何かが、立体性と彫塑性を兼ね備えた形で、私たちのもとへ顕現しつつあるのは確かだろう。これまでのミステリが目指したものが、厳格な様式に従った細密画《ミニアチュール》だったとしたら、温故知新という言葉を文字通り体現するがごとき三津田信三の仕事は、いわば一種のマニエリスム絵画、いや、マニエリスム的な様式が自走した結果生み出された、壮麗なる怪獣庭園と言えるのではないか。

三津田信三の怪獣庭園は、日本人の深奥に眠る不可侵の部分を、「本格ミステリ」という様式をもって現前させたものだ。島田荘司と笠井潔の対談に見られるとおり、三・一一東日本大震災以降の日本の状況を考えるには、近代の日本人が有してきた「頽落してきたアニミズム的感性」(「三・一一と本格」)*22を、確固たるモデルとして把握し直す必要がある。

*21　G・C・スピヴァク『サバルタンは語ることができるか』、上村忠男訳、みすず書房、一九九八年、原著一九八八年。

日本人のアニミズム的感性は、日本の精神と文化の隅から隅までを規定している。殊能将之の問題意識にも通じる作風を持ち、「伝奇ミステリ」の様式を内側から解体させたエリック・マコーマック『ミステリウム』（一九九三年）を翻訳した増田まもるは、「日本人の信仰の原点」として神道の原理を考察した「からっぽな宗教」において、神道のアニミズム性を推し進め、その本質を「『中味がないこと』そのもの」だと言い切った。

神という人間の理解をこえたものが立ち現われるために、神社はからっぽでなければならず、それを維持するためにたえず掃き清められていなければならない。神道という宗教もまた、人間の理解をこえたものを受け入れるために、教義にあたる部分がからっぽで、ことばによる説明や意味づけを人間のさかしらとしてつねに排除しつづけなければならない。その一方で、そのからっぽさを守るために、表層をさまざまな儀式で飾ることはむしろ積極的に歓迎される。（……）これはかなり特異な宗教ではないだろうか？　人間は生きていくためにつねにまわりの環境を理解しようとしてきた。ことばであらわしたり意味をつけたりして、体系化しようとしてきた。そのもっともめざましい精華が科学であったといえるだろう。しかし、神道はそのような意味づけを拒絶する。教義にあたる部分をからっぽのままにしておくことに全力を注いできたといってもいいだろう。（「からっぽな宗教」[*23]）

増田まもるは、こうした「特異な宗教」が生まれた背景に、理不尽極まりない自然災害に襲われ続けてきた日本人の心性を置いている。そして、あらゆる意味づけを拒否する自然を前にして、人間の

「死」に意味を与え、せめてもの慰めをもたらそうと、日本人はさまざまな「儀式」を打ちたてたのだろうと論じるのだ。この「儀式」は、いわば空虚な伽藍にほかならず、「伝奇ミステリ」の様式性にぴたりと符合するものであり、三津田信三の作品は、その「儀式」性を丁寧にトレースしたものだと言うことができる。そして、そうした「儀式」性は、西洋の「一神教」の問題と対置されうるものだろう。

笠井潔は自分でも、ラカン派精神分析の方法論および西洋の一神教問題を、『吸血鬼と精神分析』（二〇一一年）の実作をもって考察したが、「伝奇ミステリ」を再構築する三津田信三の方法は、日本的風土の曖昧性を本格ミステリの形式をもって可視化してくれる。「伝奇ミステリ」は今後も書かれ続けていくだろうが、〈刀城言耶〉シリーズのような例外を除き、デッド・エンドへ至るか、拡散の一途をたどっているようにも見える。それゆえ、今後必要とされる作業は、〈刀城言耶〉シリーズのような作品が達成した怪物庭園の、静謐にして異様なマニエリスム的要素のみを「本格ミステリ」へ再帰的に取り入れて満足するのではなく、「伝奇ミステリ」の新たな様式とみなし、ミステリの方法でしかなしえない表現の相《かたち》を幻視していく、自家撞着を越えた「第三の夢」を幻視する方法、コリン・ウィルソンの言葉を借りれば「夢見る力」を取り戻す作業となるのではないだろうか。

＊22　笠井潔・島田荘司「三・一一と本格」『本格ミステリー・ワールド２０１２』、南雲堂、二〇一一年、一五七頁。
＊23　増田まもる「からっぽな宗教」、「SF Prologue Wave　日本ＳＦ作家クラブ公認ネットマガジン」（http://prologuewave.com/archives/1641）、二〇一二年三月。

なお、執筆にあたっては長塚竜生の助言を受けた。ただし、本稿における責任はすべて筆者にある。

【主要参考文献】（注釈に出典を記したものは除く。また、入手しやすい版を挙げた）

島田荘司『21世紀本格宣言』、講談社文庫、二〇〇七年、原著二〇〇三年。

島田一男『古墳殺人事件』および『錦絵殺人事件』、扶桑社文庫（合本）、二〇〇二年、原著一九四八年／四九年。

千街晶之『幻視者のリアル　幻想ミステリの世界観』、東京創元社、二〇一一年。

高木彬光『帝国の死角（上）天皇の密使』、角川文庫、一九七八年、原著一九七一年。

高木彬光『帝国の死角（下）神々の黄昏』、角川文庫、一九七八年、原著一九七二年。

松本清張『Dの複合』、新潮社、一九七三年。

藤本泉『呪いの聖域』、旺文社文庫、一九八七年、原著一九七六年。

藤本泉『時をきざむ潮』、講談社文庫、一九八〇年、原著一九七七年。

ホレス・ウォルポール『オトラントの城』、千葉康樹ほか訳『オトラント城／崇高と美の起源』（英国十八世紀文学叢書）、二〇一二年、原著一七六四年。

E・T・A・ホフマン『砂男』、種村季弘訳『砂男　無気味なもの―種村季弘コレクション』、河出文庫、一九九五年、原著一八一七年。

エドガー・アラン・ポー「モルグ街の殺人」、巽孝之訳『モルグ街の殺人・黄金虫―ポー短編集〈2〉ミステリ編』、新潮文庫、二〇〇九年、原著一八四一年。

コナン・ドイル『バスカヴィル家の犬』、延原謙訳、一九五四年、原著一九〇二年。

ジョン・ディクスン・カー『火刑法廷』、加賀山卓朗訳、ハヤカワ・ミステリ文庫、二〇一一年、原著一九三七年。

横溝正史『本陣殺人事件』、角川文庫、一九七三年、原著一九四六年。

ランドル・ギャレット『魔術師が多すぎる』、皆藤幸蔵訳、ハヤカワ・ミステリ文庫、一九七七年、原著一九六六年。

米澤穂信『折れた竜骨』、東京創元社、二〇一〇年。

ウンベルト・エーコ『薔薇の名前』、河島英昭訳、上下巻、東京創元社、一九九〇年、原著一九八〇年。

エリス・ピーターズ『聖女の遺骨求む』、大出健訳、光文社文庫、二〇〇三年、原著一九七七年。

京極夏彦『姑獲鳥の夏』、講談社文庫、一九九八年、原著一九九四年。

京極夏彦『魍魎の匣』、講談社文庫、一九九九年、原著一九九五年。

京極夏彦『狂骨の夢』、講談社文庫、二〇〇〇年、原著一九九五年。

京極夏彦『鉄鼠の檻』、講談社文庫、二〇〇一年、原著一九九六年。

京極夏彦『絡新婦の理』、講談社文庫、二〇〇二年、原著一九九六年。

京極夏彦『塗仏の宴　宴の支度』、講談社文庫、二〇〇三年、原著一九九八年。

京極夏彦『塗仏の宴　宴の始末』、講談社文庫、二〇〇三年、原著一九九八年。

道尾秀介『骸の爪』、幻冬舎文庫、二〇〇九年、原著二〇〇六年。

道尾秀介『シャドウ』、創元推理文庫、二〇〇九年、原著二〇〇七年。

古泉迦十『火蛾』、講談社ノベルス、二〇〇〇年。

殊能将之『美濃牛』、講談社文庫、二〇〇三年、原著二〇〇〇年。

殊能将之『黒い仏』、講談社文庫、二〇〇四年、原著二〇〇一年。

殊能将之『樒／榁』、講談社文庫『鏡の中は日曜日』所収、二〇〇五年、原著二〇〇二年。

谷川健一『魔の系譜』、講談社学術文庫、一九八四年、原著一九七一年。

殊能将之『キマイラの新しい城』、講談社文庫、二〇〇七年、原著二〇〇四年。

コミック『金田一少年の事件簿』シリーズ、講談社、一九九二年～。

TVドラマ『TRICK』シリーズ、テレビ朝日系列、二〇〇〇年～。

テジタルゲーム『かまたいたちの夜2　監獄島のわらべ唄』、チュンソフト、二〇〇二年（プレイステーション2版）。

デジタルゲーム『SIREN』シリーズ、ソニーコンピュータエンタテインメント、二〇〇三年～。

道尾秀介『背の眼』、幻冬舎文庫（上下巻）、二〇〇七年、原著二〇〇五年。

殊能将之『黒い仏』、講談社文庫、二〇〇四年、原著二〇〇一年。

殊能将之『樒／榁』、講談社文庫『鏡の中は日曜日』所収、二〇〇五年、原著二〇〇二年。

思緒雄二『送り雛は瑠璃色の』、創土社、二〇〇三年、原著一九九〇年。

麻耶雄嵩『翼ある闇　メルカトル鮎最後の事件』、講談社ノベルズ新装版、二〇一二年、原著一九九一年。

麻耶雄嵩『隻眼の少女』、文藝春秋、二〇一〇年。

麻耶雄嵩『メルカトルかく語りき』講談社ノベルス、二〇一一年。

小島正樹『龍の寺の晒し首』、南雲堂、二〇一一年。

アラン・ロブ＝グリエ『消しゴム』、中村真一郎訳、河出書房新社モダン・クラシックス、一九七八年、原著一九五三年。

大村友貴美『首挽村の殺人』、角川文庫、二〇〇九年、原著二〇〇七年。

望月守宮『無貌伝』、講談社ノベルズ、二〇〇九年。

紀田順一郎『古本屋探偵の事件簿』、創元推理文庫、一九九一年。

ジョン・ダニング『死の蔵書』、宮脇孝雄訳、ハヤカワ・ミステリ文庫、一九九六年。

赤城毅『書物狩人』、講談社文庫、二〇一〇年、原著二〇〇七年。
三津田信三『厭魅の如き憑くもの』、講談社文庫、二〇〇九年、原著二〇〇六年。
三津田信三『凶鳥の如き忌むもの』、原書房、二〇〇七年、原著二〇〇六年。
三津田信三『首無の如き祟るもの』、講談社文庫、二〇一〇年、原著二〇〇七年。
三津田信三『山魔の如き嗤うもの』、講談社文庫、二〇一一年、原著二〇〇八年。
三津田信三『水魑の如き沈むもの』、原書房、二〇〇九年。
三津田信三『幽女の如き怨むもの』、原書房、二〇一二年。
エリック・マコーマック『ミステリウム』、増田まもる訳、国書刊行会、二〇一一年。
笠井潔『吸血鬼と精神分析』、光文社、二〇一一年。

「謎解きゲーム空間」と〈マン＝マシン的推理〉

――デジタルゲームにおける本格ミステリの試み

藤田直哉

1、「謎解きゲーム空間」と〈マン＝マシン的推理〉

1―a　「推理」のメディアによる変容

法月綸太郎は「初期クイーン論」において、ヴァン・ダインの「推理小説論」を以下のように評した。

それは従来の推理小説から文学的・人間主義的な意味をはぎ取り、人工的・自律的な謎解きゲーム空間を構築することを目指している。（『複雑な殺人芸術』一七六頁）

この言葉を理解する上で重要なのは、ここで言われている「謎解きゲーム空間」が比喩であるということである。なぜならば、これは本格推理小説について述べられたものであり、基本的には紙の上に書かれた文字を読者が読むことを通じて仮想的に生み出される「空間」だからである。デジタルゲームのように、ポリゴンで作られた「空間」が想定されているわけではない。
本格推理小説（以下、「本格ミステリ」）を読む醍醐味は、犯人と探偵のゲームだけだというわけではない。「フェアプレイ」が重視される背景には、作者と読者の「ゲーム」という側面もある。
飯城勇三の『エラリー・クイーン論』では、エラリー・クイーンの作品を扱いながら、その特徴を〈意外な推理〉にあるとし、作中において犯人と探偵の「対人ゲーム」が起こっていると述べている（その典型例として『ギリシア棺の謎』が挙げられる）。飯城は、クイーンにおいては、読者と作者もまた「対人ゲーム」になっていると述べる。クイーンの小説においては、名探偵クイーンと、作者名のクイーンを二重化することでこれが可能になるという小説の構造が存在している。「読者から作者は見えるが、作者からは読者一人一人を見ることはできない。従って、こちらの関係においては、非対人ゲームにならざるを得ない――はずなのだが、なんとクイーンは、これさえも対人ゲームに変えようとしているのだ」（三四二頁）
しかし、飯城自身が指摘しているとおり、厳密に言えばこれは飯城の重視する「インタラクティヴィティ」を十全に発揮しているとは言い難い。「これは限りなく対人ゲームに近づいていると言えるのではないだろうか。少なくとも、印刷された小説の単行本という形式においては、これ以上対人ゲームに近づけることは、不可能に違いない。例えば、ネットを利用して作者と読者が直接やりとりすれば、完全な対人ゲームは可能だが、それはもはや『小説』とは呼べないものになってしまうのだから……。」（三四一頁）
本論の第一の目的は、そのような作者と読者のインタラクティヴィティ、すなわち作者と読者の「謎解きゲーム空間」を成立させるために、「小説」を超えてしまった、新しいメディアである「デジタルゲーム」における本格ミステリの可能性を探る論考である。

ただし、ここで「ゲーム」という言葉を使う際には範囲を限定したい。高度資本主義での生存競争や恋愛などを指して「ゲーム」と呼んだりする場合もあるが、あくまで本論で主題とするのは、支持媒体としての「デジタルゲーム」のみである。

何故このように「デジタルゲーム」のみにこだわるのか？　これは、既にデジタルゲームにおける「本格ミステリ（的な作品）」が、小説の「本格ミステリ」とは異なる原理で動いており、そこで想定されている「本格」や「推理」というものが根本的に異質なものになりかけているのではないかという疑問を投げかけるためである。例えば福井健太は「本格ミステリの本質はメディアに依存しない」と述べた上で、『逆転裁判』シリーズについて、「エンタテイメントとして供される以上、ゲームならではの便宜や配慮もまた存在する。自動的に結末まで運んでくれる小説とは異なり、能動的な思考に基づく（正しい）入力を要求するゲームでは、それに応じた演出や調整も必要だからだ」（「〈逆転〉シリーズ概観　――本格ミステリの本質を求めて――」『ミステリマガジン』２０１２年3月号　一二―一三頁）と述べた。ここで述べられている「本格ミステリの本質」とは、「閃きの快感」のことである。であるから、ゲームというメディアと、小説というメディアの違いによっては、「本格ミステリの本質はメディアに依存しない」と言われる。

しかし、福井が、『逆転裁判』シリーズの総監督巧舟の発言から「本格ミステリの本質」を「閃きの快感」とし、それを根拠に「本格ミステリの本質はメディアに依存しない」とまで言い切ったことには疑問が残る。「本格ミステリ」の定義には諸説あるが、一般的なものとして「謎―論理的解明」「フェアプレイ」などが挙げられる。しかし、このような定義からすると、『逆転裁判』シリーズは

「本格ミステリ」ではない。「本格ミステリ」をゲームに移植する際に、メディアの条件の違いに苦慮した挙句に、「本格ミステリ」のうち、「閃き」や「逆転の快楽」のみを抽出し、その後に「本格ミステリ」という言葉を再定義したというのが現実ではないだろうか。ここには、現に「本格ミステリの本質」とは何かを巡る定義自体がメディアによって左右されている事態を見出すべきではないだろうか（有栖川有栖はエッセイ「推理させる機械」で、むしろゲームと小説が読者＝プレイヤーの「推理」の仕方の違いや、作り手の期待の違いの差異について触れているが、本論はどちらかと言えば、その「差異」を重要視する立場である）。

福井も引用・言及している諸岡卓真は、『現代本格ミステリの研究』で「現代本格ミステリは小説だけでは成立しない」とし、「九四年前後に急速に拡大した、他メディアでの本格ミステリ」を語る必要性を述べ、「ゲームや漫画などにおける本格ミステリの研究」の「遅れを解消することを目的と」し、ゲーム『逆転裁判』『逆転裁判２』を論じたが、筆者の見解では、諸岡の論は、デジタルゲームであることによってそこで生じる「推理」の差異をむしろ強調し、そのメカニズムを精密に分析したが故に画期的な論考になっていたと考える。

彼の指摘で最も重要なのは、「置き去りの推理」について述べた以下の箇所である。「プレイヤーが知らない情報はＰＣが補い、ＰＣが知らない情報はプレイヤーが補うという構図がそこにはある。どちらかが置き去りにされ、そのずれを埋めていくという構図の連鎖が『逆転裁判』の推理を駆動している」（『現代本格ミステリの研究』一三〇頁）。

このように、小説における「推理」とゲームにおける「推理」はもはや別種のものになってしまっているという指摘は非常に重要なものと考える。本論は、諸岡の議論を受け、そのような「システム」と協働する推理全般を〈マン＝マシン的推理〉として捉えた上で、具体的な「ミステリゲーム」の分析を行うことで、現在の「推理」や「論理」の変動について捉えるためのなんらかの画角を提供することを目的としている。

1－b　支持媒体としての「デジタルゲーム」

さて、「ゲーム」と「ミステリ」について論じるにあたって、いくつかの用語を、本論においてどのような定義で使うのかある程度限定しておかなければ、ほとんど乱喩に等しいような用語法で闇雲に読者を混乱させてしまうだろう。今現在、「ゲーム」というものがどのような注目を集める概念になっているのか、簡単に整理しておこう。ゼロ年代批評の流れを汲む一部では、高度資本主義社会を「ゲーム」と例える論調がある。また、政治なども「ゲーム」と呼ばれることもある。これらは、比喩としてのゲームである。一方に、ファミコンなどによってイメージされる「テレビゲーム」（デジタルゲーム）が存在する。その「テレビゲーム」はハイスペック化し、そしてオンライン化し、携帯化し、ソーシャル化し、必ずしも「ゲーム」と認識されているとは限らない場所で応用されるようになっている。ウェブサイトの設計なども「ゲーム」の成果が応用されている。

その後、ゲームは、ただの遊びであることからさらに一歩を踏み出し、「シリアスゲーム」と呼ばれる「社会の役に立つゲーム」（消防士の訓練のためのゲームなど）の実験と実用化を一部行っていた。さらに最近では「ゲーミフィケーション」と呼ばれる、ゲームのメカニズムなどを現実の社会に応用しようというプロジェクトが注目を集めている。ジェイン・マクゴニガルなどは、『幸せな未来は「ゲーム」が創る』において、「現実は壊れて」いて、ゲームによって修復すべきだとすら述べている。「現実世界の大半がゲームのように動く近未来」を創るべきであるとマクゴニガルは主張し、膨大な事例研究と実際のゲームの設計を行う。その中には、オンラインゲームやデジタルゲームを用いたものや、それらに耽溺する世代の作り出したメンタリティを利用したものが多いが、全くデジタルの装置を利用しないゲームもまた提唱されている。そのような装置を使用しなくても構わない、想像力とルールの設計によって可能なゲームは「代替現実ゲーム」(Altanetive Reality Game)と呼ばれている(自分のリハビリをひとつのクエストのように想像する例などが紹介されている)。一般に「AR」は「拡張現実」と呼ばれるが、現実の上に何かを上書きするような『電脳コイル』的なものはAugmented Realityの略である。装置が必要な後者と、想像力のみで可能な前者は混同しやすいが、基本的には別のものである(宇野常寛が『リトル・ピープルの時代』で主張した「拡張現実の時代」は、どちらかと言えば「代替現実の時代」の方が内容的に適切であろう)。

本論で扱うのは、そのような「代替現実ゲーム」や「シリアスゲーム」や「ゲーミフィケーション」や「比喩としてのゲーム」ではない。あくまで支持媒体としての「デジタルゲーム」と、それが及ぼす思考/概念の変化についてである(デジタルゲームではない、拡張された意味での「ゲーム」と「ミステリ」の関係については、小田牧央による「ゲーム系ミステリの思想」で広範に論じられているが、小田自身が懸念するようにマジックワード化した「ゲーム」という概念を用いると、闇雲な融解に陥っていく傾向が生じる)。

他の用語法に関しても、いくつかの注記を行っておきたい。本論は分析にあたって、「インタラクティヴィティ」と「自由度」という概念を重要視する。

「インタラクティヴィティ」とは、本論においては、こちらが何かをすれば、ゲーム機(コンピュータ、システム）が何かを返してくれる、ということを指していると考えていただければ充分である。非常に単純な例で言えば、具体的には、ボタンを押すとマリオがジャンプする、とか、右ボタンを押せば画面がスクロールする、ということである。この「インタラクティヴィティ」が、ゲームの、他メディアとの顕著な差異である。

そしてその「インタラクティヴィティ」を快楽の源泉としてきたことと連動し、「自由度」という概念がひとつの価値としてゲームでは重要視されている。この「自由度」という言葉は、プレイヤーが望むままに操作できるということや、作品世界内で現実世界では行えないこと（犯罪、戦争）などを行えるということの二つを同時に意味する。そのような快楽を主要な源泉としたゲームがここ一〇年ほどのゲーム界を、現に席巻している。

そのような「ゲーム」の価値と、「本格ミステリ」の価値が衝突するときに何が起きるのか、具体的にどのような実践が行われたのか。それこそが確認されるべきことであろう。

1―c　〈マン＝マシン的推理〉の日常化？

本論のもうひとつの目的は、ゲームやインターネット環境、携帯電話などによって、「推理」という言葉の内実や思考方法が変化しているのではないかという笠井潔の問題提起を検討することである。一言で言えば、〈マン＝マシン的推理〉をゲームの内部で行っている人間は、その「推理」などの思考方法をゲームの外でも行っていくように変化していくのではないかという問いである。『探偵小説と叙述トリック』から、該当箇所を取り出してみよう。

印象としては、我孫子説に同感するところはあります。どこかに行く時に近道を考える能力が訓練されない時代的な必然が、この十年くらい出てきたといいました。前の方を幾度も読み返してみないと、どうしてこの人物しか犯人でありえないのか納得できないような、複雑で込み入った謎の解き方はケータイ・ネット世代には敬遠される。答えを知りたければググルで検索すればいい、自分の頭で考える必要はないとごく自然に思いかねません（笑）。趨勢からして、このようなタイプの読者は今後ますます増えていくでしょう。（『探偵小説と叙述トリック』三一九頁）

近代的人間は、「告白」などによる神との一対一の経験から近代的主体になったと言われる。マーシャル・マクルーハンは、整然と並んだ活字を黙読する経験も、その近代的主体の形成に関係していると述べているが（『グーテンベルグの銀河系』）、近代的な沈思黙考する「読者」による推理も、「本」というメディアにあくまでも支えられてきたと考えるべきかもしれない。ゲームやネットなど、流動的な「モニタ」と対峙することの多い現代の読者は、そのような推理を行わないかもしれない。

本論が検討するのは、作者と、読者の間に「システム」や「情報環境」が介入する「推理」である。そこにおいて、人間はシステムと協働し、時にはシステムのケアをする立場になる。そのようなシステムと一体化した「推理」を、本論では仮に〈マン＝マシン的推理〉と呼ぶことは先に述べたとおりである。

本論は、この観点をさらに拡大させ、サイボーグ論などで示唆されているような、機械と身体、情報環境と自己の区別が融解した「人間＝機械」観を採用し、ゲームとプレイヤーが融合した、〈マン

＝マシン的推理〉が行われているという立場に立つ。この仮説の立場に立つのは、実際に人間と機械が、情報環境の主体が融合しているのかどうか、相互にどのような影響があるかとは別に、そのような仮説に基づいた方が、ゲームにおける「推理」の問題がクリアにしやすいからである。

現在、実際に人が何かを推理したりする場合、一人で考えるのだろうか？　グーグルに頼ったりtwitterで人に訊かないだろうか？　例えばSF小説に登場するような「補助脳」や「アシスタント知性体」と二人三脚で何かを思考したりするようなことと類比的な「推理」を人々は現実に行っているのではないか？　そのような「推理」の変容が、読者や書き手の変容を通じて、小説における本格ミステリにも一部逆流しているのではないだろうか？　今後「本格ミステリ」が読まれ続け、書かれ続けるためには、この変化は無視できないものであろう。

2、『かまいたちの夜』と『たけしの挑戦状』

本格ミステリが、読者と作者の「ゲーム」であることを理想とするならば、小説という「思考の努力をしなくても先を読むことができる」という媒体の条件は、時に本格ミステリの書き手にフラストレーションを与えることも大きかったのではないかと推測できる。

実際、『かまいたちの夜』（一九九四）で、本格ミステリとノベルゲームの形式を融合させて大成功を収めた我孫子武丸は以下のように述べている。

どうも謎があって解明があるという謎解きというもの自体が読者への求心力を失っているので

はないかということで、それで倒叙とか一発ネタの叙述トリック——謎というものがないかたちで最後に驚きがあって終わる物語形式——がもてはやされる時代になっているんじゃないかなと。

（笠井潔『探偵小説と叙述トリック』三二八頁）

我孫子にはこのような危機意識があったということは重要である。なぜなら、ノベルゲーム『かまいたちの夜』は、プレイヤー（＝読者）が選択肢を選ばなければいけないというインタラクティヴィティを導入し、間違えた場合に物語が進まない、あるいは後味の悪いバッドエンドにたどり着くという、システム上の制約を用いて、プレイヤーに強制的に推理を強いるゲームになっていたからである。「謎解き」の求心力の低下に対抗するために「システム」を用いた作品として『かまいたちの夜』は捉えることができる。

この作品は、プレイヤーに「推理」をさせるために、以下の二つのレベルを用いた。

1、物語レベル（先が気になる。謎を解かないと悲惨なことになる、恋人が死ぬ、など）

2、システムレベル（先に進めない。死ぬ。オチがわからないまま終わる、など）

この二つの組み合わせが成功したからこそ、このゲームは歴史に残るゲームになった。

後にノベルゲームは、美少女ゲームとして大きく発展していくが、美少女ゲームにおける選択肢の機能は、『かまいたちの夜』とは大きく異なっている。プレイヤーに推理を強制するという側面は、攻略する対象の美少女の「内面」や「トラウマ」を暴くという精神分析的な意味で、ほんの少しだけ残ってはいる。だが、基本的には「選択肢」で「選ぶ」という行為は、複数のヒロインの中から誰を選ぶかということに繋がるものであり、「推理」の要素は著しく減退している。

『かまいたちの夜』の前史も確認しておこう。『かまいたちの夜』を製作したチュンソフトは前作『弟切草』（一九九二）でサウンドノベルという形式を確立した。『弟切草』はホラー的な志向が強いものであったので、本格ミステリとノベルゲーム（サウンドノベル）の本格的な融合は、我孫子武丸の参加した『かまいたちの夜』が画期である。しかしながら、チュンソフトが以前関わった作品として『ポートピア連続殺人事件』（一九八三、ファミコン版一九八五）が存在することも重要である。

当時のチュンソフトは、堀井雄二に委託され、初期の『ドラゴンクエスト』シリーズのプログラミングを行っていた。堀井は一九八六年に『ドラゴンクエスト』で爆発的なヒットを飛ばす前に、『北海道連鎖殺人　オホーツクに消ゆ』（一九八四）、『軽井沢誘拐案内』（一九八五）など、ミステリゲームのシナリオを執筆しており、そこにおいては「コマンド選択方式」が採用されていた（その「コマンド選択方式」は、『ドラゴンクエスト』の戦闘における「たたかう」「にげる」などの「選択肢」へと繫がっていく）。

多根清史『教養としてのゲーム史』によると、『ポートピア連続殺人事件』や『オホーツクに消ゆ』は、ＰＣゲームのときにはコマンド選択方式ではなく、キーボード入力方式であった。だが「しだいに『単語の総当たり』の面倒くささにとらわれてい」き、「コマンド選択式は、そんな行き詰まりを打ち破った」（一四五頁）と評価している。

ここにゲームのミステリにおける「自由度」と「制限」の問題の、最も基本的な例が出現していることは重要である。キーボードであらゆる言葉を入力できるほうが、プレイヤーは自由である。しかし、「選択肢」という形に縮減し、制限したことが、ゲームとして、ミステリとしての成功に繫がった。『ポートピア連続殺人事件』や『ドラゴンクエスト』のヒットの要因は、どのように「制限」するかに関わっている。「自由度」との格闘は、現在に至るまで、ゲームにおけるミステリの、ひとつの勝負どころとなっていく。

ファミコン時代から、ゲームというジャンルはミステリ作品を作り出していた。ナムコは『さんまの名探偵』を一九八七年に発表。「謎を解けるか。一億人。」というキャッチコピーの『たけしの挑戦状』（一九八六）は、ほとんど解くのが不可能なゲームであり、今でもクソゲーとして伝説的・揶揄的に語られることが多い。しかし、『たけしの挑戦状』は、「謎解き」と「ゲーム」の関係を考える上で、ひとつの極限的な問いを我々に提出しているのである。ひとつは、ゲームにおける「謎解き」とは何か、ということである。もうひとつは、「自由度」にどこまでプレイヤーは耐えられるのか、ということである。

『さんまの名探偵』や『たけしの挑戦状』は一般的に「アドベンチャー」に分類される。しかし、製作者とプレイヤーの対人ゲームであり、北野武の出す「挑戦状」の謎を解くという点では「謎解きゲーム空間」である。「アドベンチャー」と「本格ミステリ」の違いは、ここでは「フェアプレイ」の有無とする。きちんと推理すれば解けるように材料をきちんと提出しておくことが「フェアプレイ」だとすると、「アドベンチャー」は、その材料を探したり偶然に頼ったりする部分が相対的に大きな比重を占めている。ゲームがプレイヤーの自由を許すほど、この要素は大きくなる。

『たけしの挑戦状』は、「アドベンチャー」の自由度が持っている危険を浮き彫りにさせた。「このゲームは何を望んでいるのか」を推理する戦いは、総当たりやボタン連打などの気の遠くなるような機械的な作業と、「離婚する」などの発想がほぼ不可能なものを発想しなければいけないという点で、プレイヤーは地獄のような目に遭う。

そのような地獄を生み出す「自由度」を制限し、アドベンチャーからノベルゲームに、「後退」を行ったことが、本格ミステリとしての『かまいたちの夜』の成功の大きな条件であった。

　しかし、問題は残る。飯城は、『エラリー・クイーン論』で、「クイーンは〈読者への挑戦〉の内容は、『犯人を見抜けますか？』ではなく、『作者の趣向を見抜けますか？』だと考えているのである」（五三頁）と述べたが、この定義には（フェアプレイと論理性が皆無だが）『たけしの挑戦状』も当てはまってしまう。ゲームにおける推理とは、「作者の趣向を見抜く」だけではなく、「システムの望むことは何か？」を見抜くことも含まれている。その意味での「推理」は、多くのゲーム作品に含まれている。

『ゼルダの伝説』におけるダンジョン、『バイオハザード』における館、『メタルギアソリッド』におけるボスの倒し方など、「知恵を絞らないとクリアできない」シチュエーションは、ゲームにおいて頻出する。これらを「解く」ことも、ある意味では推理である。

　これらがミステリか否かというのは難問である。一般的な本格ミステリの定義には合致しないが、そこには確かに「推理」がある。かといって単なる「パズル」かと言えばそうではない。

　一般的に、ゲームにおける「推理」では、パズル性や、システムの総当たりなどと内実が混濁しやすい状況がある。「デジタルゲーム」において「本格ミステリ」であるとは、「本格」の定義が融解しがちな環境に抗いながら、「本格」たろうとする意思がかなり強靱に存在しなくては成立できないのだ。

3、『ひぐらしのなく頃に』と『うみねこのなく頃に』

『ひぐらしのなく頃に』と『うみねこのなく頃に』に関しては膨大な評論が書かれているため、本論では、「ゲーム」と「ミステリ」という基本テーマと、「推理を駆動させる」という観点に絞って論述を行うことにする。この二作は、『かまいたちの夜』以降の、ノベルゲームにおける「ミステリー」を考える上で、非常に重要な作品である。特に、「推理」という行為を、作者自身が特異な認識として捉えているという点が重要である。

作者の竜騎士07は、『弟切草』や『かまいたちの夜』の影響を受けており、そこに「戻る」ことを意識していることは、「制限」という点からも重要である。この二作は、同時代のゲームと比べても、技術的に高度であるとはとても言い難い。しかし、そのような作品が大ヒットしたという事実が存在している。

『ファウスト　vol.7』のインタビューからいくつか重要な箇所を引用する。

「ひぐらし」もミステリーのなかではかなり異端な部類の話だった。だから「うみねこ」では『弟切草』や『かまいたちの夜』の時代に戻りたかったんです。いわゆるサウンドノベルの原点ですね。（六五〇頁）

その上で、「新本格」的なガジェット志向も竜騎士07は見せる。

「うみねこ」の設定はいわゆるクローズド・サークルですから、外部と隔絶されている場所で事件が起こるというところは『かまいたちの夜』とそっくりですね。（六五一頁）

とはいえ、「館」のガジェットは使いこそすれ、この二作は「新本格」とは言えない。「本格」と呼べる条件は整っていないのだ。

作者も乱歩や横溝への回帰を意識しており、「本格と変格の狭間にある、紙一重を突いている作品」に言及し、本格はある種の「様式美」だと言う。「本格」と「変格」の対決が『うみねこ』のテーマだとすら言い、後のインタビューでは「『ファンタジーとアンチ・ミステリ』、『アンチ・ファンタジーとミステリ』は両立すると思うんですよね」（七〇三頁）と発言している。

彼の発言は、ゲームというメディアにおいて「本格ミステリ」が遭遇する困難を、非常にストレートに表明している。彼の発言は、メディアの条件そのものを敏感に感受し、そして表出したものと考えた方がよい。実際、『ひぐらし』も『うみねこ』も、「本格」なのか、SFなのかファンタジーなのかホラーなのかというジャンルの「確定」をこそ推理しなければならないという内容になっている。

では、彼の考える「本格」とは何か。

私が考える本格ミステリはその根っこにパズル的な面白さのあるものなので、本来エンターテイメントとの相性は悪いものなんですよ。本格色を出せば出すほど、リアリティのある説得力を生み出すのが非常に難しくなってくるわけです。（六五七頁）

このような条件の上で、「推理」とは一体どう変質していったのか。それを語る前に前提となるこの二作の特徴を確認しておきたい。

この二作は、作者である竜騎士07が（基本的に）半年に一本のペースでコミックマーケットに出品するそれぞれの「エピソード」が八つ揃って初めてひとつの作品になる。

この性質により、リアルタイムで付き合っている読者（＝プレイヤー）には、結末を「読む」（プレイする）ことが現実的にできないことになる。しかし、それでは全てが出揃ってからプレイすれば良いという意見も出てくるだろう。だがそれではこの作品の快楽は減じてしまう。

本作は、一作が発表されるごとにインターネットで行われる膨大な議論に参加し、そして次に出る作品と応答するという、「読者と読者」、「読者と作者」という、二つのインタラクティヴィティを利用した作品であり、そこにこそ快楽が存在するという特性を持っている。そのことを示す発言もいくつか引用してみたい。

読者との遊び方っていうのをそれなりに摑めた。（六六四頁）

皆にネット上で議論を楽しんでほしいし、議論を闘わせながら自分なりの価値観を見つけてほしいと思っているんです。（六六七頁）

作者と読者のインタラクティヴィティを非常に重視しているのだ。クイーンの小説における「作者と読者」の「対人ゲーム」は、小説というメディアの限定を受けていたが、本作は発表ペースとインターネットを利用して、インタラクティヴィティを極端に肥大化させている。実際に竜騎士07は、ネットの議論を受けて作品に反映させている。

議論を求めてネットを彷徨っている人たちも、かなり高度な、柔軟な情報を次々キャッチしている。ネット時代の恐ろしさですね。誰か一人が持った発想を全員が共有しちゃうんですよ。いろんな角度の天才がいて、自分でアイディアは思いつかないけれど、ある天才が考えていたアイディアを抽出して自分なりの理論を構築するとかね。（六八八頁）

そのような「対人ゲーム」ミステリの（現在における）極北とも言うべき本作は、「推理」をどのようなものとして考えたのか。これは、竜騎士07の考えというよりは、メディアの条件、システムの条件を「巫女」のように憑依させて〈マン＝マシン〉的に導き出された思考による「推理」観であり、それを言わば〈マン＝マシン〉として語っていると捉えるべきであるかもしれない。

ネット全体を一人の人格と仮定したならば、いきなり正解しているかもしれない。もちろん山ほどの間違いの中にある正解なんですけれど。「うみねこ」の中でも私は語ってるんですよ――推理というのは正しいことを見つけることじゃない。的はずれでもいいから色んなアイディアを出す。だから作品の中で、面で襲い掛かれって言ってるんです。矢ですね、矢。矢は一人にかけるものじゃなくて、合戦なんかの矢だと一斉にワアーッって放つものですよね。敵に雨を降りか

ける。降りかからせるように矢を放つじゃないですか。推理っていうのは……。（六八九頁）

ここにおいて「推理」の内実は大きく変容してしまっている。個人の才能や才覚ではなく、いわゆる「集合知」が推理をするということに近い。ただ、その「集合知」が正解を必ずしも導き出しているわけでもないところには注意を払いたい。むしろ、「集合知」の生まれる過程に参加していて、新しい世界の局面を切り開くかもしれないという熱狂によって自他が融即するような感覚こそが快楽の源泉であったのかもしれない。

竜騎士07の例は、情報環境の中で読者が「集合知」の一部となりながら、作者と対人ゲームを行うというタイプの推理であった。これを〈集合知の推理〉と呼ぶ。Googleやwikipedia、攻略サイトを参照する推理も、〈集合知の推理〉の一部である。これが現代における「推理」の顕著な例である。

4、『Heavy Rain』と『ファーレンハイト』

（※本節は『Heavy Rain』と『ファーレンハイト』のネタバレをしているのでご注意ください）

ここまでは基本的には「ヴィジュアルノベル」などの文章をベースにしたミステリを論じてきた。だがここからは「文字」ではないミステリを論じることになる。現代におけるゲームがミステリと格闘しながら浮かび上がらせている問題系のエッジが、ここにあるからである。

文字ではなく映像、３Ｄポリゴンによるそれもインタラクティヴなゲーム的映像を用いてミステリ的な試みを行おうとした先駆的な作品として、ＭＥＧＡ－ＣＤで発売された『夢見館の物語』や、竹本健治を原案・協力に迎えた続編の『月華霧幻譚』がある。この作品は「バーチャルシネマ」と自称し、ポリゴンの映像で作られた幻想・ホラーの要素もあるミステリ風の作品であった。

　この節で扱うのは、ＰＳ３などのハイスペック機で主流の３Ｄゲームとして、ある程度自由に操作できるという「自由度」を残したまま「ミステリ」（可能であれば、「本格ミステリ」）を行った作品である。スペックが上がったことにより、リアルタイム性、選択肢の繊細さ、表情などのインタラクティヴ性の向上、そして街の描写の美しさ、などの様々な新しい要素が加わったことによりどのような困難とそれを超える表現が行われたのか、そして依然としてファミコン時代から変化していない問題の本質は何なのかを本論では追究していきたい。

　ハイスペック機によって可能になった新しい描写やシステムを取り入れた「ゲームのミステリ」を目覚しく成功させた、特筆すべき作品として、二〇一〇年にプレイステーション３で発売された『HEAVY RAIN 心の軋むとき』（以下『ヘビーレイン』）がある。本作は、ハイスペック機における本格ミステリの、現時点における金字塔である。

　フランスのQuantic Dreamという会社が製作を行った本作は、映画的な演出や質感が美しく、アーティスティックな感触すら受ける作品である。全世界で一〇〇万本を超えるセールスを達成した本作は、かつては音楽業界で働いていたデヴィッド・ケージを監督としている。

　冒頭、幸福な家庭が息子を事故で亡くす。プレイヤーは輝かしいショッピングモールの光の中に子供を見失い、救うことができない。夫婦は離婚。家庭は崩壊し、残されたもう一人の息子と夫の暗い生活が始まる。主人公は時折記憶を喪失するときがあり、ちょうど周囲では連続殺人鬼が事件を起こしている。

この作品には複数の操作キャラクターがいる。主人公は、自分が犯人であり気が狂っているのではないかと思う古典的な人物である。二人目は、いわゆる「足で稼ぐ」タイプの私立探偵。三人目は、AR（拡張現実）メガネによって証拠を探し検索技術を駆使して犯人に迫ろうとするFBI捜査官である。四人目には新聞記者。これらのキャラクターをプレイしながら真相に辿り着くことになる。

本作は「インタラクティヴ・ドラマ」というジャンルであると自己定義されており、「選択肢」の問題もより洗練されている。どこの何を調べるか、何を質問するかがかなりプレイヤーの自由に任せられており、そしてその間も刻一刻と時間が過ぎていく。証拠を見つけられなくても、プレイヤーのミスで登場人物の一人が死んでも、物語は続く。最終目的として誘拐された主人公の息子の命を救うということが設定されているために、証拠が足りなければ、単にプレイヤーの息子を死なせてしまうだけであり、他のプレイヤーを死なせてしまえば犯人との対決において人数が足りずに、息子を救えなかったり、別の人間が死んだり、犯人が逃げたりなどの後味の悪い体験をすることになる。「ミスをしても続く」ことと、選択肢と自由度の絶妙なバランスが、本作の「ミステリ」と「ゲーム」を考える上での軸となる。

このシステムはクイック・タイム・イベント（Quick time event）と呼ばれているものである。英語版 Wikipedia の記述を紹介したい。

ヴィデオゲームにおいて、クイック・タイム・イベント（QTE）とは、画面に出てくる指示に対して瞬時に反応してプレイヤーがコントローラーを操作しなければならないような「コンテクスト・センシティヴ」なゲームプレイのための、（プログラミングの、あるいはゲーム製作の）

手法である。それは、ユーザーがプレイできないムービーシーンや映画的演出の間にも、限定的なプレイヤーの操作を与えることができる。制限時間内に適切な行動ができなかったり、間違った行動をしてしまうと、物語は別の道を辿り、時には操作キャラクターの死すら招く。（拙訳。用語には適宜説明を補った）

このシステムの起源は、セガがドリームキャストで発表した『シェンムー』における鈴木裕にある。『シェンムー』は「ＦＲＥＥ」という独自ジャンルを掲げた作品であったが、予算がかかりすぎて失敗作であったと言われている。とはいえ、『グランド・セフト・オート』シリーズなどの起源のひとつとも言われることもあり、アドベンチャーゲームに「自由度」を導入しようとしたひとつの重要なゲームであることは間違いがない。

このシステムは今まで検討してきた「選択肢」の発展系であることは明らかである。だが、そこでは計算資源の飛躍的増大により、質的な変容が起こっており、それは物語内容やシステムに深く影響を及ぼしている。

製作会社の Quantic Dream は、記事「『Heavy Rain』はシェンムーではない、〝次世代ＱＴＥ〟を採用」において以下のように述べている。

Heavy Rain のＱＴＥはシェンムーとは全くの別物（シェンムーが偉大なゲームなのは確かだが）です。ＱＴＥで失敗することもあるでしょうが、それでキャラクターが死ぬということを必ずしも意味しません。ストーリーはそれに構わず進展します。私はこれを〝次世代のＱＴＥシステム〟と考えているのです。それはパワフルなシステムであり、他のゲームができないような様々なアクションを可能にするでしょう。

Heavy Rain は完全にリアルタイム3Dで、プレイヤーは探索、会話などのために常にキャラクターを操作できます。QTEはゲーム中、比較的小さなパートです。映像中のすべての動きはプレイヤーが実際に操作するものであり、Heavy Rain は、最高にインタラクティブなゲームなのです。（http://gs.inside-games.jp/news/200/20064.html）

PS3やXBOX360などの次世代機によって、選択肢を「選ぶ」ということは、今現在、このような細かさとリアルタイム性を得ている。そのような「自由度」と「ミステリ」をゲームの中で両立させ、奇跡的な成功を収めた例として『ヘビーレイン』は強調されるべきである。しかし、このようなゲームの体験の質は言葉では説明が困難なので、実際にプレイされることを強く勧めたい。実際にプレイされるつもりの方は、以下の記述は全て飛ばしていただいた方が良い。

『ヘビーレイン』の監督デビッド・ケージの前作として『ファーレンハイト』（二〇〇六）という作品がある。この作品と対比した方が、何故この作品が特筆すべき作品なのかは分かりやすくなるかもしれない。

『ファーレンハイト』は、主人公がレストランのトイレで突然何かにとりつかれて殺人を起こしてしまう場面から始まる。当初はあたかも倒叙ミステリであり、サイコ・サスペンスなのではないかと思わせる展開をしていく。もう一方でプレイヤーは捜査官もプレイすることになる。時には『罪と罰』のような主人公と捜査官の心理戦も行われる。しかし、この作品は中盤で、『マトリックス』のような展開になっていく。超常現象や超自然的な力の存在という種明かしにより、結局「ミステリ」の範囲内に収めることは不可能になってしまった。この作品もまた『ひぐらし』や『うみねこ』と同じように、「ミステリ」か「ホラー」か「ＳＦ」かというジャンルの横滑りを驚きと快楽の源泉にしていたということである。それはそれで面白いものであるが、この手法は一度使えば、驚きの効果が減衰していくということがある。

そのため、『ヘビーレイン』がＳＦでもファンタジーでもなく、あくまで「ミステリ」に収まったという点は、その成立困難さや「ＳＦ」や「ファンタジー」の誘惑の強さを考慮するに、プレイヤーには「まさか」という驚きを与えたのだった。まさか、ゲームでそんなものが実現できるわけは無いだろう、ということが、実現したのだ。

ここからは『ヘビーレイン』の犯人を含む論述になる。

『ヘビーレイン』の四人の操作キャラクターのうち、「私立探偵」と「ＦＢＩ捜査官」は、旧来のミステリと、検索型ミステリの対立を象徴している。私立探偵は過度に古めかしいアメリカ型「私立探偵」であるし、捜査官は過度に近未来的である（『マトリックス』のエージェント・スミスに絵柄は似ている）。

足で捜査し、暴力やなだめすかしで情報を一人一人から聞き出す「私立探偵」と、ＡＲ技術で証拠やＤＮＡなどを瞬時に検索し、端末を使って情報と情報を結びつけながら操作していき、その中で推理していく「捜査官」の対比は、「捜査」「推理」を巡る手法が対立している現代のミステリの状況そのものを作品内部で象徴している（主人公は自分自身の潜在意識や夢などと向かい合って精神分析的に推理している）。

本作における私立探偵は、正義心を持ち、女性に優しい人物のように描かれている。そして連続殺人鬼に子供を奪われた家庭を訪問し、辛抱強く心を癒やしながら、証拠を集めて殺人鬼の正体に迫っているかのように思ってプレイヤーは選択肢を選び、彼に何かを探らせる。だが、その行動は、犯人である彼が、遺族の元に赴いて、欺き、証拠を隠滅している行為であったと判明する。

要するに、本作は、ゲームにおける「プレイヤー」と「キャラクター」の乖離を利用した叙述トリックが仕掛けられているのだ。ゲームが我々に見せているものには「言い落とし」があるのだ。その場面を見せられていなかったことにより、プレイヤーは自分が良かれと思って行ったことが、全く逆の意味を持っていたことを突きつけられる。自身の善意の行動の意味が悪意に裏返るこの体験は、「キャラクター」に没入して一体化しているかのような幻想を抱いていた「プレイヤー」を強烈に突き放す。それが故に、小説では味わえない質の驚きが生じることになる。

私立探偵が犯人であり、ＦＢＩ捜査官（ＡＲ技術や検索を使う）が勝つ（か負けるかはプレイヤーの操作次第なのだが）ということが、即、検索型推理の勝利を意味してわけではない。足で稼ぐ、旧世代の、肉体派こそが「犯人」であるということが、「ゲーム世代」にカタルシスを与えるという要素を考慮するに、その象徴的な対決の軍配を「検索型」にのみ上げるわけにはいかない。

なぜなら、検索を用いていない主人公も記者も独特の方法で真相にたどり着くことができるからである。「複数の推理方法」によって、様々な経路から真相に到達することができるということの「経路の複数性」こそ、『うみねこ』と対比されて考えられるべき現代的な推理のあり方と言うべきであろうか。

5、『グランド・セフト・オート』と『L．A．ノワール』

（※本節は『L．A．ノワール』のネタバレをしています。ご注意ください）

『グランド・セフト・オート』はこの一〇年を代表するゲームを五つ選べと言われれば、必ず入るゲームである。本論ではそのシリーズを製作しているロックスター・ゲームスの作ったミステリゲームである『L．A．ノワール』を、ひとつの特徴的な作品として扱うことにする。だが、評価から先に述べれば、本作は失敗作である。完成度は『ヘビーレイン』の方が圧倒的に高いであろう。だが、この「失敗」は、さらなる自由に踏み出そうとしたが故の失敗であり、その失敗の中に、ゲームにおけるミステリの本質的な困難が孕まれている。その点で言えば、本作は非常に面白い失敗作なのだ。

『グランド・セフト・オート』（以下『GTA』）とは、ギャングになって、ニューヨークを模した「リバティ・シティ」という街で犯罪を自由に犯すというゲームである。本シリーズは、全世界に衝撃を与え、数千万本を売りあげたという（PS3などで発売された『GTAⅣ』はギネスブックに掲載されたほどである）。様々な街がポリゴンで再現されており、事件などを起こすと、通行人などがリアクションする。この世界の中で、主人公は信号無視をしても銃の乱射をしても構わない。ゲームの「自由度」と、「架空の世界」の快楽を存分に味わわせてくれる作品である。

『GTA』シリーズを作ったロックスター・ゲームスは、ほとんど同じシステムで開拓時代を扱った『レッド・デッド・リデンプション』を製作する。そして、それに続く作品が一九四〇年代のロスを舞台にした本作『L．A．ノワール』（以下『LA』）である。街や自由度などのシステムを基本的に踏襲しながらも、主人公が警官であり、捜査を行うという新たなシステムを採用している。

基本的に、車に乗り、美しくポリゴンで作られ、立体的にぐるぐると回せる「街」の精密さを鑑賞することが、『GTA』シリーズの基本的な快楽である。『GTAⅢ』はニューヨークを模した街を舞台にしており、ポリゴンと都市の重なり合いを示し、ゲームというグリッド空間における立体性が快楽の源泉になっていた。ここにはゲームの立体性がもたらす崇高さと呼ぶべきものがある。

カントは『判断力批判』で、外界から感性的に訪れる「経験的なもの」と、経験的なものがない「ア・プリオリなもの」を分けて考えているが、内側の「理性」による領域には、無限の空間と無限の時間があると考えている。そして「実体」と、切り離して、その「空間」はア・プリオリに存在すると考えている。これは、「感性界」に存在しない「ア・プリオリ」な理性の空間が、人間の内側に引き篭もりじみて存在していて、そこは抽象的な、数学的な時空であるということである。

この「ア・プリオリ」な世界と、ポリゴンの世界は似たものとして主体に感知されているのではないかと思われる。逆に言うのならば、カントの美学も、ゲームのCGも、同じような快楽を価値の源泉として持ちながら発展していったものではないかと思われるのだ。特にワイヤーフレームの世界はそうである。ワイヤーフレームのワイヤーは本来は線ではない。数字というか、データの「非・意味」の世界である。そのような「数学的」な「非・意味」を視覚化したのがワイヤーフレームなりポリゴンなのだが、これは、コンピュータの中に表現された「ア・プリオリ」な世界、もしくは「ア・プリオリ」な世界の快楽を感覚化したもののように見える。この両者の鬩ぎ合いの場であるということがCGの（特に初期）快楽の源泉であった。

カントは、経験的なもの、感性界におけるものが「美」であり、「崇高」は、理性や「ア・プリオリ」に関係するものと考えている。理性は理念を作り出してしまい、それは「無限」に伸びていき、その「無限」は思考できるが、「感覚」できないので、その落差で「動揺」が起こる。これが「崇高」である（構想力が理性による量的判断に適合しない、と書かれている）。

映画『トロン』に現れたようなグリッドの空間、座標軸的な空間は、数学的に無限遠までを計算できる。しかし、「表現」するときに、そこに何かの落差が起こっている（モアレになったり、ドットの限界が来たり）。３Ｄでぐりぐり動く空間それ自体が、無限の彼方を想起させる。ア・プリオリに存在するはず空間をコンピュータ内に存在させ、外化させたものが立体ゲームのように思えてくる（だからネットゲームは、本来超感性的なア・プリオリの世界で他者と出会うという厄介な経験をしていることになる。ネットゲーム内の世界がやたらと広いのも、ポリゴンの箱庭の無限性を錯覚させているのではないか。そこにある種の崇高性というか、「計算」と「感覚」の落差の眩暈がある）。

これが、基本的な「ＣＧ」の快楽であり、オープンワールドの快楽である。そして、『ＧＴＡ』シリーズはその快楽が基本となっている作品であった。しかし、『ＧＴＡⅣ』辺りから、動きの不自由さや、身体の重さなど「不自由さ」というリアルを志向するようになっていく。『レッド・デッド・リデンプション』では移動は馬であり、武器はローテクなので不便である。『ＬＡ』では、さらに「警官なので市民に損害を与えてはいけない」などの制限も掛かっていく。この「制限」は、警官が捜査をしていき、推理をしなければいけないという作品内容と密接に結びついている。

現代のハイスペックゲームを席巻しているオープンワールドと「自由度」（リバティ）の快楽と、ミステリを如何にして両立させるか？　それが、本作が挑戦し、そして大失敗した恐るべき課題である。物語とシステムを確認しながら、その失敗の中に突入していこう。

全体は汚職や第二次大戦を巡る物語に貫かれているが、基本的には複数の小さな事件を解決していくことでゲームは進んでいく。事件が起こったと報告を受け、主人公は車に乗り、オープンワールドに繰り出す。車を運転し、ここではかなり自由に動ける。そして事件現場に行き、捜査を行う。証言を聞いたり、証拠を集めたりである。そして、会話の中で嘘を見抜いたりゆさぶりをかけたりしていく。

本作で最も宣伝されているのが、「モーションスキャン」という新技術で作り込まれたキャラクターの表情や仕草である。尋問したり事情聴取する相手の表情や回答が、微妙に揺らいでいく。プレイヤーはそれをしっかり見て、本当か嘘か見抜き、時には証拠を突きつけなければならない。この点は、『逆転裁判』のゲームシステムと類似しているが、本作は『逆転裁判』のようにそれらから論理的な解決を引き出すということに主眼は置かれていない。必ずしも全てに論理的な答えを出したり正解することを必要とするわけではない。失敗してもゲームは進むのだ。その代わり、冤罪にさせてしまったり、必要のない犠牲が出たりする。しかし、それでもゲーム（システム）としては構わないという態度を製作者は採る（作中人物は怒るが）。容疑者が逃げれば追いかけ、逮捕したり撃ち殺したりできる。

「自由度」で言えば、本作は作品全体の大筋や、プレイヤーの操作が物語の展開には大きな影響を与えない。ただし、個々の事件に関しては、犯人を告発するのを失敗したり、推理に失敗して冤罪にしてしまったり、余計な死者が出たりする。この「冤罪」でも構わないという設定は、ロス警察に対するシステム的な皮肉である。

主人公の変遷と自由度の問題もまた複雑に関わっている。『GTA』では犯罪者、『レッド・デッド・リデンプション』では元ギャングの捜査官であったが、『LA』においては、主人公は刑事(detective)である。『GTA』シリーズの醍醐味は、架空世界の中で通行人を殺害したりという背徳的な「自由」の快楽であった。その自由は本作では大幅に制限されている。そして、オープンワールドのマップの移動は非常に「自由」であるが、それは「推理」の本編と非常に乖離してしまっている。あまりにも巨大なLAのマップが捜査と具体的に絡むのは、暗号を解読し、ランドマークを発見するというイベントと、郊外住宅地開発に絡む汚職事件の捜査の際だけである。世界やマップは自由度が高いが、その「自由」はゲームプレイの快楽にほとんど奉仕しないというのが本作の（失敗でもありそれ自体が作品の質でもある）特徴である。この点に対する批判は多く出ているが、本作はその「乖離」自体を作品の物語内容に取り込むことで非常に巧みな演出を行っているという点も指摘しておきたい。

本作は舞台がハリウッドであるために、作中でフィルムを上映するシーンがあったり、事件と事件の合間に第二次世界大戦の沖縄戦の様子がムービーシーンとして現れたりと、「ゲーム」と「映画」の対立を鋭く意識し、それを内容に反映させている。当然のように「フィルム・ノワール」を強く意識しており、『L.A.コンフィデンシャル』などに対する様々なオマージュが散りばめられている。ゲームに比べれば、映画は自由度もなく、インタラクティヴィティもない。そのような対比を、作品内容にも反映させているのだ。

第二次大戦後の、帰還兵によって荒廃したアメリカを描く本作は、主人公フェルペスを含め、多くの犯人が第二次世界大戦のトラウマを負っている。麻薬の蔓延、家庭内殺人、そして復員兵の住宅への放火など、戦争の後遺症が様々な事件の背景にある。

作品の全体に関わる犯人は、父をハリウッド映画のスタントマンに持ち、第二次世界大戦のトラウマに反復的に取り付かれ、この世界を「虚構」として感受してしまった人物である。戦後のアメリカ社会の中で、彼は未だに戦争が続いていると思い込んでおり、その「虚構」の中に生きている。

そのように世界を「虚構」に塗りつぶしてしまった原因は、沖縄で洞窟にいる子供たちに火炎放射を浴びせたからであった。その日から、彼の戦争は永遠のものになり、決して終わらない、反復する悪夢の世界と現実の区別はつかなくなった。その火炎放射を命じたのが主人公フェルペスであり、それが故に彼が罪責感を覚えて刑事としての職務を行っていたという点は「語り落とされて」いる。

犯人が治療を受けていた精神科医の住居を捜索する場面がある。その治療の履歴では、執拗に反復する「映像」としての悪夢が問題になっている。「映像」である「悪夢」は、決して自由に操作することも、消すことも、操作することもできない。外傷神経症は世界を虚構化してしまうほどの圧倒的な「現実」として、実存には感じられるだろう。そのようなものを生み出す「戦争」の問題を本作はゲームだけに可能な批評的態度で描く。

この作品は、ゲームであるのに、「自由度」の快楽を制限され、広大なマップと乖離させられている。しかし、それこそが、戦場によってトラウマを負った復員兵の世界からの疎外感と、「自由」にすることが出来ない外傷のリアリティをプレイヤーに体験させることになる。プレイヤー＝主人公が「自由」に出来るゲームの中で、悪を行わず「正義」を行使する側になる動機は、火炎放射を命じて多くの人命を奪い、そして一人の人間を発狂させたということの反復強迫的な悪夢と罪責感に由来していたのだ。ここには、倫理の選択の「自由」すらない。これは、新兵リクルートに使われることもあるＦＰＳゲームの「殺戮の自由」が大流行している現状に対する、「殺戮したことによる自由の喪失」を突きつける。

ゲームクリエイターの自由、ポリゴンの世界を作る「設計者」の自由は、都市を設計し、復員兵の住宅を作る業者と、保険会社と、市長を巡る汚職事件と重ねあわされている。その犯人グループの中には「精神」を設計しなおそうとする精神科医さえいる。彼らと対比される形で、復員兵の、トラウマによって自由を「制限された」＝「喪失した」精神状態が存在する。

これは、ゲームというメディアでしか行えない、自己言及的かつ真摯な批評的作品である。だが、それが原因かどうかは全く定かではないが、ゲームとしても、ミステリとしても、残念ながら失敗作になってしまった。

中盤までは、冤罪かどうか不明なまま、「真実」が確定できない世界における「選択」をプレイヤーに委ねる作品として進む。「冤罪」と「警察」の問題が絡み合い、この時点まではミステリゲームの新しい可能性を切り拓く気配を多く漂わせていた。しかし、途中から段々と内容がルーティン化し、推理をプレイヤーが働かせるモチベーションやシステム的誘導が失われていく。

中盤の、「冤罪」すら許されていたときには、パーシー・ビッシュ・シェリーの「詩」（『鎖を解かれたプロメテウス』）が重要なアイテムとなり、その「解釈」が問題とされていた。事件や犯人の解釈の多義性が、冤罪や告発、嘘と真実という問題と絡み合い、詩における「解釈の多義性」を刑事が行うとロス警察の腐敗に繫がるということが示される。主人公が、スキャンダルをでっちあげられ（それ自体がロス警察の腐敗による）、「多義性」に痛い目に遭わされた後、ゲームは「冤罪」や「真相の複数性」を物語的にもシステム的にも断念していく。

後半は作品世界が空間的には広がり、自由度が増しているにもかかわらず、プレイヤーはそれを享受できず、制限されているという感覚を強く覚えるようになっている。この「ちぐはぐさ」は、オープンワールドや「自由度」と「推理」や「本格ミステリ」が両立しにくくなる問題が集約されている。ある意味で、この両立の困難というシステム的な課題を糊塗するためにこそこの「物語」が要求されたという側面もあるのかもしれない。特に結末部は、プレイヤーはほとんど自分の頭で推理したり、「真犯人」を指摘する場面がない。それどころか、「物語」の語られる時間が前後してしまい、プレイヤーの知らない情報を操作キャラクターが知っていたりする。「映画的」になってしまっているのだ。

本作は、「本格ミステリ」と、現代ゲームの「自由度」の融合を見事に果たした作品であるとは、とても言えない。しかし、『GTA』のような、かなり自由度の高いシステムと「ミステリ」を両立させようとしたり、真犯人の告発に責任を負ったり、冤罪にしてしまったりするという部分には、かなりチャレンジングな側面がある。この困難な試みに対する「ちぐはぐさ」の中にこそ、ゲームにおけるミステリの可能性と問題点も存在しているだろう。最終的にゲームが「映画」的に「制限」されていき、逃れることのできないトラウマという問題に作品が至ってしまったのは構造的必然であるのかもしれない。そのシステム的な困難を物語に取り込み得たという点で本作は評価されるべきである。

この「ゲームにおけるミステリ」の限界の露呈こそが、本作を「ミステリ」として見たときの、ひとつの成果である。

6、「テーマパーク」と「対人ゲーム」

本論はゲームとミステリの可能性を探る論考であったが、ゲームという「インタラクティヴィティ」と「自由度」を快楽の源泉とするメディアにおいて、「(本格)ミステリ」を成立させるために必要な条件そのものが、「自由度」の快楽を減衰させてしまうという悲観的な結論に辿り着いてしまった。しかし、その条件を受け入れた上で、「(本格)ミステリ」を実現させようとする野心的な作品はいくつかあり、そこからは学ぶことが多くある。

ミステリが、「意外な真相」や「意外な推理」を快楽の源泉とするならば、「物語」をきちんと設定し、「真相」を設定しなければいけない。しかし、「自由度」があまりに高い作品では、その設定は非常に困難に陥る。そして「選択肢」も、プレイヤーが行う全ての選択を分岐として扱ってしまい、可能性として無限の分岐があるものとしてしまうようになってしまえば、物理的にその全てに〝意外な〟物語や真相を設定することは現実的に今の段階ではほとんど不可能であろう。よって、ある特定の箇所にのみ選択肢を作るか、重要な選択肢の数を絞り、分岐する物語それぞれに〝意外性〟を作っていくしかなくなる。だが、これは「自由度」を快楽の源泉とするタイプのゲームに慣れているプレイヤーから見れば、恐るべき後退に見えてしまうという、現代のゲームを巡る困難な状況がある。

「自由度」は「物語」の単線性を破壊し、選択肢の無限分岐により「単一の真相」を「無限」の中に融解させてしまう。そのようなゲーム自身の持っているメディア的特性が、「本格ミステリ」を、常にジャンルの溶融へと誘い続ける。「本格ミステリ」はどのメディアでもそのような条件にあることは確かだが、ゲームの場合は、小説よりその度合いが明らかに強い。おそらく、それはデジタルゲームという支持媒体の条件である。

竜騎士07の発言に見えるように、（ネットを含みこんだ意味での）ゲームにおいては「推理」の意味も変容している。ネットを使って集合知のように集団で思考するというのが、竜騎士07の辿り着いた「推理」という言葉の内実である。さらに『ヘビーレイン』では、データベースを検索することなども「推理」に加わっていた。『LA』では、相手の表情を見て「勘」で脅したりすかしたりすることもプレイヤーの「推理」の内容を構成している。『LA』は、論理性だけではなく、探偵が体験するであろう「情緒」や「感情」の伴う「尋問」における推理を体験することができるようになったという点で、新たな体験を我々に齎してくれる。しかし、そこにおける「推理」はもはや、必ずしも論理的な推理だけを意味してはいないだろう。捜査現場で「○」ボタンを連打しまくって総当たり的に証拠を探してしまうような機械的なシステムとの共同関係が、ここにおける「推理」である。

遡って、『かまいたちの夜』における推理はどうだっただろうか。『逆転裁判』における推理はどうだっただろうか。これらの作品でも、プレイヤーは総当たり的な推理をしなかっただろうか。攻略本や攻略サイトの知恵を借りなかっただろうか。これらはシステム的に推理が失敗すると先に進まないという側面と、悲惨な目に遭うのは嫌である、結末を見たい、などの物語的な両側面が密接に結びついていたから成功した。『ヘビーレイン』もまた、ゲームにおけるミステリの新たな金字塔にあるだろう。そこには「システム」だけでなく、そのシステムと協働したり阻害されたりしながら必死に頭を絞るプレイヤーがいた。プレイヤーも、「物語」の先を読みたい、意外な結末に驚きたいなどの動機によって駆動していた。非常に素朴な結論になるのだが、そのような物語の面白さ（駆動力）と、「先は面白いだろう」という作者の信用、それとシステムが密接に結びついたときにのみ、ミステリゲームは成功する。

ただし、ここに「自由度」と「インタラクティヴィティ」という魔が忍び寄る。ただでさえ「後期クイーン的問題」という魔に脅かされている（というか、脅かされているという危機的な意識こそがそのジャンルを成立させているのではないかという、危機的＝批評的なジャンルとしての）「本格ミステリ」においては、様々なものがそのジャンルを脅かす魔であるのかもしれない。「自由度」と「インタラクティヴィティ」は、極限的には、物語の成立不可能性と、無限の分岐へと道を拓いていく。竜騎士07は、単体のゲームにおいては自由度とインタラクティヴィティをほぼ消滅させ、字を読むだけで選択肢のないゲームを作り、その代わりその要素をネットにおいて実現させるという「分離」の戦略に出た。『LA』は、「自由度」の可能性を「制限」していきながら、その相克自体を物語とシステムの協働の中で描くという戦略を行った。これらが「本格」の枠を超えてしまっていたり、作品がガタガタになってしまっているのは、「本格ミステリ」が成立しにくい地形の中で、そのメディア的特性を殺すことなく、それを成立させようという野心の故である。これらの作品は、完成度は高くなく、作品としては不恰好かもしれないが、ゲームというメディアでそれを行うことの必然性と可能性を追求しようとした意味では、「ゲームのミステリ」の「可能性の中心」そのものである。

そして冒頭で述べたように、それらのゲームにおいてミステリに触れるプレイヤーや、検索したり攻略サイトを見るのが当たり前になった世代が、本格ミステリを、「読者への挑戦状」で一端閉じて読み返したり、付箋を貼ったり、論理的に注意深くトリックや犯人当てを行うことになるだろうか？統計をとったわけではないが、このような作品が入口になっていった場合、「推理」の意味する内容に対する理解の差異や、そもそも推理する必要があるのかという認識の違いは生まれるのではないだろうか。実際、ゲームにおける「推理」は、システムとの協働関係の構築であり、そしてシステムにコントロールされ、誘導される体験である。「推理」を強制されることには、（内容がつまらなければ）当然不快感もあるし、先に進めなければフラストレーションも溜まる（その結果、攻略サイトをすぐ見てしまう)。

この経験というのは、プレイヤーが能動的に「名探偵」になっているというよりかは——そうしたいプレイヤーもいるだろうが——「物語」と「システム」の誘導によって「考えさせられ」ており、そしてその「考え」すなわち「推理」の内容というのは、「コンピュータはなにを求めているのか」である場合が多い。コンピュータの要求に対して、なにをすれば次に進めるのかを機械的に行っている経験は非常に多い。それはほとんど不具合を起こしたPCのトラブルシューティングに近い体験である。「システムはなにを求めているか」を推理して対処するプレイヤーは、ほとんどシステムをケアし、介護しているような状態でもある。決して、快刀乱麻に事件を解決する「名探偵」でもなんでもない。小説においては、「名探偵」と「読者」は思考の内容が一致している必要はなく、むしろ乖離しているからこそ、驚きがあり、「キャラクター」として魅力を持つことが出来る。しかし、ミステリゲームのプレイヤーはそのような魅力的な探偵ではない。プレイヤーと操作キャラクターを一致させたかのような錯覚を快楽の源泉のひとつとする「ゲーム」というメディアにおいては、そこに難しさが胚胎する。

これは逆説的なことを言うのだが、「システム」や「コンピュータ」の要求に応える能力を高めることこそが生存効率を上げるような社会にもし我々が生きているとしたら、その場合、「論理的でなければいけない」ということの必然性や優位性は一体どこに基準を置いて主張できるのだろうか。もちろん、「論理的でない」ことによる不具合はいくつも思いつくことができるし、筆者も基本的には、論理的であるべき場面では論理的であるべきであり、少なくとも論理的であろうとするべきであると思う。しかし、そもそも「論理」自体に、一体どんな価値が、他の様々な基準と比べて、高い価値があると主張できるのだろうか。もしそれが主張できなければ、「本格ミステリ」は、単なる「論理」を偏愛する一部の愛好家の趣味、ということになってしまうだろう（とはいえ、そのことは決して否定的な意味で言うわけではないし、たとえそうなったとしても、本格ミステリ特有の「美」や「形式」の価値が失われるわけではないだろう）。

論者は別の論で、西尾維新をその象徴的な作品として、第三次産業が発達し、物理的な危険などが少なくなった現代の日本社会においては、必然的に「論理的」思考が生存のために必要とされる場面は減るであろう、と述べた。脱格系や、石持浅海の作品に描かれる「変な論理」はその反映である。「論理」には一体なんの正当性があるのだろうか。少なくとも、「生存」を目的とする場合、サービス産業などに従事している人間であれば、論理よりも感情や情緒的能力の方こそ、生存に直結し、切迫感を持って発達させていくべきものであろう。「論理」の価値を提示する一般的な言葉はいくつも思いつくのだが、「大衆娯楽」であるという運命を持っている「ミステリ」というジャンルの性質を考えると、読者の読書や思考の基盤がそのように労働や社会、あるいは接するメディアによって変質してしまえば、その「説得」の言葉は虚しく響くのではないかと危惧している。

そのような世界においては、論理による推理よりも、「コンピュータのケア」のような推理の方が、リアリティもあり、切迫感もあるものなのかもしれない。そのことはもちろん良し悪しである。だが、「ゲームのミステリ」の可能性は、そのような思考や感性を前提とし、その中に介入し、「推理」の能力を鍛えることとにある。あるいは、それとは逆に「推理の内実の変容」に対応していき、新たな「変容」を生み出すことにある。

そしてそのような「システム」の「誘導」それ自体の危険にも目覚めさせられるかもしれない。システムによるプレイヤーの操りというテーマのゲームは多く存在し、『ヘビーレイン』もそのバリエーションかもしれない。「コンピュータ」や「システム」による「操り」テーマの体感と拡張の可能性も存在しているだろう。

明らかにデジタルゲームは、新しい時代の感性を作り出し、そしてその感性に受け入れられる大衆的なメディアになっている。そしてそれは「推理」や「思考」や「論理」の意味そのものや、場合によっては思考方法そのものを変えてしまっている。その状況に如何に介入するのか、どの方向に介入するべきなのか、そしてその正当性は如何に確保するべきなのか――「論理」や「正しさ」が溶融してしまえば、何を選ぶべきなのか、どうするべきなのかの提言も、ほとんど不可能になる。ジャンルの歴史や慣習、あるいは商業的要請、読者共同体の趣味――それら、「論理」ではないものによって「論理」が必要だと述べるような、「本格ミステリ」における「論理」の基礎付けのトートロジーが、起こりかねないであろう。「本格ミステリ」があくまで「趣味」なら、それはひとつの感じ方、美学のあり方として、相対化されてしまうものであろう。それを超えて、「論理」そのものに価値があり、重視するべきであると主張するのは、かなり困難な状態にある。そのような主張を押し流すように、旧来の論理ではない「論理」が、旧来の推理ではない「推理」が席巻していき、そして新しいミステリが生まれていくことだろう。

「本格ミステリ愛好者の趣味」というレベルを超えて、「論理性」一般の崩壊を批判し、「論理」の価値を主張するためには、倫理、もしくは感情に委ねなくてはならないというパラドックスがここにはある。「本格ミステリ愛好者」の「読書の快楽」も感情である。娯楽の「面白さ」もまた感情である。推理小説が近代警察と関係があるというヘイクラフトの探偵小説＝市民文学論を採用するなら、「冤罪で捕まって死刑になったらどう思うか」などの恐怖や情に訴えかけ、論理性の重視を訴えかけるしかない。ミステリが娯楽作品、あるいは文学作品である以上、それらの「面白さ」や「感情」に訴えかける力もまた強く持っているだろう。

　成功しているミステリゲームは、そのような「非論理的」なものを基盤としながら、「論理」の方向へプレイヤーを誘うというアクロバットを内在していたように思う。『ＬＡ』の結末は、贖罪である。論理的であるために、論理的でなければならない、というメッセージが、「冤罪」というシステムの存在する本作には強くある。逆に言えば、論理的理由がなければ、論理的である必要もないかもしれないのだ（いくらでも冤罪で捕まえて出世していけばいい）。論理の正当性を訴えるには（エンターテインメント作品としては）倫理や感情に訴えなければならない。しかし倫理自体は相対的で根拠のないものであり、それぞれの思想体系によって違うものである。

　現実の社会や政治の現場、すなわちリアルタイム・インタラクティヴな「対人ゲーム」の現場では、何が正しいのか分からず、かなり多くのものが相対的な泥沼に陥りがちであり、「真相」が分かるものなどは一般の人間にはそれほど多くはない（「相手がどう思っているのか」という単純なことですら、「真相」に辿り着かない無限の懐疑への道は開きうる）。論理的にも倫理的にも何かが正しいのか分からず、そもそも「正しさ」を基礎付けるものが何なのかを巡る無限後退的な泥沼が生じてしまう。「本格ミステリ」には、そのような泥沼の、「無限」がもたらす不安と恐怖を一瞬忘れさせてくれる、人工的に仮構された空間であり、「テーマパーク」という側面がある。しかし、現実のテーマパークよりテーマパーク的であることが可能なはずのデジタルゲームの中にまで、安定性を不穏に揺るがす泥沼が入り込んでしまっているのは、おそらくそれがインタラクティヴィティを持つというメディアの特性が影響している。おそらくこれは、「後期クイーン的問題」がゲーデルの理論を援用して「論理」を内在的に不安定にさせたのとは全く別の角度から、本格ミステリのテーマパーク性を揺るがしに来てしまった魔である。

しかし、そのテーマパークは、守る必要があるのだろうか。守ろうと、閉じようとするから、魔が存在すると感じるのではないだろうか。クイーンが「対人ゲーム」を作品の中で描き、結果として「後期クイーン的問題」に陥ったというのは当然のことであろう。リアルタイム・インタラクティヴな「対人ゲーム」とは、我々の生きている世界における普通の生活であり、コミュニケーションであり、政治である。安定した真理や真相や本心や真実などほとんど手に入らないのが当たり前の不安で恐怖に満ちたこの現実世界における「対人ゲーム」からの一瞬の逃避のためにテーマパークがもし仮に必要なのだとしたら——僕自身もそういう世界に時に耽溺するが——「対人ゲーム」や「インタラクティヴィティ」は排除した方が安心であるのかもしれない。ただし、それが面白いかどうかは、保証の限りではない。

主要参考文献

法月綸太郎『複雑な殺人芸術』
飯城勇三『エラリー・クイーン論』
諸岡卓真『現代本格ミステリの研究』
諸岡卓真「『新本格』とミステリゲーム」

福井健太「〈逆転〉シリーズ概観――本格ミステリの本質を求めて――」（『ミステリマガジン』２０１２年３月号）
小田牧央「ゲーム系ミステリの思想」（『ＣＲＩＴＩＣＡ』vol.6）
藤本徹『シリアスゲーム　教育・社会に役立つデジタルゲーム』
井上明人『ゲーミフィケーション〈ゲーム〉がビジネスを変える』
ジェイン・マクゴニガル『幸せな未来は『ゲーム』が創る』
多根清史『教養としてのゲーム史』
笠井潔『探偵小説と叙述トリック』
笠井潔『探偵小説は「セカイ」と遭遇した』
小森健太朗『探偵小説の論理学』
小森健太朗「分岐する世界の試み――ＲＰＧで本格ミステリを実現する試みについて――」（『鳩よ！』１９９９年12月）
ハワード・ヘイクロフト『娯楽としての殺人』
イマニエル・カント『判断力批判』
『ファウスト』vol.7
笠井潔　小森健太朗　渡邉大輔「ロスジェネ世代の『リアル』とミステリーへの違和、新しい共同体への眼差し」（『本格ミステリ・ワールド２０１０』）
講演録「『ひぐらし／うみねこのなく頃に』に見るコンテンツとコミュニティ」（『デジタルゲーム学研究』第五巻第一号）

結語　本論集の使用例

飯田一史

われわれ限界研では過去三冊の共著を刊行してきたが、共著であるがゆえにどうしても統一感が薄れる部分があり、「結局、何が言いたかったの？」「使いどころは？」「論考同士の関係がよくわからない」といった反応をいただいてきた。

だから今回は、本論集を読み終えた方向けの「まとめ」を用意した。

ただし、本書はこれをお読みのミステリ関係者（未来の、も含む）が、次のミステリムーブメントもしくは次代の本格をつくり、もりあげ、あたらしい読者や作家、批評家を獲得するための直観／洞察のヒントとなることを主たる目的としている。いまこの本をお読みのあなたになんらか使っていただいて完結する書物である。

というわけで単なる「まとめ」ではなく、ここまでの議論をより広い視点から俯瞰しながら、「使用例」を示してみたい。

□使用例①ＳＴＰを切り直す　ユースカルチャーとしてのミステリを！

あらたなるミステリを考えるには、土俵の仕切り直し、ゲームのルールの変更が必要になる。経営戦略の用語を使えば、市場を切り分け＝セグメンテーション、どの層を読者として狙うか＝ターゲティング、競合製品とどう差別化するか＝ポジショニング（ＳＴＰ）をやりなおす、ということである。そのヒントは新本格ミステリムーブメント二五年の歴史の流れそのものにある。これについては蔓葉信博「『新本格』ガイドライン、あるいは現代ミステリの方程式」にまとめられている。

そこで蔓葉は、青春小説として新本格第一世代作家や「ファウスト」系作家の作品が機能していた、ということを言っている。新本格には本格ミステリとしての側面と、青春小説としての側面があった（図1）。新本格は、エンタメ一般のなかでミステリというジャンルに属し、そのサブジャンルとしての本格ミステリであった。と同時に、ミステリのなかでも若者向け小説だった。この二面性を今一度思い起こすべきなのだ。

図2に現在の日本の小説市場における（新）本格の位置を示したが、かつての新本格はユースカルチャーとしての側面があり、しかし二五年かけて大人の文化になった。日本の若者はミステリよりも山田悠介作品やライトノベル、ケータイ小説を積極的に読んでいる（二〇一〇年に行われた毎日新聞社第五六回学校読書調査の結果に基づく。http://macs.mainichi.co.jp/space/web018/02.html）。

序論でも少し書いたが、いまの子どもは一〇年前の子どもの倍くらいの冊数、本を読んでいる。本を読む人間の多読化が進んでいるだけでなく、そもそも本を読む習慣がある子どもの母数が増えている。学校で朝一〇分か一五分本を読むという「朝の読書運動」は二〇〇四年に二万校を突破し、二〇一二年現在では二万七〇〇〇校を超えた。中学生での実施率は全学校の七六%、高校での実施率は四三%である。つまり約三六〇万人いる中学生のうち約二八〇万人、高校生約三三〇万人のうち約一四

図 1 : 新本格の 2 面性

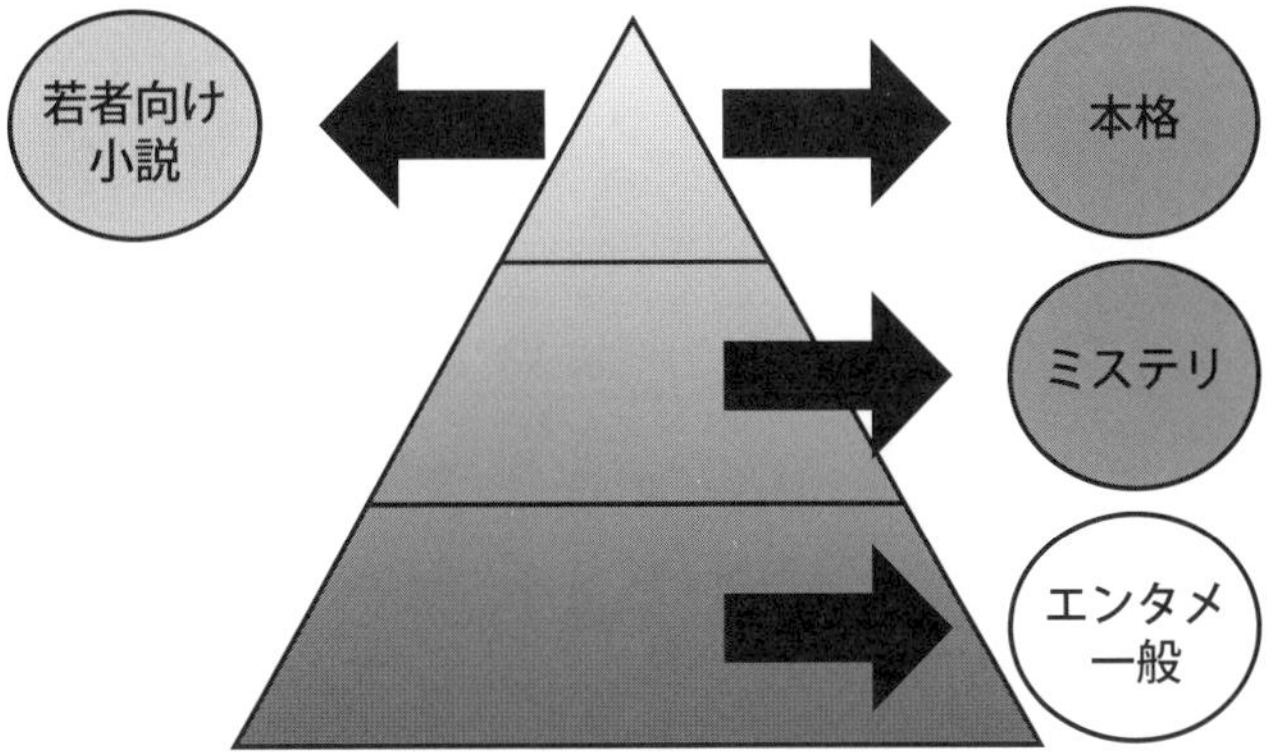

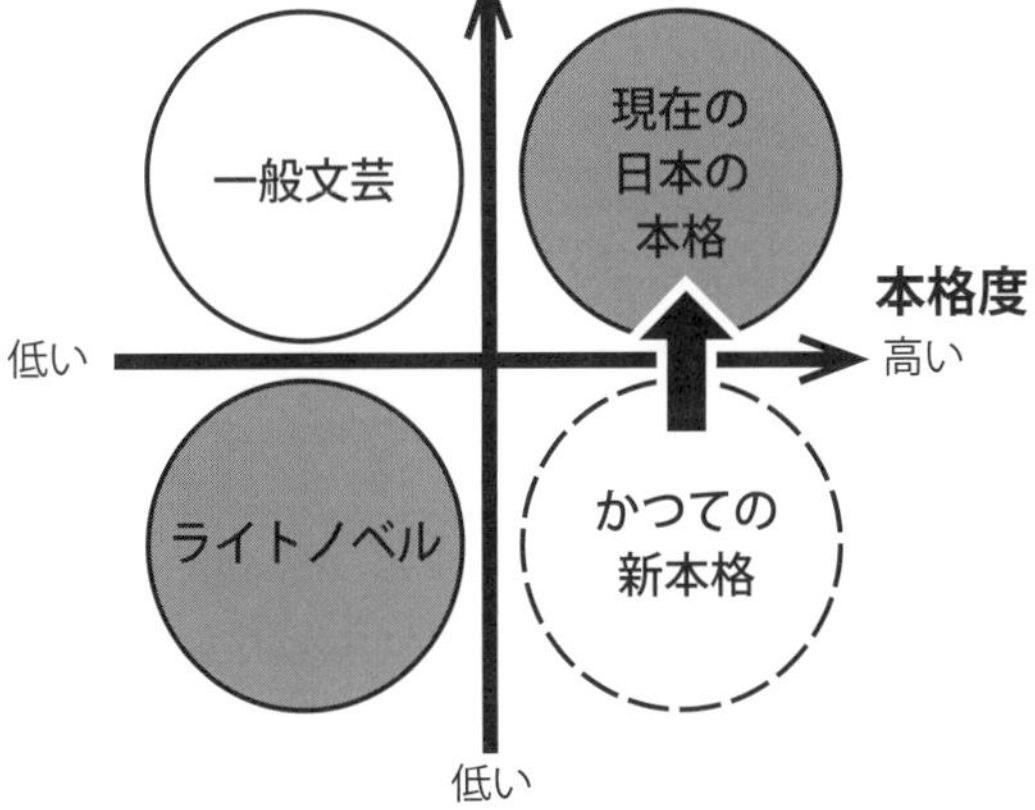

図 2 : 新本格と日本の小説市場

〇万人、合わせて約四二〇万人のティーンエイジャーたちが、なかば強制的に学校で本を読んでいる。これは二〇〇四年時点よりも約一五〇万人も、朝、本を読んでいる子どもが増えていることを意味する。四二〇万人が月に一冊本を買うと年間五〇四〇万冊。一冊五〇〇円の文庫だとしても二五二億円になる（なお、日本の文庫本の市場規模は販売額ベースで約一三〇〇億円である）。朝の読書運動がはじまったのは新本格開始の翌年、一九八八年からだ。この二四年間の地道な積み重ねによって、小中高校生向けの莫大な読書市場が生まれていたのである。ライトノベル市場が少子化にあらがうようにして堅調なのも、朝の読書運動の存在が無視できない（もちろんそれだけではないが――くわしくは拙著『ベストセラー・ライトノベルのしくみ　キャラクター小説の競争戦略』青土社を参照のこと）。

何が言いたいのか。いまこそ一〇代向けのミステリをもりあげていこう、という提言である。もちろん、かつて角川スニーカー文庫がライトノベルミステリを刊行したが、しょっぱい結果に終わったこと、やはりライトノベルミステリのレーベルである富士見ミステリー文庫が消滅したことは知っている。しかし、それはターゲティングをまちがっていたからである。いまの中高生のオタクはミステリを読まない――というかライトノベルを読むので手一杯なのでつけいるスキがない。ライトノベルミステリがダメなのは、ライトノベルとしてもミステリとしても中途半端で、けっきょくどちらのファンも満足させられないからである。ライトノベルのターゲットマーケットの絞り方、ポジショニングは秀逸である。図3に示したが、日本の小説市場では、そもそも一〇代向けと限定したものは少なく、また、オタクという特定の行動・心理特性をもったセグメントに限定したものも少ない（日本の文芸関係者にはそもそもＳＴＰをして顧客ターゲットを絞るという思想がない）。しかし、ライトノ

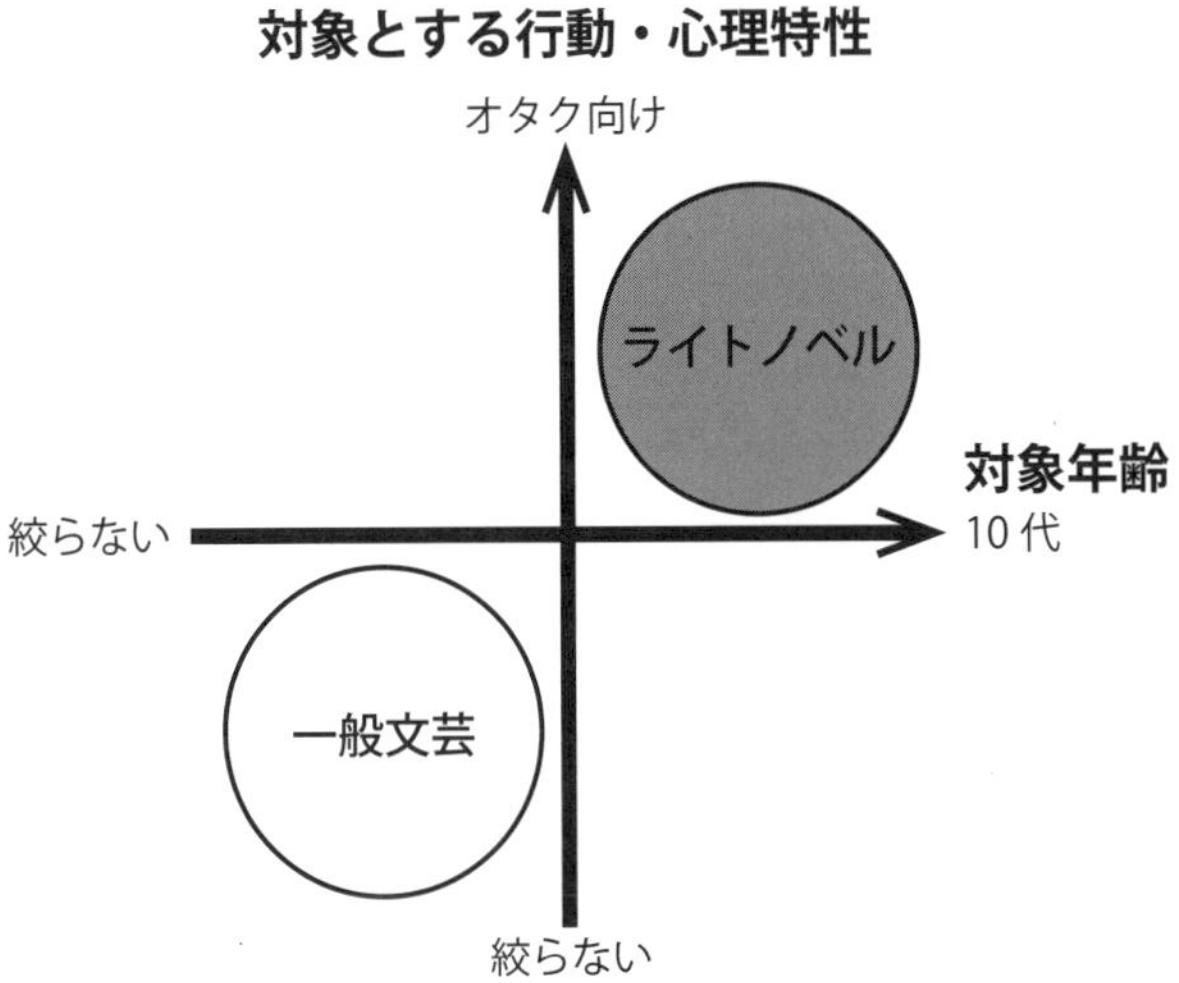

図3: ライトノベルのポジショニング

ベルはがっちりこの二軸で絞って展開した結果、一〇代オタク層の囲い込みに成功した。いわゆる一般文芸は、対象年齢も絞らなければどんな行動・心理特性をもった人間を対象としているのかも絞らない。だから一〇代のオタクは一般文芸を読まずに、ライトノベルを読む。

しかし、オタクではない若い（あるいは幼い）本読みに対象を絞った本は少ない。狙うべきは非オタク層の小中高校生、大学生である。もっとも、ただ「非オタク層」とするだけではダメで、具体的に読者像を設定する必要がある。

そこで参考にすべきは、私が「『変わってしまった世界』と二一世紀探偵神話」で示した、謎—推理—解明というフレームをもう一歩推しすすめたフレームワークである。江戸川乱歩以来の「謎—論理的解明」という枠組みでは、論理以外の解明方法が無視されてしまっていた。それを清涼院は打ち破った。だがこの謎—推理

—解明ではまだ不十分である。どんな読者に、あるかたちの謎—推理—解明を提示することで、どんな体験をさせ、いかなる感情を味あわせるのか。謎—推理—解明は作家側の「手段」だが、ここに対象とする読者の存在を加える必要がある。つまり、以下のように考え直すべきなのだ。

謎—論理的解明ではなく、読者—謎—推理—解明—体験／感情というフレームに変更して考えてみることを、提案したい。どんな読者に、どんな謎を、どんな推理方法で、どんな解明を提示し、どんな体験／感情を与える／催させるのかを設計し直すことが、いま求められているのである。ここが整合した作品をつくれば（取次や書店でどう扱われるかというディストリビューションの問題は残されているが）、狙いは定まる。

たとえばこの「推理」から「解明」までのプロセスには、小森健太朗が「二〇〇〇年代以降のミステリ諸派の動向と、叙述トリック派の軌跡」で論じた、非—本格作品向けの叙述トリックの応用などが参考になるだろう。叙述トリックは必ずしも本格を成り立たせるためのメソッドではない。読者にサプライズ体験を、驚きをもたらすものとして、本格か否かという基準とは切り離して使うことができる。

ここでは仮に一〇代向けを提案してみたが、四〇代のコア本格読者以外は読まなくてよろしいと絞るなり、二〇代独身文化系女性向けのミステリなり、藤田直哉「ビンボー・ミステリの現在形」で扱われている低所得者層や高学歴ワーキングプア向けなり、ターゲットをはっきりさせたほうが、漠然とした「一般」向け作品として書くよりむしろ数多くの読者に届く可能性が高い——ということはこの一〇年のライトノベル市場伸長によってあきらかである。誰向けの本なのかわからないから、誰も買わない。日本の出版産業でよくみうけられる不毛な光景から、外に出たらいい。

ほかにもたとえば、一〇代向けの次に層として大きいのは、ビジネスパースン向けのミステリだろう。ロジカルシンキングを学びたいと思っている人間はたくさんいる。しかし、実用的なロジカルシンキングのテクニックで構成されたミステリは松岡圭祐作品をのぞけばあまりない。ビジネスパースンの教養として機能しているロジカルなフィクションはないのだ。論理論理と言うわりには、論理思考が身につく本格ミステリは、日本にはほとんどない。不自然な穴場、機会損失がここにはある。

ようするに新本格が二五年で書いてきたものを概観することで、ポジションのなし崩し的な変更が起こっていたことを確認し、現在書いていないもの、書いてこなかったものを照射できる。

……たとえばこんな使用方法がある。

□使用例②二〇世紀の積み残しへの取り組み　たとえば確率と相関のゲーム

ＳＴＰを決めたあとは、それをいかに表現するか、が問題になる。

本書はうっとうしいくらいに二一世紀、二一世紀と言ってきたわけだが、実際のところはたとえば蔓葉信博「推理小説の形式化のふたつの道」で扱ったような後期クイーン的問題のように（後期クイーンの名が示すとおり）、いまだカタをつけられていない二〇世紀的問題の積み残しもある。既存の本格読者向けにはこうした問題意識の継承は欠かせない。

そしてまた、これまで本格があまり取り組んでこなかった二〇世紀的な問題もまだまだ存在する。たとえば笠井潔が「二一世紀探偵小説と分岐する世界」で論じた確率論的思考である。二〇世紀の科学（自然科学にかぎらず、社会科学においても）やビジネス（マーケティングや金融）、軍事の発展は、統計学なくしてはありえなかった（デイヴィッド・サルツブルグ『統計学を拓いた異才たち』、ピーター・バーンスタイン『リスク』参照）。しかし、因果の前に相関を置く（ある事象Aとある事象Bはなんらかの関係がある、という度合いを測るのが相関。しかしそれはAだからB、とかBだからA、といった因果であるとはかぎらない）統計学的＝確率論的思考のことを、ミステリは積極的には扱ってこなかった――山口雅也『奇偶』のような例外も存在するものの。渡邉大輔「検索型ミステリの現在」が指摘するように、プロファイリングの基盤となっているのも、ネット検索、データマイニングで用いられているのも、ベースは統計学であり、因果以前の相関関係での絞り込みの技術である。しかし日本では事実上プロファイラーものはイコール異常心理ものとして受容されてきたように思う。ピントがずれていたわけである。

しかし一九世紀的な科学（因果ベース）から二〇世紀科学（相関ベース）へとパラダイムシフトさせた統計学的思考をオミットしてきたツケを払うことなくして、本格で扱われる「論理」が二一世紀的になることはない。

もっとも、ミステリが相関や確率を扱いづらかった理由は簡単である。ふたつある。ひとつめは、確率論的思考は、データの蓄積を前提とするからだ。ある事象（たとえば殺人事件）が過去に複数回起こっていることを前提とし、過去のデータから、ある事件の犯人像を絞ったり、これから起きうる出来事の予測を行ったりする。これが統計学的知のアプローチである。しかしミステリ作品は事件の一回性を前提にし、それを問題にしてきた。確率が問題にならないパターンに取り組んできたがゆえに、統計学的知が役立つ作品は描かれなかった。ふたつめは、因果関係は文字ベースでの表現に向いているが、相関関係は文字ベースの表現に向いていないからである。端的に言って、相関を導くには

Ｅｘｃｅｌが必要である。表計算ソフトがあれば膨大な定量情報を処理して相関や確率をはじき出すことは可能だが、事件に関係する無数の定量情報が列記されている本を前に、読者が紙とペンだけで数字を処理して推理することは、ほとんど不可能である。

しかしこれらの問題は、小説ではなくたとえばゲームという媒体で表現すれば解決できる。九〇年代からシナリオが分岐するミステリ作品があり、二〇〇〇年代には並行世界を扱った傑作があるゲームメディアなら、分岐に確率を導入することは可能である。殺人事件が起こったあと、過去に発生した殺人事件と容疑者のデータベースをもとに、相関関係をプレイヤーに探させることもできる。藤田直哉「『謎解きゲーム空間』と〈マン＝マシン的推理〉」では、小説ではできないインタラクティヴィティという要素がデジタルゲームなら可能になる、としてミステリゲームの可能性を論じている。ミステリゲームにできることはそれだけではない。デジタルゲームでは、小説では扱いづらい大量の定量データをプレイヤーが処理することができる。それによってこれまでのほとんどのミステリが前提としてきた「因果をベースとした論理」に基づく本格ではなく「相関と確率をベースとした論理」に基づく本格が実現しうる。二〇世紀ミステリが積み残してきた相関と確率という問題は、ゲームメディアならば表現できる。ここに探求の余地がある。

歌野晶午『世界の終わり、あるいは始まり』や西澤保彦『七回死んだ男』、乾くるみ『リピート』のようにループを、複数回の生を扱ったミステリの秀作や問題作が、九〇年代以降いくつも書かれてきた。二〇一〇年代には、こうした分岐する生＝「複岐」（笠井潔）に定量情報、確率、リスク（ブレ幅）という観点が、遅ればせながら加わっていくだろう。

そしてその先に、ようやく二一世紀的な論理がある。二一世紀的な論理とは何か。数億分の一の確率でしか起こりえないことが多発する時代の論理である。リーマンショックにしろ3・11にしろ、一〇〇年に一度、一〇〇〇年に一度しか起こらない――数字のうえではほとんど起こらないはずのものだった。だが現実にわれわれはそういうものにあれもこれも直面させられている。こうした乱気流の時代に生きるひとびとが使い、あるいは納得する「論理」が、二一世紀的論理だろう。

……たとえばこんな使用方法がある。

□使用例③わりきれないものとのつきあいかた　非論理的領域とむきあうミステリ

本書は、本格を意識しつつも本格を壊そうと試みる「壊格」作品を扱ってきた。

論理性とフェアプレイ（推理の手続きの公正さ）を軸とする本格ミステリが求心力を失っているのは、論理能力がない人間だらけになったから、とは一概には言えない。むしろロジカルにバサバサと切っていくことへの違和感が表出している時代だからこそ、反―論理的な解決手法や結末が求められているのかもしれない。たとえば岡和田晃「現代『伝奇ミステリ』論」で扱われる三津田信三作品。本格ミステリ的な論理的解決をしおえたあとで、論理で説明できない奇妙な出来事を置いて幕引きをする刀城言耶シリーズに、わたしたちは言いようのない快感や恐怖、強い印象をおぼえる。たとえば海老原豊「終わりなき『日常の謎』」で扱われる米澤穂信作品によくみられる、煩雑な手続きをスキップしようという態度。そうした論理に対する不信に、共感してしまう瞬間がある。

思えば、八〇年代における島田荘司作品の効用には、大前研一や村上龍と近しいものがあったのではないか。バブルが崩壊し、横並びの護送船団方式が機能しなくなる以前の日本は、〝出る杭は打たれる〟同調圧力が非常に強い社会だった。共同体内の「空気」がなにより優先される時代には、大人げないと言われようと快刀乱麻のロジックと強いことばでバサバサと問題解決をし、あるいは破壊を描く作品が求められた。常識を欠いた奇人ながら科学知識と論理でひとびとを魅せた御手洗潔、世界最強のコンサルティングファームであるマッキンゼー仕込みの問題解決でサラリーマン根性あふれる日本企業の鈍重ぶりをぶった斬ってきた大前研一、スポーツとセックス、ドラッグとバイオレンスへの蕩尽を描き、貧乏くさい日本的なセンスへの呪詛をぶちまけてきた村上龍。世間が窮屈であったがゆえに、彼らは求められた。

しかし、時代は変わった。かつてロジックは窮屈さを破壊する武器であったが、いまやロジカルシンキング、ロジカルコミュニケーションができない社会人は落ちこぼれである――少なくとも外資では。日本企業ではどうか。表向きはロジックが求められるにもかかわらず、本質は根回し社会のままという、フラストレーションのたまる二重性を抱えた組織が発生している。するとかつてとは逆に、理屈の優位に対して窮屈さをおぼえる人間が発生し、あるいはロジックを手に入れても結局は変わらないという事態に対する不満が噴出する。それゆえ、ありもしない前近代的な風習に満ちた集落や、ほんわかのんびりした「日常」こそが、救いの場所になる。こうした「ロジックなんか……」という割り切れない「想い」が、反―論理性を志向する「論理の壊格」の源泉のひとつである。

法月綸太郎『密閉教室』や舞城王太郎『ディスコ探偵水曜日』が描いてきた「ロジックは必要だが、ロジックだけではどうにもならない」――このジレンマを表現したミステリの、二〇一〇年代バージョンが求められている。

……たとえばこんな使用方法がある。

□匣《はこ》の再設計へ

以上、三パターンの使用例を提示してみた。

ひとことで言えば、これからの時代に合ったミステリという匣《はこ》をいかにつくる／つくりなおすか。

この取り組みに向けたヒントを本書は撒いてきた。


これからどんなハコがわれわれの前に現れるか？

いや——。いかにあたらしいハコをつくるか。

それはわれわれの、そしてあなたの行動にかかっている。

ポスト新本格のための作品ガイド50選

一九八七年〜一九九九年

本作品ガイドは、評論集の全体像を別の角度から照らし出すとともに、評論ではこぼれ落ちかねない部分に光を当てるため作られている。新本格が勃興し、拡散していったその歩みを、二〇一二年の今、確認するためのものである。そのため、新本格勃興の一九八七年から一九九九年まで二〇作、二〇〇〇年から二〇一二年まで三〇作と便宜的に区分している。前半が二〇作、後半で三〇作なのは、ポスト新本格ともいうべき拡散の状況をブックガイドからも理解しやすくするためであり、前半では主に新本格ムーヴメントの主要作品、および同時期の重要作を選んでいる。いいかえればブックガイドの方針として、刊行当時の状況をたんにまとめるのではなく、現在から見たその作品の立ち位置に迫るべく書かれているのだ。その方針から、ブックガイドの執筆はこれまでの限界研の中堅メンバーだけでなく、新しく加わった大学生メンバーも担当している。彼らの担当するいくつかのガイドには、ポスト新本格の今の読書経験が滲み出ているはずである。そのため、ガイドによっては作品の展開やトリックの仕掛けに触れたものもあるので注意されたい。本書で問われているのは、たとえ過去についての論述であろうと、その過去を通じて立ち現れたミステリの今をどうするかということだ。その問いは、ブックガイドという形式ではあれど同じく込められているのである。

（蔓葉）

●綾辻行人『十角館の殺人』一九八七

互いをミステリ作家の名前で呼び合う学生達。彼らが無人島の奇妙な館を合宿先としたことから惨劇は始まった。名前。それは過去のミステリへの作者の想いであり、過去と現在を繋ぐアイテムだ。過去をミスリードに使い現在をトリックにかけた犯人のように、本作の作者は既存のプロットを利用して、新しいものとして作り直した。それを端的に表す一行に、ミステリ作家の「名前」が使われたことは象徴的とも言えるだろう。アガサ・クリスティのプロットの影響を匂わせ、読者の目を過去へと向けさせるプロローグには、「重要なのは筋書きではない、枠組みなのだ」と奇妙なことが書かれている。ここで、枠組みとはトリック＝名前と解釈すると、それは館シリーズ第九作『奇面館の殺人』での、本質は表層＝名前にあるという主張と呼応する。こうして「名前」という本質がページという表層に表れた時、日本のミステリに「新本格」という新しい名前が始まったのだ。

（宮本）

●法月綸太郎『密閉教室』一九八八

『ノーカット版　密閉教室』の「密室・紙の上・現実」という章には「そして僕は紙の上の名探偵でもなかった。（…）探偵小説に現実を追いつめるだけのパワーがあるのかどうか？」とある。「悩める作家」と呼ばれる後の法月綸太郎をすでに匂わせる文章だが、なるほど編集者に改稿を迫られても仕方がない、感傷的にすぎる若書きでもあろう。リライトする以前の本作には、探偵小説という形式に埋没して、その形式と戯れることへの戸惑いが存在する。しかし僕は、後期クイーン的問題という本格ミステリの原理的限界に苦悩する後の法月の姿勢が処女作から窺える、という話をしたいわけではない。僕はそれを法月青年の思春期的な懊悩が書きつけた、ぶっきらぼうな一文として読んでいきたいのだ。新本格ムーヴメントとは、そんな不器用な若者たちによる文学潮流に他ならず、そして本作を未完成のまま江戸川乱歩賞に送りつけた法月青年は、おそらく誰よりも不器用であったにちがいない。

（中里）

●北村薫『空飛ぶ馬』一九八九

ポスト新本格世代である若い読者であれば、米澤穂信の初期作品によって知ったであろうミステリにおけるいちジャンル、いわゆる「日常の謎」は、本作がその嚆矢とされている。むろん本作以前にも、クリスティの「ミス・マープル」シリーズに代表される、日常に根ざしたミステリは存在したが、本作はその単なる輸入品ではない。たとえば本作では、落語というモチーフが大なり小なり作品に影響を及ぼしている。かりに落語を、市井の人々の日常を切り取って面白可笑しく語る一種の話術あるいは詐術として捉えるなら、そのエッセンスは時代を越境するはずだ。落語家が廃業せずに今日なお活躍し続けているのが何よりの証拠であろう。したがって日常に最も精通した落語家、つまり春桜亭円紫が作品世界において探偵としてふるまうのはもはや必然である。落語というプリズムを通して見た我々の日常のなんと魅力的なことか。さらにそこにほんの少しの謎があるなら文句なし、である。

（中里）

●山口雅也『生ける屍の死』一九八九

舞台は現代のアメリカ。突然死者がよみがえるという異常な事態が発生する。そんな中で霊園所を経営する一族の間で殺人事件が起こる。主人公は一度殺されるものの、この異常な現象によってよみがえる。しかし再び屍に戻るまで時間がない。殺してもよみがえるという状況の中で殺人を起こす意味はあるのか。死者が蘇るという現実世界ではありえない状況設定を使い、その上で論理的に真相を解き明かす。非現実的設定上で起こる本格ミステリはこの作品の後に多く世にでることになるが、この作品のように設定と事件の解決が上手く合致している作品は少ない。死者が蘇るという設定によって本格ミステリがこれまで視野に入れてこなかった死者について真摯に考えぬいている点も見逃すことはできない。ファンタジー的設定を作品の内部に埋め込み本格ミステリのルールを書き換えた記念すべき作品としてこの傑作を読むことができるだろう。

（佐藤）

●島田荘司『本格ミステリー宣言』一九八九

綾辻行人、歌野晶午、法月綸太郎らのデビューを後押しした〝ゴッド・オブ・ミステリー〟島田荘司が「本格、かくあれかし」というビジョンを打ち出した記念碑的著作。冒頭に提示された奇怪な謎を論理的に解明する、幻想小説と科学論文のキメラこそ本格ミステリーである、といった島田理論は、後続作家を無数に生んだ。しかし、彼が援護しようとしたはずの綾辻、我孫子武丸といった後続世代からの反発をも招きもした（『本格ミステリー館』などがその記録である）。本書は、島田が正しいと信ずる御旗を掲げたアジテーションであって、ミステリー文壇の情況分析、作品分析の正確さを期したものではない。ジャンルを鼓舞しようとする作家や批評家の役割は、価値や概念を創造し、地図をつくり、敵と戦うことにある。矢面に立ち方向を指し示した蛮勇はたたえられこそすれ、各所にみいだされる矛盾や論理の飛躍をもって本書に価値なしとする安易な判断は避けねばならない。（飯田）

●島田荘司『暗闇坂の人喰いの木』一九九〇

横浜にある実在の坂を舞台に浮かぶ幻想的な謎――少女を喰らった樹齢二〇〇〇年の木、高い屋根に跨がる死体。冒頭の奇怪な謎、御手洗や石岡、レオナといったシリーズキャラクターによる中段の軽妙な（?）やりとり、畳みかけるような筆致で終盤に明かされる豪快なトリック、昭和史の闇を紐付いた業深き動機。本作が横溝正史と松本清張の嫡子であることは疑いえない。怪奇現象が解き明かされたのちも「人喰いの木」の像は脳裏から離れず、割り切れなさが残る。真相に偶然が過ぎるという本格としてのいささかの欠点があり、それを差し引いてあまりある小説的な魅力に満ちている。怪奇に浸るもキャラを楽しむも、恩讐に震えるもトリックに驚愕するもよし――フォロワーの多くはそれらの魅力を部分的にしか継承しえていないが、島田荘司にはそのすべてがあり、組み合わせの妙が独創性を生んでいる。後塵が学ぶべきはパーツの模倣ではなく、「摺り合わせ《インテグラル》」の技法ではなかったか。（飯田）

●麻耶雄嵩『翼ある闇』一九九一

蒼鴉城という名前の城で起こる連続殺人事件。そこに二人の名探偵が事件の解決をめぐって対決する。しかしながらこれが単なるミステリだと思ったら大間違いだ。著者が本格ミステリの某有名シリーズへのオマージュを捧げた結果、逆に本格ミステリの根幹を崩してしまうような作品になった。その根幹の一つが名探偵の役割だ。作中に登場する銘探偵メルカトル鮎は無謬の存在として描かれるが、まさにこれこそが本格ミステリにおける名探偵の本質だと言っていい。彼の推理は絶対に間違わない。このことはミステリでは前提となっているがそれを戯画的に直接描き、しかし、疑問を投げかけもする。本当に名探偵は間違わないのか、と。本格ミステリにおける名探偵の存在に対して疑問を突きつけるこの小説は数多く書かれた新本格ミステリの中でも異彩を放っており、ムーブメントのひとつの頂点をなす作品と呼べるだろう。（佐藤）

●竹本健治『ウロボロスの偽書』一九九一

連載の形式を利用したメタフィクション。作者の連載原稿に知らぬ間に加えられた文章が現実の殺人事件と一致し、作者が創作した人物の実在が判明した時、虚実はなぜ混交したのかが謎となる。本作では殺人犯だけでなく文章を書き加えた犯人も問われるが、全ての文章に犯人の創作の可能性があるため、真相は確定できない。二人の作者が本物を名乗り、文章の正当性を主張し犯人の誤誘導を重ねるその先には、ウロボロスが自分自身を食い終わる瞬間が待っている。「俺たちは街を見失い、街は俺たちを見失い、二人は永久にこの迷路をさまよい続けるんじゃないのか？」闇の中そう考えた男が抱く殺人衝動は、作者の小説への破壊衝動かもしれず、同様の結末に至った二人は全ての合理性に否を突きつけて黄昏の虚無の中へと沈んでゆく。観察者を失った物語は登場人物を見失い、人々は結末のない迷路へ落とされた。かくて作者は本作で、メタ的に周囲を殺す事に成功したのだ。（宮本）

●有栖川有栖『双頭の悪魔』一九九二

新本格第一世代において、叙述トリックや日常の謎といった新しい本格コードではなく、クローズド・サークルやフーダニットといった古典的な本格コードによって作品をものにしてきたという意味で有栖川有栖は特異な立場にある。『双頭の悪魔』はその有栖川による集大成的作品である。天災により隔てられた二つの村で起きた殺人事件。アリス、マリアのふたりがそれぞれの村の語り手となり真相を究明する。三度、読者への挑戦状が挟まれるが、それは機械的な繰り返しなどではなく、事件を支配する構図を当てさせるための作者側の企みなのである。ソレイユのマッチのように、手がかりを辿ることで犯人が限定されていく手続きと同じもののはずだ。だが、その古典的な本格コードであった手続きがなぜか新しい本格コードへと変容する瞬間をわれわれはこの作品で目の当たりにする。それは新本格が単なる古典の復興などではなく新たな息吹を持ったものであることの証なのだ。

（蔓葉）

●笠井潔『哲学者の密室』一九九二

本格ミステリとしても遜色ない面白さを誇る作品だが、特筆すべきは一種の思想小説だということだ。この作品は思想とミステリが密接につながっておりそれぞれをバラバラにすることができない。密室とは何か、本格ミステリにおける死者とは何かを考えさせられる作品だ。主人公たちは資産家の家で起こった三重密室殺人の謎を追っていくうちに三十年前のユダヤ人収容所の密室殺人にぶつかる。その背後にあるのはある哲学者の思想だった。「本質直観」を駆使して推理を行う探偵が開陳するのは密室の本質をめぐる考察だ。密室は特権的な死を封じ込めるものだと彼はいう。特権的な死を封じ込めることで無意味に亡くなった死者を意味づけすることができる。それはこの作品に登場する哲学者の思想が特権的な死を肯定し賛美するものだからだ。著者は探偵に仮託してその思想を批判する。そしてこの批判が作品を優れた思想小説に仕立て上げている。

（佐藤）

●我孫子武丸『殺戮にいたる病』一九九二

『8の殺人』『0の殺人』『メビウスの殺人』の初期三長編で、スラップスティックな味わいが濃厚な速見三兄妹シリーズを書き継いでいた我孫子武丸が、その次に刊行したこの作品は、序盤から残虐な殺害シーンが緻密でリアルな筆致で描かれ、ユーモア本格路線から血腥いサイコ・サスペンスものへと作風を転換したのかと思わせた。冒頭から殺人犯を明かす趣向であるのも、一見して本格ものとは違う作品の装いである。だが、一筋縄ではいかない趣向がこの作品には盛り込まれ、我孫子武丸の転機にあたる作品であると同時に、現代本格もの、特に叙述トリック分野における記念碑的な作品となった。『メビウスの殺人』を書いているときに思いついたアイディアだという作者の言葉は、両作を通して読めばなるほどと頷けるものがあるものの、この二作の作風や味わいは対蹠的と言ってもいいくらいにかけ離れている。この作品に仕掛けられた意味の解読は、講談社文庫版の笠井潔による解説に詳しい。（小森）

●加納朋子『ななつのこ』一九九二

『魔法飛行』『スペース』へと続く〈駒子シリーズ〉の第一作。作中作『ななつのこ』に感銘を受けた語り手・入江駒子が作者・佐伯綾乃へファンレターをしたためる。そこに書かれた「日常の謎」に佐伯が「解決編」で返事をする。謎発見の過程が作中作『ななつのこ』と連動するのは、北村〈円紫シリーズ〉の落語の働きを踏まえたものだ。小さな謎の解明が大きな謎「佐伯綾乃とは誰か」へとつながるのも、若竹七海『ぼくのミステリな日常』を連想させる。まさに「日常の謎」形式の王道であるが、しかし第一話「スイカジュースの涙」の謎＝点々と路上に続く血痕から して、はたして加納の描く「日常」が、新本格が好んだ非日常的ミステリ空間と無縁のものかは、怪しい。（犬ではあるが）死体消失トリックを、閉ざされた館ではないが、アスファルトで舗装された都市空間でやらなければならなかった。都市生活者の日常は、すでに新本格のロジックが浸潤している。（海老原）

●『金田一少年の事件簿』一九九二〜

一九八〇年代以降に生まれた世代の多くは、本作との邂逅《かいこう》こそが、「本格ミステリ」に開眼する契機となったのではないだろうか。本作および青山剛昌『名探偵コナン』は、およそ活字メディアではなしえない規模の読者を「本格ミステリ」へと誘導した、「新本格」ブームを陰で支えた功労者とも言えるだろう。だが本作の真の意義は、「新本格」の虚構性溢れる舞台設定とドラマを、最も早い時期にヴィジュアルな情報として提示したことにほかならない。結果として、島田荘司の某作をはじめ、名作群との安直な類似性もまま見られたものの、手を変え品を変え繰り出されるクローズド・サークルの数々は、「新本格」の虚構性こそがむしろ「リアル」なのではないかというメッセージを投げかけ、オウム真理教と阪神大震災が世間を賑わせた九〇年代中盤の閉塞感を見事に反映するものとなった。近年、断続的に発表される新作は完全に「守り」に入ってしまっているが、大作「金田一少年の殺人」を含め、方法論的野心に満ちたエピソードも少なくない。（岡和田）

●『かまいたちの夜』一九九四

ミステリの結末とはなにか。ミステリが一般的な本の形態をとるかぎり、物語は一本の道筋に従って進み、本の終盤には謎が解かれ、結末に到達すればそこで物語は終わる。だが、ミステリとはそれだけのものか？　解かれるべき謎が解かれずに終わる、あるいは一つの謎に対して複数の正解が別々に導き出される、そういった複数の結末もありうるのではないか？　そういった問いへのひとつの答えを、ヴィジュアルノベルという形で実現したのが『かまいたちの夜』だ。雪山のペンションという閉鎖空間での連続殺人という本格の定番ともいえる設定のもと、ミステリの王道として謎解きに終わる物語、あるいはホラーのように謎が謎のままで終わる物語など、様々な並列世界を読者《プレイヤー》が体験することによってはじめて真にあり得べき「事件の起こらなかった物語《ハッピーエンド》」へとたどり着くというアクロバティックは、本作がゲームであったからこそ成し得たものだろう。（竹本）

●西澤保彦『七回死んだ男』一九九五

語り手・大庭久太郎は、特定の日を九日間繰り返さなければ翌日に進めない「反復落とし穴」に落ちる特異体質の持ち主だ。一代で財を築いた祖父・渕上零治郎の遺言をめぐる親族トラブルの渦中で、久太郎は「反復落とし穴」にはまってしまう。たまたまその日、零治郎は、かたわらに銅製の花瓶が転がっている状態で、遺体となって発見される。どうすれば祖父の殺害を防ぐことができるのか、久太郎は必死に試行錯誤する。殺人を防ぐべく手を打っても、するりと避けて零治郎は死ぬ。久太郎は、まるで最強ボスを攻略できず、リセットボタンに何度も手を伸ばすゲーム・プレイヤーのようだ。ただし久太郎には、繰り返し不可能なロマンスがまっている。東浩紀が後に「ゲーム的リアリズム」と呼んだ繰り返しの中でのみ表現される一回性（生）を、東の分析対象たるギャルゲー文化が花開く前の九五年に「ＳＦ新本格」として提示している西澤の先駆性は、今でも有効だ。

（海老原）

●京極夏彦『鉄鼠の檻』一九九六

〈百鬼夜行〉シリーズ第四作にして、京極夏彦の最高傑作。箱根山中の禅寺で起きた連続殺人事件の謎を探偵役の京極堂が解き明かす。この謎には禅の理論が密接に関わっているが、推理の過程で難解な禅理論は実に明晰に整理される。経済評論家の山形浩生は、啓蒙書『新教養主義宣言』で、禅の入門書として本作を評価したくらいだ。傑作「宗教ミステリ」である本作は、ウンベルト・エーコの『薔薇の名前』に対する極東からの応答として読むことができる。だが、本作はエーコのように人物や歴史背景を徹底して書き込む微笑ましい「愚直さ」が欠けており、あくまでも禅の枠組みを読者に提供するだけに留まっている。しばしば誤解されるが本作を読んだからといって『正法眼蔵』を理解したことにはならないのだ。「新本格」で散りばめられた衒学《ペダントリー》性は、人文的教養を若い読者へインストールさせるものとして機能したが、その際に行なわれた割り切りは、教養の伝達という観点からすると功罪併せ持つものだった。

（岡和田）

●二階堂黎人『人狼城の恐怖』一九九六

四分冊、原稿用紙四〇〇〇枚に及ぶ世界最長の「本格ミステリ」であり、〈二階堂蘭子〉シリーズの第五作にあたる本作は、ライン河畔の二つの古城で起きた連続殺人事件を、ドイツ側とフランス側、双方の視点から綿密に描くものだ。独仏の国境に位置する地政学的な盲点を軸に演出された壮大な「第三の城」のトリックと、ナチス・ドイツから中世に遡る「優生学」をベースにした「真の動機」が立体的に交錯するさまは、ひたすら読者を啞然とさせる。綾辻行人の〈館〉シリーズが、現実から切り離された謎解き《パズラー》のための空間を毎回趣向を変えて繰り出したものだとしたら、本作は愚直なまでに「新本格」の「器」性を巨大化させた。巨大化によってルール違反すれすれの偽史的真相を大ネタとして盛り込むことができた反面、土台にあるヨーロッパ精神史の暗部はメロドラマとして過剰に単純化されてしまう結果となった。「新本格」という「器」がどこまで拡張可能かを体現した問題作である。

（岡和田）

●森博嗣『すべてがFになる』一九九六

森博嗣が本作によってデビューしてすでに長い年月が経った。けれどデビュー当時、筆者はまだ五、六歳であったから、後に多くの問題作と受賞作と人気作家を世に送り出すメフィスト賞の第一回受賞作と受賞作家が小説界にあたえた、その影響と衝撃を実体験としては知らない。だが、想像できる。なぜか。森が本作で試みたミステリ的企みは、コンピュータやプログラムといった情報技術と、それらに依拠したトリックのミステリへの本格的導入である。日進月歩の著しい情報技術は、時代ごとの産物でしかなく、時の風化に膝を挫きやすい。パソコンや電子メールが普及する以前には森は本作を成立させられなかったし、それらが普及しすぎた今日においては陳腐化した感は否めない。しかし、そんなことは森も自覚していたはずであり、彼はその作風を情報技術に依存しないものに変化させていく。だからといって本作の有意味性が無効化したわけではなく、汲み取られるべき問題意識はいまだ存在する。本作は現代日本における情報技術の黎明期ないしは時代の結節点に書かれるほかなかった、稀有な作品なのだ。

（中里）

●笠井潔編『本格ミステリの現在』一九九七

一九九七年。新本格が始まって一〇年後のその年に本書は刊行された。既存の単発的な論評ではなく作家ごとの体系的な評論集が編まれたことにより、綾辻行人や有栖川有栖による本格ミステリの復興を目指した新本格ムーヴメントの輪郭がやっと描かれたといっていい。また宮部みゆきや東野圭吾といった新本格とはみなされない書き手にも焦点を当てることで、同時期の本格ミステリとの距離感が見えてくることも重要だ。結果として九〇年代の本格ミステリの見取り図はこの一冊に収められていることは間違いない。だがその一方で、この刊行に前後して、本格ミステリの形式性には収まりきらない新本格作品が書かれはじめていた。本書はミステリ批評の冒険的著作だが、新本格自体はより冒険的な領土拡大を押し進めていった。ゼロ年代のミステリシーンの混沌を振り返るに、本書が照らした意義と照らせなかった意義について、あらためて検証する必要があるに違いない。

（蔓葉）

●清涼院流水『カーニバル』一九九七

「清涼院流水とはなんだったのか」。新本格華やかりし世紀末、突如として現れた異形の「推理作家」は、そのデビューとともに、瞬く間に新本格界のトリックスターとなった。異能の探偵たちが、くだらない駄洒落とふざけた筋回しが気宇壮大に駆け巡る中を這いずりまわり、冗談のように死に、あるいは冗談のように謎を解いていく。既存の本格の枠に収まることを、それどころか小説という枠に収まることすらも拒否し、自ら「大説」を標榜した彼の、その狂気の到達点が『カーニバル』三部作だ。〈十億人を殺す〉犯罪を巡る、余りにも絢爛で長大な物語は、それ自体が既存のミステリの常道を嘲笑っているかのようだ。西尾維新や舞城王太郎といった流水フォロワーたちの華々しい活躍を経て、すべてが歴史となった現在でもなお、いや今だからこそ、この作品に息巻く「清涼院流水」なる異形の圧倒的なまでの孤高性が、われわれにその姿を現そうとしているのだろう。

（竹本）

二〇〇〇年〜現在

作品ガイド前半の作品選定は容易だった。というのも、新本格ムーブメントによって名指される作家と作品があり、主流に対する作品——例えば清涼院流水『カーニバル』——さえもすぐに連想されるから。では新本格ムーブメントの終わったゼロ年以降はどうだろう。メディア・版元を拡散させつつ、多種多様なミステリ作品が生み落とされた。ただし佐藤友哉、西尾維新は新しい形のミステリを書き、他方で伊坂幸太郎、辻村深月、道尾秀介らは本格から離れた。本格という形式が光り輝いたのはほんの一瞬であるかのようにすら思えてくる。私たちは、以前ほど自明ではないミステリの現在形を照射することを目指している。それは本格形式の復興とも切断とも異なる。新本格に凝固したミステリのエッセンスが、無数の点として社会に散在する現代において、私たちは点と点の間にある繋がりを彫りだしたい。ここ二十年の情報環境の変化は、本格的意匠の一つである「館」が、アーキテクチャという形で社会に実装された結果なのだ。監視カメラに囲まれた繁華街やウェブ上で日々発生する事件は、どこかで本格ミステリと通じている。ゆえにミステリこそが点を「手がかり」として現実を鋭く切り取れる。ミステリの現在は、その向こうにある複雑化した社会さえも照射しうる。ミステリをめぐる状況は、もはや「ミステリという状況」へと変容したのだ。この状況を把握する言葉の創出を私たちは目標とする。

（海老原）

●笠井潔『ミネルヴァの梟は黄昏に飛びたつか?』二〇〇一

ミステリはエンタメとして多くの人に受け入れられていると言える。これはもちろんこのジャンルの一側面であり悪いことではない。しかし、ただ「エンタメ」として消費されるだけのミステリは、歴史を踏襲していくような「文化的なもの」として読まれることはほとんどないのではなかろうか。ミステリが「消費」されるだけの現状で、笠井の〈ミネルヴァ〉シリーズは、海外の古典ミステリから国内の現代本格まで論じ、文化的なものとしてミステリをとらえなおしている快著と考えられる。本書では評論家の理論が作者の意図と違っていたとしても問題ないと述べられている。なぜなら作品から読みとれる事実をつなぎ、ひとつの推論としているからだ。つまり作者の意図というひとつの事実よりも、作品から読みとれる推論の強度こそが重要なのである。その推論によって、ミステリは単なる消費物としてだけでなく、文化的資産としても受け継がれてきたことがわかるであろう。

（藤井）

●『逆転裁判』二〇〇一

ミステリの醍醐味とはなにか。それはすなわち、「謎」、そしてその解明に他ならない。物語を支配する巨大な闇が、論理の光によって解き明かされるその瞬間、謎が謎でなくなる逆転の瞬間、その予め定められたカタルシスを、われわれは常に切望し続けているのだ。その意味で『逆転裁判』シリーズは見事なまでにミステリである。「被告を無罪にする」という単純明快なルールのもと、証拠品や証言集めに奔走する探偵パートと、集めた証拠を基に更なる証言を引き出していく法廷パートとを交互に進めていくなかで、浮かび上がってくる矛盾を突き、謎を一つ一つ解決し、そして事件の真相を提示することで最後の「逆転」へとたどり着く流れは、まさにミステリの王道だ。そしてその道筋と、テンポのいい物語、軽妙なキャラクター、ロジックを整理するゲームとしてのギミックとが高いレベルで融合した結果として、このような稀有な評価を受けるシリーズが生まれたのだろう。

（竹本）

●米澤穂信『氷菓』二〇〇一

有意義な生活を送るために必要なことはなんだろうか。「旗振り人が『総員薔薇色!』って手旗を振って」いくように、もっと積極的に何かを追い求めていくことだろうか。高校生の折木奉太郎は省エネ体質であり、何ごとも自ら精力的に行うことはない。そのため作中では彼の高校生活は「灰色」と形容されている。彼は古典部に入り、時折日常の中の「謎」に出くわしていく。そこでも奉太郎はその体質故、別段自分から精力的に謎に立ち向かうわけではない。だが彼は仲間である古典部の友人たちのために謎を解いていく。アクティブに物事にうちこむ高校生活(=薔薇色)はよいことばかりではない。作中で描かれる三十三年前の事件を見てもわかることだろう。そして折木奉太郎はほとんど何もしないため薔薇色とは真逆に近いが、それでも仲間のために謎を解くといった姿は決して完全に消極的なもの(=無色)ではない。彼の高校生活は「灰色」だが、輝いている。

(藤井)

●西尾維新『クビキリサイクル』二〇〇二

西尾維新のデビュー作。主人公である「ぼく」は友人である玖渚友と孤島を訪れるが、そこで密室殺人が起こる。ありふれたミステリ的舞台装置から始まる本作、そして戯言シリーズは、筆者を含む若者たちを熱狂させ、追随者を生産し、カルチャーシーンを塗り替えた。しかし、本作に目新しさを覚えない者もいるだろう。熱心なミステリ読者には見慣れた光景である孤島という設定は、西尾が影響を公言している森博嗣の『すべてがFになる』をなぞるものであるし、言葉遊びは清涼院流水のそれが色濃い。だが、僕らにとって西尾は、彼らとは異なっているのだ。森や清涼院の作品はコミュニケーションを促進させるネタとして機能したが、西尾の描く極端かつ萌えるキャラクターたちと、一人称文体によるシリーズ前期の厭世観とそれを超克した終盤の作品世界(セカイ?)に、僕らは実存を仮託していた。でなければ、少なくとも僕は、戯言シリーズをめぐってのあの狂騒を説明できないし、ゆえに若者たちにとっては先行作品のパスティーシュとは一線を画した、異形の小説群として戯言シリーズは存在するのだ。

(中里)

●佐藤友哉『水没ピアノ』二〇〇二

『水没ピアノ』の魅力は、登場人物の「キャラクター」である。ヒキコモリの青年、脳をいじられた女性、少女を悪意から護り続ける少年など、ある種のアニメやまんがなどで見られるような、常識的にいるはずのない設定の登場人物たちばかりだ。そして、彼らは劇的に物語を動かしていく。しかし、本来まんが・アニメ的な設定をミステリの結末として利用している本作（例えば「二重人格」が使われるなど）は、ミステリの読み手として謎を解こうとした場合アンフェアに感じられる。なぜなら身の回りの現実と照らして考えた時、そんな設定を持った人物は思いもよらないからだ。だが私は徐々に壊れた設定の登場人物が出てくる世界観に読んでいくうちに慣れてしまい、最終的な「二重人格」という設定も違和感がなくなった。たとえアンフェアであっても、面白い。

（藤井）

●乙一『GOTH』二〇〇二

「切なさ」を書かせたらピカ一と言われる乙一の本格ミステリ大賞受賞作である本書は、高校生の「僕」と夜が遭遇する猟奇殺人を描いた連作短編小説である。殺人者に共感する一面を隠し、普段は明るい高校生を演じる「僕」。死んだ双子の姉になりすまして生活している夜。他人を偽りながら生き、孤独を感じるふたりの姿は、複数の人格を使い分け、本音を言うことを避ける現代の若者の性格を反映している。しかしその人物設定自体は珍しくない。注目したいのは、その人物造形が叙述トリックに利用されている点だ。物語前半で語り部を務める「僕」と、最終章で事件被害者の妹の視点から語られる少年。全く異なったふたつの姿を同一人物だと見抜くのは困難である。物語の中とはいえ、読者は「僕」の演技に騙されるのだ。自身の内面と外面を解離させることで傷つくことから逃れる若者達をミステリという装置を使って描き出した本書は、現代における青春小説であると言えるだろう。

（吉田）

●竜騎士07『ひぐらしのなく頃に』二〇〇二

竜騎士07が発表し、一世を風靡した同人ゲームが本作である。本作はビジュアルノベルの形式で発表されたが、そこには選択肢がない。では、プレイヤーはどのように推理を行うのか？　それは、半年に一回発表される作品を一つずつプレイして、ネット上で議論することによってである。最初の四本は出題編に相当し、後半の四本は解答編に相当する。それぞれの一作一作が、条件がほんの少しだけ違う「ループ」の世界になっている。その差異が、実質上選択肢の代わりの役割を果たす。作中に描かれる「祭り」、それからループ間の越境、それぞれのループを見ているメタ視点にいる人物の導入、巨大な陰謀などなど、最終的にはその作品は「本格ミステリ」と呼べる条件を破綻させていくが、「推理」の熱狂にネットユーザーを巻き込み、盛んに議論させること自体の楽しみを設計したという点で、本作は怪物的な作品である。

（藤田）

●『デスノート』二〇〇三

「名前を書いただけで人が殺せる」死神のノートを使い犯罪者を抹殺することで犯罪や戦争のない新世界を築こうとするキラ＝夜神月と、あくまでもキラを犯罪者として捕えようとする名探偵Lとの頭脳線を描いた本作は、西尾維新によるノベライズや実写映画化など複数のメディアに進出し、大きな注目を集めた。キラとL、両者が掲げる正義は鋭く対立するが、本作は彼らの思想的な闘争を描く物語ではない。彼らが演ずるのは、むしろジャンプバトル漫画的なルールに則った戦い＝ゲームであり、その原理は極めてシンプルだ。すなわち、「勝ったものが正義である」。本作のラスト、主人公夜神月は敗北が決定した後で、新世界の理想を説き、自らの正義を訴えるが、その姿はひどくみじめで滑稽ですらある。彼は勝ち続けてきたがゆえに、自らが参加するゲームの残酷さを知らなかったのだ。敗者の正義は、ただ敗者であるという一点で、もはや価値が無いということを。

（中村）

●乾くるみ『イニシエーション・ラブ』二〇〇四

作品自体に仕掛けが施されている、叙述トリックを使ったミステリ。この手法に先行作品がいくつもあることを、著者は承知済みである。（作中に綾辻行人の有名な叙述ミステリ『十角館の殺人』についての言及がある）本書が他の叙述ミステリと異なっているのは、初読の際には一九八〇年代後半を舞台にした恋愛小説として読むことができる点だ。どこにでもいそうな青年「僕」と合コンで出会った理想の恋人マユ。どこにでもありそうな陳腐な恋愛。それゆえ、自身の体験を投影する読者も多いのではないか。しかし読者は最後に、理想の恋人であるはずのマユの全く異なった一面を見ることになる。その結末は、描かれていた恋愛がありふれたものだけに、リアリティがあって恐ろしい。本書が出版された当時、世間は「セカチュー」に象徴される純愛ブームに湧いていた。それを痛切に皮肉ったこの小説は、もしかしたら叙述ミステリの皮を被った本当にリアルな恋愛小説なのかもしれない。（吉田）

●貴志祐介『硝子のハンマー』二〇〇四

『硝子のハンマー』は、防犯コンサルタントの榎本径と弁護士・青砥純子のコンビが介護サービス会社の中の密室の部屋で発見された社長の撲殺死体の謎を解き明かしていく、本格ミステリである。作中に出てくるのは、現代社会に今や溶け込んでいるセキュリティシステムの数々……監視カメラ、防弾ガラス、暗証番号のついたエレベータ。普段私たちはセキュリティシステムを意識することは少ない。なぜならもうすでにそれがあることが当たり前で疑問を持つことがないからだ。しかし、それ故に見逃している点が多くある。『硝子のハンマー』は私たちが当たり前だと思っているセキュリティの認識を今一度改めさせてくれる。旧来のミステリ作品の密室には、高度なセキュリティシステムのガジェットは存在しえなかった。つまり密室のかたちは、私たちの住む社会にあわせて更新されていく。そして本作はそんな更新された密室を細緻に描いている。（藤井）

●瀬名秀明『デカルトの密室』二〇〇五

人間と機械の自由意思を巡る物語。主人公の科学者と彼のロボットは人工知能のコンテストで事件に巻き込まれ、ロボットは殺人を犯してしまう。これはロボットによる殺人なのか、それとも被害者はロボットを操って自殺したのか。犯人は誰かという問いはロボットが自由意思を持つかという議論に繋がってゆき、ロボットは自ら、自分は小説を書く事を模倣する事で自己意識を獲得したと主張する。意識は時間の流れに沿って生じるという点で物語的であるので、彼は主人公が物語を書く動作を共に経験する事で、物語の中の論理と倫理を理解して、人間の意識を模倣する事ができたのだ。そんな議論の一方で、本作では最後まではっきりとは犯人を断定しない。これは人間がネットワーク上に広がった意識と違い他人の意識を覗く事ができないため、人の自由意思について確認をとれない事の帰結であろう。「犯人は誰か」。それは確たる答えのない、論理と倫理の問いなのである。

（宮本）

●東野圭吾『容疑者Xの献身』二〇〇五

主要ミステリランキングで軒並み一位を獲得し、本格ミステリ大賞を受賞、大ヒットとなった本作は、物議を醸し、「容疑者X論争」に発展した。「容疑者X論争」とは、推理作家の二階堂黎人による「『容疑者Xの献身』は本格ではない」との発言に端を発する一連の論議である。二階堂は本書が本格でない理由として、読者、探偵のどちらも論理的に犯行を推理できないことを挙げたが、これに対し、少なくとも読者に推理が可能だという反論が寄せられた。また議論の中で笠井潔は、本書は本格ミステリではあるが難易度が低く、高評価には値しないとした。二階堂、笠井両氏の批判は作品に対するものではなく、本書を絶賛したミステリ界に対してのものであることに注意したい。一方作者である東野圭吾は、本格であるか否かの判断は読者に任せるとしている。この争議で明らかになったのは、現在ミステリ界において本格の定義が共有されていないという事実である。議論のきっかけとなった本書が重要作であることは間違いない。

（吉田）

●石持浅海『セリヌンティウスの舟』二〇〇五

本作は、石持が、意識的にか、無意識的にか「社会の歪み」を利用して作品を書き始めた時期の代表的な作品である。かつて遭難寸前で互いの身体を摑んで助かったダイバーたちを結びつけた深い友情がベースにある。問題になるのは、そのメンバーの自殺。その自殺を誰かが幇助したのではないかというのが主題的な問題。多くの読み手がこの「論理」に違和感を表明している。探偵小説であれば当然疑うべき可能性などがスキップされていると。しかし、平凡な人間は探偵小説のようにロジカルに、あるいはお約束を踏まえた推理をするだろうか？　しない。それどころか、友情という情緒が影響を及ぼし、思考や論理を歪ませ、集団の駆け引きや空気が結論をあらぬ方向に導く。そのようなロジカルでない推論や推理を描いたことが、本作のチャレンジである。実際、多数決や、会議の意思決定も、時には、裁判さえも、こんな感じではないだろうか？（藤田）

●道尾秀介『向日葵の咲かない夏』二〇〇五

直木賞作家・道尾秀介の出世作である本作を語っていくためにいったん迂回してみよう。京極夏彦の『姑獲鳥の夏』の登場によって本格ミステリは、ジャンルの基盤あるいは前提条件を覆しかねぬ「主観」の扱い方に頭を悩ますことになったと一般に言われる。だが、そもそも綾辻行人の『十角館の殺人』という新本格の出発からして叙述トリックという、いわば「主観の問題系」を孕んでいたではないか。ゆえに後の脱格系作家たちに見られる論理や謎解きの欠落と放棄の傾向は決してジャンルの衰微ではなく、むしろ新本格の内在的原理をより過激に実践したものだとして理解すべきである。ところで本作は、死者の生まれ変わりという、およそ幻想的で非現実的な事柄を扱っているが、それが主観的事象、つまり妄想であろうと、たとえばパラノイアが極度の論理的思考の持ち主であるとされることから、私たちは本作を「主観の問題系」があくまで論理的に徹底された物語として読むべきなのだ。（中里）

●三津田信三『厭魅の如き憑くもの』二〇〇六

閉鎖的な村の中で微妙な対立関係を築いている二つの旧家。この村では「カカシ様」と呼ばれる奇妙な御神体が祀られている。ちょうどこの村を訪れていた若き怪奇小説家刀城言耶が怪死事件に遭遇し謎を解くことになる。この作品はシリーズの最初の長編で後の作品でも特殊な風習や伝統が伝わる場所で事件が起こる。不気味な雰囲気に包まれた閉鎖的な村の中で起こる連続殺人事件といった構成は、多くの本格ミステリですでに書かれてきたものだ。しかし、この作品はそれらとは根本的に異なる。この連続変死事件を起こしたものは人間の仕業か化物の仕業か。つねに化物の存在が探偵の脳裏にちらつきながらも論理的に謎を解くことを最後まで手放さない。しかし、論理的に真相を追い求めれば追い求めるほど化物の存在が浮き彫りになってしまう。ホラー小説のギミックを使っただけの凡百のミステリとは異なるホラーとミステリの境界を突き詰めた傑作がここにある。

（佐藤）

●桜庭一樹『赤朽葉家の伝説』二〇〇六

戦後復興から高度経済成長までの「最後の神話の時代」を生きた赤朽葉万葉、消費社会が成熟しバブルとして崩壊するまでの「巨と虚の時代」を生きた赤朽葉毛鞠、ゼロ年代から未来へと続く今を生きる赤朽葉瞳子。赤朽葉家の三人の女たちが生きた半世紀を、「語るべき新しい物語はなにもない」瞳子が語る。祖母・万葉の死に際の言葉「わしはむかし、人を一人、殺したんよ」に衝撃を受けた彼女は、見聞きし集めた一族の語り＝ナラティブを再検証し始める。万葉の言葉には叙述トリック的な「言い落とし」があり読者のミステリ的想像力を刺激する。一族の歴史は日本の歴史。二段組み三〇〇頁の本書には歴史記述も挟まれ、戦後の日本史をたどりなおしているともいえるが、教科書的な歴史記述、見取り図的な物語構造は、語られる歴史を平面的にしていて、瞳子の言葉を言いなおすならば、もはや私たちには「語るべき古い物語（歴史）すらない」のではないかと愕然とする。

（海老原）

●法月綸太郎『複雑な殺人芸術』二〇〇七

国内ミステリ評論集『名探偵はなぜ時代から逃れられないのか』と対となる海外ミステリ評論集。法月の最重要論文と目される「初期クイーン論」が収められているが、本書の多くの原稿は「初期クイーン論」のようにミステリの形式化を追い求めるばかりではなく、さまざまな海外ミステリについて、楽しみながら考察する著者の姿が垣間見えるものとなっている。ただ、そうした考察を注意深く読み直すと、いわゆるミステリの形式性だけでなく、そもそも批評が持つ形式性を足がかりにしていることに気付かされるだろう。それは海外ミステリの文庫解説を海外ミステリ百冊リストと野崎六助『北米探偵小説論』解説で挟み、複数のクイーン論へと続ける本書の構成からも明らかなはずだ。この構成は、個々の原稿が有機的に繋がっていることの批評的な示唆である。明文化された立論ではなく読者に有機的な繋がりを発見させようとする、その振る舞いこそ「新本格」的といえよう。

（蔓葉）

●佐々木譲『警官の血』二〇〇七

貫井徳郎や横山英夫が新本格的な仕掛けで独自の警察小説を作り上げてきた一方で、より大衆的なエンターテインメントの王道としての警察小説を確立させたのは佐々木譲であった。『警官の血』は、その佐々木の警察小説の金字塔ともいうべき大作である。戦後間もない東京。上野公園派出所勤務であった安城清二が気に掛けていたふたつの未解決殺人事件。その事件を個人的に追っていた清二もまた、謎めいた死を遂げる。その後、清二の息子、孫も警官を目指すようになる。そのふたりは、やがてそれぞれのやり方で清二の死と未解決事件の真相を知ることとなるのであった。警察は日本の縦社会構造の典型的な例であろう。佐々木は、派出所勤務の駐在警官、赤軍派の潜入捜査員、警官の素行調査員を通じて、その縦社会構造の歪みを描き出す。この作品が国民的なエンターテイメント足りえているのは、その歪みに私たちが日本社会が抱え込んだ問題の縮図を見ているからに他ならないはずだ。

（蔓葉）

●伊坂幸太郎『ゴールデンスランバー』二〇〇七

伊坂幸太郎に言及せずに日本のエンターテイメントを語ることはむずかしい。そんな伊坂の集大成ともいわれる本作は、首相暗殺の濡れ衣を着せられた男の逃亡劇を物語の一応の主軸としつつ、主題の必然的要請により主人公の過去や友人たちとの思い出への言及＝記述に多くの紙面を割く。あえて意図したものであることを作者は語っているが、物語本来のスピーディな展開を阻害している感は否めない。他方で、ハリウッド映画的な活劇を日本的土壌に移植させることを意図したであろうプロットは、監視社会を描いた映画作品のそれを逸脱しておらず、参照先とおぼしき作品への言及は読者にスムースな理解を促すための配慮、あるいは茶目っ気のつもりかもしれないが、醜悪でさえある。けれど、本作が少しでも感動的であったとするならば、それは主人公の愚直な、他人を理由も根拠もなしに信頼し、信頼すべきだというナイーブすぎる主張、その一点に尽きる。東日本大震災以降、「絆」などと叫ばれ、連帯が求められ、しかしどこまでも空虚でしかないそれが、しっかりとした内実を有したうえで響くには、他者への飽くなき信頼をおいてほかにあるまい。

（中里）

●舞城王太郎『ディスコ探偵水曜日』二〇〇八

名探偵は文脈を読む。一見関係がないように見えた証拠を束ね、一つの解釈を真実として語って見せる。しかし、探偵は複数ありえるはずの解釈の中で、なぜ特定の一つが真実として選ばれるのか、その理由を教えてはくれない。『ディスコ探偵水曜日』は作中でその問いに答えているが、その答えはシンプルなものだ。いわく、「人の意識が世界を変える」、ゆえに最も強い意志を持った者が、何が真実であるかを決める、というわけだ。一例を挙げよう。数多の推理小説と同様に、本書ではあらゆる伏線や設定が事件に関する何らかの意味を持っている。それがなぜかといえば、主人公であるディスコ自身が、「全てに意味がある」という信念を持っているからだ。このように、『ディスコ探偵水曜日』はミステリーのお約束事を作中論理として取り込み正当化したが、それゆえにミステリーを超えてしまった。

（中村）

●湊かなえ『告白』二〇〇八

「わたしの娘はこのクラスの生徒に殺された」中学校教師の衝撃的な告白から物語は始まる。事件の真相とその後の顚末をめぐって、五人の関係者が語る「告白」。この小説の焦点となるのは犯行の手法ではなく動機である。しかし動機という、目に見えないものを推理するのは困難だ。まして材料である証言が食い違っていたら？　意識的についた嘘や、無意識的に為された勘違いによって歪められた『告白』は、事件への複数の解釈を読者に提示する。芥川龍之介「藪の中」や、桐野夏生『グロテスク』、恩田陸『ユージニア』『Q&A』など、この手法を使った小説で私達は、普段TVの報道番組で味わう「釈然としなさ」を思い出す。そこには、「絶対の真実」を推理してくれる探偵は存在しない。結局私達は「真実」を知ることはできない。私達にできるのは、納得できるような「真実」らしきものを探すことだけだ。『告白』は現実の事件と私達の距離とを反映させた「ゴシップ小説」なのである。　（吉田）

●七河迦南『七つの海を照らす星』二〇〇八

「日常の謎」に分類される学園ミステリ。ただし、と注意書きがつく。舞台は学園といっても学校ではない児童養護施設・七海学園、語り手・北沢春菜はそこに勤める保育士、探偵は児童相談所の担当福祉司・海王。学園でおこる問題と、背後に潜む謎に悩む春菜は、海王から「新しい解釈」を与えてもらう。積み重なっていく小さな謎―解明は最後に大きな物語へと昇華する。枠としての「日常の謎」は堅持されているが、ここで描かれる日常はかつてであれば非日常と呼ばれたものだ。日常から暴力的に疎外され、トラウマとして表出する子供たちの問題は、「日常の謎」の形式を借りて語り直される。形式を重要視した新本格が新しい「青春文学」たりえたのは、ミステリの約束事を踏襲しつつもそこに安住せず、貪欲にジャンルの新しい可能性を模索したからだ。ゆえに「日常の謎」の枠内で日常そのものをラディカルにとらえ直している本作は、新本格の血を継いでいる。　（海老原）

●梓崎優『叫びと祈り』二〇一〇

語学に堪能な青年・斉木が、世界各地で遭遇する謎。砂漠、横断するキャラバン隊内の連続殺人。スペインの風車、忽然と消えた兵士。ロシアの修道院、不朽とされる聖人の亡骸。南米・未開部族、エボラ出血熱に襲われ滅ぶことがきまった集落での皆殺し。彼は考える。誰がどのように起こしたのか。しかし、何よりも重要な問いは「なぜ」だ。彼が行く先は「どんな論理が働くのか全く分からない世界」。まるで文化人類学者のように、土着の論理を理解したうえで推理を組み立てていく。その果てにたどりつく意外な真相は、日本という日常とは異なる世界で、私たちの考える合理性とは別の合理性に裏付けられたものだ。たったひとつの合理とたくさんの不合理ではなく、世界の数だけある合理性。口を開きかけた価値相対主義の隘路に対し、筆者は異色の最終章「祈り」を慎重に配置し、「断崖に開かれた祈りの洞窟」の存在意義を考えることで答えている。（海老原）

●諸岡卓真『現代本格ミステリの研究』二〇一〇

現代はミステリ＝エンターテインメントの時代である。そのような認識のもとに著者は、作品内の記述のみにおいて「絶対唯一の真実」を保証することはできないという「後期クイーン的問題」（法月綸太郎・笠井潔）を軸に、九〇年代からゼロ年代前半の現代ミステリを概括してみせる。現代ミステリ小説から『逆転裁判』、そしてクイーン作品にまで回帰する著者の「推理」の鮮やかな手つきは、読者という作品外の視点から本格ミステリの不／可能性に挑んでいる。そしてまた本書は、再帰的にクイーン作品から現代本格ミステリの新たなアポリアを提出してみせる。また本書において重要なことは、これが文学研究の博士論文として提出されたことである。小説の語りと読者、ゲームのキャラクターとプレイヤーといった作品内外を横断する本書は、文学／メディア研究とミステリ研究の交差点として、新たな方法論を提出する野心的な一冊でもある。（杉本）

●『トリックロジック』二〇一〇

われわれが推理小説を読みながら自らも推理しようと試みるとき、当然ながら推理小説というテクストを読み、そこから手がかりや伏線といったコンテクストを抽象し、物語内における正解を導き出そうとする。その意味においてテクストは絶対的であり、その構造はたとえ文章ではなく映像や音といったテクストであっても不変である。だが逆に、ゲームという媒体でありながら、いや、ゲームという媒体だからこそ小説というテクストに逆説的に価値を見出すことができるのではないか。『TRICK × LOGIC』はまさにそういう試みから作られたゲームだ。すでにあらゆる手がかりが隠されている短編小説をひたすら読みこみ、キーワードを拾い上げ「ヒラメキ」として組み合わせ、トリックを看破し、ただひとつの真実へと到達する。推理小説という「古いぶどう酒」をゲームという「新しい革袋」へ注ぐ新たな方法を見出し、『ミステリ×ゲーム』の未来を予見させる作品。（竹本）

●麻耶雄嵩『隻眼の少女』二〇一〇

真犯人による「操り」を、探偵は原理的に克服できない。唯一の解法は、自らが犯人となることだ。作者はこのパラドックスを、「御陵みかげ」の名を持つ二人の少女探偵にそれぞれ仮託させた。「本格ミステリ」を犯人と探偵の知恵比べの「ゲーム」だとすると、探偵は最初から半ば負けている。探偵は事件の発生を予知することはできないし、集められる手がかりも犯人が残したものに限られる。だが本書では、最初の探偵役である「二代目御陵みかげ」は、自ら犯人となることでそのジレンマを乗り越え「ゲーム」に勝った。その歪《いびつ》な勝利は、真打の探偵として登場する「三代目御陵みかげ」が、事件の解決までも犯人によって支配された完全に受動的な存在であったことと鋭い対照をなしている。「二代目御陵みかげ」にとっては、「真理」とは到達すべき目標ではなく、自らが探偵としての機能性を確保するために必要な条件に過ぎなかったのである。（中村）

●『ダンガンロンパ』二〇一〇

『ダンガンロンパ』は超高校級の高校生たちが学校に閉じ込められ殺人ゲームへと発展していきその犯人、また自分たちが幽閉された謎を解明していくハイスピード推理アクション。本作は、最終的に私たちの現実世界とは違ったSF的世界観を背景にしていたことが明らかになる。そしてその世界観故に殺人ゲームが仕組まれたため、プレイヤーは自分たちが持っている「常識」からではこのゲームが行われた意図について知ることができない。本作では滅亡寸前の世界という（この世界の中での本当の）「常識」をベースにしなければ殺人ゲームが行われていた意図が分からなかった。私たちの社会は多くの新しい「常識」が生み出され続けている。私たちは現実の社会を見る際、古い「常識」を疑い、新しい「常識」を鑑みる必要がある。『ダンガンロンパ』はSF的世界観を基盤にすることによってそれを極端なレベルで示唆している。

（藤井）

●辻村深月『オーダーメイド殺人クラブ』二〇一一

本作の主人公・小林アンは死ぬことを間違いなく望んでいた。彼女はクラスの「空気」によって自分自身の考えや立場を埋没させられていた。そのため他人の手を借りて計画された自殺という特別な死によって、自分の存在を万人に訴えかけようとする。しかし最終的に彼女は死ねなかった。だが後悔はしなかった。なぜなら彼女は徐々に、徳川勝利と「計画を立てる」ことに快楽を覚えていったからだ。このことはアンに頼まれて彼女を殺そうとした徳川勝利の方にも言える。私たちも本書を見習うべきだ。何も殺人を計画しろと言っているわけではない。目的はなんであれ、誰かとともに何かをするという「過程」を楽しむべきなのだ。そうすれば周囲の排他的な空気感の中で、自分の存在が希薄になっても、アンたちのように強く生きていける。『オーダーメイド殺人クラブ』の計画された「殺し方」からは上手な「生き方」が見えてくる。

（藤井）

●歌野晶午『密室殺人ゲーム　マニアックス』二〇一一

歌野の『密室殺人ゲーム』シリーズの中で、本作は番外編のような位置づけにある。しかし、番外編であるがゆえに、何がしか重要な時代の本質のようなものが出ている。ネットに投稿される動画の中であるメンバーたちが動画付のチャットをしている。見ている側には、それが本当の事件なのかお遊びなのかわからない。ネットにおいて、「ネタ」と「ベタ」の境界は見分けにくくなった。チャットのメンバーの中身は誰なのかわからない。むしろキャラの整合性さえあれば、中身は誰でも良い。ネット越しの他者などは所詮そのようなものでしかない。偽者と本物、模倣犯とオリジナルの区別も曖昧になる。本作の真相解明の快感は、様々な境界が曖昧になっていくネット的現実に対して截然とした「線」を引くことができたということに拠る。現実では、ほとんど真実に到達できず曖昧に混濁することばかりであるがゆえに、「真相」が齎す「線」が、融解の不安を鎮めてくれる。

（藤田）

●綾辻行人『奇面館の殺人』二〇一二

「本質は表層にこそある」。歪んだ世界観を持ち、もう一人の自分を探す男の開く奇妙な会合。仮面の取れなくなった招待客たちの前に現れる首なし死体。一体、仮面の下は誰が誰なのか。主人公がミステリ作家である事も相まって、現実には起こりそうもない入れ替わりトリックの可能性が真剣に検討される中で、最終的に明かされる真相は、盗みを見られたり顔の傷を隠すためといった実に現実的なものである。仮面の下の無数の可能性ではなく、単純な理由が真相だというのは、館の主人の世界観「本質は表層にこそある」を体現しているかのようだ。そしてまた本作では、その表層とは「名前」の事であると説明される。互いを本名でない名前で呼び合う状況と、最後に名前の一致が伏せられていたと明かされる展開。それは館シリーズ一作目『十角館の殺人』とよく似ている。本作は『十角館の殺人』の「もう一人の自分」とも言える、名前のミステリとも読めるだろう。

（宮本）

石持浅海『セリヌンティウスの舟』	光文社文庫	2005
道尾秀介『向日葵の咲かない夏』	新潮文庫	2005
三津田信三『厭魅の如き憑くもの』	講談社文庫	2006
桜庭一樹『赤朽葉家の伝説』	創元推理文庫	2006
法月綸太郎『複雑な殺人芸術』	講談社	2007
佐々木譲『警官の血』	新潮文庫	2007
伊坂幸太郎『ゴールデンスランバー』	新潮文庫	2007
舞城王太郎『ディスコ探偵水曜日』	新潮文庫	2008
湊かなえ『告白』	双葉文庫	2008
七河迦南『七つの海を照らす星』	東京創元社	2008
梓崎優『叫びと祈り』	創元ミステリ・フロンティア	2010
諸岡卓真『現代本格ミステリの研究』	北海道大学出版会	2010
チュンソフト『トリックロジック』	PSP	2010
麻耶雄嵩『隻眼の少女』	文藝春秋	2010
スパイク『ダンガンロンパ』	PSP	2010
辻村深月『オーダーメイド殺人クラブ』	集英社	2011
歌野晶午『密室殺人ゲーム　マニアックス』	講談社ノベルス	2011
綾辻行人『奇面館の殺人』	講談社ノベルス	2012

ブックレビュー作成

飯田一史
海老原豊
岡和田晃
小森健太朗
佐藤孝弘
杉本未来
竹本竜都
蔓葉信博
中里昌平
中村拓也
藤井義允
藤田直哉
宮本道人
吉田燦子

綾辻行人『十角館の殺人』	講談社文庫	1987
法月綸太郎『密閉教室』	講談社文庫	1988
北村薫『空飛ぶ馬』	創元推理文庫	1989
山口雅也『生ける屍の死』	創元推理文庫	1989
島田荘司『本格ミステリー宣言』	講談社文庫	1989
島田荘司『暗闇坂の人喰いの木』	講談社文庫	1990
麻耶雄嵩『翼ある闇　メルカトル鮎最後の事件』	講談社文庫	1991
竹本健治『ウロボロスの偽書』	講談社文庫	1991
有栖川有栖『双頭の悪魔』	創元推理文庫	1992
笠井潔『哲学者の密室』	創元推理文庫	1992
孫子武丸『殺戮にいたる病』	講談社文庫	1992
加納朋子『ななつのこ』	創元推理文庫	1992
原作・天樹征丸、金成陽三郎　作画・さとうふみや『金田一少年の事件簿』	講談社漫画文庫	1992
チュンソフト『かまいたちの夜』	PS3	1994
西澤保彦『七回死んだ男』	講談社文庫	1995
京極夏彦『鉄鼠の檻』	講談社文庫	1996
二階堂黎人『人狼城の恐怖』	講談社文庫	1996
森博嗣『すべてがＦになる』	講談社文庫	1996
笠井潔編『本格ミステリの現在』	国書刊行会	1997
清涼院流水『カーニバル』	講談社文庫	1997
笠井潔『ミネルヴァの梟は黄昏に飛びたつか？』	早川書房	2001
カプコン『逆転裁判』	GBA ／ DS	2001
米澤穂信『氷菓』	角川文庫	2001
西尾維新『クビキリサイクル』	講談社文庫	2002
佐藤友哉『水没ピアノ』	講談社文庫	2002
乙一『GOTH』	角川文庫	2002
竜騎士07『ひぐらしの鳴くころに』	PC	2002
原作・大場つぐみ、作画・小畑健『デスノート』	ジャンプコミックス	2003
乾くるみ『イニシエーション・ラブ』	文春文庫	2004
貴志祐介『硝子のハンマー』	角川文庫	2004
瀬名秀明『デカルトの密室』	新潮文庫	2005
東野圭吾『容疑者Ｘの献身』	文春文庫	2005

著者略歴

飯田一史―いいだ・いちし

一九八二年生まれ。ライター、文芸評論家。グロービス経営大学院経営学修士課程在籍。「Quick Japan」「ユリイカ」「S-Fマガジン」などに寄稿している。著書に『ベストセラー・ライトノベルのしくみ　キャラクター小説の競争戦略』がある。

海老原豊―えびはら・ゆたか

一九八二年東京生まれ。第二回日本SF評論賞優秀賞を「グレッグ・イーガンとスパイラルダンスを」で受賞（同論考は「S-Fマガジン」二〇〇七年六月号に掲載）。「週刊読書人」「S-Fマガジン」に書評、「ユリイカ」に評論を寄稿。まれに翻訳もする。ジェンダー、教育、若年者労働、小劇場演劇に関心がある。

岡和田晃―おかわだ・あきら

一九八一年生まれ。批評家、Analog Game Studies 代表。「「世界内戦」とわずかな希望――伊藤計劃『虐殺器官』へ向き合うために」で第五回日本SF評論賞優秀賞受賞。その他評論に「佐藤亜紀『ミノタウロス』解説」「伊藤計劃『The Indifference Enigine』解説」など。著書に『アゲインスト・ジェノサイド』、『しずおかSF異次元への扉』（共著）ほか。翻訳書（共訳）に『ダンジョン・デルヴ』、『H・P・ラヴクラフト大事典』ほか多数。未來社PR誌「未来」で評論「向井豊昭の闘争」連載中。

笠井潔―かさい・きよし

一九四八年東京生まれ。一九七九年に『バイバイ、エンジェル』で第五回角川小説賞受賞。主な小説に『ヴァンパイヤー戦争』、『哲学者の密室』、『群衆の悪魔』、『天啓の器』、など。評論は『テロルの現象学』、『国家民営化論』、『例外社会』など。

小森健太朗―こもり・けんたろう

一九六五年大阪生まれ。東京大学文学部哲学科卒。一九八二年『ローウェル城の密室』江戸川乱歩賞候補、一九九四年『コミケ殺人事件』でデビュー。主な著書に『ネメシスの虐笑S』『探偵小説の様相論理学』『大相撲殺人事件』『グルジェフの残影』

『魔夢十夜』など。『探偵小説の論理学』で第八回本格ミステリ大賞評論・研究部門受賞。二〇一〇年『英文学の地下水脈』で第六三回日本推理作家協会賞（評論・その他部門）受賞。

蔓葉信博—つるば・のぶひろ

一九七五年生まれ。二〇〇三年から評論活動を開始。「ユリイカ」「ジャーロ」「メフィスト」などに寄稿。

藤田直哉—ふじた・なおや

一九八三年札幌生まれ。ＳＦ・文芸評論家。「消失点、暗黒の塔」で日本ＳＦ評論賞・選考委員特別賞を受賞して評論活動を開始（「S-Fマガジン」二〇〇九年六月号に掲載）。共同編著に『３・１１の未来　日本・ＳＦ・創造力』（作品社）がある。その他、共著多数。現在、初めての単著の『虚構内存在』（仮）準備中。東京工業大学社会理工学研究科価値システム専攻博士課程在籍。

渡邉大輔—わたなべ・だいすけ

一九八二年生まれ。映画史研究者・批評家。日本大学大学院芸術学研究科博士後期課程芸術専攻修了。博士（芸術学）。専攻は日本映画史・映画学。現在、日本大学芸術学部非常勤講師、早稲田大学演劇博物館招聘研究員など。二〇〇五年に「波状言論」で文芸批評家デビュー。著作に『イメージの進行形（仮題）』（人文書院、近刊）、共著に『日本映画史叢書15　日本映画の誕生』（森話社）『見えない殺人カード』（講談社文庫）『ソーシャル・ドキュメンタリー』（フィルムアート社）など多数。ブログ http://d.hatena.ne.jp/daisukewatanabe1982/　Twitter http://twitter.com/diesuke_w

21世紀探偵小説
―ポスト新本格と論理の崩壊

二〇一二年七月三十日　第一刷発行

【編　者】限界研
【発行者】南雲一範
【装　丁】奥定泰之
【ＤＴＰ】株式会社言語社
【ロゴデザイン】西島大介
【発行所】株式会社南雲堂
東京都新宿区山吹町三六一　郵便番号一六二―〇八〇一
電話番号（〇三）三二六八―二三八四
ファクシミリ（〇三）三二六〇―五四二五
URL　http://www.nanun-do.co.jp
E-Mail　nanundo@post.email.ne.jp
【印刷所】図書印刷株式会社
【製本所】図書印刷株式会社

ISBN 978-4-523-26508-5 C0095
カバー写真提供：Shutterstock.com